El enemigo de Julio César

Novela Histórica

Biografía

Andrea Frediani, nacido en Roma en 1963 y licenciado en Historia Medieval, es uno de los divulgadores históricos más reputados de Italia. Profesor universitario, colabora con numerosos medios de comunicación, como *Focus Storia*, *Focus Storia Wars*, *Storia Militare*, *Medioevo* y *Rivista Italiana Difesa*. Autor con una amplia trayectoria y varios galardones en su haber, su trilogía sobre Julio César, *Dictator*, formada por los volúmenes *La sombra de Julio César*, *El enemigo de Julio César* y *El triunfo de Julio César*, mereció el prestigioso Premio Bancarella.

Andrea Frediani

El enemigo de Julio César

Dictator 2

Traducción del italiano por Juan Carlos Gentile Vitale

ESPASA

Título original: *Il nemico di Cesare*

Espasa, un sello editorial de Editorial Planeta, S. A.
Avda. Diagonal, 662-664, 08034 Barcelona (España)
www.espasa.com
www.planetadelibros.com

Adaptación de la cubierta: Booket / Área Editorial Grupo Planeta
Imagen de la cubierta: © Collaboration JS / Arcangel Images
Primera edición en Colección Booket: febrero de 2024

Depósito legal: B. 20.514-2023
ISBN: 978-84-670-7231-0
Impresión y encuadernación: Liberdúplex, S. L.
Printed in Spain - Impreso en España

¿Qué te basta, si Roma no basta?

LUCANO, *Farsalia*

GALIA CISALPINA
Verona
Patavium
Cremona
Mantua
Placentia
Río Po
Ravena
Río Rubicón
Pistoia
Luca
Arretium
Asisium
MAR ADRIÁTICO
Río Tíber
Corfinum
Tibur
Ostia
Roma
Arpinum
Arquinum
Capua
Puteoli
Pompeya
Brundisium
Capri
MAR TIRRENO
MAR JÓNICO
SICILIA

I

> Cuando le dijeron que se había ignorado el veto de los tribunos y que estos habían dejado Roma, César envió de inmediato algunas cohortes —en sordina, para no despertar sospechas—, asistió a un espectáculo público, examinó el proyecto de una escuela de gladiadores que quería construir y, como de costumbre, participó en un concurrido banquete.
>
> SUETONIO, *El divino Julio*, I, 31

RAVENA, 10 DE ENERO DEL 49 A. C.
(OTOÑO AVANZADO)*

El gladiador eludió la red del reciario con un salto felino, a pesar de su armamento pesado. Su adversario se desequilibró hacia delante y corrió el riesgo de caer, pero

* Es la fecha conforme al calendario en vigor en la época, antes de que el mismo César lo reformara ajustándolo a las estaciones. En realidad, según nuestro cómputo, era bien entrado el otoño, o sea, el 22 de noviembre del 50 a. C.

fue igual de rápido en sostenerse con el tridente, que consiguió clavar en el suelo con el fin de recuperar la estabilidad. Enseguida, el gladiador intentó dejarle sin apoyo abalanzándose contra el tridente con el gran escudo de legionario. Las dos armas se tocaron, el reciario perdió el equilibrio y acabó en el suelo. El antagonista apuntó el gladio para rematarlo, pero el otro lanzó de nuevo la red, a ras de suelo, atrapándolo por el tobillo. Un instante después también el gladiador caía al polvo. El tiempo que este empleó en levantarse permitió que su adversario se levantase también y recuperase el tridente.

Vuelta a empezar, para ambos.

—Si pienso en cuántos buenos gladiadores usamos en el adiestramiento de los reclutas... Centuriones que serían mucho más útiles en las legiones. Deberíamos tomar en consideración la idea de utilizar a algunos gladiadores como entrenadores... —dijo Julio César, sentado en el palco frente a la pequeña arena montada para la ocasión por el decurión de Ravena.

—En efecto, ese gladiador no tiene nada que envidiar a un legionario. De hecho, quizá hasta conozca algunos trucos más que un legionario común... —comentó Marco Antonio, aún sacudido por la desagradable aventura vivida en Roma días antes. Cerca de él estaban los demás tribunos de la plebe huidos de la capital, Cayo Escribonio Curión y Quinto Casio Longino, el asistente de César, Aulo Ircio, y un amigo del procónsul, Asinio Polión.

—Me alegro de que este modesto espectáculo que te he ofrecido cuente con tu aprobación, procónsul —intervino el decurión, un tipo muy poco marcial que se desvivía por complacer a sus huéspedes—. ¿Puedo esperar que contribuyas a la construcción de un auténtico coliseo para la ciudad?

César suspiró. Le habría gustado tener que enfrentarse solo con problemas de este tipo: magistrados empalagosos y ávidos, cuyo apoyo siempre podía comprar. Pero muy distintos desafíos lo esperaban: senadores envidiosos y mezquinos, que ni con todo su encanto ni su dinero conseguiría nunca poner de su lado. Magistrados que perseguían sus propios objetivos políticos, y que nunca le permitirían alcanzar aquello a lo que estaba predestinado por nacimiento, aquello que todo el pueblo deseaba atribuirle, y que sus empresas en las Galias, en Germania y en Britania le habían hecho sin duda merecedor.

Más que ningún otro.

—Claro —dijo después de algunos instantes de reflexión—. Esta ciudad merece un coliseo que aloje unos dignos *ludi gladiatori*. Te proporcionaré una suma suficiente para que erijas los cimientos. El resto lo tendrás cuando sea cónsul, el año próximo. Estoy seguro de que tu municipio apoyará mi candidatura...

—Naturalmente, César. Tú has hecho mucho por esta provincia y esta ciudad, durante tu proconsulado. Nos has honrado con tu presencia durante casi todo el invierno, y esto ha traído gran prosperidad a Ravena, gracias a los numerosos visitantes que han venido a reunirse contigo desde todas partes de Italia y de las Galias. ¿Cómo podría no estarte reconocido? Estoy seguro de que resolverás todos los malentendidos que te separan del Senado y que pronto podrás presentarte en Roma y obtener el justo premio por tus empresas.

—Malentendidos que me separan de una pequeña parte del Senado, querrás decir... —precisó César, fulminándolo con una mirada penetrante. Sus ojos oscuros y profundos eran capaces de incomodar a cualquiera, cuando quería.

El magistrado habría querido morderse la lengua. Por suerte, en aquel momento llegó un esclavo.

—Amo, la cena está servida. Podéis acomodaros en el *tablinium* —dijo.

—Eh, César, perdóname, la mía era una expresión genérica. Sé perfectamente que tus empresas y tu generosidad te han hecho muy amado en Roma, y solo una camarilla de envidiosos te impide conseguir lo que te corresponde por derecho. Pero ahora vamos a cenar. He hecho preparar algunos platos dignos de huéspedes tan distinguidos.

Gesticulando de manera excesiva, el decurión hizo señas a los gladiadores de que se retiraran, y luego exhortó al sirviente a que lo precediera.

Marco Antonio, primo de César y tribuno de la plebe destituido de sus funciones, susurró al oído del procónsul:

—He aquí a otro que no dudará en traicionarte, en cuanto perciba que estás en una situación de inferioridad.

—En efecto, deberé dar siempre la impresión de que tengo el gladio del lado del mango. La iniciativa debe ser mía. Siempre. Solo así no perderé apoyos; es más, se los arrebataré a mis rivales —murmuró César a su primo. Luego, en voz alta, se dirigió al magistrado—. Esta noche no me siento demasiado bien. Me temo que no podré honrar plenamente tu hospitalidad. No me quedaré mucho tiempo.

—Como quieras, César —respondió el decurión deteniéndose en el umbral del comedor e invitando a sus huéspedes a entrar.

En cuanto César y sus colaboradores atravesaron el acceso, algunos esclavos les ofrecieron unas *vestes cenatoriae*, sencillas túnicas de seda verde, que los huéspedes se pusieron después de deshacerse de sus ropas y calzados. Luego se encaminaron hacia los triclinios. César hubiera prescindido con gusto de la compañía del magistrado, pero era consciente de que no podía prescindir de la costumbre: inevitablemente, debía ocupar el puesto del huésped de honor en el *locus consularis*, el diván del medio de los tres que componían el triclinio. A su izquierda, según la etiqueta, se recostó el anfitrión, y a su derecha Antonio, que no conseguía disimular el tedio. Acostumbrado a cenar en medio de juergas y excesos, el primo de César se mostraba intolerante tanto a la etiqueta como a esa hospitalidad sin sobresaltos.

Dos esclavos se acercaron a los huéspedes y, por turnos, les lavaron los pies, mientras el dueño de casa invocaba a los dioses y les agradecía los alimentos que poco después traerían los esclavos. Antonio estaba cada vez más impaciente: César tuvo la impresión de que estaba a punto de dar una patada al esclavo que tenía a sus pies, y probablemente lo habría hecho si, antes de los entremeses, no hubiera aparecido algo que atrajera su atención.

Tres bailarinas entraron en la habitación seguidas por un citarista, que se situó en una posición apartada y empezó a tocar. Las tres mujeres, que el decurión presentó como ibéricas, comenzaron a bailar llevando el ritmo con los crótalos, unas castañuelas que apretaban en las manos. El espectáculo que ofrecían sus vientres desnudos y sinuosos, que ondulaban con pericia, tuvo el poder de cambiar al instante el humor de Antonio.

César, en cambio, no mudó de expresión ni de actitud. Apenas dejaba traslucir esa afabilidad de la que hacía amplio uso para fascinar al prójimo. El magistrado se sentía embarazado. Y un oscuro temor lo invadía: cuando un hombre poderoso está sombrío, nunca se sabe si la tiene tomada también contigo.

Ni siquiera la llegada de los entremeses sirvió para relajar al procónsul.

—César, serena tu ánimo con estas suculentas sardinas en aceite y estas deliciosas salchichas lucanas —aventuró el pobre hombre, señalándole la comida.

—Hum...

El magistrado se sentía en el deber de dar conversación. Quizá, se dijo, en vez de hablar de esto y de lo otro, hubiera debido abordar directamente las cuestiones que atormentaban el ánimo de César.

Se lanzó. Era también un modo de mostrar al procónsul que comprendía su punto de vista.

—Hoy has hecho un gran discurso a los legionarios, procónsul..., sin duda inspirado en las profundas afrentas que has sufrido. ¡Y qué entusiasmo te han mostrado los soldados! ¡Nunca la República ha sido tan retorcida para perjudicar a un solo hombre! ¡Han despojado a los tribunos de derecho de veto, incluso casi los han maltratado! ¡Han promulgado un senadoconsulto para la defensa del Estado, sin que el Estado estuviera amenazado! Y, luego, Pompeyo... ¡Pompeyo el envidioso, que teme que tú oscurezcas su gloria! ¡Pompeyo el ingrato, que finge olvidar cuánto lo has apoyado en su ascenso político! ¡Pompeyo el hipócrita, que primero se jacta de haber restablecido las prerrogativas de los tribunos de la plebe canceladas por Sila, y luego aplasta con las armas su derecho de veto! Con tal de hacerte daño, no ha dudado en violar todas las leyes de la República, asignando el mando de las provincias a ciudadanos particulares sin que su investidura fuese presentada a la aprobación del pueblo.

Antonio se vio obligado a intervenir. A fin de cuentas, todo esto tenía su origen en el informe que había hecho sobre lo que había ocurrido en Roma pocos días antes. Habló, pero sin apartar la vista de las bailarinas.

—¡Vaya! Quizá deberíamos haberte hecho hablar a ti, hoy, delante de los soldados. ¡Eres bastante convincente, querido decurión! Casi se diría que estabas presente, cuando nos echaron a mí y a mi eximio colega Casio del Senado. ¿Por qué, además? ¡Por haber querido ejercer nuestro sacrosanto derecho de veto a la infame ley que obliga a César a licenciar al ejército dentro de cuatro meses, si no quiere ser declarado rebelde y enemigo del Estado! ¡Un hombre que, en estos nueve años, ha hecho más por la República que cualquier otro, llevando la gloria y las riquezas a Roma a niveles nunca antes alcanzados! Y ahora iniciarán un reclutamiento en Italia para enrolar hombres contra él, utilizando el dinero del erario, el dinero público que César mismo ha contribuido a incrementar.

—Sin duda, debes de haber pasado un momento desagradable... —comentó el magistrado, feliz de haber encontrado un interlocutor—. Y todo por haber intentado asegurar a César la inmunidad hasta su candidatura a cónsul, pidiendo solo una modesta prórroga de su mandato proconsular o, como alternativa, que también Pompeyo licenciara a sus tropas y renunciase a su proconsulado.

—Puedes jurarlo, ha sido muy desagradable —prosiguió Antonio—. Ya había soldados de Pompeyo alineados en torno a la curia. ¿Qué más podíamos hacer? He llamado a los dioses para que sean testigos de la ofensa hecha a nuestro sagrado e inviolable cargo, y sin que los tribunos hubiéramos cometido ningún sacrilegio o delito. ¡Debimos marcharnos de noche, disfrazados de sirvientes, para huir del peligro que se cernía sobre nuestras sagradas magistraturas! Y pensar que la mayor parte de los senadores habrían estado con nosotros, si no hubieran sido intimidados y amenazados. Pero antes de marcharme les he dicho cuatro cosas: ¡los he visto ponerse azules de miedo, a esos viejos hipócritas, cuando los amenacé con renovar las confiscaciones, las masacres, las guerras y los exilios de las proscripciones de Sila!

La mirada de César estaba aún perdida en el vacío. Las bailarinas hispánicas no conseguían capturar su atención, a pesar de que habían llegado a exhibirse bajo su propia nariz. Comía distraídamente, cogiendo los alimentos con los dedos de manera casi mecánica. El procónsul, al que ya nadie en Roma consideraba tal, no parecía especialmente interesado en la discusión.

—Y así, ahora los cisalpinos nos encontraremos con un procónsul inepto como Lucio Domicio Enobarbo... —dijo el decurión, confiando que el nombre de su sustituto como gobernador de las provincias gálicas despertase a su ilustre huésped de su letargo.

Pero, aunque también César hubiera tenido la intención de intervenir, Antonio fue más rápido.

—Domicio Enobarbo está al mismo nivel que todos los enemigos de César. Gente inepta, frustrada y envidiosa, que nunca ha hecho nada bueno: para ellos, cualquier empresa de César es un insulto, una bofetada, que hace aún más mezquina su existencia. Ciertamente, Pompeyo ha realizado hazañas notables, pero también es envidioso: pensaba que ya había hecho lo suficiente para ser el primero en Roma, y ahora teme ser superado por César. Más aún cuando sus mejores años han pasado.

»Los otros son mediocres: Metelo Escipión, su suegro, y el cónsul Lucio Cornelio Léntulo Crus están cargados de deudas y aspiran a una provincia para poner en orden sus finanzas. Marco Porcio Catón no ha conseguido hacerse elegir cónsul desde hace dos años, y culpa a César de su fracaso. Cicerón ya está fuera de la escena política, y solo es bueno para pontificar. Marco Calpurnio Bíbulo ha estado siempre a la sombra de César, como censor y como cónsul, y solo piensa en una revancha. Y luego, todos se detestan entre ellos: solo el común odio hacia César los mantiene unidos. Más aún, es su única política: no tienen otras ideas, ni para reformar el Estado de todos sus males, ni para dar a la población una existencia digna de una República que ha conquistado el mundo.

—No quieren reformar el Estado —intervino Aulo Ircio desde el triclinio más cercano—. La inestabilidad institucional en que este se encuentra es la mejor garantía de su impunidad. Pueden mantener sus privilegios y su rapacidad solo hasta que alguien los controle y los ponga firmes.

—Lo absurdo es que atribuyen a César la misma rapacidad que los distingue a ellos —añadió Escribonio Curión—, pero usan precisamente esa excusa para perseguirlo.

—¡Pero si César no usara a veces sus mismos métodos no tendría los medios para combatirlos ni, sobre todo, para defenderse! —se acaloró Asinio Polión—. Su familia solo podía presumir de una cuna más noble que ningún otro. Por lo demás, no tenían dinero, no disponían de ninguna magistratura con la que enriquecerse. ¿Cómo hubiera podido emerger César, cómo habría podido demostrar a los romanos que es el único antídoto contra la corrupción moral de la aristocracia, más que forzando la mano de sus enemigos? Los ideales y los grandes objetivos no se persiguen con palabras. Todos son capaces de maldecir, deplorar y desear, cuando se lamentan de quien gobierna: pero si se trata de hacerse cargo directamente de la resolución de los problemas, entonces no hay quien tenga las agallas ni la fuerza de adoptar todos los medios necesarios para superar los obstáculos. Pues bien, César tiene las agallas y la fuerza, solo él, y lo saben: es por eso que lo combatirán mientras vivan.

—Ya. No es gente con la que se pueda llegar a compromisos —dijo Quinto Casio—. Con Pompeyo, sí, pueden concebir un compromiso, porque Pompeyo no está tan interesado en resolver los males de la República como en sentirse insustituible. Con César nunca se pondrán de acuerdo: es una amenaza para sus intereses, pero para ganar partidarios lo hacen pasar, hipócritamente, por una amenaza para el Estado. En realidad, César es la cura del Estado, no una amenaza, salvo para quien quiere la ruina de la República.

—El problema es que ahora han logrado convencer incluso a Tito Labieno de que César representa una amenaza para el Estado —precisó Aulo Ircio—. Ya sea más o menos bueno como comandante, uniéndose a ellos Labieno revelará todos nuestros puntos débiles. Por desgracia, César se fio hasta el último momento de ese traidor.

—Labieno no puede hacer mucho, más que como espía. Haría sin duda más daño como comandante supremo, pero la presencia de Pompeyo en campo contrario excluye que pueda ser el general de la coalición enemiga —lo tranquilizó Curión.

—Y esto prueba una vez más qué limitados son tus adversarios, César.

Antonio se dirigió al procónsul que, no obstante, continuaba sin participar en la discusión.

—Labieno es un gran comandante, de eso no hay duda. Recuerdo con qué audacia se las apañó hace tres años, contra los parisios y los aulercios. Era mi primera campaña en las Galias, y aprendí de él casi tanto como aprendí de ti. Evitó las posiciones enemigas superando la Sequana* hacia Lutetia.** Para obligarlos a dividir el ejército, hizo creer a los galos que atravesaba el río en tres puntos distintos. Luego, en la batalla, derrotó al ejército enemigo con una conversión del ala que mandaba directamente, atacando sobre el flanco a los galos que estaban alineados frente a mi unidad. Si no hubiera sido por él, las habría pasado canutas.

—¿Y qué decir de sus repetidas victorias sobre los tréveros? —añadió Asinio Polión—. César nunca le ha escatimado honores, y en Roma sus gestas eran objeto de conversación casi tanto como las del cónsul. Lo que puede dar Labieno a la coalición adversaria no son solo informaciones sobre nosotros. Es su ejemplo. En el campo es un gran comandante, y a la cabeza de sus hombres es capaz de multiplicar las fuerzas de un ejército.

—Yo creo en cambio que está sobrevalorado. ¡Su fama es fruto de la gran generosidad que César manifiesta desde siempre hacia sus colaboradores! —dijo Aulo Ircio, que no perdía ocasión para expresar su resentimiento hacia Labieno: un resentimiento que precedía, con mucho, la traición del legado—. Ya veréis como, sin Cé-

* Sena.

** París.

sar detrás dictándole las soluciones tácticas y estratégicas más adecuadas, se revelará muy poca cosa. Pompeyo no posee el mismo genio de César. Además, está en franca decadencia, y ya no es capaz de obtener lo mejor de sus comandantes subalternos.

Los celos de Ircio en relación con Labieno, desde siempre el colaborador preferido de César, se habían finalmente apagado poco menos de un mes antes. En efecto, el legado, dando cuerpo a las voces que desde hacía tiempo lo querían en contacto con la camarilla anticesariana, había ido hacia su comandante, hacia su patrón, hacia el hombre al que debía la carrera y la vida, para echarle en cara todos los honores con los que había sido gratificado en tantos años y decirle que ya no quería saber nada de él. Es más, no había tenido escrúpulos de hacer ostentación de su ingratitud declarando, delante de todo el ejército, que desde entonces se consideraría su más acérrimo enemigo. Envidia, sin duda. Envidia, frustración y despecho por el papel de subordinado al cual la aplastante personalidad de César lo había relegado. Ya había dicho él, Ircio, que Labieno no era de fiar: y los hechos le habían dado finalmente la razón.

—No hay duda —intervino Curión— de que ahora tus adversarios, César, disponen de una infinidad de medios. Pompeyo ha dicho que le basta golpear con un pie en el suelo para tener a su disposición diez legiones. En Capua están las dos que te has visto obligado a enviarle para la guerra contra los partos. Tú tienes el control de las Galias, pero aquí al sur de los Alpes tienes una sola legión, la XIII. En cambio, el Senado tiene el control de África y, a través de Pompeyo, de las provincias ibéricas, pero sobre todo de Oriente, donde se encuentran todos los reinos clientes de Pompeyo y, ahora, la Siria gobernada por Metelo Escipión. No solo en Italia, pues, sino también todo lo que la rodea. Lo único que puedes hacer es atrincherarte en las Galias y negarte a entregársela a Domicio Enobarbo. Y resistir. Resistir hasta que la coalición se disgregue. Porque antes o después se disgregará, puedes jurarlo.

—Ya —añadió Asinio Polión—. Por suerte, has aprovechado tus nueve años de proconsulado para consolidar el poder de Roma más allá de los Alpes. Finalmente podrás contar, después de años de rebeliones, con un amplio territorio del que extraer recursos y hombres. Será difícil para tus adversarios que te arrebaten la posesión de las Galias, con las ocho legiones de que dispones más allá de los Alpes, tu profunda experiencia de guerra y tus vínculos con los jefes galos.

—No olvidemos que también Labieno ha adquirido una profunda experiencia de guerra en las Galias... —dijo Antonio. Ahora tampoco él prestaba atención a las bailarinas ibéricas. La discusión sobre los grandes temas del momento había sustraído a todos los presentes cualquier interés por el placer como fin en sí mismo. El anfitrión se dio cuenta y despidió a las mujeres con un rápido gesto del brazo.

—Por otra parte, ¿qué más se puede hacer? No veo opciones practicables —dijo Quinto Casio—. O te atrincheras en las Galias y te opones a Domicio Enobarbo, con el riesgo de que las legiones de Pompeyo te ataquen por detrás no solo desde España, sino también desde Massilia, aprovechando la ventaja de su superioridad marítima, o cedes a sus imposiciones, entregas el ejército a Domicio y renuncias al mandato consular, con el riesgo, diría, o más bien la certeza, de que, como ciudadano privado, te procesen y no te permitan presentarte como candidato al consulado.

—¡Son unos idiotas! —replicó Antonio—. Si Catón no hubiera hecho alarde a los cuatro vientos de su voluntad de procesarte, ahora no estaríamos aquí preocupándonos por el peligro que representa para ti, César, pasar incluso un solo día como ciudadano, sin inmunidad. Y acaso habrías aceptado licenciar al ejército y devolver el mandato proconsular dejando que Pompeyo mantuviera el suyo.

—¡Cierto! —gritó Curión—. ¡Que quieran quitar a César mandato y legiones, y dejar, en cambio, a Pompeyo los suyos, es un claro signo de su mala fe!

—Es lógico. ¡Le han dejado la gobernación de España hasta que lo han elegido cónsul único! —añadió Asinio Polión—. Es evidente que quieren convertirlo en su campeón contra César. ¡Y él se presta, ahora, porque sabe que César es el único en condiciones de ofuscar su estrella!

—¡Y ahora que Labieno está de su parte, no tendrán miedo de enfrentarse a ti, si es necesario, incluso en el campo de batalla! —especificó Quinto Casio.

Cada uno, a estas alturas, iba diciendo lo que pensaba entre bocado y bocado. Todos, salvo César. El procónsul ni siquiera comía, a pesar de los manjares que los esclavos le ponían sobre el plato: ubre de cerda, cabrito con alubias, pollo y jamón se sucedían bajo sus ojos sin que el huésped hiciera honor a su anfitrión.

—Entonces, César, ¿qué harás? ¿Permanecerás en las Galias desafiándolos con una secesión, o cederás a sus pretensiones, a riesgo de acabar prisionero? —preguntó de nuevo el decurión, retomando las consideraciones de Quinto Casio.

De pronto, se hizo el silencio. Era hora de que César hablara. Ninguno de ellos estaba habituado a no escuchar su voz mientras estaba presente. Era el centro cuando se hablaba de cualquier cosa. También porque, en esos momentos, cualquier conversación giraba en torno a él. Era como un faro a cuya luz era imposible sustraerse.

Desde hacía al menos quince años, en el mundo romano, no había discurso, argumento o cuestión en los cuales se pudiera prescindir de pronunciar el nombre de César.

Y, en ese caso, había que tomar una decisión. Muchos de los que allí estaban ya conocían la estrategia de César. Sabían que no tenía la intención de ceder. Sabían que era un jugador y que lo apostaba todo al azar. Habían hablado largamente con él, habían sopesado todas las opciones, en las horas, en los días inmediatamente precedentes. Pero tampoco los más íntimos podían decir que lo conocían a fondo, tan impenetrable era incluso en los momentos de mayor afabilidad. Y en aquel momento no estaba afable. Tampoco parecía decidido en absoluto. ¿Quién podía saber, ahora, si la turbación por el desafío que todo el mundo romano parecía querer presentarle no había modificado sus proyectos? ¿Y si el peso, excesivo para cualquiera, de la decepción por la traición de Labieno, de la hostilidad prejuiciosa de los senadores, del paso de Pompeyo, solo pocos años antes su yerno, al campo contrario, de la ingratitud por cuanto había hecho por Roma en aquellos nueve años en las Galias, lo había extenuado?

Algunos empezaban a temerlo. Antonio no conseguía percibir la habitual determinación en sus ojos. Ircio tenía miedo de que la traición de Labieno lo hubiera postrado. Polión, que empezara a considerar demasiado numeroso el frente de los enemigos. Y el decurión casi deseaba que César fuera más razonable: la Cisalpina se encontraría entre las Galias e Italia, un terreno de enfrentamiento en el cual ninguno de los habitantes y de los administradores hubiera podido ganar nada. Y, luego, la región había sido ampliamente favorecida por César durante su gobierno: era probable que alguien hiciera pagar a los cisalpinos ese privilegio.

César pareció darse cuenta tardíamente de que todos esperaban su respuesta. Apartó la mirada del punto indefinido que había seguido observando desde el inicio de la cena y escrutó uno a uno a los comensales. Los escrutó con sus ojos profundos, oscuros y penetrantes, capaces de obligar incluso al más determinado de sus interlocutores a dirigir la mirada a otra parte. Nunca nadie había podido jactarse de haberlo visto cansado, ansioso o sencillamente triste: nunca, en aquellos nueve años en las Galias, ni siquiera en los momentos más dramáticos. Sin embargo, habían sido muchas las situaciones críticas, incluso desesperadas: ante los germanos de Ariovisto, en combate con los belgas, durante las rebeliones de Ambiórix, Viridomaro y sobre todo Vercingétorix. A pesar de la enorme presión que pesaba sobre él en esas circunstancias, siempre se había mostrado seguro, y nunca había dejado de infundir confianza a sus colaboradores con su actitud determinada.

Pero ahora carecía de la ayuda de Labieno. Incluso sus más convencidos defensores tenían razones para temer que la ausencia del valiente y capaz legado —y sobre todo su presencia entre las filas enemigas— pudiera hacer mella en su seguridad. A fin de cuentas, nadie podía negar que Labieno le había resuelto al procónsul un montón de problemas, que lo había sacado de apuros en las circunstancias más espinosas. Difícilmente se encontrarían en la situación en la que se hallaban ahora, de esto ni Ircio dudaba, si Labieno, más de una vez, no hubiera llegado allí donde César no había tenido la posibilidad de llegar.

Juntos habían sido invencibles. Pero ahora estaban el uno contra el otro. Y precisamente en la vigilia del desafío más importante, el de la supervivencia, para evitar que la gloria obtenida en los años desapareciera en las brumas de la *damnatio memoriae* a la cual querían condenarlo sus adversarios.

—Estoy bastante cansado. Y no me siento bien. Si no os molesta, quisiera irme a la cama.

Esto fue todo lo que dijo César, al final. Luego se levantó y fue a estrechar la mano de su anfitrión, que tanto se había prodigado para hacer confortable su visita.

La mayoría abrieron los ojos como platos. Un velo de incomodidad descendió sobre la habitación. No, no era el César de siempre. De pronto, parecía que sus cincuenta años, hasta hace poco camuflados bajo la fascinación que provocaba su persona, lo hubieran embestido con toda la intensidad con que habían sido vividos.

—Como desees, César. Si necesitas descansar, no seré yo quien te entretenga —dijo el decurión, acompañándolo al umbral.

César alcanzó la entrada del local despidiéndose apresuradamente de su anfitrión sin ni siquiera cambiarse de ropa. Pero en cuanto este hubo alcanzado de nuevo a los otros huéspedes, el procónsul hizo una señal a Aulo Ircio, que se unió a él.

—Dile al tribuno Hortensio Hortalo que se desplace

de inmediato al Rubicón con dos cohortes. Que se disponga cerca del puente frente a Ariminum,* pero sin hacer nada. Que se quede allí y espere. Que los otros actúen como está convenido.

* Rímini.

II

> Al final, dejada de lado la razón, se lanzó por instinto hacia el futuro, y como dice habitualmente quien se dispone a una empresa valiente y difícil, exclamó: «¡La suerte está echada!». Así empezó a atravesar el río y luego, a toda prisa, antes de que amaneciera, se arrojó sobre Rímini y la conquistó.
>
> PLUTARCO, *César*, 32

Ortwin estaba empezando a ponerse nervioso. La empresa no comenzaba bajo los mejores auspicios. Y eso admitiendo que César tuviera de veras la intención de llevarla a cabo. Desde hacía al menos tres horas habían dejado Ravena a las espaldas, y hacía ya un rato que iban avanzando a ciegas. Parecía imposible, pero obviamente habían perdido el camino.

¿Acaso los dioses no estaban de acuerdo con lo que César se disponía a hacer? Sin embargo, ¿no habían sido siempre los dioses, Venus y Fortuna en particular, los que lo habían protegido y asegurado sus triunfos? Ortwin estaba confundido. Sabía qué estaba haciendo, y dónde estaba acompañando a su comandante. Pero también sabía que, por primera vez desde que había empezado a servirlo, hacía ya nueve años, César se disponía a violar lo que más sagrado había para los romanos.

Lo había visto turbado, cuando partieron de Ravena. Turbado como nunca hasta entonces. En el pasado, César había violado muchas cosas sagradas: pero eran las de los galos, los belgas, los germanos y los britanos. Esta vez era otro asunto: se trataba de los romanos, sus conciudadanos. Quizá incluso él, que siempre se había considerado un preferido de los dioses, temía, esta vez, provocar su ira.

Ortwin miró a sus hermanos germanos. Parecían tan descolocados como él. Nunca, en aquellos años, habían puesto en duda su fidelidad a César. Nunca, después de que el procónsul hubiera derrotado a su jefe, Ariovisto, y los encuadrara en su propio ejército, convirtiéndolos en su guardia principal. Y no dependía solo de la generosa paga que recibían de su general. Pronto habían aprendido a admirarlo, a estimarlo, y lo consideraban el mejor comandante posible.

La confianza que César sabía infundir en ellos hacía que se sintieran orgullosos del papel que ejercían, y nunca había oído a nadie hablar de un eventual regreso a casa, más allá del Rin, a las tierras de los suevos. A nadie, salvo a Veleda. Ella sí que quería regresar a Germania.

Veleda. La había dejado con el personal civil agregado a la XIII legión, con las ocho cohortes que aún no se habían movido de Ravena. La había saludado con la certeza de verla de nuevo pronto, a la mañana siguiente, y también en aquella ocasión la muchacha, su princesa, le había repetido la misma idea: terminada la campaña de Italia tenía la intención de regresar con su gente, la de todos ellos, y recuperar el poder que había sido de su padre, Ariovisto. Con o sin él.

Y una vez más, Ortwin se había sentido obligado a reafirmar su compromiso: se quedaría con el César mientras este lo necesitara. Entonces Veleda había vuelto a recordarle que había prometido a Ariovisto, su padre, que la protegería, que ella tenía derecho al trono de los suevos y que él estaba obligado a ayudarla. Ortwin, como siempre, le había respondido que también estaba comprometido con César, mientras tanto, y que los tiempos, en Germania, no estaban maduros para una empresa tan arriesgada.

La historia de siempre. Que una y otra vez acababa así: se separaban enfadados, después de haberse pinchado como marido y mujer, y luego el día siguiente volvían a discutir, como si no pudieran prescindir de ello. Sin embargo, no solo no eran marido y mujer, sino que ni siquiera habían estado juntos en la intimidad. Ortwin respetaba demasiado a la hija del que había sido su rey para ir más allá de la simple protección, y la amaba con tal intensidad que no podía soportar la idea de ser rechazado. Así, no se atrevía a rozarla, limitándose a menudo a observarla de lejos, a admirar no solo su belleza, sino también la fuerza de ánimo que la muchacha mostraba al ejercer las tareas más pesadas a pesar de su rango. Aunque le faltara una mano. Aquella mano que él mismo le había truncado hacía más de un año, sin saber que era suya, cuando César le había ordenado que dejara mancos a todos los habitantes de Uxelludunum.

Había revivido mil veces aquella escena. Veleda había terminado en medio de los defensores de la ciudad solo porque un galo la había raptado, hecho suya y llevado allí. Ortwin había cortado manos desde el alba hasta el ocaso, y no había sabido detenerse ante Veleda. Se había maldecido repetidamente por lo que había hecho, y aún luchaba para impedir que el sentimiento de culpa lo consumiera. La conciencia de que no habría podido evitarlo, de que nunca habría podido reconocerla antes de que su espada cayera sobre la muñeca de la muchacha, no lo aliviaba lo más mínimo. La realidad era que había jurado protegerla y, en cambio, no había hecho más que crearle problemas.

La había perdido de vista inmediatamente después de ponerse al servicio de César, sin haber conseguido impedir que el hijo del mejor general del procónsul, Labieno, le hiciera daño. Luego la había encontrado, pero solo para enviarla a una ciudad, Lutetia, donde terminó en las manos de otro hombre capaz solo de violarla. La había vuelto a hallar, pero entonces le cortó una mano. En fin, todo cuanto había podido ofrecerle para compensar tantas amarguras sufridas, y que también él había contribuido a procurarle, había sido un puesto como vivandera de la guardia germánica de César.

Hubiese querido restituirle el papel que le correspondía por nacimiento, y le hubiera gustado estar tan convencido como ella de que aún estaba a su alcance. Pero la verdad era que no lo creía: volver a Germania y reclamar un reino no era más que un sueño, y su promesa de acompañarla, un día u otro, no era más que una piadosa mentira a la mujer que amaba.

—Si no llegamos al Rubicón antes del alba se acaba todo.

Aulo Ircio, el asistente de César, se le había acercado, para recordarle su deber más inmediato.

—Esas vueltas que ha pretendido dar César, y además en la oscuridad, para no dar a los de Ravena la impresión de que vamos hacia el sur, nos han hecho perder el sentido de la orientación. Es noche cerrada, no se ve nada y ni siquiera podemos guiarnos por las estrellas... —respondió el germano.

—Debemos encontrar a alguien que nos indique el camino a la frontera —replicó Ircio, con brusquedad.

Ortwin señaló hacia delante.

—Allí se entrevé la silueta de algunas casas.

—Bien. Coge a dos hombres y entra en la más cercana. Si hay un hombre dentro, oblígalo a que nos haga de guía. Por las buenas o por las malas.

—César ha dicho que no molestáramos de ningún modo a la población. Podríamos darles dinero.

—No tenemos dinero que gastar en paletos. Lo necesitamos para la gente que cuenta, si acaso. Si tiene mujer e hijos, amenázalos, cógelos como rehenes, ¡pero date prisa!

Ortwin creía, y desde hacía tiempo, que Aulo Ircio no tenía las cualidades necesarias que deberían distinguir a los principales colaboradores de César. Para empezar, nunca lo había visto combatir, y esto, para un guerrero como él, ya era motivo suficiente para no tenerlo en consideración. Además, le parecía incapaz de absorber nada de la grandeza del hombre al que servía desde hacía una década. Sospechaba que había tenido un papel en la ruptura de la relación entre César y Tito Labieno, él sí, un combatiente de valor y hombre de gran categoría.

De todos modos, sabía que Ircio era bueno para obtener información y para redactar informes, y César se valía de él sobre todo para eso. El problema, si acaso, era que el asistente tendía a aprovechar ese papel para extralimitarse de sus funciones. De hecho, cuanto más pesados se hacían los cometidos de César, más veía Ircio cómo le delegaban cuestiones relevantes de las que, antaño, se habría ocupado el propio procónsul.

Ortwin se volvió un instante para mirar el carro en el que viajaba César. Se lo había procurado él mismo en un molino, le había uncido dos bueyes y lo había hecho salir de incógnito de Ravena poco después de la hora de la cena. Luego volvió de nuevo la mirada hacia delante, evitando a Aulo Ircio a propósito. No tenía más elección que obedecer. Estaba seguro de que, si lo puentease yendo a hablar directamente con César, de un modo u otro Ircio se lo haría pagar.

Hizo señas a dos de sus hombres para que lo siguieran y se encaminó al trote hacia el conjunto de casuchas. A medida que se acercaba, tomó forma una minúscula aldea.

Parecían casas de gente pobre. No eran muy distintas de aquellas de madera, enlucidas con arcilla y revestidas con estiércol de vaca para el aislamiento térmico, que Ortwin había dejado en su tierra natal. Estaban habitadas por labradores, sin duda. Labradores dependientes de algún señor de los alrededores, colonos que en verano cultivaban la tierra por su cuenta. Mejor así: sin una villa en las inmediatas cercanías, llamaría menos la atención.

Llegó al umbral de la cabaña más próxima y bajó del caballo, con el rostro envuelto por la nube de condensación que creaba al respirar a causa del frío punzante. Sus dos subalternos lo imitaron en silencio.

Golpeó a la puerta, con fuerza. No obtuvo respuesta. Volvió a golpear. Estaba a punto de golpear una tercera vez cuando oyó trajinar del otro lado de la pared. La puerta se abrió y apareció un hombre envuelto en pieles de animales, con el pelo desgreñado, barba desaliñada y una expresión entre aturdido y espantado.

—¿Quiénes sois? ¿Qué queréis? —dijo con voz pastosa.

Ortwin lo apartó sin demasiados cumplidos y entró en la casa. Miró a su alrededor. Los dos compañeros lo siguieron, y la irrupción disuadió al campesino de hacer más preguntas. El germano vio a tres mujeres recién levantadas de sus respectivos camastros. Fue suficiente.

—Necesitamos un guía que nos conduzca al Rubicón a la altura de Ariminum. Vístete. Una de tus hijas vendrá con nosotros para asegurarnos de que hagas lo que te pedimos —dijo.

El hombre se volvió hacia sus mujeres, que intercambiaron unas miradas llenas de espanto. Luego hizo una señal de asentimiento a Ortwin, se anudó la túnica a la cintura y puso sobre ella una casaca de piel. El germano indicó a una de las dos muchachas, que dirigió a su madre una mirada temerosa e interrogativa. La mujer le hizo señas de que secundara la solicitud del extranjero y la ayudó a vestirse. Finalmente, el grupo salió de casa. Ortwin llevó en su silla al campesino, y uno de sus hombres cargó a la muchacha, que no debía de tener más de quince años y estaba muda por el terror. Ser despertada en plena noche y raptada por un torvo bárbaro, pensó Ortwin, no debía de ser una experiencia agradable. Si hubiera sido por él, se la habría ahorrado: pero Aulo Ircio lo había querido así.

Volvieron a la pequeña escolta que precedía el carro de César. Ortwin vio que el procónsul había descendido del vehículo.

—¿Habéis encontrado un guía? —preguntó César, yendo a su encuentro.

—Este hombre nos llevará al Rubicón —dijo Ortwin, señalando a sus espaldas.

—¿Y la muchacha?

—Digamos que... es un elemento de persuasión.

Ortwin trató de justificarse.

—En absoluto. César no necesita obligar a nadie. Mis derechos los defiendo con el derecho, siempre que sea posible.

César volvió al carro, hurgó dentro y sacó una bolsita. Luego se acercó al caballo de Ortwin, dirigiéndose al campesino.

—Buen hombre, soy Cayo Julio César, procónsul de esta provincia y tu gobernador. Necesito tu ayuda. Debo alcanzar cuanto antes el Rubicón, y espero que seas capaz de conducirme hasta allí. Este dinero es para ti —añadió, ofreciéndole la bolsita que había retirado del carro—, cógelo ahora, porque me fío de la gente de la que he sido responsable durante casi una década y a la que he gratificado con privilegios y derechos que antes correspondían solo a los itálicos. Se entiende que tu hija puede regresar de inmediato a casa. Nos encargaremos de darte también un caballo para que puedas volver con tu familia en cuanto hayas cumplido tu encargo.

El hombre pareció confuso. Luego cogió con rápida avidez la bolsita y dijo:

—Me siento orgulloso de ser útil a mi gobernador, César.

—Te ruego que excuses la impetuosidad de mis hombres. Son guerreros más habituados al campo de batalla que a la vida civil, y a veces no se andan con rodeos —comentó César, haciendo una seña al otro germano para que devolviera a la joven. Solo entonces consideró zanjado el asunto y subió de nuevo al carro.

Ortwin lanzó una mirada de soslayo a Aulo Ircio, que dirigió sus ojos a otra parte.

Faltaba una hora para el amanecer. El Rubicón corría plácido frente al César, que por fin se reunió con el millar de soldados y sus colaboradores más estrechos que había enviado adelante bajo el mando de Hortensio Hortalo. Acababa de despedir al guía que los había conducido hasta allí, a través de senderos tortuosos que lo habían obligado a abandonar el carro y a proseguir a pie.

César miró a su alrededor. A lo largo de la orilla del pequeño río vio las siluetas de los legionarios ateridos, que saltaban continuamente para calentarse. Junto a sí observó los rostros perplejos de sus compañeros más fiables. Poco más allá, trató de captar algún tipo de emoción en el rostro impenetrable de sus guardias germánicos.

Estaban allí por él, todos. Porque habían elegido seguirle, algunos por convicción, otros por devoción o por reconocimiento, algunos incluso por conveniencia. Pero ¿a qué los estaba arrastrando?

Sopesó bien sus fuerzas. Con los guardias germánicos siempre podía contar. Hacían cualquier cosa que se les ordenase, sin hacer preguntas y sin hacérselas a sí mismos. Querían a un jefe digno de ser servido y en él lo habían encontrado: no pedían más.

La XIII legión estaba entre las más experimentadas. Eran casi todos veteranos con al menos ocho años de servicio a sus espaldas. La había empleado, y siempre con provecho, en un número infinito de frentes y contra enemigos de toda clase: los belgas, los vénetos, en la revuelta de Vercingétorix. Incluso los había llevado a Britania. Poco después llegarían también las otras ocho cohortes, con lo que el número total de efectivos haría unos cinco mil hombres.

Y luego estaban sus amigos. No, definirlos como amigos era demasiado. César no tenía amigos. Los amigos se entienden, y nadie podía entender a César. Tenía socios y colaboradores que se esforzaban en secundarlo porque lo admiraban, incluso lo amaban, pero no amigos. Los escrutó uno a uno.

Aulo Ircio era el que trabajaba en más estrecho contacto con él. Tenía cierta capacidad de análisis, era capaz de obtener información, examinarla y captar los nexos con la misma rapidez con que lo habría hecho su comandante. Y sabía escribir, una habilidad muy importante para quien, como César, tenía la intención de dejar memoria de sí a la posteridad también a través de documentos. El procónsul se había preguntado a menudo si Ircio sabría también combatir y dirigir tropas, pero había decidido no comprobarlo: le era demasiado útil como analista para ponerlo en riesgo en una batalla. Tampoco él presionaba mucho para ser puesto a prueba. Cierto, no era una gran compañía: a menudo sombrío, carente de sentido del humor, tampoco era amado por sus camaradas. Pero César no necesitaba compañía, necesitaba colaboradores eficientes. Con frecuencia se encontraba pensando en el gran límite de muchos hombres de poder, que preferían rodearse de colaboradores «simpáticos», compañeros de juergas, antes que de personas capaces.

Lo que no era Aulo Ircio lo era, en cambio, Marco Antonio. No era muy agudo, pero sabía ser tan jovial que conquistaba la simpatía y el apoyo de cualquiera. Además, era un combatiente nato. Quizá nunca sería un gran comandante: resultaba demasiado hedonista, temperamental y perezoso para poseer la disciplina y la ambición necesarias para gestionar grandes ejércitos, y demasiado distraído e inconstante para concebir grandes planes tácticos y estratégicos. Pero tenía el instinto del soldado, y en la batalla, con su valor, sabía arrastrar a los demás como solo Labieno había demostrado saber hacer.

Escribonio Curión, en cambio, no era un soldado. Como Antonio, era capaz de hacer mella sobre la multitud con su encanto y su notable oratoria. Como Antonio, no era un tipo al que confiar grandes responsabilidades, pero lo tomaba todo como un desafío y se lanzaba en cuerpo y alma. El dinero que César había gastado en saldar sus enormes deudas se había revelado una buena inversión: en el año recién transcurrido, Curión, como tribuno de la plebe, había conseguido paralizar la actividad anticesariana del Senado sin dar la impresión de ser partidario del procónsul.

Quinto Casio Longino no tenía particulares cualidades, y era codicioso. Pero precisamente su codicia era la mejor garantía de fidelidad: en César veía a un hombre que podía llenarlo de honores y dinero, y se había adherido a su causa sin reservas. Como tribuno de la plebe, había apoyado a Antonio en toda esa dramaturgia que hizo aparecer a César como víctima de las maquinaciones de sus adversarios políticos.

Asinio Polión era, entre los pocos que lo acompañaban en aquellos días decisivos, el hombre al que César más podía considerar un amigo. No es que confiase en él, naturalmente. No lo hacía con nadie, más que en rarísimas ocasiones, en las cuales, por otra parte, se dejaba llevar solo a prudentes desahogos controlados. Pero Polión era mesurado e inteligente, y sentía un sincero afecto hacia él. Además, como Ircio, también Polión poseía ciertas dotes literarias, aunque su ambición estaba centrada en la redacción de una gran obra histórica. Y él,

César, no tenía interés en una gran obra histórica: lo que necesitaba era una obra sobre sus gestas, inevitablemente histórica, por supuesto, pero centrada en él.

César los miró una vez más. Estaban todos allí por él. Estaban poniendo en riesgo su reputación, su carrera, incluso su vida, quizá, por la defensa de sus derechos, por su ambición. Entrar, armados, en el sagrado suelo itálico y sin la autorización del Senado y el pueblo de Roma: un acto que ofrecería a sus detractores, y también a cuantos aún estaban dispuestos a creer en él, más de un pretexto para considerarlo una amenaza para la República.

Era consciente de que estaba a punto de cometer un sacrilegio. Pero era igualmente consciente de que la única alternativa era la renuncia a todo aquello por lo que había luchado y combatido durante décadas: un acto de cobardía le habría costado no solo la carrera, sino también el respeto por sí mismo y acaso la vida.

No había términos medios: sacrilegio o cobardía. A esto lo habían obligado la mezquindad y la envidia de sus adversarios. Para sobrevivir, debía violar todo aquello que en principio tenía que defender, o abandonar definitivamente una carrera que aún no le había valido el justo reconocimiento. Ni siquiera un triunfo había tenido, en tantos años de victorias y de gloria en las Galias, en Britania, en Germania y en España. Ni siquiera un triunfo, después de haber procurado a Roma un territorio tanto o más ilimitado que los adquiridos por Pompeyo. Ni siquiera un triunfo, después de haber vencido en batalla a pueblos belicosos y valientes como los galos, los belgas, los germanos y los britanos. ¡Y pensar que había gente que había celebrado triunfos por guerritas periféricas, que no habían añadido nada a la gloria y al poder de Roma!

Le hubiera gustado que los diversos Catón, Pompeyo, Metelo Escipión, Bíbulo, Léntulo y todos los demás que se habían dejado influir por su acritud colaboraran con él para la reforma del Estado. Un Estado podrido en todos los sectores de la sociedad, de la política y de las costumbres. Una ciudad, Roma, donde era casi imposible circular sin el temor a ser agredido o acabar en medio de un ajuste de cuentas. Una política en la cual los cargos se asignaban no por méritos, sino por el dinero que el aspirante estaba dispuesto a desembolsar. Un imperio administrado por gobernadores rapaces, que concebían las provincias que les habían asignado como meras vacas que ordeñar. Una República continuamente desgarrada por guerras civiles.

Sí, por guerras civiles. Y él estaba a punto de provocar una. Conscientemente. Deliberadamente. Como Mario. Como Sila. Como Lépido. Había demasiados obstáculos que superar, que remover, para reformar el Estado. Precisamente Catón y sus acólitos se oponían con obstinación a cualquier cambio, condenando al olvido no solo a él y a los hombres voluntariosos como él, sino también al imperio, que sin sangre nueva e instituciones más eficientes estaba destinado a una decadencia precoz.

Sí, hubiera preferido su colaboración para reformar el Estado, pero ellos nunca se lo hubieran permitido. Durante algún tiempo, pensó que quizá Pompeyo lo acompañaría, si no se dejaba influir por la llamada de la aristocracia más retrógrada. Pero, después, la muerte de Julia, la hija que le había dado como esposa, y la envidia habían llevado a su colega a los brazos de los conservadores más siniestros. Y ahora, se vería obligado a enfrentarse también a él.

Una oposición demasiado fuerte, un frente demasiado amplio, para poder llegar a compromisos. Había que eliminarlos a todos. Por el bien de Roma. Cualquier compromiso habría sido solo temporal, y el paso del tiempo hubiera traído otros lutos, otros conflictos, otros sufrimientos a todos los romanos. La supervivencia de César era también la supervivencia de Roma. Su victoria era también la victoria de Roma. Por eso lo hacía. Por eso, antes que cualquier otra cosa.

Se preguntó si sus compañeros de aventuras lo habían seguido por el mismo motivo. Si también ellos identificaban el destino de César con el de Roma, subordinando el segundo al primero. Seguramente, estaban más espantados que él por lo que los esperaba. Al cabo de poco, todo se habría vuelto irreversible: una espiral de incomprensiones y, por último, de odio recíproco que crecería hasta la desaparición de una de las dos facciones en litigio, como sucede en cualquier guerra civil.

Sabía a qué se enfrentaba. Lo sabía mucho mejor y mucho más que sus adversarios, que se debatían entre mil dudas y se mecían en la ilusión de que César no tenía los medios, el valor y la determinación para llegar hasta el final. Pero él tenía precisamente esta ventaja: a diferencia de cualquier otro, sabía que quería llegar hasta el final. Lo había dispuesto todo con el objetivo de barrer cualquier obstáculo. Y estaba dispuesto a arriesgarlo todo, a ponerlo todo en juego, con tal de conseguirlo. Había preparado durante años sus proyectos. Los otros, no. Los otros se limitaban a improvisar, a suponer, a especular y a confiar. He aquí otra ventaja. Y no era una ventaja irrelevante.

Pero los suyos no lo sabían. No sabían que lo había planificado todo. Todo. Algunos de ellos hubieran podido tener escrúpulos. Algunos podrían pensar que era demasiado imprudente. Así, caminaba a un lado y a otro, a la espera del alba, dando la impresión de sopesar todas las posibilidades, como si también él, al igual que sus adversarios, estuviera atemorizado por el drama del que se disponía a ser protagonista. Como si quisiera buscar soluciones distintas de las extremas.

En realidad, sabía perfectamente que las soluciones extremas eran las únicas practicables.

No quería parecer inseguro. No lo había hecho, y sabía que un buen comandante debe mostrarse siempre seguro de sí mismo. Lo que quería era mostrarse humano. Justamente turbado por la enormidad de lo que estaba a punto de provocar.

Estaba a punto de amanecer. Era el momento de hablar.

—Polión, ¿piensas que es una locura? —preguntó, asegurándose de que lo oían también los otros colaboradores que estaban alrededor.

—Hablando en términos estrictamente estratégicos, alguien podría suponerlo, cierto.

Polión era siempre franco. También por eso era el que, entre los más íntimos de César, más se parecía a un amigo.

—Ahora tenemos solo dos cohortes. Dentro de poco tendremos diez. No recuerdo un intento de golpe de Estado con recursos tan limitados. Considera que tenemos enfrente a toda la República, y a un gran general como Pompeyo.

—Además, le darán los más amplios poderes —añadió Quinto Casio.

—Tienes nada menos que ocho legiones en las Galias. No perderíamos mucho tiempo si esperásemos algunas —replicó Curión.

—¡Por ahora, no necesitamos otras unidades! ¡Son todos unos cobardes! —gritó Antonio—. Huirán como ratas en cuanto nos acerquemos. Así que, ¡cuanto antes lo hagamos, mejor!

La duda serpenteaba, pues. Solo Antonio había abrazado la elección del golpe por sorpresa. Y no por razones estratégicas, sino un poco movido por su impulsividad.

En cambio, la razón de aquella aparente locura era puramente estratégica. César trató de explicárselo a todos.

—No puedo dejar las Galias desguarnecidas. Os recuerdo que Pompeyo dispone de numerosas legiones en España, y que le resultaría fácil recurrir a ellas. Por el contrario, a pesar de sus declaraciones, no dispone de legiones en Italia. En esto, al menos, mis adversarios han debido respetar la Constitución. Como procónsul, Pompeyo no puede tener fuerzas en la península. Dispone de las dos legiones que le he enviado para la guerra contra los partos después de la derrota de Craso. Luego, Quinto Casio, la valiente acción de tu primo Cayo Casio Longino en Siria ha hecho superfluo que fueran enviadas al frente parto, y mis enemigos han aprovechado para tenerlas a mano. Están instaladas en Capua, pero Pompeyo no está seguro de poder confiar en hombres que han combatido durante tanto tiempo conmigo.

—Pero Pompeyo dispone de recursos infinitos en Oriente. Ha construido una densa red de clientelas con sus conquistas. Incluso en África puede echar mano de efectivos —dijo Polión.

—Ciertamente. Pero este partido no se juega sobre la cantidad de los efectivos, sino sobre la velocidad —respondió César—. Para reunir tropas en Oriente, Pompeyo necesita tiempo. Mucho tiempo. No se ha preocupado de reclamar a sus veteranos porque no piensa que actuaré mientras se acerca el invierno y con la única legión instalada al sur de los Alpes, sin esperar refuerzos de las Galias. Sus veteranos están en gran parte lejos de él, y no puede oponerse a una agresión inmediata más que con los reclutas recién alistados, según lo establecido por el senadoconsulto. Reclutas, no hay necesidad de que os lo diga, que no sostendrían el choque ni siquiera de un manípulo de la XIII legión. Él lo sabe, y esta es nuestra ventaja. No buscará el enfrentamiento con fuerzas tan inconsistentes. Negociará, se replegará, pero no combatirá. Y mientras tanto nos haremos con Italia, casi sin derramar una gota de sangre. Pompeyo tiene demasiados apoyos en otras partes para pensar en jugarse el todo por el todo ahora y en suelo itálico.

—Pero ¿qué me dices del resto de Italia? La población al norte de Roma, del Piceno, de la Tuscia. Podría oponerse a nuestro paso y ralentizar nuestra marcha hacia Roma hasta hacernos empantanar a lo largo de los Apeninos... —insistió Polión.

—Estoy razonablemente seguro de que no ocurrirá. En estos años me he encargado de poner de mi parte, con oportunos donativos, a los decuriones y los magistrados de los centros entre la Galia Cisalpina y Roma. La propaganda de mis gestas, que se han cuidado de difundir, ha orientado a la población en mi favor. Me abrirán las puertas con entusiasmo. También porque temen una guerra civil, y no serán, desde luego, los civiles los que obstaculicen la marcha de un hombre que ha hecho prosperar sus ciudades. Y esto, unido a la acción repentina que nos disponemos a realizar, provocará el desconcierto entre mis adversarios, esa camarilla de oportunistas que se ha apoderado de la República.

—Pero admitamos incluso que consigamos apoderarnos de Italia —objetó Curión—. De todos modos, estaremos rodeados. Pompeyo controla España, África y Oriente. Le bastará con interrumpir las comunicaciones y los suministros para provocar una hambruna. Y la población la tomará contigo.

Aulo Ircio respondió por César:

—Puede ser que ocurra, pero no durante tanto tiempo como para permitir que Pompeyo se imponga. Pompeyo cree que el tiempo trabaja a su favor, pero pronto se dará cuenta de que no es así. Catón y compañía no le dejarán luchar a su manera. Cada uno querrá decir la suya, discutirán, se dividirán y cometerán un error tras otro. A diferencia de nosotros, que tenemos un mando unitario y bien definido.

—En efecto —aseguró César—. Con Pompeyo me las apañaría incluso en igualdad de condiciones. Pero ahora, con el lastre que tiene, es un adversario hasta demasiado fácil.

—Pero si no quieres aparecer como un agresor de la República, sino como un procónsul que reivindica sus propios derechos —Polión hizo otra objeción—, deberías hacer ver que quieres llegar, como sea, a un acuerdo. Es más, nunca deberías dejar de intentarlo.

—Es exactamente lo que haré. Y quizá Pompeyo, por su parte, aceptaría un compromiso para evitar lo peor. Pero es rehén de sus nuevos amigos, ahora. Y, sobre todo, el paso de Labieno a sus filas los habrá convencido de que me he debilitado, que estoy yendo de farol y que no tengo la fuerza suficiente para luchar por mis reivindicaciones hasta el final.

—Por tanto, ¿no te preocupa que Labieno se haya pasado de su lado? —preguntó Curión.

—Al contrario. En realidad, puede ser una ventaja.

Infunde en mis enemigos un falso sentimiento de seguridad.

A Aulo Ircio le molestó este comentario. No había renunciado a esperar que César odiase a Labieno por su traición. Pero no habló.

Lo hizo Antonio, que, en tanto que primo del comandante supremo, podía permitirse ciertas libertades.

—Pero Labieno es un gran comandante. Donde no llegue Pompeyo, podría llegar él tal y como sucedía contigo.

—Pero no son suficientemente inteligentes como para permitirle llegar... —concluyó César, mirando de repente el cielo. Una débil claridad estaba empezando a irradiarse en la oscuridad de la noche—. Es la hora. ¡La suerte está echada! —gritó.

Subió al caballo, haciendo señas a su guardia germánica para que lo siguiera. Se acercó a las dos cohortes alineadas a lo largo de la orilla del Rubicón y llamó al centurión primípilo al que había apenas reclamado del licenciamiento después de las guerras galas.

—¡Cayo Crastino! ¡Conduce la columna! ¡Soldados! Frente a nosotros, más allá del río, Ariminum nos espera. ¡Y luego, después de Ariminum, Roma! Sois conscientes de lo que nos aguarda: si atravieso este río, ¡la República podrá sufrir daños, pero si no lo atravieso, es seguro que seré yo quien los padezca!

Inmediatamente, espoleó el caballo, descendió al agua baja del río y abrió el camino a todos los demás.

III

> La gente huía desordenadamente de todas partes, como ocurre en una situación de pánico: como no había noticias precisas todos consideraban que César avanzaba a toda velocidad con un ejército imponente.
>
> APIANO, *La guerra civil*, II, 35, 141

Servilia recorrió el vestíbulo de la casa de su hermanastro, abrió la puerta y observó, desconsolada, el fermento que agitaba las calles de Roma.

Algo debía de haber sucedido. Algo importante. Todos corrían, todos gritaban. La excitación era palpable, y la consternación evidente en la expresión de aquellos de los que se podía vislumbrar el rostro. Los alaridos se superponían los unos a los otros, impidiéndole captar el sentido de las palabras que el viento punzante llevaba consigo. Escapaban, escapaban todos. La gente pobre, los pudientes, incluso algunos aristócratas, que incitaban a los siervos desde su litera.

César. Ese fermento tenía que ver con César. No entendía qué decía la gente, pero había oído su nombre, y más de una vez. ¿Otra falsa alarma? Ya algunos días antes se había corrido la voz de que había entrado con todas sus legiones en los confines itálicos y marchaba hacia Roma. Pero no era verdad. ¿Y esta vez? ¿Se había movido, al fin? ¿Se había de veras movido? ¿Y con qué propósito?

Fue a ver a Catón para conocer sus intenciones. Sabía que todos los anticesarianos le pedirían consejo y lo seguirían, una vez que la crisis llegara a su apogeo. Desde el primer día del año, cuando se leyó en el Senado el ultimátum de César, Catón se había encerrado en casa, después de declarar que ya había anunciado la deriva autocrática de César. Y a cualquiera que fuese a verlo, repetía la misma frase: «¡Yo lo había dicho: ahora apañaos!».

Pero su hermanastra sabía que no se habría desentendido durante mucho tiempo. Le interesaba demasiado el bien del Estado para quedarse al margen y limitarse a mirar un conflicto que podía transformarse en una guerra civil.

A ella, en cambio, le interesaba demasiado César para renunciar al intento de ser útil al hombre al que había amado, o eso le parecía, durante toda una vida. Lo había visto solo dos veces, en los últimos años, y fugazmente. Pero lo que sentía por él no se había apagado ni había mudado. En César, por el contrario, algo había cambiado: no la había querido en ninguna de las dos ocasiones en que había ido a verlo, ni la buscó después, y Servilia no estaba segura de que fuera solo porque ya no tenía tiempo para el amor.

Por otra parte, ella tenía cuatro años más que César. Y nunca había sido su mujer. No tenían lazos de parentesco, pues, y sus cincuenta y cuatro años le impedían también la posibilidad de constituir un agradable pasatiempo para él. César ya no tenía ningún motivo para frecuentarla. Si se lo hubiera permitido, ella le habría demostrado que aún estaba en condiciones de darle placer. Si hubiera podido alcanzar un poco de intimidad con él, le habría hecho saborear de nuevo las antiguas emociones, los olores que lo habían embriagado durante décadas, las complicidades que los habían ligado el uno a la otra y que él siempre había considerado insustituibles.

Pero él no le permitía que se acercara. Tampoco las circunstancias, en realidad, se lo permitían. Arrastrado por una serie de acontecimientos que él mismo había desencadenado, la había olvidado, casi mortificado, y prácticamente dejado de lado, por los hombres de su estado mayor, sus clientes y sus soldados. Y por su ambición. Una ambición de la que Servilia aún no era capaz de imaginar los límites.

Pero ella tenía un plan. Un plan para reconquistarlo. Estaba decidida a descubrir los proyectos de sus opositores para luego revelárselos. Solo así podía ser útil, recuperar su atención y quizá, un día, su confianza y su intimidad.

No se había hecho ilusiones de que su hermano, y los adversarios políticos de César, manifestaran de inmediato sus intenciones frente a ella que, ahora, era identificada como la amante de César. Aunque se hubiera mostrado de su parte, no le habrían dado crédito. Pero quería intentarlo y había empezado con su hermano, el hueso más duro de roer. Si lograba convencerlo de que sentía verdadera animadversión hacia César, los otros lo aceptarían como un hecho.

¿Y por qué no, además? Si hubiera sido una mujer rencorosa, tendría mil razones para odiar a César. De hecho, él la había rechazado. ¿No era lícito que su orgullo de mujer resultase herido? ¿Herido de muerte? Si Tito

Labieno había abandonado a César y se había pasado al bando de sus enemigos, ¿acaso no tenía ella razones suficientes para hacer lo mismo?

¿Labieno, el más fiel, el más antiguo y el más íntimo de los colaboradores de César? ¿Labieno, al que ella a menudo había envidiado por su proximidad al hombre que amaba? ¿Labieno, el hombre del que César siempre hablaba, que a menudo había interrumpido sus encuentros amorosos, empujando a su comandante a abandonarla allí, de repente? ¿Labieno, al que casi había llegado a considerar un rival?

Aquel día, nada más empezar a conversar con Catón, reafirmó su hostilidad hacia César. Luego ruidos y gritos, fuera, en la calle, atrajeron su atención, pero no la de su hermanastro, que se quedó en el *tablinium*, en absoluto turbado, ni aparentemente curioso de descubrir qué estaba ocurriendo.

Servilia estaba a punto de mandar un esclavo a la calle para pedir informaciones más precisas cuando entrevió a un grupo de aristócratas, con las togas bordadas de púrpura, avanzando hacia ella. Sintió una rabia repentina. No había conseguido hablar con Catón tanto como para convencerlo de que también ella odiaba a César. Y ahora llegaban los otros. No tolerarían su presencia, ni Catón la permitiría. Tampoco hablaría en su favor.

Los rostros tomaron forma a medida que se acercaban al umbral de la vivienda de Catón. Servilia distinguió primero a Cneo Pompeyo Magno. A su lado, vio a Marco Calpurnio Bíbulo, yerno de Catón. Había sido edil y luego cónsul con César, y en ambos casos había sido eclipsado por la personalidad de su colega: vivía para la revancha. Luego reconoció a los cónsules Lucio Cornelio Léntulo Crus, que se jactaba de haber rechazado la cifra con que César había intentado comprarlo, y Cayo Claudio Marcelo. También estaba Lucio Domicio Enobarbo, cuñado de Catón y nuevo procónsul de las Galias: un gobernador sin ejército.

Vio también a Marco Tulio Cicerón. ¿Acaso había decidido por fin tomar partido? ¿O estaba allí en condición de mediador, un papel que se adaptaba mejor a su personalidad? A su lado se encontraba Quinto Cecilio Metelo Pío Escipión, el suegro de Pompeyo: un hombre de dudosas cualidades y de defectos manifiestos, comenzando por una torpeza casi proverbial.

Pero no estaban solos. Estaba también Tito Labieno, con un joven que, dado el parecido, debía de ser su hijo. Sí, era precisamente Labieno, que oficializaba con aquel encuentro su adhesión al partido anticesariano. Él y su hijo llevaban uniforme de soldados e iban armados. Debían de haber llegado a Roma hacía poco. Por último, vio también a alguien a quien hubiera preferido no ver.

Bruto.

Marco Junio Bruto, su hijo.

César había sido como un padre para él y para su hermana menor, Tercia. Pero también lo había sido Catón. El muchacho se había convertido en un hombre entre los opuestos ejemplos y estímulos de dos personajes muy distintos el uno del otro y separados por un insalvable odio mutuo. Servilia se había preguntado a menudo cómo su hijo, en esa continua encrucijada, guiado y lacerado por la admiración a ambos, embrujado y atemorizado por sus fuertes personalidades, había podido crecer equilibrado.

De aquel revoltijo de impulsos había salido un joven frágil e inseguro, sincero y apasionado, convencido defensor de la República, de sus tradiciones y del derecho de la aristocracia, pero también dotado de un sentido de la justicia que le permitía identificar los males a los que había que poner remedio.

Una mezcla peligrosa e incomprensible, en aquellos tiempos.

Hubiera querido decirle que se fuera, que no se pusiera en contra de un hombre al que amaba. Pero no podía, si quería ser de ayuda a César. Al contrario, debía exhortarlo a que contribuyese a detener al tirano.

De todos modos, estaban todos los principales opositores de César. Debía de haber ocurrido algo importante de veras.

—¡Servilia! ¿Qué haces con tu hermano en estos momentos dramáticos? Tú deberías estar allí donde el enemigo de Roma es aún apreciado. ¡Entre la plebe! —la saludó Pompeyo con una sonrisa que pretendía atenuar un poco el carácter ofensivo de su observación.

—Salud a todos. ¡Ese traidor de César debe de haber tomado la decisión de actuar, si venís todos a la vez a visitar a Catón! —dijo.

—Aunque fuera así, no lo sabrías por nosotros, querida. La palabra «traición» referida a César suena un poco extraña dicha por ti, si me permites —dijo Bíbulo, que de tanto hablar con un tono airado había cogido la costumbre de torcer continuamente la boca.

—Servilia, ¿quieres hacer el favor de decirle al *ostiarius* que nos anuncie a tu hermano o tener la amabilidad de hacerlo tú misma? —zanjó Domicio Enobarbo, señalando al guardia que permanecía plácidamente en su alojamiento junto a la puerta.

—... Antes de marcharte... —añadió el cónsul Léntulo.

Servilia los observó. Labieno miraba a otra parte. No

debía de ser agradable para él, hombre de baja extracción social, proveniente de la provincia, soldado experto habituado a los campos de batalla y a los campamentos, colaborar ahora con los aristócratas romanos, tener que secundar sus chanchullos y tragarse esas discusiones interminables a las que eran tan dados. Él era un hombre de acción, y estaba segura de que ya sufría un sentimiento de frustración, hasta de opresión. Experimentó un cierto placer: que padeciera algunas incomodidades, al menos, por haberse interpuesto entre ella y César y por traicionarlo al final.

—Veo que nadie desea que me quede. Está bien. Pero os sería útil el punto de vista de una persona que ha conocido a fondo a César.

Luego, mirando a Labieno, se corrigió:

—De una mujer que ha conocido a fondo a César.

Dijo al guardián que anunciara a los huéspedes a Catón y luego llamó a sus sirvientes, que la esperaban fuera con la litera.

—Nadie puede decir que ha conocido a fondo a César, señora. Nadie en el mundo —dijo entonces Labieno—. No se puede conocer a un hombre que sabe dominar tan bien su ánimo.

—Un momento —intervino Bruto—. Madre, no quiero que vuelvas sola a casa. La ciudad está alborotada, y podría ser peligroso.

—¿Qué quieres que me ocurra? Tengo a mis esclavos.

—No. Necesitas una escolta. O por lo menos alguien que esté armado.

—Tú sabes que Catón no tiene armas en casa. A menos que Labieno y su hijo quieran ceder sus gladios a mis esclavos.

—Es inútil. No los sabrían usar... —insistió Bruto.

En ese momento llegó el *ostiarius* de Catón.

—Mi amo os invita a entrar —dijo, con ademán ceremonioso.

Fue Pompeyo quien rompió la incomodidad que la obstinación de Bruto había creado:

—Hagamos así: Labieno, estoy seguro de que tu hijo Quinto, cuya presencia en esta reunión es menos necesaria que la nuestra, querrá hacernos la cortesía de garantizar la seguridad de Servilia acompañándola a casa.

Quinto Labieno no ocultó su fastidio. Pero su padre lo miró y asintió de manera tan imperativa e imperiosa que a Servilia le recordó la mirada de César. El joven, visiblemente frustrado, no pudo más que aceptar.

La mujer estuvo a punto de protestar, pero luego pensó que tal vez ese joven impetuoso podía servir a su objetivo. No podría quedarse para escuchar los discursos de los enemigos de César, pero sí obtener algunas informaciones de Quinto. Claro, primero debería granjearse su confianza, de un modo u otro. Toda la confianza que pudiese. ¿Por qué no, en el fondo? Era un doble desafío: conseguir algún tipo de información que pudiera favorecer a César y seducir a un hombre que tenía quizá la mitad de sus años.

Y si conseguía seducirlo a él, sería una señal de que podría también reconquistar a César.

—César ha atravesado el Rubicón —empezó Pompeyo cuando se encontró frente a Catón—. Ha tomado Ariminum sin combatir y parece que tampoco en las otras ciudades está encontrando resistencia. Ya ha ocupado Pisaurum, Fanum y Ancona.

Catón se levantó de su silla. No tenía la túnica, sino

solo la toga, y estaba descalzo. Pero no es que lo hubieran sorprendido en un momento de intimidad: también en el Senado se presentaba así.

—Habrá llevado consigo todas sus legiones galas... —comentó paseando entre sus huéspedes, pero dirigiendo la mirada a otra parte.

—Bueno, en realidad... —dijo Domicio Enobarbo—, solo trae consigo la XIII.

Catón se volvió de golpe.

—¿Y cómo hace, por todos los dioses, para ocupar todas estas ciudades con una sola legión? ¿Cómo las vigila?

—Precisamente ese es el problema —comentó Pompeyo con amargura—. Le basta una sola cohorte por ciudad. La población lo acoge festiva. Los magistrados están de su parte. Incluso le permiten enrolar nuevas tropas.

Catón permaneció en silencio, pero continuó paseando. Nadie se atrevió a interrumpir sus reflexiones.

—Sigue siendo una sola legión —dijo—. Si la divide demasiado no tendrá quien lo defienda de un ataque. Pompeyo, ¿tú no eras el que se jactaba de golpear con un pie en el suelo y hacer aparecer todos los ejércitos que querías? No debería resultarte difícil enviar al menos un par de legiones en su contra. A fin de cuentas, has recibido del Senado el encargo de proveer a la defensa de la República.

—Sabes perfectamente que ahora no puedo. ¿Quién imaginaba que ese loco iba a actuar en este momento, acercándose ya el invierno, y sin esperar a sus legiones galas?

Pompeyo estaba visiblemente avergonzado.

—Sin embargo, hace tiempo que estás obligado a enrolar reclutas.

—Pero son reclutas, justamente. Y aún son pocos. No tendrían ninguna posibilidad contra los veteranos de César. Y, además, en este punto, aunque enviara tropas contra ellos, sería como si actuasen en territorio enemigo. En Aemilia y en Umbria, las regiones inmediatamente por debajo de la Galia Cisalpina, están todos de su parte. ¡Y ahora controla la entrada de la vía Flaminia, que lo lleva directo a Roma! Se ha preparado bien el terreno. Nada de forzado por las circunstancias, como dice él. ¡Lo tiene planificado todo!

—¡Nosotros, no, en cambio! —replicó Catón—. Nosotros no hemos hecho nada. ¡Nada, a pesar de que os lo había advertido! ¿Recuerdas, Pompeyo, cuando te decía que no dejaras a César a tus espaldas? Te decía que, aunque en ese momento no te dieras cuenta, antes o después empezarías a sentir su peso y su presión, pero ya no podrías dejarlo ni seguir sosteniéndolo. Es culpa tuya que se haya hecho tan poderoso. Lo llevo diciendo desde hace años, que es un peligro. ¡Pero tú has sido tan estúpido que has favorecido su ascenso! Y dado que has provocado un gran mal, te corresponde ahora ponerle remedio: tu papel de comandante general es el único recurso que le queda a la República.

—¡Pero si es solo flor de un día! ¿Qué puede hacer con una sola legión? —intervino Bíbulo con su típico tono rencoroso—. Ha tomado Aemilia. Quizá tome Umbria. ¿Y entonces? No podrá ir más allá porque nosotros, mientras tanto, ¡reuniremos tales fuerzas que lo rechazaremos y destruiremos!

—¡Por supuesto! —le hizo eco Domicio Enobarbo, que no odiaba a César menos que Bíbulo—. Yo soy el nuevo procónsul de las Galias. Remontaré la península y tomaré posesión de las tropas que me corresponden y después lo atacaré por la retaguardia con la ayuda de las tropas ibéricas de Pompeyo. Mientras tanto, podemos usar las dos legiones instaladas en Capua para entretenerlo. Más tarde, haremos llegar fuerzas de África y de Oriente. Todo el imperio es nuestro. César solo tiene las Galias: ¡no puede derrotar a todo el mundo romano!

—¡Estáis locos! ¡Sois unos soñadores! ¡Se ve que nunca habéis mandado grandes ejércitos y realizado vastas campañas! —respondió Pompeyo—. No tenéis idea de las dificultades logísticas que comportan los desplazamientos de ejércitos enteros. En el tiempo que emplearían mis siete legiones ibéricas en alcanzar Italia, César podría llegar a Roma sin necesidad de avanzar demasiado rápido. Y ese hombre ha hecho de la velocidad su arma ganadora. En cuanto a las tropas africanas y a las orientales... ¡incluso tendría tiempo de regresar a las Galias y luego alcanzar de nuevo Roma!

—¡Que venga a Roma! —chilló Bíbulo—. A fin de cuentas, sigue teniendo una sola legión, diezmada por la necesidad de ir dejando guarniciones. ¿Cómo puede apoderarse de la ciudad?

—¡No podías decir algo más estúpido! —le respondió Cicerón—. ¿No ves que el pueblo está con él? César siempre ha estado muy atento a congraciarse con la plebe, cuidando la propaganda y comprando admiración con fáciles regalos. ¡Cualquier aristócrata que intentara oponerse a él correría el riesgo de ser linchado! No, ¡debemos convocar al Senado hoy mismo e intentar negociar con él!

—No hay nada que negociar con César. Ya hemos llegado a numerosos acuerdos, a lo largo de estos años, y mira en qué situación nos encontramos ahora. Si me hubierais hecho caso... —respondió Catón.

—Aunque convocáramos al Senado, es aquí en todo caso donde debemos decidir una línea de acción. Los demás senadores la ratificarán y punto —dijo el cónsul Marcelo.

—Salvo aquellos a sueldo de César, se entiende —repuso Metelo Escipión.

—Insisto: si no estamos seguros de poder detenerlo, debemos tratar de persuadirle para que desista de sus propósitos. Quizá, si le dejamos un par de legiones y el Ilírico, estimará que su honor no ha sido menoscabado y se conformará... —rebatió Cicerón.

—No. Pretenderá que yo también renuncie a mi mandato proconsular y a mis legiones, como ha hecho hasta ahora —precisó Pompeyo—. Lo ha reiterado varias veces.

—¡Pues entonces, hazlo! ¡Mantén tú también un número simbólico de legiones! —dijo Cicerón—. El pueblo aprobaría una desmovilización por parte de ambos. ¡Tiene demasiado miedo de que se repitan las masacres de Mario y Sila para tolerar a dos generales en armas, uno contra el otro!

—¡Bromeas! ¿Y con qué defendemos la República? —replicó Catón—. Los cargos de Pompeyo no se tocan: ¡es lo único seguro de toda esta historia!

Metelo Escipión asintió con convicción.

—Sus cargos son una cáscara vacía, si no puede disponer ahora de las tropas que necesitamos para impedir que César llegue a Roma —pontificó Cicerón—. Tampoco estoy seguro de que sea una buena idea intentar hacerlo, de todos modos. No veo cómo tú, Pompeyo, podrías convencer a todos de que César es un monstruo después de haberlo alabado tanto en el pasado. En todo caso, la guerra civil debe ser la última opción. Tenemos aquí a una persona que conoce bien a César y su situación. Aún me parece increíble que tú, Labieno, hayas decidido unirte a quienes todavía respetan la Constitución. Creo que es el momento de oír tu opinión sobre las intenciones de César y sus posibilidades que llevarlas a cabo.

Todas las miradas confluyeron hacia Labieno, que hasta entonces se había limitado a escuchar.

—Pues... —el legado que había procurado tantas victorias a César se aclaró la voz: a pesar de que había sido tribuno de la plebe, ya no estaba habituado a hablar frente a tantos ilustres exponentes de la aristocracia romana. Pero debería recuperar la costumbre—. César no está tan convencido de lo que está haciendo ni puede estarlo. Ha atravesado el Rubicón rápidamente y con una sola legión porque sabía que solo así podría confiar en el éxito. El tiempo trabaja en su contra, porque nunca podrá movilizar un número de tropas suficiente para afrontar las que puede alinear la República. La suya es una acción desesperada, pero es la única alternativa a su declive, y él lo sabe. Habría elegido con gusto otra opción, si la hubiera tenido.

—Por tanto, ¿el suyo es solo un farol? —dijo el cónsul Léntulo.

—En ciertos aspectos, lo es —prosiguió Labieno—. Espera que caigamos en el pánico y que perdamos el control de nuestras fuerzas. Espera que os pongáis a discutir entre vosotros y confirméis vuestra incapacidad de guiar con mano firme el Estado. Espera que hagáis el ridículo frente al pueblo y los soldados, induciendo a todos a abandonaros y a alinearse con él. Solo si le dais la razón podrá conseguirlo. En todos los otros casos, está perdido.

—¿Qué propones, entonces? —le preguntó Catón, ganándose una mirada de reojo por parte de Pompeyo, que se consideraba el único y legítimo destinatario de semejante pregunta.

—Debemos actuar en dos frentes. Procurarnos tropas y, mientras tanto, bloquear su avance —respondió Labieno, seguro—. Y para bloquear a César, entre Aemilia y Roma solo podemos contar con certeza con el Picenum. Nuestra región, Pompeyo, donde tus clientelas son más sólidas.

—Sí —respondió Pompeyo, molesto por tener que darle la razón—. En el Picenum tengo a Actio Varo, al que he mandado organizar el reclutamiento. Me ha comunicado que ha reunido al menos veinte cohortes. Y luego está Vibulio Rufo. Pero sus soldados no valen gran cosa.

—No importa —lo apremió Labieno—. Yo, personalmente, puedo contar con Cingulum,* donde he nacido. Hasta ahora César ha ocupado sin dificultades las ciudades de las cuales había ligado a sí a los magistrados. Pero su red de corrupción no puede haber alcanzado también la región del gran Pompeyo. Es por eso por lo que ahora está apuntando a la Umbria: quiere adueñarse también de la vía Cassia, dejando el Picenum de lado para evitar empantanarse junto al Apenino.

—De acuerdo. Mientras tengamos el control del Picenum no le será fácil llegar a Roma. Pero, entretanto, ¿cómo reuniremos las tropas? —preguntó Domicio Enobarbo.

—Este es precisamente el punto, si he entendido bien —dijo Pompeyo—. Contamos con el Picenum para blo-

* Cingoli.

quear a César, reforzando al máximo sus guarniciones. Mientras tanto, dejaremos Roma e iremos al sur, cogeremos las dos legiones establecidas en Capua y luego haremos venir a las de las otras provincias. Cuando César llegue a Roma, si es que llega, ya habremos organizado un bloqueo total contra él: con el mar, el Epiro, África, las islas y España en nuestras manos, estará completamente rodeado, y no veo cómo podrá conservar el poder en la Urbe más que por algunas semanas.

—¡Claro! —le hizo eco, entusiasta, su suegro, Metelo Escipión, que se estremecía ante el pensamiento de alcanzar Siria, de la que había sido designado gobernador, y ponerse al frente de sus legiones—. ¿César quiere demostrar que no somos aptos para gobernar Roma? ¿Quiere dejarnos en ridículo ante el pueblo? Será él, en cambio, quien se mostrará un inepto: ¡veréis cómo será cuestionado en cuanto la ciudad sea asolada por el hambre!

—¿Dejar Roma? ¿Huir? ¡Es así precisamente como nos desacreditaríamos a los ojos del pueblo! —exclamó Bíbulo, indignado.

—Yo también lo veo así. Toda la República se disuelve ante el ataque de una sola legión. ¡Y sus representantes escapan sin tener el valor de enfrentarse a César! —exclamó Domicio Enobarbo.

—No es una fuga. Se trata de un repliegue estratégico —explicó Pompeyo—. Y es también la mejor manera de neutralizar a César sin hacer de Italia un campo de batalla. El pueblo solo podrá apreciar una elección que le ahorra lutos y miserias. Si se cometen atrocidades, no podrán ser atribuidas más que a César. Nosotros nos limitaremos a tomar posesión de las tropas que nuestras respectivas magistraturas nos permiten tener: Metelo Escipión irá a Siria, al frente de sus legiones; Catón es el propretor de Sicilia, por tanto, irá a la isla y se hará cargo de sus defensas.

—¿Y yo? ¡Yo soy el procónsul de las Galias! —exclamó Domicio Enobarbo—. ¿Adónde debería ir, si no a la provincia de la que soy gobernador?

—Por desgracia, es la única en posesión de César... —precisó Léntulo, con una pizca de sarcasmo.

—¡No me importa en absoluto! No puedo ser el único magistrado sin su ejército. Iré más al norte y organizaré la defensa del Picenum. En cuanto sea posible, pasaré a las Galias y recuperaré esos territorios para la República. Y César estará aún más entre la espada y la pared.

—No tengo autoridad para impedir que un igual, un procónsul, haga semejante tontería.

Pompeyo extendió los brazos.

—Pero eso significa poner a tu disposición las tropas que yo, por encargo del Senado, estoy enrolando en mi región. Tropas que he confiado a un comandante con experiencia como Actio Varo, para que se mantenga a la defensiva. Tropas que, en caso de dificultad, nos podrían ser útiles en el momento del choque decisivo, en vez de ponerlas en peligro ahora. ¿Tú te sientes en condiciones de guiar a todos esos mocosos sin experiencia contra veteranos que llevan casi una década luchando en los campos de batalla?

—¡Claro que sí! Sabré motivarlos. ¡El hecho de que no tenga experiencia directa en una guerra no significa que no sepa cómo comportarme en una campaña militar! He leído a Jenofonte, Tucídides, Heródoto y Polibio. ¡Me bastará aplicar los preceptos que he estudiado!

Más de uno entre los presentes alzó los ojos al cielo. La mirada de Pompeyo se cruzó con la de Labieno. Ambos sonrieron.

—De todos modos, te sugiero que te mantengas a la defensiva —añadió Pompeyo.

—¡Haré lo que la situación exija una vez que esté allí!

—Recapitulemos —intervino Catón—. Y recordemos que nosotros representamos al Estado, en todo este asunto. Por consiguiente, debemos tener siempre en cuenta la legalidad. Así que hoy nos ocuparemos de ratificar en el Senado nuestras directrices. Antes que nada, sancionaremos el nombramiento de Pompeyo como comandante supremo de las fuerzas republicanas. Luego dejaremos claro de una vez por todas que César es un enemigo de Roma, que no quiere renunciar al mandato proconsular vencido desde hace tiempo ni tampoco rendir cuentas de sus ilegalidades cometidas como cónsul y procónsul. Promulgaremos un decreto de emergencia para la evacuación de la ciudad. Cuanto antes nos movamos, mejor, así que sugeriría que partamos mañana mismo hacia Capua, donde se encuentran las dos únicas legiones de veteranos de que disponemos de momento. Quien se quede en Roma será considerado un amigo de César y, por ende, equiparado a él.

—¿Cómo es eso? —objetó Cicerón, sintiéndose obligado a tomar posición—. ¡Un montón de gente no sabrá adónde ir! ¡Otros tendrán exigencias personales que les impedirán abandonar la ciudad de forma tan repentina! ¿Cómo puedes generalizar de este modo?

—Muchos senadores están a sueldo de César, y nunca lo han ocultado. Otros, en cambio, no se entiende bien de qué lado están. Así, al menos, sabremos con quién podremos contar si hay que salvar la República —zanjó Catón—. Y, mis ilustres huéspedes, es hora de que volváis a vuestras respectivas casas para reflexionar antes de la sesión senatorial que se anuncia fundamental para nuestro destino y el de la República.

Abrió los brazos invitándolos a marcharse.

—¿Tendré plenas facultades para actuar según mis propósitos? ¿Plena autonomía? —preguntó Pompeyo. Ya había entendido que su cargo corría el riesgo de ser vaciado de significado y de autoridad por las veleidades personales de cada uno de sus compañeros de aventura.

—Esta es la intención, sí —respondió Catón—. Unidad de propósitos para preservar a la República de los ataques de quien quiere destruirla. Estoy seguro de que sabrás usar el gran poder que te es confiado para asegurar la supervivencia del Estado tal como lo han construido y perfeccionado nuestros antepasados. El Senado, o al menos la parte sana de él, te ayudará en esta difícil tarea, naturalmente.

Pompeyo hizo una mueca, que no tardó en transformarse en una sonrisa amarga. La injerencia del Senado era precisamente lo que quería evitar. No, como muchos temían, para extralimitarse de sus funciones, sino para poder poner en práctica estrategias coherentes sin que personas totalmente inexpertas en asuntos militares se sintieran autorizadas a ponerle condiciones.

Pero sabía que no era posible obtener nada más. No con un constitucionalista como Catón en medio. No con individuos como Bíbulo, Léntulo, Marcelo, su mismo suegro, Metelo Escipión, Domicio Enobarbo, envidiosos tanto de él como de César, y, por tanto, ansiosos de demostrarse generales igualmente válidos. No con un pusilánime como Cicerón, que nunca tomaría una posición inequívoca ni permitiría que un hombre, fuera quien fuese, se irguiese por encima del Estado. Se encaminó hacia el vestíbulo, y los demás lo siguieron.

Pero Catón cogió por un brazo a Labieno y lo retuvo, mientras los demás se alejaban.

—¿Por qué has dejado a César, Tito Labieno?

Labieno calló durante unos instantes. Miró a otra parte, luego observó a Catón, que lo escrutaba con una mezcla de curiosidad y sospecha.

—Si una larga amistad y una gran estima desaparecen, no es nunca por un solo motivo, sino por un concurso de factores, y es el fruto de un desgaste. Hay quien dice que lo dejé porque me sentía superior a él y ya no soportaba ser su segundo. Hay quien estima que él me sustrajo repetidamente méritos y que yo, finalmente, tuve que reaccionar. Son pocos los que piensan que he empezado a considerarlo una amenaza para la República.

—¿Y quién tiene razón?

La mirada de Catón se hacía cada vez más penetrante. A Labieno le pareció la de César.

—¿Quién puede decirlo? ¿Piensas que lo admitiría, si de veras lo hubiera dejado por frustración? ¿Y si te dijera que finalmente me di cuenta de que pretendía eliminar toda oposición y transformar la República en una monarquía? ¿Que solo con el tiempo aprendí a leer su desenfrenada ambición detrás de sus actos y sus actitudes? ¿Me creerías? ¿O creerías, más bien, que estoy recubriendo de nobles ideales una traición dictada únicamente por la mezquindad de mi ánimo?

—Tienes razón, sin duda. Serán los hechos los que digan si eres mejor que todos estos —dijo Catón, señalando a los huéspedes que salían de casa—, que solo se han coaligado contra César porque lo envidian, y no porque estén de veras preocupados por la suerte de la República... Al igual que César, no son fieles a un ideal, sino solo a sí mismos, y no constituyen una amenaza para el Estado únicamente porque no tienen las capacidades, la determinación ni la ambición de César. Yo busco a alguien que sea fiel a un ideal. Solo así conseguiremos detenerlo y, al mismo tiempo, frenar la degeneración de la República.

Labieno asintió. Estaba revalorizando a Catón: era más lúcido de cuanto su obstinada determinación había dado a entender tanto a él como a César.

IV

> [...] No esperaban ninguna moderación por parte de César, pero temían sufrir daños mucho más numerosos y terribles, porque la mayor parte de su ejército estaba constituida por bárbaros.
>
> DION CASIO, *Historia romana*, XLI, 8, 6

Quinto Labieno tenía la clara impresión de que aquella vieja se sentía atraída por él. Servilia no le había quitado los ojos de encima durante todo el viaje, ni había dejado de hablarle y de interrogarlo sobre sus años en las Galias. Pero quizá solo intentase ser amable. A fin de cuentas, ¿qué sabía él de las matronas de la alta nobleza?

Claro, era vieja, había entrado ya en la cincuentena. Pero se mantenía bien, se dijo. Era alta, esbelta, de actitud regia, sensual en sus movimientos, y esa posición casi lasciva que había asumido recostándose sobre el costado en la litera, con la redonda cadera bien a la vista, llegaba incluso a turbarlo.

Tampoco sus ojos verdes lo dejaban indiferente. Los entornaba mientras lo escrutaba y llegaban casi a intimidarlo. Quinto trataba de aguantar su mirada, pero le costaba, estaba incómodo. Así, le hablaba desplazando los ojos a otra parte, sin conseguir fijarlos en el mismo punto más de un instante.

—Hace años que César no me considera digna de ninguna estimación. ¿Me encuentras tan vieja como para no poder atraer a un hombre? —le dijo Servilia, abandonando de pronto el tema sobre el que estaban conversando.

Quinto fue cogido por sorpresa. Después de Veleda, ya no había logrado encontrar atractiva a ninguna mujer, y sus elecciones ocasionales respondían solamente a la necesidad de desahogarse. Menos aún podría sentirse atraído por una vieja. No obstante, aquella mujer tenía algo. No era de veras deseable, pero era hermosa, todavía era hermosa. Aunque su maquillaje era tan marcado que constituía una verdadera máscara. Quién sabía qué desastre se ocultaba detrás, pensó el joven.

La boca era aún carnosa y tenía volumen, resultaba hasta tentadora, pero en los labios las arrugas se percibían con claridad abrumadora: no eran precisamente una invitación a besarla. Sin embargo, los hombros cuadrados, el pelo de un negro brillante, cuidado y recogido en un complicado tocado, y los modales elegantes le conferían un aura casi divina. Quinto imaginó que las diosas debían de tener precisamente ese aspecto: ni jóvenes, ni demasiado viejas.

Decidió decírselo. Eludiría así parcialmente la pregunta, pero sin duda la impactaría.

—Quien tiene el aspecto de una diosa no puede dejar de atraer.

Estuvo a punto de añadir «a cualquier edad», pero se contuvo.

Ella lo miró largamente, sin decir nada, con una sonrisa que le cavaba dos largos hoyuelos a los lados de la boca. Luego respondió:

—Pero César se ha cansado incluso de una diosa. Ahora, cualquier cosa es demasiado poco para él. Quiere más, siempre más: piensa que se merece más que cualquier ser humano.

Quinto calló.

Ella prosiguió:

—Me encuentras mezquina, ¿verdad? Por supuesto, para los hombres, una mujer que llega a odiar a un hombre porque la ha rechazado no puede ser sino mezquina. Vosotros tendréis razones mucho más elevadas para odiarlo, supongo.

Esta vez, Quinto tenía algo que decir:

—¡Bah! Si es por eso, muchos dicen que mi padre odia a César porque se considera mejor que él y ya no soportaba ser su subordinado. Y César sostenía que tu hermanastro, Catón, lo odia porque lo envidia. Como ves, las razones no son menos mezquinas, también para los hombres.

Servilia sonrió. Pero entretanto habían llegado a su destino.

—Me complacería que esta mañana un joven guapo me hiciera un poco de compañía... —le dijo, mientras seguía mirándolo.

Quinto se sintió halagado. Y también excitado. No porque encontrara a Servilia deseable, sino porque había sido la amante de César. Tenía la ocasión de llevarse a la cama a la mujer que César había preferido a cualquier otra. Aunque el procónsul ya no se sentía atraído por ella, poseerla no dejaría de ser una especie de venganza, y una primera y pequeña victoria sobre él.

Y, además, nunca había estado con una dama de la nobleza romana, ni con una mucho mayor que él.

Así que, se dijo, era una experiencia que valía la pena. Asintió, correspondiendo a la sonrisa de la matrona. Servilia bajó de la litera y ordenó a uno de sus esclavos que abriera la puerta de su hermosa casa. Este los introdujo en el vestíbulo, luego en el atrio. Quinto la siguió dócilmente, pero mientras iba adentrándose en la *domus* tuvo una sensación de malestar. Se dijo a sí mismo que habría afrontado mejor la experiencia en ambientes que le resultaran más familiares: en un bosque, por la calle, en un campamento, en una ciudad en llamas, incluso en un sórdido lupanar o en una triste hostería, en cualquiera de los lugares en que hubiera poseído a una mujer durante aquellos años. Allí, en aquella elegante casa aristocrática, la idea de yacer con la amante de César lo intimidaba profundamente.

Entretanto, ella había despedido al esclavo y lo dirigía hacia su dormitorio.

Una cama descollaba en medio de la habitación. Quinto nunca había visto algo semejante. Era alta, tan alta que solo un escabel permitía subir encima. Y ancha, también: dos personas estarían incluso cómodas. Tenía un bonito colchón relleno, cojines, y sábanas color púrpura bordadas en oro. Las patas eran torneadas, el borde y la cabecera presentaban adornos de plata y oro.

Después de años de vida militar, incluso una cama normal hubiera sido para él una novedad. Pero una cama así era algo que nunca habría imaginado ni siquiera que existiese. Bueno, se dijo, ahí tenía otra de las nuevas experiencias que el encuentro con Servilia le tenía reservado.

Ella se acercó y lo cogió delicadamente de las manos.

—Y dime. Tú, en cambio, ¿por qué odias a César?

Su aliento le llegó directamente a la nariz, y no lo encontró muy agradable. En compensación, sus fosas nasales se acunaban en el intenso perfume que Servilia se había puesto, un delicioso efluvio que ninguna de las mujeres con las que había estado se hubieran podido permitir.

Quinto se quedó sorprendido de que la mujer quisiera reanudar esa conversación. Pensaba que había concluido y que no tardarían en ir al grano. Tardó un poco en reordenar sus ideas: desde que había entrado, iba pensando en otra cosa.

Trató de alejarse para mostrarle respeto, pero ella le apretó las manos y lo retuvo, mirándolo aún más intensamente a los ojos. Tenía dedos largos y ahusados, pero las manos estaban ya arrugadas y las venas resaltaban como senderos en un campo recién arado.

Se maldijo. En efecto, no estaba allí para respetarla. Tampoco ella lo había hecho ir allí para que la respetara.

—Yo... yo sé que no tengo motivos mezquinos. Y tampoco los tiene mi padre, si es por eso. Yo odio a César porque quiere esclavizarnos a todos. Vale, también nos gratifica, nos adula, nos compra, pero, entretanto, sin que nos demos cuenta, transferimos nuestra voluntad a la suya y le permitimos hacer lo que le plazca. Y lo que quiere es adueñarse del Estado, convertirlo en algo suyo, como ha convertido en algo suyo las Galias. Nos ofrece espectáculos, éxitos, una imagen de triunfo y positiva de sí mismo, dispensa simpatía y sonrisas, nos tiene contentos y tranquilos, satisfechos y dedicados a los placeres. Pero, mientras, nos sustrae la libertad, y la capacidad no solo de ejercer, sino incluso solo de desarrollar un espíritu crítico. No solo no acepta el desacuerdo o la discrepancia, sino que nos quiere convencer de que no son necesarios, porque es él, solo él, el remedio contra la infelicidad, las injusticias de la existencia y los males del Estado. Nunca he conocido a un hombre que pretenda ser un dios más que él.

Servilia no respondió de inmediato, ni cambió de expresión. Levantó una de las manos de Quinto y la llevó a su seno, metiéndola debajo de la *palla* pero encima de su túnica. Él sintió un pezón turgente, pero poco más: un pecho marchito que, a la presión de sus dedos, cedía por completo. Sin embargo, siguió tocándola, porque ella lo quería. Y porque era el pecho de la amante de César. Y eso lo excitaba.

—¿Y qué pensáis hacer, tu padre y tú, para detenerlo? —preguntó entonces ella, cogiendo la otra mano del joven y guiándola a su propio glúteo.

Quinto tragó saliva. Su frente estaba perlada de sudor. No le resultaba fácil hilvanar sus ideas. Pero aquella mujer debía de haberse acostumbrado a tener, en César, un amante apasionado y lúcido al mismo tiempo. Él no podía ser menos. Apretó la nalga inconsistente de la mujer, le acarició las caderas, irregulares y mucho más anchas que los hombros, y se esforzó por responderle. La voz le salió entrecortada:

—Será tarea de Pompeyo decidirlo, supongo. Según mi padre, Pompeyo necesita el tiempo necesario para reunir sus tropas: algo que tu hermano y los demás difícilmente entenderán. Entretanto, tiene la intención de contar con el Picenum como baluarte para detener a César. Como quizá sabrás, no solo Pompeyo es de aquella región. También nosotros lo somos, o mejor, mi padre, que nació en Cingulum. Cuando era el favorito de César, utilizó a favor de la ciudad mucho del dinero que el procónsul le daba, y sus conciudadanos tienen una deuda de gratitud con él.

Con movimientos lentos, terriblemente sensuales, ella le cogió el rostro entre las manos, lo atrajo a sí, lo besó con delicadeza sobre la frente sudada. Quinto se estremeció. Le gustaba el modo en que ella lo trataba. Encontraba excitante abrazar a aquella mujer que sabía amar, aquel cuerpo pesado pero que, sin embargo, se entregaba a él sin vergüenza.

Como si le hubiera leído el pensamiento, ella se apartó un poco, se quitó la *palla* con estudiada lentitud y, a continuación, también la túnica. Se quedó con la *fascia pectoralis*, luego se alejó aún más de él, para dejarse mirar.

El cuerpo no sabía mentir tanto como el rostro. Quinto percibió arrugas y pliegues por doquier, piel relajada en el vientre y a lo largo de las caderas, un cuello similar a la tierra secada por el sol. Las largas piernas estaban cuidosamente depiladas, pero solo para mostrar las despiadadas venas y las imperfecciones que los años traían con ellos. No obstante, su estructura física era magnífica: la figura alta y esbelta, la cintura aún muy estrecha respecto de los costados, los hombros anchos y cuadrados. Parecía de veras la estatua de una diosa estropeada por las injurias del tiempo.

Y luego, él estaba violando su intimidad. La intimidad de una mujer que durante mucho tiempo había pertenecido exclusivamente a César. La intimidad de una vieja que habría debido esconder su decadencia. Había bastante para sentirse más excitado que nunca.

—¿Y qué pensáis hacer, cuando lo hayáis detenido o derrotado? —le preguntó Servilia, quitándose la *fascia pectoralis* con una elegancia que Quinto nunca había visto en otras mujeres. Tampoco podía compararla con la única mujer de la nobleza que había conocido: Veleda, como buena bárbara, nunca había llevado *fascia pectoralis*. Y, en todo caso, se la habría debido quitar él, porque ella nunca tomaba la iniciativa.

Quinto tardó en responder, concentrado en aquel vago rastro de seno que la mujer mostraba, de todos modos, con orgullo, irguiendo los hombros aún torneados.

—Ya sabes..., si por mí fuera, sería asesinado sin ceremonias ni complicados procesos. Es de veras demasiado peligroso: aunque fracase, tiene la capacidad de resurgir, porque es capaz de convencer a cualquiera de su buena fe y porque posee una inquebrantable confianza en los propios recursos. Si tengo la posibilidad, lo mataré para vengar todas las afrentas que le ha infligido a mi padre. Pero pienso que Pompeyo y tu hermano harán de todo para procesarlo: Pompeyo, porque ha sido amigo suyo; Catón, porque es un riguroso constitucionalista. Y este es el punto: la oposición a César es menos desprejuiciada que él y está demasiado dividida. Una indudable ventaja para el tirano, que mi padre intentará colmar.

Ella se volvió, mostrándole los hombros aún espléndidos, tan erguidos y cuadrados que formaban una línea paralela con el pavimento. Se quedó desnuda, con sus dos nalgas abundantes, irregulares a la vista. Se volvió de nuevo, poniendo en evidencia el denso vello que emergía entre sus muslos.

Lo que no habría debido ser mostrado estaba allí, ante sus ojos, se dijo Quinto. Sí, la encontraba excitante, a pesar de todo.

De pronto, se dio cuenta de que él apestaba como un animal. Y que estaba sucio. Apestaba de sudor, por la larga cabalgada que había hecho desde las Galias junto a su padre. Y estaba sucio de todo ese polvo recogido a lo largo del camino, y de muchas más cosas. Ni siquiera había tenido tiempo de quitarse la coraza. Hacía días que no se bañaba ni afeitaba. Su aspecto debía de parecer horrible a aquella mujer de la alta sociedad romana, habituada a perfumes y esencias que nunca tendrían cabida en el campo de batalla. Y, además, César era alguien que cuidaba mucho su persona. Era sabido que dedicaba mucho tiempo a acicalarse y perfumarse, precisamente porque contaba con su poder de fascinación para hacer mella en la gente. En resumen, aquella mujer estaba habituada a llevarse a la cama a otro tipo de hombres.

Sin embargo, se le estaba ofreciendo. Debía saber que no encontraría en él el telino, el costoso perfume de César, ni la piel pulida de los aristócratas que pasaban la mayor parte del tiempo en las termas, entre saunas y masajes. Pero quizá era precisamente esto lo que quería Servilia: después de haber sido repudiada por César, después de haber aprendido a odiarlo también ella, deseaba algo totalmente distinto, algo que le hiciera olvidarse por completo de él.

Quinto se desató el *cingulum* y lo tiró al suelo con funda y gladio. Se quitó la loriga, y de inmediato notó la túnica levantada a la altura del pubis. Lo notó también ella, que se acercó y lo tocó, acariciando y apretando con sabia alternancia, pero sin insinuarse aún bajo la ropa.

Él la besó de nuevo, aunque era lo que menos deseaba. Pero entendía que la estaba haciendo sentirse mujer, quizá después de mucho tiempo, y buscar sus labios la habría ayudado a recuperar la plena confianza en su propio atractivo. No le gustó, pero los hábiles movimientos que ella continuaba haciendo con la mano mantuvieron alto su estado de excitación. Por suerte, Servilia decidió apartarse y arrodillarse, llevando la boca hacia donde él deseaba que fuera. Le quitó el taparrabos, mientras él se despojaba de la túnica polvorienta.

Quinto permaneció de pie, largamente, inmóvil, abandonándose al espíritu de iniciativa de la mujer, la primera después de mucho tiempo que se concediera a él espontáneamente y que, por añadidura, le diera placer sin que se lo pidiera. Poco importaba que fuera vieja y estuviera fofa: había sido la amante de César, y César solo se concedía lo mejor.

Tanto daba.

La levantó, la alzó y la llevó a peso sobre la cama, tirándola encima como si fuera un cojín. Le separó las piernas, apartando los blandos muslos, y luego se lanzó encima de ella con vehemencia, buscando, y encontrando inmediatamente, el nido en el que acomodarse.

Era el único modo que conocía de hacer el amor.

Le inmovilizó brutalmente los brazos y empujó, pelvis contra pelvis, jadeando, casi rugiendo. La hundió varias veces en la cama. En aquellas sábanas de púrpura bordadas en oro, que se impregnaban a cada instante de su sudor y del polvo de su pelo. Fue apremiante, casi violento, rápido en los movimientos: tenía prisa por marcarla, hacer suya, completamente, a la amante de César. La sintió jadear con voz ronca, y luego gritar, como deseaba que hiciera.

La reacción de ella apresuró las cosas. Cuando Quinto hubo terminado, se desplomó sobre la mujer sin preocuparse de si le hacía daño o la sofocaba. Ella no dijo nada, ni intentó liberarse: se limitó a acariciarle largamente la espalda, hasta que el joven decidió que la fusión de sus epidermis, pegadas por el sudor, era insostenible. Se apartó y se recostó boca arriba a su lado, limitándose a dirigir la mirada al techo.

—¿César duraba más? —le preguntó.

Ella sonrió. Alargó el brazo y lo acarició en torno al pubis. Luego se levantó sobre un codo y lo miró a los ojos.

—Aún no puedo decirlo. Acabamos de empezar —le dijo, aferrándole de nuevo el miembro que se había ilusionado con descansar.

Quinto Labieno salió de la casa de Servilia con una agradable sensación. Sentía que se había enriquecido, en cierto sentido. Y no solo porque había poseído a la amante de César. Sí, aquella era la idea con que había aceptado la invitación de la matrona, pero luego el asunto se había revelado mucho más rico en contenidos. Por primera vez, se había dado cuenta de que hacer el amor con una mujer significaba intimar de algún modo con ella. Más allá de la pura penetración había todo un mundo, que acababa de descubrir. Ella se lo había enseñado. Se preguntó si todas las matronas eran tan hábiles y apasionadas o si Servilia era así porque había sido la amante de César, y César solo quería lo mejor.

Suponía que también las prostitutas eran igualmente capaces en el amor. Quizá, por obvios motivos, no tan apasionadas, pero capaces. Solo que él nunca les había dado el tiempo y la oportunidad de demostrárselo. Llegaba, las cogía en la posición que más le gustaba en ese momento, les pagaba y se marchaba. Con ella, en cambio, se había dejado guiar, se había abandonado a su iniciativa, porque se sentía intimidado. Y así, había descubierto la fusión de los cuerpos.

Siempre había pensado que un hombre y una mujer se unían mediante los respectivos órganos genitales. En cambio, con Servilia había descubierto que los cuerpos se podían fundir por entero. Con las caricias, la lengua, los olores y sabores, se podía entrar completamente en una compañera, y ella podía entrar en tu cuerpo. Y todo era mucho más intenso.

Imaginó qué intenso habría sido con una mujer joven por la que se sintiera verdaderamente atraído. Experimentaba un sentimiento de gratitud hacia Servilia, pero nada más: gratitud por haberle descubierto sensaciones nuevas e insospechadas. Pero estaba seguro de que las habría apreciado aún más con otras. Quizá incluso con las prostitutas, ahora que sabía qué se podía obtener de una mujer hábil y experta. Cualquier atracción que pudiera haber sentido por la amante de César, por otra parte, se había disuelto después de aquello, después de haber poseído a aquella que César había escogido. Pero, sobre todo, después de haberla visto al final de sus coitos, sudada, sin maquillaje, con el pelo desgreñado.

La encontró horrible, y desde entonces intentó evitar su mirada. Hubiera preferido, más bien, contemplar su cuerpo, que, incluso marcado por la edad, no era muy distinto de aquel que pudo descubrir mientras se desvestía. Se había marchado de improviso, saludándola sin dulzura, incluso con embarazo. Ella, quizá, había entendido, y no insistió en recibir mayores atenciones. Solo le había dicho, con aquella voz cálida y profunda que no le resultaba indiferente, que se volverían a ver, y que ella lo buscaría de nuevo.

Ni siquiera se había dado la vuelta para responderle. En ese momento, casi la había percibido como una amenaza, y deseó que Servilia no pusiera en práctica sus propósitos. Pero le habían vuelto a la mente las imágenes de ella en la penumbra, su silueta regia y maciza que se alzó sobre él, lo rodeó y le hizo aullar de placer, y no excluyó entonces la posibilidad de repetir la experiencia.

Obviamente, si hubiera sabido que se podía hacer el amor de esa forma, lo habría hecho con Veleda. Y quizá ella habría llegado a amarlo. Y no se hubiera escapado. Y en la fuga, no habría encontrado la muerte.

Pero sí, si había sido fantástico hacer el amor de aquel modo con una vieja, con Veleda habría sido extraordinario. Siempre lo fue, de hecho, aunque la tomara sin demasiados cumplidos y contra su voluntad, sintiéndola del todo pasiva, incluso apática. No había vuelto a sentir nada semejante con las mujeres, después de encontrársela carbonizada en la hoguera de Uxelludunum, un año antes. Nunca había dejado de culparse por haber llegado demasiado tarde, ni por haberla dejado huir el año anterior, en Lutetia, tras conseguir encontrarla.

La había salvado de la muerte muchos años atrás, nada menos que dos veces en poco tiempo: primero, cuando estaba a punto de ser aplastada por el carro en que viajaba, bloqueado y volcado por los romanos después de la derrota de su padre, Ariovisto, rey de los germanos suevos. Después, cuando los parientes del galo con el que se había casado quisieron quemarla viva al considerarla responsable de la muerte de su marido. El irrelevante detalle de que, en realidad, a aquel galo lo había matado él inmediatamente después de haberla violado no afectó a su convicción de que ella debía estarle, al menos, agradecida, y albergar, aunque fuera solo un poco, algo de aprecio hacia él.

Ni por asomo. A duras penas lo había tolerado, y se fugó en cuanto tuvo la oportunidad. Pero él la había amado de todas maneras, a despecho de su frustración por no ser correspondido. Quizá precisamente esa frustración lo había empujado a tratarla con violencia, a veces. Pero solo a veces: en otras ocasiones, la había tratado como a una reina. Por lo demás, era a lo que ella habría estado destinada, si su padre no hubiera sido derrotado.

Muy a menudo se había preguntado si habría podido inducirla a amarlo, si su comportamiento hubiera sido otro. Pero siempre se había dado la misma respuesta: no conocía otro modo de amar. Por lo menos, no sabía amarla de otra manera a ella, que lo trastornaba hasta el punto de hacerlo esclavo de las propias emociones.

Sin embargo, Servilia le acababa de enseñar que había otros modos de manifestar la atracción por alguien. Si pudiera tener una segunda oportunidad con Veleda...

Pero no sería posible. Nunca jamás.

Un hombre chocó con él mientras corría e interrumpió así sus reflexiones. Quinto perdió el equilibrio y fue a dar contra la pared externa de la *domus* de la que acababa de salir. Absorto en sus pensamientos, no se percató de la sombría atmósfera que se respiraba a su alrededor.

El Quirinal estaba alborotado como nunca lo había visto. El *Vicus Altae Semitae*, la calle principal, sobre la que se asomaba la vivienda de Servilia, estaba repleta de carros. Pero no era el habitual ir y venir de Roma al que estaba acostumbrada, también porque la colina, el barrio residencial por excelencia de la aristocracia, sufría menos que otros barrios la que se había convertido en una plaga endémica de la ciudad. Quinto notó que los medios de transporte no eran los habituales carros conducidos por curtidores, mercaderes, talabarteros, artesanos, viñateros y campesinos, sino verdaderas casas ambulantes llenas de bultos, pero también de mujeres, niños y viejos con expresión asustada.

Al frente, a menudo, no estaban los esclavos, sino los propios propietarios, hombres ricos, aristócratas, quizá incluso senadores, de cuyo destino Quinto no se preocupaba. Ellos sabían adónde ir: sus fincas fuera de Roma, acaso en Campania o Apulia, les asegurarían, aun lejos de casa, la tranquilidad y un sólido nivel de vida. Pero escapaban también los pobres, los habitantes de las *insulae* que se hacían cada vez más frecuentes bajando hacia la Suburra. Aterrorizados ante la perspectiva de una guerra civil, preferían ocultarse en los campos a correr el riesgo de sufrir los asedios, los saqueos y las masacres que habían caracterizado los enfrentamientos por el poder en la ciudad en un pasado aún reciente.

Quinto vio que muchos viejos corrían más rápido que sus propios hijos: probablemente habían vivido las guerras civiles, y las recordaban demasiado bien para volver a vivirlas. La entrada en Roma de Sila como cónsul, el asedio y la venganza de Mario, la batalla de Porta Collina y la victoria definitiva de Sila: hechos ocurridos no hacía ni cuarenta años y que, como un terremoto, parecían haber sustraído para siempre a los ciudadanos la sensación de seguridad. Al mínimo indicio de que la historia pudiera repetirse, todos escapaban sin mirar atrás. El hecho de que supieran que César avanzaba con rapidez hacía aún más angustiosa su fuga: muchos de ellos temían que el conquistador de las Galias cayera sobre la ciudad de un momento a otro.

Quinto estaba seguro de que, si hubiera entrado en alguna casa, encontraría un montón de cosas que robar: aquella parecía gente que no se había preocupado por salvar otra cosa que a sí mismos.

Algunos partían dejando a sus familiares en Roma.

O, por el contrario, otros enviaban lejos, a un lugar seguro, a sus propios allegados. Quinto vio muchas despedidas delante de las viviendas: gente que lloraba, se abrazaba, se desesperaba o discutía animadamente en el intento de convencer a sus interlocutores de que se fueran o se quedaran. Aullaban tanto que conseguía oírlos a muchos pasos de distancia: hablaban de la soldadesca de César, de legionarios que se habrían abandonado a saqueos y estupros, de romanos transformados en bárbaros por los años pasados en las Galias, de hordas de galos y germanos sanguinarios al servicio del procónsul rebelde. Sonrió: entonces era un bárbaro también él.

Pero un hecho, más que ningún otro, lo impresionó: César tenía el poder de dividir no solo a las comunidades, sino también a las familias.

Quinto recorrió el *Vicus Altae Semitae* hacia el sudoeste, bordeando los muros. Sabía que su padre habría seguido la sesión senatorial, inaccesible para él, y se resignó a volver a casa, con su madre, en la Suburra. Llegó a la altura de la puerta Quirinal, atravesando el *clivus cosconius*. No había nada que resultase familiar en la imagen que se ofreció a sus ojos. Las tiendas de los barberos, las *tonstrinae*, donde la gente se agolpaba de costumbre frente a la entrada, se encontraban vacías. Bajo el letrero con las grandes tijeras, que distinguía cada local, solo había desolación. En los bancos donde los clientes se sentaban para conversar acaloradamente mientras esperaban su turno no había nadie en absoluto: solo un perro, con la pata levantada para orinar, asomaba la cabeza bajo uno de ellos.

—¡Vamos a la curia!

Un grupo de exaltados casi lo arrolló.

—Si hubieran escuchado la propuesta de César, si él y

Pompeyo hubieran depuesto el mandato y licenciado a las tropas, ¡ahora no nos encontraríamos en esta situación! ¡Obliguémoslos a hacerlo, si no es demasiado tarde!

Buena jugada, la de César. Con sus proclamas a la desmovilización, se había ganado el favor del pueblo y había descargado en la oposición la responsabilidad del eventual conflicto. Había declarado, además, que venía a Roma también en defensa de los derechos de los tribunos de la plebe, obligados a huir por protegerlo, ganándose así el favor de la gente. En aquellas condiciones, defender la Urbe, para los representantes de la República, era casi imposible.

Disminuyó la velocidad cuando se encontró frente al templo de Quirino. Un montón de gente se agolpaba a lo largo de las escalinatas, justo debajo del frontón que representaba a Rómulo y Remo recibiendo los augurios. Algunos se habían llevado un cerdo, que arrastraban con esfuerzo hacia la entrada, sin duda con la intención de ofrecerlo en sacrificio a los dioses. Otros llevaban consigo ovejas, otros solo volátiles. Todos buscaban a los arúspices para que los ayudaran a celebrar los sacrificios. Quinto dedujo que, en gran parte de los templos de la Urbe, se estaban dando escenas similares.

Locos. Le parecían locos, pensó bajando el *clivus salutis*. Y también César estaba loco, si de veras esperaba alcanzar y conquistar Roma. Si llegara a conseguirlo, sería solo por la poquedad de los hombres a los que se había unido su padre: hombres pusilánimes e irresolutos que Tito Labieno había asumido la tarea de motivar, organizar y estimular, para que emplearan todos sus recursos y fuerzas con el objetivo común de la caída del tirano.

Después de haberlos conocido, los diversos Bíbulo, Domicio Enobarbo, Léntulo, Marcelo, Cicerón e incluso

Catón le habían parecido unos mediocres respecto de los cuales, le costaba admitirlo, César tenía la estatura de un gigante. Y si no fuera por la presencia de su padre y también de Pompeyo entre sus filas, quizá el procónsul podría incluso conquistar la ciudad. Hasta con una sola legión y con toda la República en contra. Se trataba, para el caudillo, del enésimo riesgo calculado: sabía, evidentemente, que contra hombrecillos como esos la apuesta ni podía perderse.

Pero esta vez el gran César había calculado mal. Estaba habituado a hacer las cuentas con el igualmente grande Labieno al lado. Con su padre alineado en el campo de los adversarios, la apuesta de César se convertía en lo que habría sido para cualquier otro hombre: una locura.

O, peor aún, una estupidez.

Quinto estaba seguro de que su padre conseguiría imponerse. No Pompeyo ni Catón, sino Tito Labieno saldría victorioso de aquella lucha, si el conflicto político se transformaba, como parecía, en guerra civil. Labieno era el general más hábil de su tiempo, y las circunstancias, finalmente, le ofrecían la oportunidad de demostrárselo a todos, después de tantos años pasados a la sombra de César, sacrificando las propias empresas a mayor gloria de su comandante.

El joven había decidido oponerse a César para impedir que Roma cayera en manos de un tirano, eso era indiscutible. Pero, no podía negarlo, el impulso decisivo se lo había dado la perspectiva de convertirse en el hijo del general romano más grande, del hombre que había derrotado a César.

Quizá sus motivos no eran del todo límpidos, como había declarado a Servilia, después de todo.

Cualesquiera que fueran, no tenía la intención de mezclarse con los gallinas que huían de César, ya fuera del autócrata o del hombre que hacía sombra a su padre. Sabía que Labieno tenía la intención de constituir una barrera en el Picenum. Pues bien, él no iba a escapar, ni se quedaría en Roma esperando la llegada del rebelde. Quería estar entre los primeros a los que César se enfrentara, fuera cual fuere la estrategia que hubieran decidido adoptar Pompeyo, Catón y el Senado.

Él no tenía miedo de César. Y contribuiría a hacer brillar la estrella de su padre, para continuar haciéndola resplandecer él mismo después de que Labieno, en el futuro y tras muchas otras empresas, se retirase.

V

> A su llegada, cinco cohortes enviadas por Domicio desde la fortaleza cortaban un puente a unas tres millas de la ciudad. Allí combatían con las primeras filas de la vanguardia de César. Las milicias de Domicio, rechazadas enseguida del puente, se retiraban a la ciudad.
>
> CÉSAR, *La guerra civil*, I, 16

Veleda se puso en el brazo manco el escudo que sus compatriotas le habían procurado. Era una *parvula*, un pequeño escudo circular usado entre los íberos. A causa de su discapacidad, no podía aferrar la manilla interna para sostenerlo, pero se las apañó añadiéndole una faja que anudaba al brazo con los dientes y su mano izquierda. Y sin pedir nunca ayuda a nadie.

La muchacha recogió luego su espada y se acercó a uno de los germanos, que holgazaneaba a la espera de recibir noticias de Corfinium.

—¡Combate! —lo instó, pinchándolo con la hoja. El germano extrajo la espada de la funda, pero dejó el escudo en el suelo; luego se puso en guardia sin poder reprimir una sonrisa.

—¡No! ¡Recoge el escudo y combate como si estuvieras ante un enemigo! —le ordenó Veleda, con ademán autoritario. Al guerrero no le quedó más remedio que obedecer. Un instante después estaba en posición de combate, bajo la mirada divertida de su comandante.

Ortwin.

El jefe de los germanos observó con gran curiosidad a la muchacha. No le bastaba con aprender a hacer con una mano casi todo lo que los demás hacían con dos. No, quería aprender a hacer también cosas de hombres. Se le había metido en la cabeza aprender a combatir, a pesar de todo, con la convicción de que le sería muy útil para reconquistar la corona cuando hubiera vuelto a Germania. Ortwin la había visto, a veces, ejercitarse contra palos y árboles imitando torpemente los movimientos de los guerreros. Pero era la primera vez que la veía enfrentarse a un ser humano.

Veleda atacó primero. El otro la esquivó con facilidad y luego intentó golpearla de vuelta, pero débilmente, con excesiva lentitud. Ella no tuvo dificultades de apartarse a tiempo.

—¡Combate como contra un enemigo de verdad, he dicho! —le aulló.

El guerrero miró a Ortwin, que le hizo una señal afirmativa con la cabeza. También Veleda lanzó una mirada al comandante, pero la suya fue de desafío. Después, la muchacha se volvió hacia el adversario y pegó un mandoble. Tan repentino que el guerrero apenas consiguió parar el golpe con el escudo. El impacto resonó en el valle donde se había detenido el pequeño ejército de César. Ortwin estaba satisfecho. Veleda no combatía con su mano de verdad: antes de la mutilación, habría empuñado la espada con la derecha. Debía de haber pegado muchos mandobles, en su entrenamiento, para adquirir aquella fuerza.

Veleda realizó un nuevo asalto. Chocó incluso contra el escudo de su antagonista que, por su parte, seguía a la defensiva. Entonces la muchacha cambió de dirección, apuntando hacia la espada del otro que, como persona diestra, la empuñaba del mismo lado que la suya. Fingió una estocada directa al pecho, pero luego, en el último momento, mientras el hombre estaba a punto de oponer el escudo, hizo con el brazo un movimiento hacia el exterior. La hoja de Veleda apartó la del germano, abriéndose camino hacia el flanco del adversario.

La punta rozó el costado del hombre, que retrocedió por instinto, con una expresión de sumo estupor pintada en el rostro. Ortwin arqueó una ceja. Veleda lo miró, pero solo un instante: de nuevo avanzó hacia su adversario e intentó otra embestida con la espada, que llegó a rozar el muslo del hombre. En este punto, el guerrero se recuperó, y decidió que era ya era hora de ir en serio. Se adelantó dos pasos y pegó un mandoble, que Veleda consiguió rechazar con su escudo. Aunque fuera pequeño, el instrumento cumplió su función: el golpe chocó contra él, pero el impacto y la sucesiva vibración arrancaron a la muchacha un alarido de dolor, reprimido casi al instante.

Sin embargo, Veleda no logró evitar retorcerse sobre sí misma por un momento, apretándose al pecho el brazo dolorido. Cuando recuperó su aplomo, miró a los ojos a su adversario.

—¿De qué me sirve, si no combates como es debido? Tendrías que haber aprovechado mi distracción momentánea. ¡Me habría defendido, y así aprendería cómo se combate bajo presión!

Luego se dirigió al comandante:

—¡Ortwin! ¿Quieres probar tú? Tal vez seas más determinado. Vamos, ¡ven a cortarme también la otra mano, si puedes!

Ortwin estaba tan admirado por su empeño que no pudo sino perdonar aquellas provocaciones sin importancia. Y, además, era tan hermosa..., incluso cuando se las daba de guerrera. No lograba considerar grave ninguna de sus carencias, o directamente no admitía que las tuviera. Sonrió, hizo señas a su subordinado de que le cediera el sitio y el escudo, y se acercó a ella. Extrajo la espada de la funda y empezó a hendir el aire. Ella no sonreía lo más mínimo. Es más, parecía muy decidida a tomarse muy en serio el asunto.

—¡Ortwin!

Un grito resonó a espaldas del comandante germano.

Ortwin se volvió. Era un *beneficiarius* del estado mayor de César.

—¡El procónsul quiere verte! ¡Corre de inmediato a su tienda!

Ortwin miró a Veleda por un instante, le sonrió, se encogió de hombros y extendió los brazos. Luego enfundó la espada y entregó el escudo al otro germano, encaminándose hacia el cuartel general. Pasó entre las tropas de la XII legión, apenas llegadas de las Galias para reforzar las de la XIII: César quería hacer creer que las había llamado solo tras haber constatado que no había ninguna posibilidad de acuerdo, pero en realidad las había movilizado mucho antes de atravesar el Rubicón. De otro modo, nunca habrían llegado a tiempo de participar en la conquista del Picenum. Junto a ellas, vio las numerosas cohortes que habían desertado de los comandantes pompeyanos y se habían unido a ellos.

Cuando entró en la tienda, en compañía de César solo encontró al inevitable Aulo Ircio, a Marco Antonio y a dos *beneficiarii* con las tablillas enceradas sobre las rodillas. El procónsul lo vio con el rabillo del ojo, pero no alzó la cabeza de los documentos que estaba examinando con su asistente. Le hizo señas de que esperara, luego volvió a dictar: «A Curión, escribe: sabe que el Picenum es, en gran parte, nuestro. Desde que has partido para Umbria, hemos tomado Auxinum,* Ausculum, Camerinum y Firmum.** Incluso Cingulum, la ciudad de Labieno, está en nuestras manos. Y no solo no hemos perdido un hombre, sino que ni siquiera hemos tenido que combatir. Me congratulo contigo por la afortunada ocupación de Iguvium.*** Pero las tres cohortes que te he dado para vigilarla son realmente pocas. Promueve un reclutamiento e intenta expandir el control del territorio».

—¿No te parece que eres demasiado optimista? Allí —Antonio señaló en dirección a Corfinium, que se encontraba más allá del río cerca del cual estaban acampados— hay como treinta y cinco cohortes. Y tu sustituto designado, Domicio Enobarbo, resistirá aunque solo sea para demostrar que no es inferior a ti. En resumen, ellos nos superan en número, y nosotros somos los que asediamos.

—Dentro de poco seremos nosotros los que estaremos en superioridad numérica. Mañana irás a Sulmona,

* Osimo.
** Fermo.
*** Gubbio.

a siete millas de aquí. Hay siete cohortes que nos esperan. Los comandantes de la guarnición, Quinto Lucrecio y Actio Peligno, no han conseguido comprarlos, pero los soldados saben desde hace tiempo que César es alguien que acoge bien a los combatientes licenciados. Aunque sea a costa de confiscar las tierras a la aristocracia. ¿Por qué crees que todas las ciudades del Picenum nos han abierto las puertas, ignorando a los comandantes que ha enviado Pompeyo? Me he pasado todo el año divulgando las medidas que pondré en marcha a favor de la región cuando sea cónsul. Daré tierra a los soldados, crearé colonias. Así es como he construido mi carrera. Incluso los clientes con los que cuenta Pompeyo por esta región saben que cuanto él ha hecho por ellos ha dependido de mí, en el pasado. Y saben que la camarilla subversiva que se me opone ya no tiene nada que ofrecer. Esta es la región clave entre la Cisalpina y Roma: conquistarla significa desanimar a nuestros adversarios y asumir el control de las vías de comunicación para la Urbe.

—De acuerdo. Pero ¿qué hacemos con las treinta cohortes de Domicio Enobarbo?

—Es toda gente alistada por aquí. Incluso las tropas que ha traído Domicio, que son más de la mitad, son de Alba. Y las otras, son el fruto del reclutamiento ordenado por Pompeyo: gente inexperta, hasta hace pocas semanas simples campesinos que conocen bien mis gestas. ¿Piensas de verdad que quieren enfrentarse a los terribles veteranos y bárbaros de las guerras de las Galias? ¿Piensas que no les ha impresionado el fin de Vercingétorix o de los bituriges, incapaces de resistir a nuestros asedios a pesar de que eran más numerosos, más feroces y más combativos?

—Siempre hay algo que aprender de ti, César. Eres

un maestro en el conocimiento de la mente humana —dijo Aulo Ircio, con ademán lisonjero—. Muchos se preocupan solo de tácticas y estrategias, antes de enfrentarse a un enemigo: tú, en cambio, valoras con atención su estado mental y su moral.

—A menudo es el elemento decisivo —zanjó César. Luego continuó dando disposiciones a los secretarios—. Ahora escribamos una carta con varias copias a los decuriones de las ciudades de los marrucinos, los frentanos y los larinatos. Pompeyo ha llevado las dos legiones que me ha sustraído a los cuarteles de invierno en Apulia, y es allí a donde tengo la intención de ir para acosarlo directamente. Roma no me interesa, por ahora. Ya es mía, de hecho, desde el momento en que Pompeyo la ha evacuado. Y antes quiero ajustar cuentas con él. Entonces, escribid, en resumen, que César no es un ingrato ni un egoísta. Si garantizan el respeto de mis derechos y de los tribunos de la plebe, gozarán de una parte del botín de las guerras galas como si hubieran combatido.

—¿Por qué en el Picenum te has trabajado al pueblo y en Apulia a los magistrados? —preguntó Antonio.

—Es obvio. Los magistrados y los comandantes del Picenum son gente de Pompeyo o enviada por él. El pueblo, en cambio, está del lado de quien lo trata mejor. En Apulia, los magistrados son como todos los demás: corruptos.

—Ya. Es siempre y solo una cuestión de precio.

—En efecto, con los mediocres es así. De todos modos —dijo César, volviéndose finalmente a Ortwin—, te he hecho venir porque te necesito a ti y a tus hombres. Domicio Enobarbo está atrincherado en Corfinium, pero no aceptará batalla de inmediato. No está seguro de la fiabilidad ni del número de sus hombres, y ciertamente ha enviado mensajeros a Pompeyo para pedir refuerzos. No esperaba que llegase con dos legiones, en vez de una sola. Y yo, hasta ahora, he conquistado todas las ciudades que he encontrado a lo largo del camino sin asedios ni batallas. Quiero que se diga que César viene en son de paz para reclamar sus derechos. Por tanto, no debemos dar a Pompeyo el tiempo de enviar refuerzos que pudieran impulsar a Enobarbo a resistir. Paralelamente, tengo la intención de quitar de sus tropas cualquier residual voluntad de combatir y obligarlo a la rendición.

—No veo cómo... —intervino Antonio.

—Basta con espantarlos. ¿Habéis observado las cinco cohortes que vigilan el puente sobre el río bloqueándonos el camino para Corfinium? Sin duda, es lo mejor que se puede permitir Enobarbo; de otro modo, no los hubiera enviado fuera de los muros de la ciudad. Sin embargo, en su mayor parte son jóvenes e inexpertos. Entonces, aprovechemos los rumores que nos quieren al mando de un ejército de bárbaros sanguinarios. Quiero que tú, Ortwin, y tus hombres, asaltéis la guarnición y os apoderéis del puente. Naturalmente, seréis seguidos por tres cohortes de la XII y por una unidad de honderos baleares. Dentro de una hora os quiero listos para el ataque. Tú liderarás la acción y decidirás cómo alinear el contingente de ataque. Los centuriones de las cohortes empeñadas serán inmediatamente avisados de que se pongan a tus órdenes.

Ortwin inclinó la cabeza y no dijo nada. Nunca decía nada cuando recibía una orden de César. Salió de la tienda invadido por un sentimiento de gran satisfacción. Era la primera vez que el procónsul le asignaba el mando en una batalla. Sí, es verdad, no era más que una escaramuza, pero se trataba, en cualquier caso, de una acción de la que dependía el avance del ejército hacia Corfinium.

Una hora después estaba alineado en orden de batalla. El orden que él mismo había elegido. Ni siquiera Ariovisto le había concedido nunca semejante honor. Había tenido que servir a las órdenes de un caudillo extranjero para sentirse tan orgulloso. Por un instante, se distrajo pensando en Veleda: se preguntó si estaría orgullosa de él o si, simplemente, seguiría considerándolo solo un mercenario sin honor por haber decidido servir a César.

Luego, su atención volvió al adversario. Las cinco cohortes de Enobarbo, dos de ellas dispuestas sobre su orilla y tres sobre la opuesta, eran conscientes de lo que estaba ocurriendo. Por otra parte, Ortwin, secundando el deseo de César de aterrorizar al enemigo, no había hecho nada por ocultar los preparativos del ataque. Podía perfectamente imaginar qué espectáculo terrorífico era, para un recluta ya condicionado por los rumores de sus gestas, la alineación de trescientos jinetes germanos vestidos con pieles.

Observó que los enemigos se disponían en orden de batalla, alineando las centurias en un frente lo más ancho posible para evitar ser rodeados. Si hubiera estado aún con Ariovisto, simplemente hubiera cargado en cuña buscando el hundimiento central. Pero desde hacía casi una década combatía con los romanos, de hecho, con el más grande de los romanos, y había aprendido a apreciar sus virtudes tácticas, la disciplina y la organización. Sus hombres, ahora, combinaban el ímpetu y la determinación de los germanos con la experiencia romana, y no dudaba que estaban entre los mejores combatientes en activo.

Quizá serían suficientes incluso para desbaratar a aquellos imberbes, aunque los pompeyanos eran casi diez veces más.

No había previsto ninguna cuña. Como un comandante romano, distribuyó a sus jinetes en dos mitades sobre las alas, en posición avanzada respecto del centro, formado por las cohortes de legionarios. Delante de este último, hizo avanzar de inmediato a los pocos honderos de que disponía. Luego movió, lentamente, a toda la alineación, haciéndola detenerse solo cuando los lanzadores alcanzaron la distancia de tiro. Por último, desde su posición en el ala derecha, dio la orden de disparar.

Los hispánicos hicieron girar las hondas en el aire. Un primer e inquietante silbido que oyeron solo los legionarios más próximos. Luego los proyectiles volaron alto, y esta vez el silbido fue oído por todos. En especial, por los soldados a los que estaban destinados los tiros. Los proyectiles se abatieron sobre los escudos de los reclutas de Enobarbo casi al instante. Sobre los escudos, pero también sobre los yelmos. Ortwin vio cómo se abrían pasos en la línea enemiga frente al puente. Pero no eran suficientes.

No tuvo necesidad de ordenar un segundo lanzamiento: los honderos actuaron de inmediato. Los legionarios enemigos trataron de alinearse en testudo, pero ya habían perdido cohesión. Sus intentos de disponerse uno junto a otro, cerrando filas, parecían torpes y desmañados. Y los tiros de los honderos se sucedían uno tras otro.

Era el momento. Ortwin detuvo la acción de los ibéricos e hizo avanzar la infantería, a paso rápido. Al mismo tiempo, partió al galope con la propia ala de caballería, imitada enseguida por la opuesta. Había concebido un movimiento en pinza: algo de lo que nunca había oído hablar antes de enfrentarse a los romanos y combatir para ellos. Condujo su contingente hacia la derecha, ensanchándose respecto del objetivo, luego viró de pronto a la izquierda y apuntó al flanco adversario.

Los legionarios picenos estaban desorganizados y aterrados, y sus unidades descompuestas. Su frente se había restringido, y mucho: todos tendían a convergir hacia el centro, junto al puente, en el que instintivamente veían una vía de fuga. Ortwin los embistió de lado, tragándolos uno a uno, arrollándolos, empujándolos a la tierra o al río. Muchos se arrojaron al agua para evitar el impacto. El germano, a la cabeza de la columna de ataque, no necesitó ni siquiera usar la propia lanza, tan huidizos y evanescentes se revelaron sus adversarios.

Todo fácil. Incluso demasiado fácil. No había gloria en una victoria así.

Si esto era todo lo que la coalición anticesariana podía oponer a César, llegarían a Roma en pocos días. Y él vería, finalmente, la capital del mundo.

De todos modos, el objetivo de la acción era el dominio del puente. Continuó avanzando lateralmente para alcanzar la entrada, pero a medida que se acercaba la multitud se hacía más densa. Los legionarios enemigos, presionados por ambos lados y a punto de ser embestidos de frente por las cohortes de infantería, se agolpaban junto al puente, ignorando las órdenes de los centuriones que se esforzaban para que no se detuvieran.

Ortwin siguió penetrando en sus filas, llevándose con él a sus subalternos, para cortarles el camino y hacer que acabasen entre él y la infantería. Dos cohortes más para César y menos para Enobarbo darían una excelente impresión al procónsul. Sin embargo, a pocos pasos del puente se vio obligado a detenerse: tras clavar la lanza en el cuerpo de un legionario, empezó a dar mandobles para abrirse camino, pero, entre vivos y muertos, el amontonamiento de hombres se había convertido en una barrera más eficaz que cualquier otra estrategia que pudieran idear sus adversarios.

No tuvo más remedio que bajar del caballo y exhortar a los suyos a hacer lo mismo. Inició un cuerpo a cuerpo en una refriega salvaje, sin saber si los hombres que barría caían al río porque se desequilibraban o porque eran golpeados. Echó un vistazo a la orilla opuesta: las tres cohortes se movían, evidentemente con la intención de hacerlos retroceder en el caso de que lograran atravesar el río. No se planteó el problema: por el momento, solo le interesaba el puente. Luego ya pensaría en constituir una cabeza de puente en otra parte.

La hoja de su espada ya estaba roja. De pronto, se dio cuenta de que estaba en la entrada del puente. Había avanzado sin percatarse, persiguiendo a los adversarios que lentamente cedían terreno. Muchos romanos estaban a sus espaldas, aislados por la retirada, pero otros se amontonaban sobre el puente. Algunos huían, otros intentaban resistir.

A veces Ortwin se detenía para leer la expresión de sus rostros: no estaba habituado a enfrentarse a adversarios pusilánimes o inexpertos. Durante años, en las Galias, había combatido primero contra diestros legionarios, luego con celtas tenaces y determinados, que podían ceder, de golpe, solo después de una larga resistencia. Pero esos romanos parecían tan desorientados, tímidos y torpes que hasta resultaba curioso verlos con el equipamiento de legionario, que desde hacía tiempo asociaba al valor.

En ocasiones vacilaba antes de dar un mandoble o hundir la espada: tenía la impresión de estar ensañándose con un civil disfrazado de soldado, y no lo encontraba muy honorable. Solo ahora se daba cuenta de que la decisión de invadir Italia con una sola legión había sido un azar menos arriesgado de lo que podía parecer: el procónsul, cómo de costumbre, sabía hacer bien sus cálculos.

Continuó avanzando a la cabeza de sus hombres. También las cohortes entraron en contacto con el enemigo, y su presión acentuaba el repliegue de los pompeyanos. Era solo cuestión de tiempo: pronto el puente estaría libre de cualquier adversario.

A medida que avanzaba, Ortwin trataba de captar los movimientos de las cohortes alineadas en la orilla opuesta. No era fácil. No conseguía detener la mirada más de un instante, luego alguien se paraba delante de él tratando de aprovechar su falta de atención. O la multitud era tan cerrada que se encontraba rebotando a derecha y a izquierda, contra el parapeto o contra sus camaradas.

Se quitó de encima a un joven legionario tirándolo al río. Al seguir su trayectoria, notó algo más abajo, hacia la orilla opuesta, de la cual ya no estaba demasiado lejos. En el agua, hacia el centro del río, había una barcaza atada a un pilar. Los hombres a bordo tenían hachas en la mano.

Y estaban cortando el puente.

La ansiedad se apoderó de él. Incluso el desánimo. No serviría de nada el éxito sobre el terreno si se perdía la única posibilidad de atravesar el río. Y César, que lo había enviado a apoderarse del puente, no estaría satisfecho.

Llamó a uno de sus germanos:

—¡Retrocede! ¡Advierte al primer centurión que encuentres que cargue con toda la fuerza disponible! ¡Luego vuelve aquí y desciende, más allá del parapeto, donde me verás a mí y a los otros!

El hombre fue abriéndose paso entre los combatientes. Ortwin llamó a otros guerreros cercanos y les hizo señas de que lo siguieran: si había aprendido de César numerosos principios tácticos, de Labieno había heredado la convicción de que el ejemplo era el estímulo más poderoso para los soldados. Abandonó el escudo y el yelmo, superó el parapeto y se tiró al río.

El peso de la malla de hierro lo arrastró abajo, hasta que tocó el fondo con los pies. Aprovechó para tomar impulso y volver a la superficie y, cuando la cabeza emergió fuera del agua, vio que estaba a poca distancia del pilar. Nadó en esa dirección, pero sus brazadas eran cada vez más fatigosas por el peso de la armadura, que tanto le estorbaba, por el agua gélida de principios del invierno y la fuerte corriente. Aun así, consiguió llegar al poste y agarrarse a él para recuperar el aliento.

Entretanto, había oído otras zambullidas en el agua. Miró a su alrededor: otros germanos lo habían seguido, pero todavía eran pocos. Al otro lado, los que iban a demoler el puente habían advertido su presencia, y ya no era posible sorprenderlos. Ortwin decidió que no podía esperar más a sus compañeros: cada hachazo amenazaba con comprometer definitivamente la estabilidad del puente.

Se apartó del pilar y, con algunas afanosas brazadas, alcanzó el siguiente. Se volvió, constatando que el más cercano de sus compañeros acababa de llegar al poste que había dejado libre. De nuevo se apartó y alcanzó el pilar más próximo a la barcaza. Los legionarios de la embarcación eran seis. Dos de ellos se alternaban con las hachas contra el sostén del puente, los otros sostenían las jabalinas apuntadas hacia el exterior de la embarcación.

Hacia él.

Asaltarlos solo estaba fuera de cuestión. El agua era profunda y no había apoyo: lo habrían ensartado como a un tordo en cuanto se hubiera acercado. Hizo señas a los suyos para que se apresuraran en alcanzarlo. En poco tiempo, eran ya cuatro en torno al pilar. No había espacio para más hombres, y los otros debieron esperar alrededor de los sostenes más retrasados.

Ortwin valoró cómo atacar la barcaza lo más rápido posible, antes de que el puente se derrumbara bajo los hachazos de los soldados. Pero por más hombres que llevara con él, estaba siempre en condiciones de inferioridad respecto de los legionarios que apuntaban los *pila* hacia el agua, haciendo difícil cualquier aproximación. Solo le quedaba una solución.

Una apuesta terrible.

Atrajo la atención de todos sus hombres en el agua y les expuso su descabellado plan:

—Ante mi señal, os zambulliréis detrás de mí. Apuntad sobre el lado exterior de la barcaza, respecto del puente. Cuando estéis cerca del objetivo, nadad bajo el agua, en profundidad, a fin de que no vean ni siquiera vuestras siluetas, y remontad solo cuando estéis debajo de la barcaza, todos juntos. Debemos volcarla y hacer que sus ocupantes caigan al agua. ¡Después, los liquidaremos!

No esperó preguntas. Hizo la señal y se arrojó, nadando por la superficie durante algunas brazadas. Una jabalina le silbó al lado. Por suerte, la corriente zarandeaba la barcaza, lo que impedía que sus ocupantes pudieran apuntar. Finalmente, después de otro par de tiros igualmente infructuosos renunciaron, y decidieron usar los *pila* restantes para embestir.

Al menos, su decisión permitió Ortwin acercarse con la cabeza fuera del agua más de cuanto había previsto inicialmente. A tres brazadas del borde de la embarcación, decidió que era el momento de sumergirse. Se volvió, esperó que todos estuvieran a su misma altura y se hundió. Algunas brazadas más, y se encontró debajo de la barcaza. Miró hacia arriba, pero las aguas limosas le impedían distinguir el borde de la embarcación. Debía subir un poco, aunque el peso de la loriga hacía la operación difícil y fatigosa.

Y también peligrosa. La punta de un *pilum* le silbó al lado varias veces, y una acabó por darle en uno de sus hombros. Una nube de sangre se liberó en torno a él, volviendo su campo visual aún más nebuloso. No podría aguantar mucho más, al igual que probablemente ninguno de sus hombres: era el momento de emerger, si no querían morir ahogados. Pero antes había que establecer la posición correcta: si no se encontrasen justo debajo de la barcaza, no podrían volver a la superficie; si estuviesen más allá de su perímetro, acabarían ensartados de inmediato después de haber puesto la cabeza fuera del agua.

Debía subir de nuevo. Se impulsó un poco más arriba, y enseguida la punta de una jabalina le rozó el hombro. Fue capaz de aferrarla, hiriéndose la mano, pero consiguió tirarla abajo junto con el soldado que la manejaba. No se preocupó del adversario al que acababa de lanzar al río. Había localizado el borde de la barcaza, finalmente. Con un amplio gesto del brazo indicó a los otros el punto en que debían concentrar sus esfuerzos.

De pasada, vio a uno de sus compañeros atravesar al legionario caído, mientras otro bárbaro, que emergía quizá tras una crisis respiratoria, era alcanzado por un *pilum* y descendía hundido por su propio peso, con la garganta traspasada detrás de una nube de sangre. Ortwin tuvo la impresión de que sus pulmones estaban a punto de estallar, y la cabeza le latía enloquecida: si no podían volcar la barcaza, tendría que salir de todos modos a la superficie y se hallaría a merced de sus enemigos. De pronto, se encontró pensando que quizá no había sido una buena idea: las posibilidades de éxito eran irrisorias.

El germano tomó impulso y se lanzó contra la quilla, con la esperanza de que todos los demás harían lo mismo en el mismo instante. En el choque trató de reunir todas las fuerzas de que disponía. Y no eran muchas: nadar con la armadura, resistir al agua gélida y aguantar tanto tiempo la respiración lo habían agotado terriblemente. No creía que los demás estuvieran mejor que él.

La barcaza vaciló, se elevó durante unos instantes, pero no se volcó. Muchos de los soldados, sin embargo, cayeron al agua. Ortwin salió a la superficie y tomó aire varias veces, mirando a su alrededor. El agua bullía con los frenéticos movimientos de romanos y germanos, envueltos en una refriega confusa: los unos habían perdido el *pilum* en la caída y trataban de sacar los gladios de las fundas, los otros intentaban recuperar el aliento antes de enfrentarse a sus enemigos.

Ortwin se ocupó de la barcaza. Las sienes le latían enloquecidas, su visión estaba nublada. Tardó unos segundos en comprender que en la embarcación quedaban tres hombres: dos legionarios, aún con el *pilum* en la mano, y uno con el hacha.

Y este último había vuelto a usarla.

Debía impedirlo. Extrajo la espada, pero dudó: en cuanto se hubiera aventurado a apoyarse en el borde, encontraría dos *pila* esperándolo. Le dieron una patada. Un romano había acabado encima de él, mientras procuraba evitar los golpes de un germano. Lo aferró y le cortó la garganta. Luego lo sostuvo para que no se hundiera y nadó hacia el borde de la barcaza. Uno de los soldados aún de pie hundió el *pilum*, pero él consiguió oponerle el cadáver. La punta del arma penetró en el cuerpo inanimado, y de inmediato Ortwin empujó hacia abajo al romano muerto, que arrastró consigo la jabalina y a su propietario.

Ortwin atravesó al adversario enseguida, luego intentó subir de nuevo a la embarcación. Uno de sus camaradas también estaba ascendiendo. Durante un momento, el legionario de la barcaza dudó a quién enfrentarse, luego apuntó al otro germano. Este parecía cansado: se movía con lentitud, por lo que el romano pudo atravesarlo antes incluso de que se hubiera izado por completo.

Ortwin aprovechó para subir a la barcaza. Pero en ese punto el romano ya había recuperado la jabalina y le estaba apuntando. El germano rodó de costado, evitando la estocada. Luego, aunque recostado, dio un mandoble transversal y truncó de cuajo el asta de madera del *pilum*. El romano sacó el gladio de la funda y se desplazó para proteger al camarada con el hacha, que mientras seguía dando golpes contra el pilar. Ortwin trató de levantarse, pero la cabeza le daba vueltas, y una sensación de náuseas lo asaltó.

Había agotado las fuerzas. Permaneció de rodillas, ofreciéndose casi como víctima sacrificial al adversario, que dio un paso hacia delante apuntándole la corta hoja hacia la garganta. Ortwin hubiese querido reaccionar. Levantar el brazo, hacer girar la espada que aún apretaba, si bien débilmente, en el puño. Pero se sentía impotente, no conseguía moverse. Vio el gladio ya cerca. Tuvo la tentación de tirarse al agua, pero en aquellas condiciones se habría ahogado: mejor morir como un guerrero.

Y entonces, un ruido repentino. Frente a él ahora había dos hombres, ambos en el suelo, uno sobre el otro. El segundo parecía haber llovido literalmente del cielo. No se movían. Ortwin miró hacia arriba: aún se combatía en el puente, sobre su cabeza.

Alguien, quizá ya atravesado, se había precipitado por el parapeto, y aquel vuelo le había salvado la vida. El otro hombre, probablemente, tenía el cuello roto.

Pero aún no había terminado. El romano del hacha había dejado el pilar y estaba yendo hacia él. Ortwin empezó a moverse. Lo consiguió, pero muy lentamente. Los miembros le pesaban, le dolía la cabeza, tenía los músculos rígidos a causa del frío y el esfuerzo. El hombre parecía un verdugo a punto de decapitar a un condenado. Tomó impulso apretando el mango del hacha con las dos manos. Asestó el golpe. Ortwin se vio obligado a echarse al suelo, inmediatamente detrás de los dos soldados muertos.

El hacha acabó en el cráneo de uno de los dos cadáveres, cortándolo en dos. Salpicaduras de sangre embistieron el rostro del germano. Sin fuerzas siquiera para quitarse de encima la papilla que le cubría el rostro, se escondió aún más detrás de los dos cuerpos, esperando otro golpe. Pero el golpe no llegó. Sintió que la barcaza se tambaleaba: otros pies la estaban pisando. Alzó tímidamente la cabeza y vio a sus compañeros: uno de ellos había atravesado al verdugo.

Entonces observó el pilar. Estaba mellado por los golpes infligidos, pero aún intacto. Había conseguido aguantar. Pero ahora el enemigo lo intentaría de nuevo. Y ellos no estaban en condiciones de oponerse a la llegada de una nueva barcaza con otros soldados, otros zapadores: eran pocos, estaban exhaustos, heridos, y en un primer cálculo aproximado, dedujo que siete u ocho de sus hombres habían acabado en el fondo del río. Miró la orilla donde estaban alineadas las cohortes restantes de Enobarbo.

Vio a unos soldados romanos que dejaban caer escudo y gladio y levantaban los brazos frente a otros legionarios: sus legionarios. Otros soldados escapaban, más lejos. Volvió la mirada por encima. El puente parecía libre: algunos brazos inertes asomaban por el parapeto. Luego afloró el rostro sonriente de uno de sus compañeros, de otro y de otro más. Le hicieron señas de que todo estaba en orden.

Estaba hecho. El puente era de César.

VI

> Durante los días siguientes, rodeó la plaza fuerte con una muralla provista de fortines. Cuando la mayor parte del trabajo ya había concluido, los mensajeros que habían sido enviados a Pompeyo regresaron. Después de haber leído atentamente la carta, Domicio declara, mintiendo en el consejo, que pronto Pompeyo llegaría en su ayuda, exhorta a todos a no desanimarse y a preparar todo lo necesario para la defensa de la ciudad. Pero él se reúne en secreto con unos pocos íntimos y decide darse a la fuga.
>
> CÉSAR, *La guerra civil*, I, 18, 19

Quinto Labieno se sentía terriblemente incómodo. Ese Domicio Enobarbo le parecía un exaltado. Estaba allí blasfemando contra Pompeyo y recriminándolo, incluso sospechando de Tito Labieno, y fantaseando con salidas y contraataques que, francamente, la situación volvía inviables. Con o sin los refuerzos que Pompeyo le había negado.

Quinto había obtenido el permiso de su padre para

poder acompañar en su viaje de regreso a Corfinium a los mensajeros enviados por el nuevo procónsul a Lucera, cuartel general de Pompeyo. Domicio Enobarbo estaba convencido de que con algunos soldados más habría aplastado a César de una vez por todas, y había pedido refuerzos al comandante en jefe. La respuesta negativa que Pompeyo había dado a los mensajeros había decepcionado al joven, que quiso verificar personalmente si el optimismo del procónsul estaba justificado.

Bien, no lo estaba en absoluto. En un primer momento, cuando los mensajeros llegaron a Lucera, sus demandas le habían parecido sensatas: si Pompeyo hubiera enviado un ejército, decían los embajadores, habría sido posible rodear a César y cortarle las vías de suministro. Pero su padre, Tito Labieno, había hecho notar de inmediato que César ya había salido airoso de una situación semejante, y mucho más peligrosa, en Alesia. Además, añadió, el Picenum se había revelado mucho menos fiable de lo previsto y, por tanto, sería mejor renunciar a su defensa y preservar las tropas para los siguientes y más decisivos enfrentamientos.

Quinto estaba decepcionado. Había sido precisamente su padre quien propuso contar con el Picenum para bloquear al tirano, y ahora, en cambio, abandonaba la región a César sin pestañear. De un gran caudillo como su padre esperaba más coherencia. De todos modos, Pompeyo nunca había estado muy convencido de dedicar demasiadas energías en la defensa avanzada, y a duras penas había dejado partir a Domicio Enobarbo. Así, se había dejado fácilmente persuadir de que renunciara al envío de refuerzos, e incluso sugirió al procónsul que se retirara lo antes posible y se reuniera con él en Apulia.

Nada más llegar a Corfinium, Quinto examinó la situación. Cuando los mensajeros partieron, dejaron un estado de sitio muy liviano, con dos legiones a disposición de César y otras cohortes que habían desertado de sus comandantes, subalternos de Pompeyo. Ahora, César había sido alcanzado por otra legión gala, la VIII, de nada menos que veintidós cohortes apenas reclutadas en la Cisalpina y por contingentes de caballería provenientes del Nórico. En resumen, allí fuera había ahora más de veinte mil hombres, en gran parte experimentados guerreros, bien cohesionados bajo un mando unificado.

Los soldados de Domicio, en cambio, eran mucho menos numerosos, eran reclutas y no había razón para creer que fueran a tomar una decisión muy distinta de muchos de sus compatriotas, que más que combatir contra unos veteranos se habían entregado a César. Más aún con un comandante tan incapaz como parecía ser Domicio.

Y, además, estaba la cuestión de la muralla. En pocos días, César había hecho construir un robusto recinto en torno a Corfinium, con fortines, terraplenes y fosos en la mejor tradición de las guerras galas. En ese tipo de cosas era insuperable, había que admitirlo. Quinto mismo consiguió alcanzar la ciudad porque la muralla aún estaba en fase de construcción, y el bloqueo todavía no era completo. Pero pronto lo sería, e incluso salir de allí hubiera sido difícil.

—¿Y Labieno? ¿De qué sirve si solo sabe proponerme la retirada? —se lamentaba Enobarbo.

Si había algo que Quinto no soportaba era que, si las cosas se ponían feas, su padre andaba siempre de por medio. Casi parecía que debía pagar el pato por haber sido el más estrecho colaborador de César: esos mediocres senadores lo habían atraído más para privar a César de su genio que para valerse de él. Darle demasiada importancia hubiera significado desmerecer su propio papel, admitir que solo quien había combatido con César sabía lo que se hacía. Esos hombres usaban a su padre solo para descargar su descontento, frustración y fracasos.

Por suerte, al menos Pompeyo lo tenía en consideración. Y no era casualidad: Pompeyo era el único de extracción no nobiliaria y también el único que tenía una experiencia real de la guerra, además de capacidades militares superiores a la media. De haber estado él a la cabeza de la coalición lealista, Labieno hubiera podido disfrutar del crédito suficiente para garantizarle la posibilidad de distinguirse. Un jefe de verdad, un jefe leal, como era Pompeyo, no lo habría oscurecido. Y un jefe leal en decadencia, como era él, quizá le hubiera dejado incluso las manos libres.

Los demás, todos los demás, no valían nada, pero representaban a la República y defendían la democracia. En consecuencia, por más defectos y carencias que mostraran, estaban del lado correcto.

Pero aquella mención a su padre no le había sentado nada bien y merecía una reacción:

—Nadie podía prever que incluso en el Picenum César se había preparado el terreno con su red de sobornos y chantajes... —dijo, con un tono de voz más alto del que era apropiado en presencia de un procónsul.

Enobarbo lo miró con ojos desorbitados. Era claramente un hombre inestable. Quinto se daba cuenta porque sabía que él mismo lo era. El problema era que aquel tipo estaba a cargo de un montón de soldados a los que debía infundir seguridad. Soldados, además, ya aterrorizados por la perspectiva de un enfrentamiento con los legionarios de César.

—¿Ah, sí? ¿Nadie podía preverlo? ¿Ni siquiera dos individuos dotados de vastas clientelas en la región como Pompeyo y tu padre? Pero ¿qué clase de comandantes nos guían? ¿Y estos eran los renombrados y expertos generales?

Quinto se sintió estremecer por el desdén. No había nada, en el *cursus honorum* del senador, que lo autorizara a hablar de ese modo.

—Se trata de comandantes que han obtenido un gran número de victorias. Saben lo que hacen... —se limitó a decir.

—Pero ¿qué saben? ¡Si ni siquiera conocen los humores de sus regiones de proveniencia! ¿Grandes generales? Pompeyo está viejo y cansado, y ha combatido solo a esos afeminados orientales. Y Labieno... Labieno solo ha logrado victorias contra los bárbaros.

Aquel hombre no sabía lo que decía. Algunos bárbaros, como los germanos, los tréveros y los belgas estaban entre los pueblos más belicosos y combativos que se pudieran encontrar. Y Mitrídates, al que Pompeyo había derrotado, era uno de los adversarios más aguerridos a los que Roma había tenido que enfrentarse. Por otra parte, Enobarbo odiaba a Pompeyo, que le había hecho matar a su hermano en los tiempos de la guerra civil entre Mario y Sila, y se había visto forzado a colaborar con él considerándolo el menor de los males. Un poco como Catón.

Quinto le habría saltado con gusto al cuello. Pero con el paso de los años había aprendido a dominarse. Al menos delante de sus superiores.

—¿Piensas que sabes más que ellos, procónsul?

—Pues sí. Yo les haré ver cómo se combate a los enemigos de verdad. Aquellos a los que no quieren enfrentarse de tanto miedo que les inspiran. ¿No quieren enviarme refuerzos? Lo haré solo. ¿Quieren que me retire? Permaneceré aquí, a costa de hacerme masacrar con todos mis hombres. ¡Llamad a los tribunos!

Quinto dudaba de que sus hombres estuvieran dispuestos a hacerse masacrar por él. Tuvo una primera confirmación cuando los oficiales convocados se presentaron ante el procónsul. Con ellos estaban también Lucio Cornelio Léntulo Crus, hermano del actual cónsul y cónsul él mismo en el pasado, el cuestor Quintilio Varo y el prefecto de ingenieros Vibulio Rufo, íntimo de Pompeyo.

—Mañana al amanecer realizaremos un ataque masivo. No se lo esperan, desde luego, y será un éxito. Quiero treinta cohortes implicadas en la acción. Dos columnas, una contra el campamento de César, otra contra el de Curión, del lado opuesto. El objetivo es incendiar ambos campamentos. Una vez que lo hayamos conseguido, todos aquellos que hayan desertado para pasarse del lado de César abandonarán al tirano, y sus veteranos y sus bárbaros ya no serán tan temidos. ¡Y entonces sí que los comandantes escapados a Apulia se decidirán a enviarme refuerzos para dar el golpe de gracia al rebelde!

Un plan descabellado. Quinto hubiera querido replicar inmediatamente, pero esperó a que lo hicieran los demás. Si había alguien, entre ellos, con un poco de cabeza, se lo habría hecho notar, se dijo Quinto. Pero no hacía falta mucho, en resumen.

—Procónsul, olvidas que ahora ellos son más que nosotros, y están atrincherados... —aventuró Léntulo Espínter.

—¿Y entonces? ¿No piensas en el efecto sorpresa?

Precisamente porque somos pocos, y además estamos a resguardo dentro de las murallas, no esperan nuestra iniciativa. ¡El número no cuenta cuando hay coraje, valor y espíritu de iniciativa!

—A propósito del valor... —dijo un tribuno—. ¿No crees que es precisamente lo que falta entre nuestras tropas? Son todos unos novatos muertos de miedo.

—El miedo se les pasará cuando se vean guiados en la batalla por un comandante determinado. Es el ejemplo lo que cuenta, ¡y yo tengo la intención de ponerme en primera línea! ¡Cuando vean a su jefe exponerse al peligro, competirán por mostrarse igual de valientes!

Era el sistema adoptado a menudo por su padre, pensó Quinto. Y siempre le había funcionado. Pero en este caso el defecto estaba en la base. Enobarbo no tenía el mismo carisma, ni la experiencia, y no estaba claro que a la hora de la verdad se revelase como un ejemplo a seguir. Estaba seguro de que también los otros tribunos pensaban como él, pero no podían decirle esto al procónsul.

—Pero César ha rodeado Corfinium con una muralla. Sus campamentos están protegidos por terraplenes, empalizadas, fosos y fortines. ¿Cómo piensas superarlos? Los ataques por sorpresa solo tienen efecto si se realizan con ímpetu... —dijo en cambio el cuestor, muy razonablemente.

Enobarbo lo miró excitado. Probablemente no había pensado en ello. O, por lo menos, había subestimado el problema. A pesar del odio que sentía hacia César, Quinto consideró que habría sido una desgracia, para la suerte romana en las Galias, que lo hubiera sustituido este imbécil.

—Bien, no nos van a frenar cuatro postes. Disponemos de escaleras, de catapultas y podemos emplear torres y vigas como arietes. No debemos conquistar una fortaleza, sino solo superar una barrera puesta deprisa y corriendo por cuatro soldados. Es más, ¡ocupaos de inmediato! ¡Haced que las máquinas de lanzamiento se concentren en las escarpas frente a los dos campamentos enemigos! ¡Buscad tantas escaleras como sea posible! ¡Y palos largos y pesados, y construid plataformas con ruedas sobre los que transportarlos! Quiero también unos plúteos detrás de los cuales avanzar. ¡Debe estar todo listo para mañana por la mañana!

Las protestas llovieron todas juntas. Léntulo Espínter se hizo portavoz:

—¿Mañana por la mañana? ¡No hay tiempo de preparar todo esto!

—¿Y la madera? ¿Dónde encontramos la madera para construir los plúteos y las plataformas? ¡No somos los asediadores, no podemos ir por las florestas de los alrededores cortando árboles!

Después de un momento de vacilación, que Quinto interpretó como el reflejo de una probable confusión mental, el procónsul adoptó un tono aún más autoritario:

—La madera se puede encontrar en la ciudad. Si es necesario, demoled las viviendas más periféricas. ¡Los propietarios serán recompensados después de la segura victoria con el botín obtenido del campamento de César!

Ese hombre soñaba triunfos imposibles. Quinto se daba cuenta solo ahora: muchos de los senadores que habían sabido ver en César un enemigo de la libertad no habían entendido realmente lo que había sido capaz de hacer, con la ayuda de Labieno, durante el largo consulado. También él soñaba con triunfar sobre César, maldita sea, y más aún: se estremecía por el deseo de humillarlo, pero los años en las Galias le habían enseñado a discernir lo posible de lo imposible.

—Procónsul, será difícil convencer a los soldados de que intenten semejante empresa.

Léntulo Espínter trató una vez más hacer razonar al comandante.

Pero Enobarbo ya no quería saber nada. Para él la cuestión estaba zanjada. Ya se veía, al día siguiente, a la cabeza de sus tropas, eliminando toda oposición y entrando en el campamento de César. Y, acaso, quién sabe, imaginaba también al mismo adversario prisionero a sus pies.

—A los soldados no hay que convencerlos. Están obligados a obedecer y basta. Estamos perdiendo el tiempo. ¡Marchaos!

También Quinto se fue. Sacudiendo la cabeza, como todos los demás oficiales. A Apulia ya no podía volver: César había rodeado completamente la ciudad y el bloqueo era total. Y no habría podido eximirse de participar en aquel ataque suicida. En caso de abstenerse, habría dado a Enobarbo una nueva excusa para considerar inútil la presencia de su padre entre las filas de los lealistas.

No pertenecía a una unidad específica, pero uno de los tribunos que había participado en aquel ridículo consejo de guerra le dijo que se uniera a la séptima cohorte de los pelignos, dándole sumarias indicaciones sobre cómo alcanzar su acuartelamiento. Quinto se lo tomó con calma, aprovechando para dar una vuelta por la ciudad. Notó mucha agitación: los tribunos estaban comunicando las decisiones del procónsul a sus respectivos subordinados, que a su vez se las transmitían a los soldados. De inmediato se formaban corrillos de legionarios que discutían animadamente con los mismos tribunos y entre sí.

Cuando llegó a destino, un centurión lo acogió y lo colocó en un *contubernium*, poniéndole en la mano los equipos de trabajo. Con ademán descompuesto y sin decir nada, el oficial, con un carro tirado por una pareja de bueyes, condujo a los hombres a los márgenes de la ciudad. Quinto imaginó que iban a buscar madera. Llegaron frente a unos modestos edificios, y solo entonces el centurión se detuvo.

—Debemos procurarnos la leña para construir plúteos. Hablaré con los habitantes de esta casa —dijo, señalando la vivienda más cercana—. Se resistirán. Acorraladlos y sacad el gladio, si es necesario.

Luego, dejando a los legionarios estupefactos, se dirigió hacia la puerta y golpeó con vehemencia. Abrió una mujer de aspecto envejecido.

—¿Dónde está tu marido? —preguntó el centurión de manera brusca.

—Trabajando..., es artesano. Herrero.

—Coge a tus hijos y todo lo que necesites. Requisamos la casa. Debemos tirarla abajo de inmediato. ¡Deprisa!

—Pero... ¿nos destruís la casa?

—Exigencias bélicas. Seréis alojados provisionalmente en el *praetorium*. Luego se os dará un reembolso para que podáis reconstruirla.

—¿Qué sucede aquí?

El marido llegó justo en ese momento.

El centurión le explicó la situación. Yendo aún más al grano.

—No podéis hacerlo —dijo el herrero.

—¿Prefieres que lo hagan los bárbaros de César?

—repuso el centurión—. Y ellos te la quemarán con tus hijos dentro.

—No lo harán. César es clemente. Todos saben que solo se ensaña con sus enemigos. Un hombre que ha hecho tanto por el pueblo y por Roma no puede dañar a los ciudadanos romanos —insistió el hombre.

—Es verdad. César frenará a sus bárbaros. Hasta ahora no ha tocado un pelo a nadie.

Había hablado uno de los legionarios.

—Y esto no tiene sentido. Destruir los bienes de nuestros conciudadanos para una acción que no tiene ninguna posibilidad de éxito...

Otro legionario:

—Todos saben que no tenemos esperanzas contra los veteranos de César.

Otro más:

—¡Y César ofrece más garantías a los soldados que cualquier otro comandante! Mejor con él que contra él.

El centurión perdió su gallardía.

—Estas son las órdenes... —dijo, sin demasiada convicción.

—No parece que te lo creas ni tú, centurión —intervino Quinto, que hasta entonces había decidido hacer solo de espectador.

—En efecto, no lo creo. Solo un loco pensaría que puede lograrlo, en estas condiciones. Pero son las órdenes.

—Órdenes idiotas. No he visto a nadie convencido de este asunto, ni soldado, ni oficial. Y vuestro comandante es un inepto. Vuelve donde tu tribuno y dile que no estás dispuesto.

—No tengo ganas de hacerme pasar por las armas por insubordinación.

—No serás pasado por las armas, porque esta acción no se llevará a cabo. Nadie está de acuerdo.

El centurión parecía confuso. Sus hombres lo miraban, en silencio, torvos y determinados. El propietario de la casa lo miraba también. Todos esperaban su decisión.

—¡Está bien, maldición! Volvamos con el tribuno. ¡Pero si los demás, todos los demás, han seguido las órdenes, volvemos aquí!

Se encaminaron a paso rápido a su acuartelamiento, pero pronto se dieron cuenta de que no sería fácil alcanzar la meta. Había una muchedumbre por las calles.

Remontaron un callejón que llevaba a la plaza central, pero se encontraron la calle bloqueada: un grupo de soldados y civiles se manifestaba contra la decisión del procónsul. Los legionarios batían los gladios sobre los escudos, los ciudadanos gritaban que no querían una guerra civil en su territorio. Frente a ellos, un contingente de legionarios alineados en filas cerradas, con los *pila* apuntados contra las primeras filas de los contestatarios para no dejarlos avanzar.

Fue un instante. Casi por instinto, los legionarios que estaban con Quinto se unieron a los opositores. Estos últimos vieron sus filas engrosadas y empezaron a empujar con mayor decisión contra la barrera de jabalinas. Con los escudos, trataban de desplazar las puntas y, entretanto, se veía algunos gladios revoloteando sobre las cabezas.

Quinto tuvo la impresión de que faltaba realmente poco para el enfrentamiento. Y no había terminado aún de formular este pensamiento cuando oyó un grito desde las primeras filas. Y luego otro, y otro más. Enseguida un clangor de espadas resonó en el callejón. Algo más que un altercado. Era la prueba de que el procónsul no tenía ningún control de la situación.

César rodeaba la ciudad y, en el interior de los muros, los soldados disputaban y combatían entre sí. Por más que le doliese admitirlo, el tirano ya había ganado antes de combatir, como probablemente había ocurrido desde que había atravesado la frontera itálica. Pero él no iba a caer en sus manos.

Domicio Enobarbo parecía trastornado por la ira. Lívido, con el rostro hinchado y los ojos desencajados, miraba a sus oficiales como si fueran traidores. El alba había llegado y su memorable ataque no podría tener lugar. Parecía un niño enfadado y rencoroso.

El clásico comandante inepto, pensó Quinto.

—Procónsul, es preciso que te resignes. Los soldados no quieren ir al combate. Y los oficiales, en particular, estimamos una locura la acción que has planificado —dijo el cuestor Quintilio Varo.

—¡Esto es insubordinación! ¡Lo pagaréis caro, todos! Mientras tanto, exijo el diezmo. Llevad a todas las unidades a la plaza. ¡Elegiré personalmente los soldados a los que ajusticiar!

Los tribunos se miraron, incrédulos. Léntulo Espínter sacudió la cabeza. El último diezmo, castigo caído en desuso desde hacía largo tiempo, lo había llevado a cabo Marco Licinio Craso, hacía más de veinte años, cuando relevó el mando de las legiones derrotadas por Espartaco. Nadie lo criticó entonces, porque nadie tenía estima por los soldados que se habían dejado abatir por simples esclavos. Pero en este caso, el efecto sería demoledor.

—Imposible, procónsul. Te lincharían sin vacilar —expuso el cuestor sin términos medios.

—¿Ah, sí? ¿Y vosotros os quedaríais mirando? ¿O es que acaso participaríais en el linchamiento?

Su silencio fue elocuente.

—Solo los marsos están determinados a resistir, procónsul. Todos los demás, si se vieran forzados, serían capaces de venir, hacerte prisionero y entregarte a César.

—Incluso la mayoría de los centuriones está en contra de la resistencia a ultranza.

—Y también muchos ciudadanos del rango ecuestre.

Domicio Enobarbo sacudió la cabeza. Su anterior arrogancia se había esfumado. Ahora parecía exhausto. Exhausto y deprimido.

Derrotado.

—¿Deberé entregarme a César, pues? ¿A un hombre que usurpa el papel que me corresponde por deliberación senatorial, que quiere apoderarse de la República contra toda ley y derecho? ¿Que es capaz de desencadenar una guerra civil y provocar quién sabe cuántos muertos solo para satisfacer su desenfrenada ambición? —declaró desconsolado.

Quinto se armó de valor. Nunca le había faltado, por otra parte, ni para hablar ni para actuar.

—No necesariamente tiene que acabar así, procónsul.

—¿Qué quieres decir?

Había capturado la atención de Enobarbo, al menos.

—Ciertamente, parece que no hay nada que hacer —explicó—. Lo digo con amargura, pues con la rendición todos estos soldados acabarán en el ejército de César, y él se hará más fuerte y la República aún más débil. Tampoco podemos estar seguros del destino que el tirano reservará a las personalidades de rango. Pero yo no estoy dispuesto a ceder, a convertirme en prisionero suyo o incluso a servir de nuevo en sus filas. A diferencia de vosotros, ya he experimentado qué significa tener que combatir a las órdenes de un general que sustrae a los comandantes subalternos sus méritos y halaga a los soldados hasta convertirlos, sin que se den cuenta, en esclavos. Mientras tanto, quiero proponerte un último intento, más viable, si me lo permites, que el que tenías tú en mente.

—Habla.

—Según parece, los marsos son los únicos determinados a resistir, los únicos que tienen el valor de enfrentarse a César. Es con ellos con los que debemos contar, por tanto. Es inútil, por otro lado, promover grandes ataques que no obtendrían otro efecto que movilizar a todas las fuerzas a disposición de César, que comienzan a ser consistentes. Bastaría que un puñado de hombres en el corazón de la noche se introduzca en su campamento y lo mate. Todo terminaría al instante, y sin más riesgos para la República. Y estoy dispuesto a liderar a ese puñado de hombres.

Hubo algunos instantes de silencio.

—Bueno, si no hay alternativas, esta es la única factible —dijo Léntulo Espínter.

—No arriesgamos nada, en resumen, con probarlo —añadió un tribuno.

Enobarbo se tomó aún algunos instantes de reflexión.

—Así sea, pues. No más de una cincuentena de hombres. Elegid entre los más valientes, expertos y determinados de los marsos. Pero quiero un tribuno al mando del pelotón. ¿Quién se ofrece?

Silencio. Todos se miraron el uno al otro, con incomodidad. Luego bajaron la vista.

Quinto ya se lo esperaba. No era cobardía, por su parte. Quizá, pero no solo. Por un lado, no tenían ninguna confianza en la empresa; por otro, temían comprometerse con César. Sabían que el rebelde dejaba libres a los oficiales que no querían servirlo, y pensaban apañárselas como fuera después de la cada vez más probable rendición.

Incluso en su confusión mental, el procónsul debió de darse cuenta.

—Entiendo. No sois distintos de mis soldados. Es más, sois peores: ellos al menos expresan abiertamente su desacuerdo. Está bien: quien liderará la acción será un simple miles, por añadidura, llegado de fuera. Quinto Labieno, elige a tus hombres y sal de la ciudad esta noche, en cuanto oscurezca.

Hacía días que Ortwin no conseguía dormir. No sabía si era por las heridas sufridas durante la acción en el puente, o por la exaltación que le provocaba el feliz resultado de la empresa, la primera en que había tenido una plena responsabilidad de mando. Revivía continuamente el momento en que César lo había elogiado delante de todos por el éxito de la operación, señalándolo incluso a los tribunos y a los legados como ejemplo a seguir. Y había apreciado particularmente la sensibilidad demostrada por el procónsul con ocasión de la ceremonia fúnebre por los guerreros germanos muertos en el curso de la acción, en la cual había querido que estuviera presente todo el ejército.

Y, por último, se extasiaba pensando en la notable recompensa que César le había prometido: oro, oro en cantidad. Un cargo de primer nivel como prefecto de la caballería después de haber depurado al Estado de la facción de los sediciosos que se oponía a él. Y tierras en las Galias, porque en Italia nadie habría tolerado nunca a un bárbaro propietario, naturalmente.

Veleda, en cambio, no se había dignado a la más mínima consideración. Y, al fin y al cabo, debía de ser precisamente a causa de la actitud de Veleda que no conseguía dormir. Por mucho que hiciera, ella nunca dejaría de considerarlo un sucio mercenario que había traicionado a su pueblo. Y lejos de ser un motivo de alegría y una ocasión para congraciarse con él, cada éxito suyo al servicio de César representaba, para la muchacha, una nueva decepción.

En esta ocasión, además, podía haber otras cosas. César había mostrado una vez más su generosidad con los colaboradores que lo satisfacían. La perspectiva de una carrera en el ejército romano y del licenciamiento con tierras en las Galias, como cualquier veterano del ejército de la Urbe, casaban mal, Ortwin se daba cuenta, con el sueño de Veleda de volver a Germania para recuperar el puesto que le correspondía como heredera de Ariovisto: un sueño al que él le había prometido que contribuiría a hacer realidad de algún modo.

Lo cierto es que Ortwin nunca se había creído del todo que Veleda pudiera cumplir ese sueño. Pero la quería demasiado para quitarle también esta ilusión, después de lo que la muchacha había sufrido y de su responsabilidad en parte de ese sufrimiento.

De todos modos, en los días siguientes a la acción casi no había habido legionario que no hubiera ido a felicitarle. Ciertamente, otros, fastidiados por su notoriedad y envidiosos por la consideración que le demostraba César, no se habían dejado ver, pero en general le parecía que era popular entre la tropa. Las idas y venidas de los soldados en la sala de curas habían hecho resaltar aún más la ausencia de Veleda, su aparente desinterés incluso hacia su condición de herido. Desde que involuntariamente le había cortado la mano, Ortwin sentía que había hecho de todo para hacerse perdonar, para hacerse apreciar, al menos, como fiel seguidor de su dinastía. En cambio, le parecía cada vez más remota la posibilidad de disfrutar no de su afecto, al que no osaba ni siquiera aspirar, sino ni siquiera de su estima.

Estaba viviendo el momento de mayor notoriedad desde que había entrado al servicio de César. Hubiera debido sentirse eufórico. Y, sin embargo, allí estaba, haciendo el turno de guardia en las inmediaciones de la tienda del procónsul, desconsolado, dolorido y hasta triste. Se acababa de dar cuenta de cuánto Veleda condicionaba su vida y su estado de ánimo.

Pero no se veía capaz de humillarse hasta el punto de decírselo. Ni permitiría que las emociones influyeran en su rendimiento. Total, Veleda no era para él, nunca lo había sido.

—¡Estate alerta! ¡Parece que están atacando uno de los fortines cercanos al campamento de Curión, del otro lado!

Un grito, dirigido a él.

Se trataba de un jinete auxiliar. De los ilíricos enviados por el rey del Nórico.

—¿Un ataque total? —preguntó.

—Yo diría que no. Parece más bien una acción demostrativa. A la luz de las antorchas, parecen algunas decenas de exaltados con la intención de dar prueba de su valor.

—¿Y qué piensan conseguir?

—El tribuno con el que he hablado piensa que solo quieren abrirse paso para enviar a algún mensajero de Pompeyo. No despiertes al procónsul, ha dicho Curión. Si luego la situación se pone seria, veremos —concluyó el auxiliar, antes de desaparecer en la noche.

Un ataque a uno de los fortines. No tenía sentido. Si hubieran querido abrirse paso lo habrían hecho a lo largo del muro, en un punto menos vigilado.

A menos que fuera una maniobra de distracción.

Pero ¿para qué?

Llamó a los dos germanos con los que compartía el turno de guardia. En todo caso, frente a él, a pocas decenas de pasos de distancia, la muralla estaba bien vigilada. No había nada que temer.

La noche no era estrellada. El frío punzante y el viento intenso habían reducido al mínimo la eficiencia de las antorchas y, desde la posición de Ortwin, el terraplén y la empalizada eran solo siluetas indistintas.

La sombra se deslizó súbitamente. La percibió mientras pasaba por encima de uno de sus compañeros, al que luego vio desplomarse en el suelo. Extrajo de inmediato la espada y retrocedió instintivamente hacia el pabellón donde dormía César para tener al menos las espaldas protegidas. Emitió un silbido para atraer la atención del otro compañero, que, no obstante, miró a su alrededor desconcertado, sin ser consciente de la situación.

Él sí que era consciente. Alguien rondaba por ahí y apuntaba directamente al blanco grande.

César.

Retrocedió más, hasta casi la entrada de la tienda. Con el rabillo del ojo, vio caer también al otro compañero: una sombra se escabulló más allá y desapareció en la oscuridad.

¿Eran dos o era siempre el mismo individuo? Aguzó la vista, tensó los oídos.

De repente emergió de entre las sombras. Con un *pugio* apuntado contra él. Ortwin tuvo un reflejo felino: levantó el brazo casi instintivamente y pegó un mandoble de abajo arriba. La sombra cayó al suelo, a sus pies, de bruces.

Estuvo tentado de dar vuelta al cuerpo para descubrir a quién había matado, pero prefirió continuar alerta. Quizá había terminado, quizá no.

Otro movimiento rápido, otra sombra. Pero esta vez la esperaba. Paró el ataque del adversario, lo empujó hacia atrás alejando la punta de su *pugio*. Pero otra sombra apareció de pronto, ignorándolo y apuntando directamente a la entrada de la tienda. Ortwin alargó el brazo y, con la espada, mantuvo a raya a su adversario directo, luego extendió una pierna mientras el otro intentaba adelantarle. Consiguió bloquear a este último con una zancadilla y, rápidamente, continuó batiéndose con el primero.

Apremió a su antagonista cada vez con mayor fatiga: los músculos le dolían por el esfuerzo sostenido días antes, las heridas y las contusiones le dificultaban los movimientos. Pero aquel solo tenía un *pugio*, cuya corta hoja no podía competir con la espada de un experto guerrero. Ortwin le cortó la garganta en un instante y luego se dirigió al tercer sicario, que todavía intentaba escabullirse hacia el acceso de la tienda.

Esta vez se lanzó hacia él y lo derribó. Cayeron violentamente al suelo, juntos, pero fue Ortwin quien más sufrió. Los dolores se hicieron aún más intensos, ralentizando sus reflejos. La espada se le cayó de la mano. Se encontró de espaldas en el suelo, con el adversario que se cernía sobre él, de rodillas, con el puñal en la mano.

El germano se sintió perdido. La cabeza le daba vueltas. Ya había hecho esfuerzos muy superiores a sus posibilidades. Esperaba ser atravesado de inmediato. En cambio, llegó un grito. Un grito de dolor.

Su adversario se desplomó en el suelo. Tenía un puñal clavado en el muslo.

Encima de él, estaba Veleda.

Ortwin se levantó con esfuerzo, incrédulo. Se acercó al hombre que casi lo había matado. Lo miró a la cara. Lo reconoció.

Quinto Labieno.

En aquel momento, César salió de la tienda, con la túnica aún desatada.

VII

> [...] había además un hijo de Domicio con muchos otros jóvenes, y un gran número de jinetes romanos y decuriones, que Domicio había reclamado de los municipios. César los defendió a todos de las injurias y los gritos de los soldados. Les dirigió pocas palabras, subrayando cuánta ingratitud habían demostrado a cambio de los grandísimos beneficios recibidos de él. Los dejó marchar a todos ilesos.
>
> CÉSAR, *La guerra civil*, I, 23

Quinto a duras penas se dio cuenta de su fracaso. Advirtió que tenía finalmente a César frente a sí y que estaba a su merced. E intuyó lo que no había logrado contra su viejo camarada y amigo Ortwin.

Las imágenes le llegaban envueltas en una nube, excepto un único hecho que atraía de verdad su atención: la presencia de Veleda.

Viva.

No intentó descifrar la confusión que reinaba en torno a él. No escuchó las palabras que le dirigía César. No reflexionó sobre la presencia de Aulo Ircio, el viscoso asistente del procónsul, que nunca había ocultado que despreciaba a su padre, ni sobre la de Cayo Crastino, el viejo centurión que lo había castigado y humillado al menos tantas veces como aquellas en que le había enseñado algo. Tampoco se preocupó por el médico que le extraía el puñal del muslo y le curaba la herida. Solo mantuvo la mirada fija en la muchacha a la que había creído muerta en las Galias, frente a Uxelludunum, más de un año antes.

Había visto sus restos carbonizados, o mejor, los restos que el hombre que estaba frente a él, el hombre al que había creído su amigo, le hizo creer que eran de Veleda.

Y ahora los encontraba juntos, a Ortwin y Veleda. Ella incluso había intervenido en ayuda de su compatriota. Probablemente se habían partido de risa a sus espaldas después de haberlo despachado con aquella mentira. Se reirían de él cada vez que hacían el amor. Porque estaba claro que ella era su mujer. Quizá siempre lo había sido, después de haber conseguido escaparse. Es más, acaso desde antes: quizá incluso desde la época en que Ariovisto era aún el rey de su pueblo. Claro, eso es, ella siempre había amado a Ortwin, por eso nunca aceptó el amor de Quinto.

Sí, quién sabe qué ridículo habría aparecido a los ojos de Ortwin cuando Veleda le hubiera contado su patético amor, sus inútiles esfuerzos por conquistarla, su frustración por no ser nunca correspondido. En efecto, le pareció leer una expresión de lástima en el rostro del germano cuando cruzaron las miradas.

Pero no, tal vez no fuera lástima, sino desprecio. Desprecio por un hombre capaz de degradarse por una mujer que nunca se había dignado a tenerle la más mínima consideración.

Oía que continuaban haciéndole preguntas, pero las ignoró. Miraba a Veleda. Era aún más hermosa de cómo la recordaba: altiva y orgullosa, como siempre había sido con él, pero todavía más sensual y regia en su actitud. Desde luego, ahora estaba con su hombre, no con un bruto que la obligaba a someterse a sus más bajos instintos. Los años la habían transformado de una delgada jovencita de belleza inmadura a una mujer de cuerpo esbelto y atlético, sin una imperfección. La miró de la cabeza a los pies, admirando la armonía de su físico de amazona.

Luego la mirada cayó en el muñón. La mano, la mano derecha ya no estaba.

Sintió un sobresalto. Luego una especie de disgusto. No, no era perfecta. Todo lo contrario. Una mujer no podía definirse como ni siquiera bella sin una mano. Su figura le pareció de pronto asimétrica y desagradable, casi nauseabunda: un insulto a la belleza y a los sentimientos que aún creía albergar por ella. Se despreció por haberse sentido todavía atraído por semejante visión. El hombre podía estar mutilado, cubierto de cicatrices, desfigurado, y conservar aún su atractivo: de hecho, semejantes muestras de coraje podían hacerlo incluso más fascinante. Pero una mujer estaba obligada a ser perfecta, sin un defecto.

Sobre todo, la mujer de la que estaba enamorado.

Recibió un puñetazo en la cara. Cuando se recuperó, descubrió que la mano que lo había golpeado pertenecía a su viejo centurión, Cayo Crastino. Él sí que lo miraba con desprecio, de manera inequívoca.

—¿Quieres responder al procónsul? Nunca has valido para nada —le dijo, alzando el brazo para golpearlo nuevo.

—Déjalo correr —intervino César, deteniéndole el brazo—. Joven Quinto, ¿tu padre está al tanto de esta acción?

Finalmente, Quinto concentró su atención en el general. Lo escrutó antes de responder. Si no hubiera sido por Ortwin, pero, sobre todo, por la intervención decisiva de Veleda, ahora estaría escrutando un cadáver, después de haberlo apuñalado.

No consiguió sostener su mirada: solo su padre lo conseguía. Sintió un estremecimiento. Incluso despertado de repente en el corazón de la noche, César aparecía acicalado y perfumado, sus escasos cabellos ordenadamente peinados hacia delante: la imagen misma del hombre del que quisieras fiarte, al cual quisieras entregar tu destino. Sus modos eran los de siempre, amables, pero con autoridad. No se sorprendió de que hubiera embaucado a su padre durante casi una vida.

—No. Mi padre no sabe nada. Pero si hubiera estado aquí habría hecho lo mismo, puedes contar con ello. Ya no es el chico de los recados, como este tipo de aquí —dijo, al fin, señalando a Aulo Ircio.

—Tu padre solo es un traidor que ha dado la espalda a su benefactor por pura envidia —rugió Ircio.

—Y la tuya, por mi padre, ¿qué era, si no envidia? No has hecho nada más que ponerle palos en las ruedas durante años —respondió rápidamente el joven.

El rostro de César se contrajo en una mueca de amargura. Siempre se ensombrecía cuando se mencionaba a Tito Labieno. Con una señal de la mano hizo callar a su asistente, luego respondió a Quinto:

—Un buen plan, este: un asalto para atraer la atención y distraernos mientras se deja sin vigilancia el sector del procónsul. Supongo que no puede considerarse un producto de la mente limitada de su comandante, Domicio Enobarbo, cuyas capacidades militares son muy discutibles. Acaso sea obra tuya.

Quinto no contestó.

César se dirigió a los demás:

—¿Habéis visto cómo adiestro a mis hombres? Este muchacho es la mejor expresión del ejército de mis adversarios atrincherados dentro de Corfinium. Y ha sido soldado mío durante años. Ahora que su acción, de hecho, se ha resuelto en nada, no nos queda más que esperar la rendición de Domicio Enobarbo. Ponedlo con los demás prisioneros. Y que no le toquen ni un pelo de la cabeza.

Cayo Crastino se llevó a Quinto, que antes de marcharse lanzó una última mirada rencorosa hacia Ortwin y Veleda. César despidió a todos los demás, salvo a ellos dos.

—Ahora me dirijo a vosotros —dijo el procónsul, volviéndose hacia los dos germanos—. Según parece, os debo la vida.

—Es mi trabajo y el motivo por el que me pagas, César. Y tampoco lo he hecho demasiado bien, esta vez. Si no hubiera sido por nuestra vivandera, la esclava cadurca... —repuso, señalando a Veleda.

César plegó las comisuras de la boca en una sonrisa.

—Bien, querido Ortwin, espero que tú no hayas cortado deliberadamente la mano de la hija de tu viejo rey solo para hacerla pasar por celta... —comentó, dejando a los dos germanos con la boca abierta.

—¿Tú... lo sabías? —susurró Ortwin.

—No. Nunca me he preocupado por la presencia de

esta muchacha. Pero ahora que he tenido la posibilidad de verla de cerca por primera vez, me he dado cuenta de quién es. Quizá, si no la hubiera visto a tu lado, no la habría identificado ni habría pensado en su desaparición hace ocho años.

—César, te lo ruego, permítele quedarse. No la devuelvas a los sécuanos, a los que se la habías dado.

Veleda callaba, mirando hacia otro lado.

—Ya no necesito congraciarme con los sécuanos. Sin embargo, su rapto fue un asunto desagradable, y corrí el riesgo de ponerme en una muy mala posición con ellos. Aunque se dice que quien la raptó fue un galo. Debería haceros castigar por aquel episodio.

—Quien me raptó no fue un galo ni un germano, sino un romano —precisó Veleda, sin deferencia alguna, y sin renunciar a su actitud altiva.

—Y yo la encontré vagando por los bosques, años después... —añadió Ortwin.

—No me interesa, a fin de cuentas. Pero dime por qué debería tenerla.

—Bueno... porque ya no te es útil como hija de un rey derrotado. Mientras puede serte útil al lado de las legiones. Ese cuchillo metido en el muslo del romano lo ha lanzado ella: tú mismo has visto qué hábil es. Y te garantizo que se las apaña también con la espada. Los germanos te serviremos siempre con gusto si nos permites continuar protegiéndola.

—¿Quieres decirme que, si no permito que se quede, podrías desertar? ¿Es un chantaje?

La pregunta era muy insidiosa.

Ortwin no consiguió ocultar su malestar. Miró a Veleda, que no hacía nada por ayudarlo, ni por ganarse la simpatía de César.

—No he dicho eso. Siempre has sido generoso con nosotros, y estamos honrados de servirte. Si temes que te quiera forzar a tenerla, sabes que estoy dispuesto a renunciar a una parte de mi paga, y hasta a mi parte del botín, si dejas que Veleda permanezca con nosotros.

César permaneció en silencio. Contempló a Veleda, que devolvió su mirada sin mover un músculo.

—No será necesario. A fin de cuentas, me acabáis de salvar la vida. Aunque, en realidad, ella te la ha salvado a ti —dijo volviendo a su tienda.

Ortwin miró a la muchacha, que esta vez bajó los ojos. Callaron durante un momento, luego el hombre preguntó:

—¿Por qué estabas aquí, en plena noche?

—Te estaba buscando. Quería hablarte.

—¿De qué?

—Ya no tiene importancia.

Ortwin se quedó bastante desconcertado.

—Te agradezco que me hayas salvado a mí y al procónsul.

—No era mi intención salvar al procónsul. Solo he reaccionado al ver a un compatriota en dificultades. Aunque fuese un compatriota traidor.

Siempre la misma historia. Confiaba en que ahora Veleda hubiera olvidado esa idea. Por primera vez, tuvo un gesto de irritación.

—Perdona que haya defendido tu causa con César.

La muchacha se abandonó a una reacción airada. Estaba claro que la había reprimido largamente.

—¿Y quién te lo ha pedido? ¡Fue degradante ver a un guerrero de Ariovisto casi postrarse a los pies de un romano e implorarle! ¡Me das vergüenza! ¡Que Wotan pueda perdonarte la humillación que has infligido a nuestro pueblo! —aulló, recogiendo su cuchillo y huyendo sin volverse atrás.

Veleda estaba furiosa. Consigo misma, más que con Ortwin. No sabía decir por qué se había comportado de ese modo. Tal vez, se dijo, no podía perdonarle que le hubiera cortado la mano. Pero la verdad era que siempre lo había tratado de manera hostil y despreciativa, mucho antes del incidente.

Porque había sido un incidente, era consciente de ello. Y era igualmente consciente de que Ortwin habría dado su propia mano por que no hubiera sucedido. Por lo demás, el comportamiento de aquel hombre siempre había sido intachable. Irreprochable. Parecía considerarla una diosa, y la trataba con un respeto que ningún otro, en su vida, le había ni siquiera lejanamente mostrado.

Era fuerte, valiente y leal —a despecho de las insistentes y repetidas acusaciones de traición—, un modelo que cualquiera habría debido seguir y que, en efecto, los otros germanos seguían ciegamente, más de lo que habían seguido a Ariovisto. Sí, Ortwin tenía madera de rey, y la nobleza de espíritu propia de los mejores soberanos.

Sin embargo, ella seguía tratándolo de una manera horrible. Una vez más se preguntó por qué. Quizá, se dijo, solo quería hacerle entender que no era una diosa, sino una mujer.

Y como tal hubiera deseado ser tratada.

Probablemente no soportaba su distanciamiento, su aparente indiferencia, su discreción. Por esto lo provocaba, para descubrir qué conseguiría sacudirlo, qué podía inducirlo a reaccionar con entusiasmo y con pasión. Había ido a verlo para hablar justamente de eso, para intentar explicarle que no era tan distante como Ortwin creía. Y, en cambio, solo había conseguido cavar un surco aún más profundo entre los dos.

Pero aquel no era el momento de preocuparse de eso. Tenía algo más urgente que hacer. Algo que, por más que no le gustara, había que hacer.

Algo tan irracional, quizá, como el modo en que trataba a Ortwin.

Con un nudo en la garganta y una mordedura en el estómago, caminó en la noche bordeando la muralla por el lado interior. Después del ataque, el número de centinelas se había incrementado. Las escarpas estaban casi abarrotadas, y un ir y venir de soldados, algo raro a aquella hora de la noche, la obligaba a aflojar el paso y a avanzar por líneas oblicuas. Los legionarios la miraban, sorprendidos, alguno la apostrofaba de manera poco halagüeña, otros la exhortaban sin medias tintas a entregarse. Uno incluso llegó a retenerla, pero cuando vio llegar a un *optio* la dejó pasar.

Finalmente, llegó ante el fortín en el que detenían a los prisioneros. La entrada estaba vigilada por cuatro centinelas.

—¿Habéis traído aquí al hombre que ha intentado matar a César?

—Puede ser... ¿Por qué lo buscas?

—Es el hombre que me hizo esto, hace años —contestó, señalando el muñón—. Quiero verlo y vengarme.

Los soldados se miraron entre ellos, indecisos.

—El procónsul ha dicho que no debe hacérsele ningún daño. De otro modo, ni te imaginas la noche que le habríamos hecho pasar. Te lo hubiéramos dejado con gusto —dijo uno de ellos.

—Quién sabe qué uñas afiladas tienes. Podrías sacarle los ojos, si el procónsul no hubiera prohibido expresamente hacerle daño... —comentó otro.

—No quiero hacerle daño. Solo quiero humillarlo... —respondió Veleda.

Los centinelas siguieron intercambiándose miradas.

—¿Por qué no? —dijo al fin un soldado—. Si no podemos golpearlo, que al menos una mujer lo mortifique sin que pueda hacerle nada.

La hizo entrar y la escoltó hasta el pequeño edificio de madera que hacía de prisión.

El guardia abrió la puerta y la introdujo en el local. La condujo delante de la última celda, donde un hombre yacía sentado sobre un jergón de paja con la cabeza metida entre los brazos. Una venda en torno al muslo dio a Veleda la confirmación de que se trataba de Quinto.

El guardia la dejó a solas con él. El joven levantó apenas la cabeza, miró por un instante a la muchacha, luego volvió la cabeza a otra parte.

Veleda sacó el cuchillo que ocultaba bajo su cinturón y se lo lanzó.

—Este es el cuchillo que te ha herido. Es tuyo, ahora —le dijo.

La voz le temblaba.

Quinto volvió a mirarla. Pero solo por un instante. Inmediatamente después apartó de nuevo la mirada y siguió observando el muro.

—¿Por qué me lo das? —preguntó, con voz átona.

—Porque me has salvado la vida dos veces, y ahora me toca a mí. César es clemente, por lo general, pero nunca se sabe. Siempre podrás usarlo para escapar.

—¿Primero tratas de matarme y luego quieres salvarme?

—También tú, una vez, me salvaste después de haberme hecho daño y metido en problemas.

Quinto siguió mirando a otra parte.

—No quise hacerlo. No querría haber hecho casi nada de lo que te he hecho. O, por lo menos, no de la manera en que lo he hecho. Pero nunca he conseguido comportarme de otra forma contigo.

—Lo sé. Si lo hubieras conseguido, tal vez las cosas habrían sido distintas.

Solo entonces Quinto miró a Veleda. Y luego, a aquella mano que ya no estaba. La muchacha distinguió claramente una mueca en su rostro.

—Ya no tiene importancia —dijo el hombre—. Ahora eres distinta. Y también lo que yo siento es distinto.

Ella hizo un gesto de desprecio. Se volvió y se encaminó hacia la salida.

—¡Veleda!

La muchacha se detuvo. Pero no se volvió.

—¿Lo has hecho solo porque te sentías obligada? —le preguntó Quinto.

Veleda no respondió. Permaneció quieta unos instantes, de espaldas, luego continuó caminando y salió del local.

El amanecer se acercaba. No valía la pena intentar fugarse. Y menos aún herido. Quinto se forzó a esperar hasta la noche siguiente como mínimo. El dolor de la pierna no era muy intenso. Más intenso era el dolor por aquello que habría podido ser y, por su culpa, no había sido, y por lo que ya no era. Tenía la impresión de que había perdido a Veleda dos veces: entonces, cuando no había sabido hacerse amar, y ahora que sentía que ya no podía amar a una mujer manca.

La última vez que había hecho el amor había sido con la vieja Servilia. Por más que se cuidase, Servilia estaba blanda y arrugada, pero intacta. Y sabía cómo actuar: con ella se había sentido muy excitado, a pesar de todo. Pero nunca conseguiría excitarse con una mujer mutilada. Veleda, ahora, solo era un resto de mujer: estaba bien para un bárbaro tosco y salvaje como Ortwin, pero no para él.

Ortwin. Le había ocultado que Veleda aún estaba viva. Y lo había hecho para mantenerla consigo, sin duda. Antes o después se lo haría pagar: ahora tenía motivos para vengarse no solo de César, sino también de su guardia principal. Su lucha contra el tirano y sus acólitos sería una lucha sin cuartel.

Pasó unas horas imaginando el desarrollo de los acontecimientos. La guerra civil ya era inevitable. Y se alegró de que la oposición ya hubiera calibrado bien las consecuencias y de que no se hubiera llegado a ningún acuerdo: solo así podía ser eliminado César. Aquel hombre, por lo menos hasta donde lo conocía, hubiera aprovechado cualquier acuerdo para consolidar su poder y sustraerlo a cualquier otro que se interpusiera entre él y una corona, ideal o real.

Con ese imbécil de Domicio defendiéndola, Corfinium estaba perdida. Todo el Picenum y también la Umbria estaban perdidos. Incluso las principales arterias de comunicación ya no estaban bajo el control de la República. Y Pompeyo y su padre parecían inclinarse por dejar Roma a César y a hacerse fuertes al sur de la península, contando con su superioridad marítima o el control de África, Oriente y España para rodear y aislar al adversario.

Después de haber respirado el aire dentro de los muros de Corfinium, Quinto se había dado cuenta de cuánta fascinación ejercía César sobre la gente común, los *milites* y las administraciones ciudadanas: su red de corruptelas se había extendido por doquier, su hábil propaganda había llegado a todo el mundo. Por eso concluyó que la estrategia adoptada por su padre era la mejor posible, y se arrepintió de haberle quitado la razón antes de partir para el Picenum.

A fin de cuentas, se dijo, él se movía demasiado por instinto para entender algo de estrategia: debía fiarse más de las valoraciones de aquel hombre que él mismo, antes que ningún otro, señalaba como el mejor caudillo de Roma.

Oyó un clamor afuera. Poco después, vinieron a buscarlos a él y a los demás detenidos.

—¿Qué sucede? —preguntó.

—La guarnición de Corfinium se ha rendido. El cónsul Léntulo Espínter ha llegado a un acuerdo directamente con César y los soldados han detenido a Domicio Enobarbo. Ahora están saliendo todos de la ciudad para prestar juramento de fidelidad al procónsul. Os llevamos con vuestros compañeros.

—¡Yo nunca prestaré juramento de fidelidad a César! —exclamó Quinto, indignado.

—Ni él lo pretendería de un asesino que ha tratado de matarlo mientras dormía. En efecto, a ti te corresponde la horca.

Quinto fue presa de la agitación. ¿Su aventura a favor de la libertad acababa, pues, aun antes de empezar? Era bastante evidente: no podía esperar que César le reservase algo distinto de la horca. Había tratado de matarlo, y era el hijo del único y verdadero traidor de su causa. Estaba condenado, en resumen. Se arrepintió de no haber intentado escapar enseguida, pero por otra parte no podía imaginar que las cosas, en la ciudad, pudieran precipitarse tan pronto. Solo lamentó no poder contribuir a la salvación de la República.

Lo condujeron fuera del fortín, más allá de la muralla. En torno a él estaban alineados miles de soldados de César. Frente a ellos, César mismo, con todo el estado mayor. Y Ortwin y sus germanos protegiéndole los lados.

Vio descender de la roca a una larga hilera de soldados. A su cabeza, escoltado por los legionarios de César, se encontraba Domicio Enobarbo. Alrededor de él, su hijo y otros senadores, como Léntulo Espínter, y luego Vibulio Rufo y Quintilio Varo, magistrados y exponentes del rango ecuestre.

César hizo algunas señas a sus germanos, que cabalgaron hacia los recién llegados. Ortwin y los suyos hicieron detener la guarnición de Corfinium donde podían escuchar las palabras del vencedor y se hicieron cargo de los personajes de rango. Condujeron a Domicio y a los demás junto al vencedor, mientras desde las filas de los legionarios de César se elevaban insultos en dirección al procónsul designado. Algunos salieron de las filas e intentaron acercarse al prisionero. Pero los hombres de Ortwin mantuvieron un firme cordón de protección en torno a él, recibiendo los escupitajos destinados al senador.

Solo cuando César alzó el brazo se hizo finalmente el silencio. Quinto se quedó impresionado por el ascendente que el autócrata tenía sobre sus soldados. Pero estaba seguro de que los soldados de Pompeyo tendrían por Tito Labieno la misma devoción, en cuanto lo conocieran.

—No es por mi elección por lo que he emprendido este avance a través de Italia, sino para liberar a Roma de una facción de fanáticos que viola los derechos de los tribunos de la plebe y me sustrae el derecho de continuar mi carrera según lo previsto por la ley. A mí, un procónsul que ha hecho tanto por la Urbe en estos años, que ha conquistado ochocientas ciudades y sometido a trescientas tribus —gritó César—. Estos fanáticos han propagado sobre mí rumores maliciosos que han inducido a alinearse de su parte incluso a aquellos a los que he beneficiado en el pasado. El aquí presente Léntulo Espínter, por ejemplo, fue en su día elegido pontífice máximo gracias a mi apoyo, y solo ahora, tras hablar conmigo, ha reconocido que se ha dejado llevar, al juzgarme, por calumnias infundadas.

»Ellos se oponen a cualquier cambio porque lo ven como una amenaza a su poder y a sus privilegios. Temen que su influencia en el Estado disminuya, si alguien crea nuevos y más eficientes mecanismos que no estén en condiciones de controlar. Temen tener que compartir el poder con el pueblo, que hasta ahora solo en teoría ha sido capaz de influir en las elecciones del gobierno de Roma. Y me temen porque quiero asegurar al pueblo su derecho a decidir la política de la Urbe. Y porque quiero asegurar a quienes han combatido y se han sacrificado por la patria una justa compensación. ¡Son conservadores por mentalidad, pero también por mero oportunismo!

»Las suyas son posiciones extremas, que no toleran ningún compromiso. Por mi parte, seguiré buscando un compromiso. ¡Acaso solo con Pompeyo que, como Léntulo Espínter, ha sido impulsado a olvidar los favores recibidos de su viejo amigo Julio César! Os aseguro que haré todo lo posible para evitar un conflicto abierto, una guerra civil que, como hemos visto en el pasado, podría causar un dolor infinito a los romanos. He demostrado mi buena voluntad abiertamente, imponiendo una estricta disciplina a mis soldados, que, en efecto, no se han hecho responsables de ningún acto de violencia desde que han atravesado la frontera itálica. Nadie puede negar, además, que siempre he insistido para que fueran desarmados ambos ejércitos, tanto el mío como el de Pompeyo. ¡No he visto la misma buena voluntad de la otra parte!

»Todos saben, además, que he hecho mucho en el pasado por los soldados, por todos los soldados, por los que tengo un gran respeto. Incluso por los soldados que Pompeyo, ahora, ha reclamado al servicio para enfrentarse a mí. Legionarios que han sido licenciados cuando era cónsul, y han recibido prósperas tierras en propiedad que cultivar no en un oscuro páramo perdido en las fronteras del imperio, sino en Italia. Y todo gracias a las leyes que he promovido y hecho aprobar por el pueblo, contra el parecer de aquellos mismos individuos que ahora querrían destituirme y acusarme por unas presuntas e insignificantes violaciones procesales en el curso de mi consulado.

»Pues bien, os pido a todos, soldados de Corfinium, que os unáis a mí para combatir, si es necesario, en defensa de vuestros mismos derechos, para dar fuerza a la batalla política que estoy combatiendo también por vosotros contra hombres carentes de escrúpulos que no quieren compartir con nadie el enorme poder y las riquezas que poseen. Os pido que me juréis fidelidad, por mi seguridad. Tengo demasiado respeto por los soldados para creer que puedan traicionar la palabra dada, y como mi pasado es una garantía de que me batiré por vosotros, vuestra palabra será una garantía de que os batiréis por mí.

»Pero no pretendo que se combata a mis órdenes de mala gana, como ciertamente ocurrirá entre las filas de mis adversarios. Por tanto, os dejo la facultad de decidir a qué partido os queréis adherir: si al de la libertad y el derecho, o al de la injusticia. Quien quiera partir y alcanzar a Pompeyo y los otros fanáticos de los que se rodea puede hacerlo: he venido a defender la libertad, y no se la sustraeré a nadie. Quien quiera unirse a los representantes del orden senatorial, que se oponen a mí por principio, como Domicio Enobarbo, que también tiene fundados motivos para odiar a Pompeyo más de cuanto me odia a mí. Quien quiera.

Quinto tuvo la impresión de que César se estaba refiriendo directamente a él, en ese momento.

—Y por si no bastaran estas demostraciones de tolerancia, renuncio al tesoro que Pompeyo ha puesto a disposición de Domicio para pagar a los soldados: ¡nada menos que seis millones de sestercios! Porque César respeta no solo a las personas, sino también al dinero ajeno. Y este es dinero del Estado. Ya lo he hecho disponer en un carro para que su responsable pueda llevárselo. Pero cualquiera que pase a mis órdenes no debe preocuparse: todos saben que mis legionarios nunca han tenido que lamentarse respecto a las compensaciones. Que solo sepa que no se le consentirá ninguna razia, ni habrá más botín, pase lo que pase, fuera de lo que yo decida. Y cualquiera que sea descubierto cometiendo abusos será pasado por las armas. ¡Pero estoy seguro de que ninguno de vosotros cometería nunca un crimen en perjuicio de un ciudadano romano y, por tanto, se trata de una recomendación superflua! ¡Sois soldados, y sois ciudadanos romanos! ¡Vosotros, marsios, vosotros, pelignos y todos vosotros antiguos aliados y *socii*, cuyos abuelos y padres han vertido su sangre para conquistar este derecho, sois el orgullo de Roma, todos!

Una ovación se elevó de las filas de los legionarios de César e, inmediatamente después, también entre los soldados de Domicio. La expresión del procónsul designado, y derrotado, se hizo aún más sombría. De los notables que estaban cerca de él, algunos se le acercaron más; otros, sobre todo de rango ecuestre, dieron algunos pasos hacia César e inclinaron la cabeza en señal de deferencia.

Dos germanos ofrecieron a Domicio y a los suyos caballos y carros. Los soldados de ambas partes se abrazaban entre sí y celebraban felices haber evitado el enfrentamiento. El procónsul designado, furioso y humillado, subió a un carro dirigiendo pocas palabras a César sin mirarlo en ningún momento a la cara. Su hijo y los demás senadores lo siguieron, algunos dedicando un gesto de gratitud al vencedor. Los esclavos subieron al pescante y movieron los bueyes. Pero la multitud, la muchedumbre festiva en torno a ellos, ralentizó cualquier maniobra.

Quinto se dio cuenta de que estaba libre. Libre de unirse a Domicio. Intentó alejarse de los guardias que habían quedado a su lado, y vio que no lo detenían. Buscó una confirmación en su mirada, y tuvo un gesto de asentimiento. Se movió hacia los carros, luego lo reconsideró: se dirigió hacia César, que disfrutaba del entusiasmo que su discurso había provocado. Pasó al lado de Ortwin, que se erguía, escultural, sobre su caballo. Le lanzó una mirada llena de odio y, sin dignarse a decirle una palabra, se dirigió a César.

—No creas que, dejándome libre, me siento en deuda contigo. Mi padre y yo nos opondremos a tu tiranía mientras estemos vivos —le dijo.

César volvió la mirada hacia él. Lo observó largamente, desde arriba de su cabalgadura. Luego respondió:

—Domicio ha usado las mismas palabras. ¡Qué previsibles que sois! Ve a reunirte con tu padre, muchacho.

VIII

Pero César, siempre impaciente ante una inerte y larga tregua de armas, porque los hechos no se podían mudar, persigue y apremia los pasos de su yerno. A otros les bastarían tantos muros tomados en el primer asalto, tantas rocas expugnadas, el enemigo derrotado, la misma capital del mundo, máximo premio de guerra, fácil presa. Pero César, lanzado a todas las empresas, creyendo que nada estaba hecho si quedaba algo que hacer, apremia despiadado, y si bien posee toda Italia, puesto que Pompeyo se obstina en la última playa, sin embargo, se angustia de tener que compartirla con él, no quiere que el enemigo navegue en aguas libres. Obstruye con rocas las olas y con bloques sumergidos una amplia extensión de mar.

LUCANO, *Farsalia*, 650-662

Brundisium, 9 de marzo del 49 a.C.
(pleno invierno)

—Ha llegado —dijo Cneo Pompeyo Magno entrando en el alojamiento de Tito Labieno.

—¿Ya? —respondió el antiguo colaborador de César, sin levantarse de la silla.

—Ya.

—Tan pronto. Por otra parte, la velocidad siempre ha sido su principal característica estratégica.

—Sin duda —convino Pompeyo, desconsolado—. En menos de dos meses se ha apoderado de toda Italia, atravesando la frontera con una sola legión. Y ahora tiene seis legiones.

—Y sin ni siquiera haber pasado por Roma para coger el tesoro del erario que tú has dejado... —le reprochó Labieno.

—Delegué en los cónsules para que lo retiraran. No es culpa mía que esos idiotas no lo hayan hecho.

Labieno asintió con escasa convicción.

—Al menos nos hemos liberado.

—Ya. Has hecho bien en sugerirme que los hiciera embarcar con las tres legiones zarpadas para la costa epirota. Sin ellos en medio, sin Bíbulo y Domicio Enobarbo, y sin Catón, que se encuentra en Sicilia, debería ser más fácil tomar decisiones y ponerlas de inmediato en práctica.

—Ahora hay poco que decidir. No tenemos muchas alternativas al embarque: Italia está perdida. Pero ahora mismo, en pleno invierno, es difícil prever cuándo y si volverá a haber naves para la travesía. Y, entretanto, César hará de todo para bloquearnos aquí, puedes jurarlo.

—No te escondo que he estado tentado de embarcarme, a mi vez. No puedo dejar en sus manos las dos legiones que conservamos aún. Y las naves de que disponemos no son suficientes para permitir el embarque más que de algunas cohortes. Nos toca esperar. Y arriesgarnos a que César conquiste la ciudad.

—No lo conseguirá —dijo Labieno, con determinación—. Emplearía demasiado tiempo para bloquear el puerto. Más de cuanto necesitan las naves para regresar. Y nosotros podríamos atrincherarnos en una parte de la ciudad y resistir hasta que vuelvan. Y además, ya verás que no intentará un asalto inmediato: tiene demasiado interés en pasar por víctima como para no intentar aún la vía de las negociaciones.

—Pero no puede haber ninguna negociación sin los cónsules. Son ellos los que deben tomar las decisiones, en última instancia. Y tengo miedo de que también la resistencia sea difícil: tu decisión de autorizar a las tropas a requisar todo lo que necesiten ha indispuesto a los habitantes de Brundisium, que no nos ven con buenos ojos. César ahora pasa por alguien que respeta a la población, y podría encontrar más de un apoyo en la ciudad.

Labieno se justificó:

—Los soldados murmuraban. Muchos de ellos han combatido con César, y están poco convencidos de la causa por la cual deberían batirse ahora. Los demás son novatos que no ven ningún atractivo en la vida militar. Su motivación es escasa. Había el riesgo de una deserción en masa: he tenido que concederles al menos esto.

Pompeyo sacudió la cabeza, con determinación.

—No importa. Superaremos también esto. Aun habiendo perdido Italia, tenemos el resto del mundo romano y muchos aliados entre los reinos extranjeros. César está rodeado, y el tiempo trabaja a nuestro favor. Por más rápido que sea, no podrá estar simultáneamente en Italia, África, España, Grecia, Siria y Egipto. Esa es toda gente mía. Y cuanto más avance en su rebelión, tanto más la gente descubrirá cómo es de verdad, abandonándolo. Cuanto más aislemos Italia y más gente muera de hambre, más será cuestionado por aquellos que tanto han aclamado su llegada, atribuyéndole la responsabilidad de sus sufrimientos. Tengamos en cuenta además que sus subalternos no son tan hábiles como él, ahora que tú lo has dejado. Quizá la mía no sea una victoria espectacular como las que he obtenido en el pasado, pero podré justificarla con la voluntad de ahorrar sangre romana.

Labieno estaba sorprendido. Se había habituado casi a ver a Pompeyo resignado. Resignado a la aparente invencibilidad de César. A la facilidad con que la población se alineaba con su enemigo, a pesar de que el Senado lo había elegido a él, Pompeyo, como defensor de la República. A la inconsistencia del mando con el que lo habían distinguido, y que estaba obligado a compartir con personajes demasiado modestos militarmente para darle sugerencias racionales, y a la vez demasiados orgullosos para renunciar a imponer su punto de vista. Al amargo descubrimiento de que, aunque sobre el papel tenía un gran número de legiones a sus órdenes, no podía contar en realidad más que con un puñado de hombres. A la cada vez más evidente inevitabilidad de una guerra que nunca había verdaderamente deseado.

Labieno se preguntó cómo habría sido Pompeyo sin todas esas ataduras. Si hubiera estado en condiciones de mostrar las mismas capacidades de que había dado prueba en su juventud y en la plenitud de su madurez, antes de encontrarse lastrado por los años y satisfecho de sus triunfos. Pero era una pregunta ociosa, concluyó: nunca lo llegaría a saber, pues Pompeyo no era César, y nunca tendría el valor de remover cualquier obstáculo para conseguir sus propios fines ni, por tanto, de desautorizar a los hombres que condicionaban sus decisiones.

Y tampoco ellos se habrían quitado nunca de en medio. Solo Catón, probablemente, lo había elegido porque sabía que era el único con suficiente experiencia bélica para oponerse a César. Los otros senadores, los aristócratas orgullosos que habían siempre mirado de arriba abajo a aquel hombre ascendido al poder por aptitudes y no por nacimiento, consintieron en cederle el mando supremo porque veían en él un icono: un estandarte que enarbolar para implicar a las masas en una lucha que no les interesaba en absoluto, y un chivo expiatorio sobre el que derramar todas las culpas en caso de fracaso.

Pompeyo volvió a hablar:

—Espero que Metelo Escipión haga un buen trabajo en Siria. ¿Tienes idea de a cuántos reyes debe contactar en mi nombre para convencerlos de que proporcionen tropas? Espero que no los indisponga: aquella gente es tan ceremoniosa... Si pudiera, iría yo mismo. Además, mi suegro no entiende de marina, y yo necesito una flota. Por tanto, quiero mandar de inmediato a mi hijo Cneo para organizar una en Egipto, al menos. Pero como de costumbre no lo encuentro.

Labieno esbozó una sonrisa amarga.

—¿Y dónde quieres que esté? Por ahí, holgazaneando con mi hijo, como siempre.

Cuando no estaba bajo presión, Quinto seguía manifestando ese carácter inconstante que siempre lo había distinguido. Y había encontrado en el hijo de Pompeyo a un digno camarada, que no solamente lo seguía, sino que incluso lo arrastraba en sus juergas. Se emborrachaban, molestaban a los habitantes de Brundisium, frecuentaban los lupanares hasta el alba, con la impunidad que le proporcionaba al joven Pompeyo su estrecho parentesco con el comandante supremo. Y en una ciudad marítima como Brundisium no faltaban lugares en los que divertirse.

Quinto había vuelto bastante abatido de su misión en Corfinium. Creía mucho en la causa por la que combatía, y el fracaso de la acción que él mismo había ideado debía de haberlo deprimido. Odiaba a César por motivos que, francamente, a Tito Labieno se le escapaban. Lo odiaba desenfrenadamente, como había sido capaz de amar desenfrenadamente a la bárbara.

Quinto era alguien que lo hacía todo de manera desmedida, pero con César parecía haberse adherido a una causa que nunca le había concernido. Concernía, desde luego, a su padre. Pero él, que en el pasado nunca se interesó en cuestiones políticas, había llegado a demostrar una determinación y un odio superiores a los de cualquiera, incluso a los de aquellos que, como Bíbulo, tenían cuentas personales que ajustar con César.

Era como si Quinto necesitara una causa por la que combatir. Como si hubiera elegido la causa de su padre porque no tenía una propia.

El letrero situado encima de la puerta de acceso no dejaba lugar a dudas: «Aquí habita la felicidad» ponía la inscripción en torno al dibujo en relieve de un falo con sus testículos. Los dos jóvenes, visiblemente achispados, se detuvieron delante de la puerta de entrada sin cuidarse demasiado de moderar el tono de la voz. Estaba a punto de amanecer, y la gente de los alrededores aún dormía.

—¡Vamos, entremos también aquí! —gritó Cneo Pompeyo el Joven, tambaleándose.

—¡Venga! ¡Ya hemos estado en tres lupanares! ¡Y dos eran *tabernae*! ¿No tienes suficiente? —le hizo eco Quinto Labieno, no más estable que su amigo.

—¡En absoluto! —repuso Pompeyo—. ¡Tendré bastante cuando haya encontrado a una con las tetas como yo digo!

—Pero esta vez pensemos en cómo pagar. De lo contrario, te encontrarás con otro ojo negro, como en el burdel anterior.

—Y el chulo se encontrará con los dedos fracturados, como en el burdel anterior. Y con el local cerrado a partir de mañana.

—Va, no exageremos. No debemos indisponer a la población. Si César llega antes de que podamos zarpar, necesitaremos el apoyo de los habitantes de Brundisium .

—¡Esa es buena! ¡Pero si ha sido precisamente tu padre quien ha concedido a los soldados plena autonomía de aprovisionamiento! Y yo me aprovisiono... ¡de mujeres! —respondió Pompeyo, golpeando enérgicamente la puerta.

—¡Bah! Haz como quieras. Trataré de seguirte, pero no sé cuánto más aguantaré —dijo Quinto—. En la última taberna he bebido demasiado vino no aguado. Y además, ya la he metido bastante.

Pompeyo debió golpear de nuevo, antes de que la puerta se abriera. Una muchacha menuda con un vestido transparente apareció en el umbral. La suya era la sonrisa forzada de quien ya no esperaba nuevos clientes a aquella hora de la noche.

—Si buscáis diversión, aquí la encontraréis —dijo la muchacha con voz átona, como si fuera una letanía que repitiera continuamente. Era difícil saber si estaba aburrida o solo medio dormida. En cualquier caso, tenía un aire cansado que le quitaba cualquier sensualidad.

Pompeyo la miró de arriba abajo. Su veredicto fue negativo. Quinto lo entendió por su mirada.

—¿Cuántas muchachas hay, además de ti?

—Cuatro. Pero una está ocupada con otro cliente.

Quinto sonrió. Sabía que su amigo querría entrar, aunque lo que había visto no le hubiera satisfecho. En efecto, la declaración de la muchacha fue suficiente para suscitar la curiosidad de Pompeyo, que atravesó de inmediato el umbral. Encogiéndose de hombros, Quinto lo siguió.

Las fosas nasales de Quinto fueron inmediatamente invadidas por el agrio olor a cerrado, que se sumaba al de la turba que ardía en los braseros, a la grasa rancia de la suciedad en los suelos y en los rellanos, y a las secreciones de los clientes: en pleno invierno, nadie se preocupaba de quitar las pieles de las pocas ventanas o de abrir la puerta de acceso si no era necesario. Sus ojos fueron agredidos por el polvo y el humo que aleteaban en el aire.

Pero eran agresiones a las que Quinto se había acostumbrado desde que había empezado a andar con Pompeyo el Joven. El hijo del comandante supremo no se preocupaba por la calidad del sitio que elegía cuando tenía ganas de divertirse: se tratara de tabernas, burdeles o baños termales. Y tenía muchas ganas. Se dejaba guiar por el impulso del momento, y no le agradaba perder tiempo buscando el ambiente confortable que el dinero de su padre le permitía.

Un energúmeno de etnia indefinible dormitaba sentado en un arcón, único mueble en una habitación sucia y desnuda. Los observó con los ojos entornados sin hacer nada para parecer otra cosa que no fuera una estatua. El local consistía en una amplia antecámara y en una serie de nichos separados con cortinas rasgadas y pringosas. En cada cortinaje había un cartel con el nombre y la condición de la meretriz, libre u ocupada. Pero las indicaciones eran superfluas: los jadeos y los ruidos provenientes de uno u otro de los nichos permitían adivinar claramente dónde había actividad.

Quinto esperó a que Pompeyo hiciera la primera elección, un poco porque sabía que debía concedérsela, un poco porque, si hubiera sido por él, aquella noche la habría dado ya por acabada.

—Veamos qué nombre me inspira más... —dijo a su amigo acercándose a una de las cortinas, donde leyó PARTHENOPE.

—Mmmm... ¡«Virginal»! ¡Con esta estarás más a gusto! —dijo, asumiendo una expresión libidinosa que acentuaba los rasgos porcinos de su rostro.

Apartó con vigor la cortina, descubriendo un ambiente aún más sórdido que aquel en el que se encontraban. Una lámpara apoyada en el suelo emitía una luz espectral que apenas afloraba en un manto de humo. Paredes con frescos eróticos ennegrecidos por el hollín circundaban una modesta cama de piedra con un colchón sucio y desgarrado en varios puntos. Sobre él, una muchacha, poco más que una niña, que ya se había quitado el vestido y se ofrecía desnuda a su valoración.

Quinto no encontró nada excitante. Estaba casi esquelética, y tenía la piel ennegrecida por el hollín. Trataba de adoptar poses provocadoras, pero el joven, que se sentía bastante saciado, la encontraba solo ridícula. Y patética.

Debió de pensarlo también Pompeyo, porque hizo una mueca y pasó a la cortina siguiente. El cartel tenía escrito VENERIA, «predilecta de Venus». Allí encontró una celda meretricia aún más mugrienta, y una mujer igualmente sucia de hollín. Pero al menos era una mujer y, por la actitud, parecía en condiciones de dar fe de su nombre.

Sin embargo, Pompeyo aún no estaba satisfecho. Hizo una mueca y pasó más allá. La meretriz siguiente, de nombre «Felicia», «dispensadora de felicidad», atrajo su atención hasta el punto de inducirlo a entrar en la celda y palparla un poco por todas partes.

—Bah... A falta de algo mejor... Pero antes veamos un poco a esta otra —dijo saliendo del nicho y dirigiéndose a la última celda.

La ocupada.

El nombre, junto al cartel que atestiguaba la presencia de un cliente, era «Spes», «Esperanza».

—Entonces esperemos encontrarla al menos aquí, una mujer con dos tetas decentes —repuso Pompeyo corriendo la cortina.

No vio a la mujer, sino solo sus piernas, aferradas en torno a los glúteos del hombre que estaba encima.

El cliente no se percató de que era observado, ni hizo caso de los ruidos detrás de él. Pompeyo avanzó algunos pasos y se acercó a la pareja, apenas iluminada por la tea que ardía sobre el suelo, al lado de la cama. Luego puso una mano sobre el hombro sudado del hombre y lo apartó rudamente del cuerpo de la mujer.

—¡Por Júpiter, he aquí la meretriz que necesitaba! ¡Venga, mujer, deja que toque estas espléndidas tetas! —dijo, posando las manos sobre el pecho.

Quinto se acercó, intuyendo la llegada de problemas. En efecto, el cliente no tardó en reaccionar.

—Pero ¿qué haces, imbécil? —dijo, jadeando como un búfalo. Y sin interrumpirse: parecía estar en lo mejor, y no renunció a su frenético movimiento sobre la mujer. La meretriz, en tanto, se mantenía pasiva.

Pompeyo no le hizo caso. Su brazo estaba entre el pecho de la mujer y el rostro del hombre. La mano apretó con más fuerza el seno, haciendo de perno para el antebrazo que giró de golpe hasta golpear con el codo en el mentón del hombre.

Este emitió un gruñido de dolor y se vio obligado a apartarse. Y debió de costarle mucho: Quinto, desde atrás, lo vio llevarse la mano al bajo vientre, y no pudo menos que sonreír, imaginando lo que estaba sucediendo.

Pompeyo hizo levantar a la prostituta tirándole del pecho que tanto había atraído su atención. También ella emitió un gruñido de dolor, y viéndola erguida, Quinto concluyó que sus propios gustos eran profundamente distintos de los de su amigo. Si debía ocupar de algún modo el tiempo, él ya se había inclinado hacia Veneria: le recordaba a Servilia, pero era mucho más joven.

Pompeyo se sentó, siempre sin mirar al otro. Pero entretanto el cliente había recuperado algo de lucidez. Y el guardia de la entrada se había despertado y se estaba acercando.

—¡Maldito idiota, esta me la pagas! —aulló el cliente, que aún compartía la cama con la mujer y con Pompeyo. Agitó el puño en el aire, pero antes de que pudiera asestarle un golpe, el joven apartó la mano de la mujer y le aferró el pelo, alejándolo de la cama. El hombre cayó justo sobre la lámpara, que se apagó al instante. Pero también le prendió fuego a la túnica.

—¿Qué sucede aquí? —preguntó el portero, desplazando a Quinto con un potente empujón.

Quinto se resignó. Debería haberse ocupado del guardia. Miró al cliente rodando sobre el suelo para apagar las llamas y luego, con la túnica aún humeante, ponerse de pie y avanzar hacia Pompeyo. El joven hijo del conquistador de Oriente ya se había desatado la túnica y recostado sobre la cama, con la mujer a horcajadas. La pobrecilla estaba espantada, pero no podía más que obedecer.

—Déjalos estar, si aprecias tu vida —sugirió Quinto al portero—. Es más, te recomendaría que te llevases a este tipo con la túnica quemada. Necesita alguna cura.

El energúmeno lo miró como si se las viera con un loco. Sus ojos expresaban una inteligencia nada vívida. Luego encogió los imponentes hombros y se movió de nuevo hacia la celda. Entonces Quinto lo aferró por un brazo, grande como un muslo. Aún sentía los efectos del vino: los contornos de aquella gigantesca silueta le parecían indistintos, el rostro indefinido. Pero había un blanco que no podía fallar, y lanzó un puñetazo con la esperanza de darle en la nariz. Era su única posibilidad de dejarlo inmediatamente fuera de combate.

Miró el rostro, pero ya en el momento del impacto tuvo la impresión de que no había alcanzado el cartílago de la nariz. Le pareció más bien que había golpeado la boca, lo que tuvo como resultado hacerle enfurecer de verdad.

—¡Y tú, muévete! ¿Qué esperas? —dijo a la mujer, mirándola, pero manteniendo el gladio apuntando al cliente.

Quinto apenas tuvo tiempo de ver la escena. La encontró incluso divertida. Pero tampoco pudo esbozar ni siquiera una sonrisa: el puñetazo le llegó directamente a la boca. Un chorro de sangre le manchó la túnica. Se tambaleó, y el otro lo aferró por el cuello, como si fuera una ramita. Habría podido sacar también él el gladio, pero el puñetazo, sumado a todo el vino que había bebido esa noche, dificultaba coordinar los movimientos. Y, además, sabía que su padre no se lo perdonaría, si hubiera ido más allá de una simple gamberrada.

Pensó también que Pompeyo se había desatendido por completo y no venía a ayudarlo. Incluso oyó sus gemidos mientras se dejaba ir en el coito manteniendo siempre a tiro al otro, antes de ser lanzado contra la pared y desplomarse en el suelo, aturdido. Recibió un buen golpe en la espalda que le impidió levantarse de inmediato. Tampoco es que tuviera demasiadas ganas. Se quedó mirando al energúmeno que dirigía su atención hacia Pompeyo con la secreta esperanza de que también él sufriera algún daño.

Lo que vio, sin embargo, barrió en un instante el atisbo de rencor que había sentido por su amigo. El joven continuaba tranquilamente haciéndose cabalgar por la mujer, dando continuas estocadas con el gladio para mantener a distancia a los dos que la tenían tomada con él.

Y todo esto, después de haberse bebido litros de vino y habérselo pasado en grande con al menos otras tres meretrices.

Quinto sintió incluso un poco de envidia.

Se preguntó qué sucedería cuando su amigo estuviera satisfecho. Fatalmente, debería bajar la guardia. Sin contar que, si el acto duraba demasiado, también se podría cansar de agitar el gladio. Pero luego lo vio acelerar el movimiento de la pelvis, y comprendió que el asunto terminaría en breve.

De hecho, acabó poco después, con un grito liberador

de Pompeyo, al cual siguió de inmediato el salto de ambos antagonistas, convencidos de que era el momento.

En absoluto: el joven se mantuvo vigilante, y sus mandobles no disminuyeron de intensidad ni de frecuencia, hasta el punto de que el energúmeno, que se había adelantado demasiado rápido, corrió el riesgo de hacerse rebanar aquella nariz que Quinto no había conseguido romperle.

Finalmente, Pompeyo apartó a la mujer, casi tirándola de la cama, y se sentó.

—¿Cuál es el problema, señores? —preguntó, flemático, manteniendo apuntado el gladio.

En ese instante, golpearon con energía a la puerta. Una de las muchachas fue a abrir y una débil luz penetró en el local: el sol acababa de salir. Aparecieron dos legionarios perfectamente ataviados. Miraron a su alrededor. Localizaron a Cneo Pompeyo el Joven.

—Noble Pompeyo, tu padre te busca. César ha llegado y está intentando bloquear la salida del puerto.

Pompeyo buscó con la mirada a Quinto, que asintió con la cabeza. Apartó con la espada a los dos pesados y se movió hacia su amigo, al que ayudó a levantarse. Continuó sosteniéndolo hasta el umbral.

—Al menos, paga, ¿no? —le gritó el portero.

Pompeyo se detuvo y se volvió por un instante.

—¿Y por qué? Tú mismo has visto en qué absurdas condiciones he debido tirarme a tu puta. Que pague el tipo que me ha estado molestando —dijo, lanzando una mirada cómplice a Quinto.

IX

> Este era el plan de trabajo: donde la embocadura del puerto era más estrecha, arrojaba entre las dos orillas unos cuerpos pesados formando un dique, dado que allí el mar era poco profundo. Mar adentro, donde la mayor profundidad del dique no podía resistir, colocaba en todas direcciones, desde los muelles, parejas de barcazas de treinta pies.
>
> CÉSAR, *La guerra civil*, I, 25

—Dame esta oportunidad, César —pidió Aulo Ircio a su comandante. Juntos, desde la punta septentrional de la costa, observaban el golfo de Brundisium.

—Es una tarea delicada y estrictamente operativa... —dijo César, mientras seguía mirando el tablero—. Si Pompeyo escapa, la guerra continuará, y las cosas para nosotros se harán aún más complicadas. Italia, para mí, será una trampa, si él consigue coordinar el cerco de la península desde España, Grecia y África.

—César, es una tarea operativa, pero no es lo mismo que ir a la batalla —insistió Ircio—. Me doy cuenta de que no quieres que tus colaboradores más preciosos arriesguen la vida en combate. Pero aquí se trata de bloquear el puerto interior, no de enfrentarse a las filas de Pompeyo. Una tarea logística, sobre todo. Déjame probar...

César escrutó largamente el panorama, sobre el cual desde hacía poco el sol había comenzado a reflejar su propia luz. Más allá del brazo de mar que se extendía frente a él, se encontraba Brundisium. La ciudad surgía en el centro de un golfo, sobre una rechoncha península que dividía el mar interior en dos brazos. Pero era el canal que llevaba al puerto exterior y el mar abierto más allá del golfo el que había atraído la atención del procónsul desde el primer momento: el canal en el cual confluían los dos brazos divididos por la lengua de tierra.

—Se entiende que debemos operar sobre ese canal —dijo, señalándolo—. A ojo de buen cubero, habrá un centenar de pasos...

—¡Claro!

Ircio se sentía eufórico. César no había dicho que no. Aún no, al menos.

—¡Requisemos algunas naves y barramos la entrada anclándolas al muelle! ¡O hundiéndolas! Así nadie podrá ya moverse de la ciudad y las tropas que ha reunido Pompeyo acabarán exasperando a la población. Los cónsules la tomarán con él y lo desautorizarán del mando, quitando del medio al único que puede oponerse a tu valor...

César negó con la cabeza.

—Ircio, ¿acaso ves muchas naves en el puerto?

—No. En efecto, no. Solo alguna gran nave de carga...

—Exacto. Quiere decir que al menos una parte del ejército de Pompeyo ha zarpado hacia la costa epirota. Si Pompeyo ha permanecido en la ciudad es solo porque no había naves suficientes para transportar a las cinco legiones que ha reunido hasta ahora.

—Podrían estar en el otro brazo de mar, en aquel de levante... —intentó decir Ircio. Se detestaba por no haber demostrado sobre el terreno el mismo espíritu de observación que sabía aplicar a los datos y los documentos.

—No. Han partido. Y no solo los soldados. También los cónsules.

—¿Cómo lo sabes?

—Me lo ha referido un desertor.

Ircio apenas pudo contener una crisis histérica. Le ocurría siempre que se daba cuenta de que no conseguía filtrar todas las informaciones que llegaban a César. Se sentía particularmente satisfecho cuando le refería las noticias al propio comandante, y toleraba mal cuando se le escapaba alguna.

—Esto significa que antes o después las naves volverán a buscar a las tropas restantes y al propio Pompeyo —concluyó el asistente, alicaído—. Bien. La barrera debería ser bastante robusta para resistir eventuales ataques en masa desde el exterior, ¿no es así?

—Exacto —asintió César—. Por tanto, no bastarían algunas naves ancladas de través o hundidas. Tampoco bastaría con resistir los ataques que Pompeyo haga desde el puerto interior: como ves, dispone de pocos barcos de carga, pero muy imponentes, y eliminaría en un instante cualquier barrera que fuera sea fija.

—¿Qué quieres decir?

Ircio sospechaba que César estaba a punto de describirle una de las geniales obras de ingeniería que surgían de su ferviente imaginación. Era inútil ponerse a competir con él en ese campo: su ilusión era llegar a asombrarlo con su propio espíritu de iniciativa, pero con César solo quedaba obedecer. No había nada más eficaz que sus ideas. Solo Labieno, a veces, había conseguido mostrar... Lo dejó correr.

—Debemos crear un muelle adicional. Unir las dos vertientes de tierra, o sea, las dos puntas extremas del golfo, con una barrera lo más estable posible sobre la que poder defender y atacar.

—Pero se necesitará tiempo. El mar allí debe de ser bastante profundo...

—Eso dependerá de ti. Tú serás el superintendente de las operaciones, dado que te interesa tanto. Cerca de la costa, donde el fondo es bajo, debemos arrojar peñascos hasta la superficie. Sobre ellos hay que erigir un terraplén de piedras, tierra y troncos de árbol. Así tendremos una superficie sólida sobre la que colocar catapultas, y construir escudos de protección y torres de madera.

—Excelente —debió reconocer Ircio—. Pero así no cubriremos ni siquiera la mitad de la anchura del estrecho, supongo. ¿Y el resto?

—Barcazas.

—¿Barcazas? ¿No sería mejor unas naves?

—No. Aquí, a lo largo de la costa, no encontraremos grandes naves, y no podemos hacer, desde luego, que nos las proporcionen los habitantes de Brundisium, que son mantenidos en jaque por Pompeyo. Construiremos barcazas planas, cuadradas, las anclaremos a los cuatro lados para que resistan las olas, y luego las ataremos de dos en dos para hacerlas aún más estables. Por último, las reforzaremos con un terraplén como el amontonado sobre las rocas.

—¿Cuándo debo empezar?

—De inmediato. Coge dos legiones, las de nueva constitución, así van acostumbrándose. Una trabajará sobre esta costa, la otra del lado opuesto del golfo. Cinco cohortes se encargarán de la recogida del material, las otras se dividirán entre la vigilancia del muelle y la construcción de su prolongación. Por lo demás, organízate como mejor creas. Mañana sustituye a los hombres con otras dos legiones para que descansen.

Ircio suspiró. César no le había dejado mucho margen de iniciativa. Podía entender cómo muchos comandantes subalternos se sentían frustrados con él: su personalidad era aplastante, y no dejaba ningún espacio a los demás. Como Labieno, cualquiera que desease un poco de autonomía llegaba a un punto en el que no podía seguir soportándolo. Pero a él le iba bien así. Había nacido para ser un discípulo, y serlo para el mejor de todos era el objetivo más halagüeño que podía ambicionar.

—Y Pompeyo, ¿qué crees que hará? ¿Intentará negociar, ahora que corre el riesgo de acabar como prisionero nuestro? —le preguntó.

—Lo dudo. Más bien intentará detener los trabajos. Seré yo, en cambio, quien tratará, una vez más, de negociar. Le pediré un encuentro entre los dos para establecer un acuerdo. Y él se negará, porque no puede establecer nada sin la presencia y la aprobación de los cónsules. Pero, mientras tanto, se sabrá que incluso ahora, después de que Pompeyo haya rechazado todas mis precedentes propuestas de conversación, he intentado una solución pacífica...

Ortwin había perdido la cuenta de las veces que había ido y venido entre el campamento de César, en la costa septentrional del golfo, y el de Aulo Ircio, en la costa opuesta. En dos días ya se había arrojado al mar, en el punto más estrecho del canal, un número de rocas tal que llenaban al menos un tercio del espacio disponible. Incluso estaban listas las barcazas, ancladas de dos en dos en los puntos más profundos, y se habían construido un par de torres, cada una con cuatro pares de embarcaciones. La superficie de la barrera aún era irregular, un montón de escombros y detritos que parecían una montaña desmoronada, pero la empresa era, de todos modos, digna de cuanto había visto hacer en el pasado a los hombres de César.

Incluso los reclutas se habían adaptado de inmediato a los ritmos y a las cargas de trabajo de los veteranos: en la práctica, parecía que hubiera un desafío entre jóvenes y viejos por ver quién conseguía impresionar más al comandante supremo. Ortwin había pasado años en las Galias al lado de César, y repetidamente había admirado la rápida construcción de sólidos puentes e imponentes murallas, el genial montaje de trampas y obstáculos, el sorprendente recurso a métodos de todo tipo para vencer al enemigo. Sin embargo, aún le asombraba la capacidad de los legionarios liderados por aquel extraordinario caudillo. Por una vez, hubiera deseado militar en el ejército de Pompeyo para descubrir si el mérito de tanta eficiencia era solo de César, o si estaba estrechamente conectado con la disciplina del ejército romano.

Pero estaba igual de asombrado por el lugar en que se encontraban. Como el resto de los germanos, no estaba familiarizado con el mar. Lo había visto por primera vez precisamente con César, siete años antes, en la campaña contra los vénetos sobre el océano. Frente a él se había abierto una extensión de agua de proporciones inimaginables, y se sorprendió pensando en cuánta diferencia había entre el mundo que él conocía y aquel que no podía siquiera imaginar. Y se había sentido aterrorizado cuando, dos años después, se había embarcado con su comandante hacia la Britania: un modesto brazo de mar, el que separaba las Galias de la isla, pero suficiente para hacerle entender que jamás debería permanecer sobre algo menos estable que un caballo. Flujos y reflujos, incluso vientos y tempestades, habían hecho de aquellas travesías, nada menos que cuatro en el transcurso de un año, una de las experiencias más traumáticas de toda su existencia.

Lo que no le había impresionado de manera particular, hasta ese momento, eran las ciudades portuarias de los galos. No le habían parecido más grandes ni más espectaculares que aquellas a lo largo del Rin. Pero en Brundisium era muy distinto. Un puerto interior con dos brazos, un canal de conexión y un puerto exterior ceñían una ciudad hormigueante de vida. Muelles y embarcaderos imponentes, macizos y cuidados circunscribían el área portuaria, restituyendo en Ortwin el sentido de aquella civilización de la que los romanos presumían como testimonio de su superioridad sobre los otros pueblos.

Y aquella vía, además. La más antigua de las carreteras romanas en Italia. Vía Appia, se llamaba. Tenía tres siglos y partía de Roma, muchas, muchísimas millas más al norte. Era ancha, hasta nueve pasos en las proximidades de la ciudad, perfectamente recta, con tres carriles, y pavimentada con robustas piedras labradas sobre un fondo de arena compacto. Le impresionaba el hecho de que los dos márgenes fueran de la misma altura, y el fondo ligeramente inclinado. Para favorecer el flujo de las aguas, le explicaron. Incluso advirtió unas elevaciones a intervalos regulares a lo largo de los bordes: servían para facilitar la subida en la silla de los viajeros. ¡Hasta en esto pensaban los romanos!

Ortwin se preguntó qué impresión tendría de Roma. Sin duda, no iba a dejar a César sin haber admirado la Urbe. Aunque el procónsul lo licenciase antes. Aunque Veleda le suplicase que la llevara de inmediato a Germania. No es que estimase probables ninguna de estas dos contingencias: los enemigos del procónsul eran muchos, y no habría conseguido ponerse fuera de peligro tan pronto. En cuanto a Veleda... Veleda parecía no desear ya nada de él, y no esperaba que le pidiese nada más por un buen tiempo.

La princesa había retomado la actitud huraña y desconfiada que la había caracterizado tras el incidente, y Ortwin no se explicaba el motivo. Desde aquella noche en que lo había salvado, no solo había dejado de buscarlo, sino que ni siquiera había respondido a sus solicitudes. No es que Ortwin fuera insistente ni invasivo: solo intentaba hablar, de vez en cuando, para sondear su humor, pero no recibía más que secos monosílabos. Más que la mano cortada, casi parecía que le reprochara su admiración por los romanos y, en particular, por César.

Quizá Veleda había tenido la esperanza de que César muriera aquella noche, así Ortwin se quedaría sin pretextos y se vería obligado a devolverla a Germania. Y ahora, lo odiaba por no haber dejado que lo mataran. No se daba cuenta de que, si César hubiese muerto aquella noche, sus comandantes subalternos habrían condenado a los guardias de corps por no haber sabido defenderlo...

Tratar de entender a esa mujer era una pérdida de tiempo, concluyó. Amarla también lo era, pero seguiría haciéndolo igualmente.

Volvió a concentrarse en los asuntos de guerra, en los

cuales se sentía más cómodo. Hizo señas al pelotón que guiaba de que lo siguiera: siempre había el riesgo de contraofensivas, y la orden era no moverse nunca solos por las afueras de la ciudad. Decidió alcanzar el margen de la floresta, donde los legionarios estaban talando árboles para procurarse troncos para el terraplén sobre el muelle y para las barcazas. Su tarea era escoltarlos al canal una vez terminaran su trabajo.

Otros de sus hombres se encargaban del aprovisionamiento. El tesorero de César les había asignado dinero para que lo distribuyeran a la gente del condado a cambio de los víveres: el procónsul no quería requisas forzadas y menos aún violencia contra la población. De hecho, quería que la gente lo considerara un hombre que combatía también por los derechos del pueblo, y había precisado que cualquier exceso sería castigado. No era este un planteamiento que Ortwin encontrara demasiado claro, pero se adaptaba. Desde que estaba en el mundo, le habían enseñado que un guerrero toma lo que necesita del enemigo, pero también del amigo. Es su fuerza, superior a aquella de quien no es guerrero, la que le da el derecho. Pero César necesitaba que la población fuera respetada, y él había dicho que lo hicieran así a sus propios hombres.

Una vez rodeado todo el perímetro de la ciudad, Ortwin se encontró en la parte suroriental del golfo. Escasas aldeas y caseríos aislados descollaban en las amplias extensiones de los prados que, dentro de algunos meses, se habrían transformado en campos de trigo que cosechar. A su izquierda, los muros de Brundisium, no imponentes en especial: difícilmente Pompeyo, con los pocos hombres de que disponía, conseguiría conservarlos en caso de asalto. Pero César no pretendía asaltar una ciudad romana.

Vio un grupo de casuchas. Recordó que hacía rato que los caballos no comían. Los había agotado de tanto ir y venir de una parte a la otra del golfo. Quizá se podría detener donde estaban aquellos campesinos para pedirles un poco de heno. Señaló a los suyos el poblado y se dirigió a él. Mientras se acercaban, advirtió a dos de sus guerreros frente a una casa. Mejor aún: si acababan de pasar para el aprovisionamiento, recurriría directamente a ellos.

Al verlo, los dos germanos parecieron desconcertados. Miraron varias veces hacia la entrada, luego se miraron entre sí. Pegados al muro del edificio, había dos viejos temblorosos. Cuando sus ojos cayeron sobre Ortwin, se arrodillaron gimiendo e implorando piedad.

El germano bajó del caballo e, ignorando a los suyos, alcanzó a los dos civiles.

—No tengáis miedo. Somos hombres de César. Pagaremos lo que necesitamos... —les dijo, levantándolos con delicadeza.

Pero el hombre se soltó.

—¡Bárbaros! ¡Más bárbaros! ¡Marchaos! ¡Basta! ¿No hay un romano que nos defienda, aquí? ¿Que nos defienda de César y de sus salvajes?

La mujer, mientras tanto, lloraba.

Ortwin se giró y miró a los dos guerreros, que volvieron la cabeza. La puerta de entrada estaba entornada, y pudo escuchar unos ruidos indistintos que llegaban del interior. Desenvainó la espada y entró.

Un hombre, en el suelo, en un charco de sangre. Y en una esquina, sobre la cama, otro hombre se movía rítmica y salvajemente sobre una mujer que sollozaba.

La cabellera del hombre era rubia, el pelo anudado sobre un lado de la cabeza.

Era uno de los suyos.

Y contravenía las órdenes de César.

El hombre no se había percatado de su presencia. Ortwin dio algunos pasos y se colocó sobre él. Lo aferró por el pelo y lo tiró hacia sí. El hombre emitió un gruñido, apretó el puño y se dispuso a asestarle un golpe. Luego reconoció a su comandante y se hizo pequeño, pequeñísimo.

Ortwin no soltó la presa. Lo arrastró fuera de la cama con los pantalones aún bajados. La mujer, en realidad una muchacha muy joven, estaba paralizada por el horror: tenía moratones en el rostro y en el cuerpo, la túnica arrancada sobre el pecho. Le faltaban algunos mechones de pelo: Ortwin los encontró en las manos del germano.

—Ese hombre ha intentado matarme solo porque le había pedido trigo —intentó justificarse, señalando el cadáver al lado de la cama.

Ortwin no habló. Lo arrastró fuera a empujones. El hombre tropezó varias veces con los calzones caídos hasta que estuvo delante de los dos viejos.

—¿Qué ha pasado? —les preguntó Ortwin.

—¿Qué ha pasado? Ha visto a nuestra hija y la ha querido. Nuestro hijo ha intentado defenderla y lo ha matado —contestó el hombre entre sollozos.

Ortwin miró a los otros dos germanos, que no dijeron ni una palabra. Luego extrajo la espada del cinturón del guerrero. Aún tenía sangre sobre la punta. Se la ofreció al viejo.

—Este es el hombre que ha matado a tu hijo y violado a tu hija. Haz con él lo que quieras.

El viejo lo miró, perplejo. La mujer se precipitó a la casa para socorrer a su hija. El germano se lamentó:

—¿Le crees a él en vez de a mí? ¿Un hombre que ha militado fielmente a tus órdenes durante casi diez años?

—Sí.

Ortwin miró de nuevo al viejo. Pero aquel vacilaba. Finalmente, el hombre emitió un grito desesperado, levantó la espada, demasiado grande para su delgado y huesudo brazo, y lanzó un débil golpe. La hoja llegó casi de plano al hombro del guerrero y apenas rozó su carne.

—Otra vez —dijo Ortwin, sin ninguna inflexión en la voz.

El viejo lloró. Levantó de nuevo la espada y asestó otro mandoble, ayudándose esta vez con la otra mano. El golpe con las dos manos llegó más fuerte, abriendo un corte en el pecho de la víctima. Pero el guerrero seguía de pie, emitiendo un exiguo gemido.

—Otra vez.

Siempre Ortwin. Siempre frío, distante.

El viejo se impulsó con toda su escasa fuerza, estirando su nudoso cuerpo de manera casi antinatural. Otro mandoble, otro corte, sobre el costado. Esta vez el guerrero cayó de rodillas, con un gruñido de dolor.

—Otra vez.

La hoja cayó sobre el hombro y se escuchó el ruido de un hueso rompiéndose. El miembro quedó colgando, medio desprendido del cuerpo.

—Otra vez.

El golpe llegó sobre el hombro aún no herido. Otro ruido de carne desgarrada. El guerrero cayó al suelo. Aún vivo.

—Otra vez.

La espada alcanzó la parte baja de la espalda desnuda, seccionando un glúteo. El guerrero respiraba afanosamente y emitía gemidos continuos.

—Otra vez.

El viejo lanzó un nuevo grito, luego precipitó una serie

de golpes sobre la espalda del germano hasta que perdió el equilibrio, cayendo sobre el que ahora se había convertido en un cadáver sangrante. Ortwin lo ayudó a levantarse y lo llevó lentamente al propio caballo. Colgada de la silla había una bolsita. La cogió y la entregó al hombre.

—Aquí hay mucho dinero. Me lo había dado el procónsul Cayo Julio César para pagar a la gente dispuesta a darnos víveres y heno. No te compensará por la dolorosa pérdida que has sufrido, pero espero que al menos te convenza de que se ha tratado de un episodio aislado, que ni César ni sus subalternos pueden tolerar. No volveremos a molestarte, tienes mi palabra.

El germano dejó al viejo y se dirigió hacia sus dos compatriotas. Estaban aún de pie donde los había dejado antes, visiblemente incómodos.

—Ortwin, ya sabes cómo es Witulf... Cuando algo se le mete en la cabeza... No se puede hacer nada... —trató de justificarse uno de ellos.

Ortwin extrajo la espada y le asestó un golpe seco en el cuello, cortándolo por el medio. El otro aún no se había recuperado de la sorpresa cuando también su cabeza cayó colgando sobre el pecho un segundo antes de que el cuerpo se desplomara en el suelo.

—Cogedlos y cargadlos sobre sus caballos. Volvemos con César, de inmediato. Tendremos varias cosas que explicarle, ahora —dijo a los otros germanos que lo acompañaban.

Cuando el pelotón de Ortwin entró en el campamento pretoriano, las miradas de todos los legionarios del fuerte se clavaron en los cadáveres que colgaban de las monturas. Más de uno se acercó a pedirle explicaciones: hasta entonces no había habido roces entre el ejército de César y el de Pompeyo, y aquel parecía el testimonio de una primera escaramuza.

Ortwin no respondió a nadie. Miraba fijamente de frente, y lo mismo había dicho que hicieran los suyos. Tenía prisa de ver al procónsul antes de que le llegaran rumores de razias contra la población realizadas por sus «bárbaros». Se limitó a preguntar dónde estaba César. Le dijeron que no estaba en el *praetorium*, sino en el exterior del fuerte, en el campo de maniobras, controlando el adiestramiento de los reclutas.

En efecto, muchos de los componentes de las cohortes recién reclutadas aún no habían completado el período de prácticas de cuatro meses previsto por el ejército romano. Pero las gestas de César en los años transcurridos en las Galias, en Britania y en Germania habían impulsado a muchos jóvenes a acudir bajo sus enseñas con gran entusiasmo. La mayoría estaban ansiosos por convertirse en *milites* efectivos y, dadas las circunstancias, César, con su estado mayor, había decidido que ganarían más experiencia sobre el terreno. Por otro lado, se decía, gran parte de las cohortes a disposición de Pompeyo no estaban mejor preparadas, con la fundamental diferencia, sin embargo, de que su motivación era mucho menor: habían trascurrido ya años desde las gestas del conquistador de Oriente, y ejercían una muy leve fascinación sobre las nuevas generaciones.

Ortwin recorrió el fuerte en toda su extensión. Entró por la puerta pretoria, salió por la decumana y alcanzó el campo. Los reclutas escenificaban un combate entre cohortes, con las centurias alineadas las unas frente a las otras. Los respectivos centuriones estaban en su posición habitual, delante de la derecha de su unidad, y los *optiones*, sus segundos, al fondo a la derecha. Si no hubiera tenido prisa, y si no le hubiera invadido la angustia de tener que justificarse con el procónsul, Ortwin habría permanecido algunos instantes admirando aquella magnífica exhibición de disciplina y compacidad, que nunca había tenido ocasión de ver entre los germanos de su tierra y que raras veces podría observar en el caso de una verdadera batalla.

César estaba en el estrado. Junto a él estaba su centurión preferido, el *evocatus* Cayo Crastino. Ortwin cabalgó hacia ellos atrayendo su atención. César notó de inmediato los cuerpos caídos sobre los caballos, se levantó y bajó los escalones junto al oficial. Ortwin y los suyos bajaron del caballo en señal de deferencia. Entretanto, otros oficiales se habían acercado, curiosos. Incluso algunos reclutas salieron de las filas.

—¿Una emboscada?

—No exactamente, procónsul.

Un instante de silencio. Y de embarazo. Luego el germano encontró el valor y comenzó a decir:

—He encontrado a estos tres abusando de una familia de colonos. Han matado a un muchacho y violado a una muchacha. Los he ajusticiado en el acto. He creído oportuno comprar el silencio, y quizá el perdón, de los padres, dejándoles el dinero que me habías dado. Espero que no difundan rumores falsos sobre tu ejército. Por lo demás, puedes disponer de mi paga de un año para compensar la pérdida. Y si quieres castigarme porque no he sabido poner freno a mis hombres, sé que lo merezco.

Un murmullo se elevó entre los presentes. Ortwin se sintió observado por mil ojos, no supo decir si con respeto, desconfianza o estupor. Pero solo le interesaban los ojos de César. Y aquellos eran cada vez más inescrutables.

El procónsul permaneció en silencio un buen rato. Paseó, examinó los tres cadáveres, miró a su centurión, miró a Ortwin.

—Me parece que ya te has castigado bastante tú solo, privándote de tres de tus hombres. Es suficiente. Entiérralos y vuelve al otro lado del golfo, como se te había ordenado.

Después de lo cual regresó a la tribuna, y esto constituyó la señal para sus centuriones, que dieron inmediatas disposiciones a los soldados para que volvieran a las filas y continuaran los ejercicios.

Ortwin y sus hombres se miraron largamente. Luego el jefe montó a caballo, y los otros lo imitaron.

—Los quemaremos, con todas sus cosas. No quiero que vuelvan a molestar a los vivos —dijo Ortwin, haciendo referencia a la creencia germánica de que un cadáver inhumado no estaba completamente muerto y siempre podía volver a hacer daño a los vivos. Ordenó que se preparara una hoguera y señaló el sitio, cerca de sus alojamientos, en que celebrar la ceremonia fúnebre, y luego envió a dos de sus hombres a recoger los bienes de los guerreros muertos.

Cuando todo estuvo listo, Ortwin se dirigió al lugar donde se había montado la pira funeraria, seguido por todos los guerreros germanos presentes en el campamento: no más de una cincuentena, incluidos los enfermos, aquellos a los que tocaba el turno de guardia de César y los que volvían de la búsqueda de comida. Frente a él vio tres postes en forma de T. Sobre cada uno estaban colgadas las armas del difunto y las sustraídas a los adversarios. En la base se amontonaban los pocos bienes, fruto del botín conseguido en los años de guerra con César, y aún no gastado o despilfarrado.

Mandó a uno de los suyos a que prendiera fuego a la pira, y el guerrero cumplió la orden en medio del silencio general. En aquel momento apareció Veleda. Sus mejillas estaban bañadas en lágrimas, pero su expresión era despreciativa. Ignoró a Ortwin y fue a ponerse junto a las piras, que ya habían empezado a arder. Después de algunos instantes profirió largos lamentos.

Ortwin no entendía qué pasaba. Se acercó a ella.

—¿Qué haces?

Ella lo miró de reojo. Detuvo los lamentos y dijo:

—Nadie llora a nuestros compatriotas que tú mismo has matado. No tienen mujeres o compañeras que hagan de su funeral una verdadera ceremonia germánica. Están rodeados solo de hombres que se han dejado corromper por el dinero romano, y que por eso han llegado a matar a su propia gente. Si hubiera sido su reina, las cosas habrían pasado de otra manera. Ahora haré las veces de sus mujeres y los lloraré para que los dioses los acojan como verdaderos germanos.

Luego se levantó, se desplazó a otro punto, lejos de Ortwin, y reanudó su letanía.

Ortwin dejó escapar un profundo suspiro. Cualquier cosa que hiciera contribuiría a aumentar la distancia entre él y Veleda. Hubiera querido decirle que había estado dispuesto a renunciar al dinero romano por lo que había hecho. Pero no habría tenido sentido. Luego notó que el humo de la hoguera no subía muy alto. Era la señal de que los dioses no querían a aquellos hombres que habían traicionado su palabra. Esperó que también Veleda lo notase: contrariamente a lo que ella sostenía, también él recordaba bien los usos y creencias de su pueblo. Había hecho bien en ajusticiarlos. Si había tenido alguna vacilación al respecto, ahora cualquier duda había desaparecido. Aunque no contaba con la aprobación de Veleda, tenía la de Wotan, y eso bastaba.

Pero, entonces, ¿por qué se sentía tan mal?

No pudo menos que mirar a Veleda durante toda la ceremonia. Si la actitud de la muchacha no hubiera sido un claro acto de hostilidad hacia él, habría apreciado de algún modo su intento de dar relieve a la muerte de compatriotas ajusticiados en una tierra extranjera, alejada de su patria. Era precisamente lo que habría esperado de una reina.

Cuando el fuego se debilitó, Ortwin hizo cavar tres fosas junto a las hogueras, y dio la orden de que recogieran los huesos y las cenizas. Una vez depositados los restos en los agujeros, los hizo rellenar y sobre los túmulos hizo poner piedras, para distinguir las tumbas. En ese momento, y sin que hubiera dado ninguna orden, los hombres cantaron alabanzas a sus camaradas, como si hubieran caído en batalla.

Ortwin miró a Veleda, que le devolvió una mirada desafiante. Ella había ganado. Dio a los guerreros la orden de dispersarse: que los enfermos volvieran a la enfermería y que los otros lo esperaran, a caballo, en la entrada del fuerte. Esperó a que obedecieran, luego fue hacia donde se encontraba Veleda. Ya había tenido bastante, esta vez.

—¿No entiendes que así minas la autoridad que tengo sobre mis hombres?

Hablaba con rencor, por primera vez desde que la conocía. Es decir, desde siempre.

—Sería bueno. Sería hora de que alguien te sustituyera. Eres un jefe indigno.

Su expresión era dura.

—Pero ¿qué quieres de mí? ¿Por qué me tratas así? ¿Qué te he hecho?

—Eres distinto a lo que esperaba.

—¿Y qué esperabas de mí? ¿Qué?

Ella no respondió. Seguía mirándolo con actitud desafiante.

Él extrajo la espada. Aún estaba roja de la sangre de sus compatriotas. Ella se horrorizó. Tuvo un estremecimiento. Ortwin le ofreció la empuñadura.

—¿Quieres vengarte por la mano? Entonces corta, si quieres. ¡Corta!

—Yo no levanto la espada contra mis compatriotas. Ni siquiera contra aquellos indignos.

Le estaba haciendo sufrir. Más de cuanto le habría hecho sufrir cortándole la mano. Pero Veleda acababa de empezar.

—Lo que haré será irme. De ti no puedo obtener nada. Me diste esperanza, hace muchos años, diciéndome que siempre podría contar contigo. Pero ningún germano puede contar contigo. Incluso un romano es más fiable que tú.

—¿De veras piensas que no te he cuidado?

—Tú solo cuidas a César. A tu César. ¡Espero que reviente, de una vez, y que maten a todos aquellos que, como tú, solo han tenido ojos para él!

—¿Y dónde tienes la intención de ir?

—Dondequiera que no estés tú para recordarme cuánto se ha envilecido mi pueblo. Y dondequiera que pueda sentirme libre de volver a mi tierra y recuperar lo que me corresponde. ¡Estoy harta de que un hombre que solo debía ser mi súbdito me diga qué debo hacer y cómo!

Y se volvió para marcharse.

Ortwin intentó detenerla. La agarró de un brazo.

—¡Quieta! ¿Adónde vas? ¡Aquí, alrededor, solo hay romanos! ¡Y muchos son enemigos!

—¡Para mí, todos los romanos son enemigos! —respondió Veleda, asestando un golpe en el rostro de Ortwin con el muñón.

El hombre tuvo que soltarla. La nariz comenzó a sangrarle, pero aun así se dispuso a seguirla. Consiguió aferrarle el borde de la túnica, pero ella se escurrió. Veleda empezó a correr, él trató de hacer lo mismo.

—¡Ortwin! ¡Ortwin! ¡Corre! ¡El bloqueo está en peligro! ¡Vamos al muelle!

Una voz, detrás de él.

Se detuvo. Vio que uno de sus hombres braceaba. El guerrero le señaló el golfo.

Ortwin aguzó la vista. En una de las naves de carga ancladas en el puerto interior había aparecido una torre. Una torre más alta que aquellas que Aulo Ircio había hecho construir en el muelle.

Y la nave se estaba moviendo.

Lanzó una mirada hacia Veleda. La mujer se había detenido a observarlo, pero ya estaba lejos. Luego vio a su hombre llevarle el caballo.

Ella reanudó su marcha. El hombre le ofreció las riendas y él subió a la silla. Por un instante, Ortwin volvió el animal en la dirección a Veleda. Luego espoleó y se movió hacia el *praetorium*, haciendo señas a los hombres que lo esperaban un poco más allá de que lo siguieran.

Un gran alboroto reinaba en el campamento. Sin duda, César ya se había preparado para ir al canal y dirigir las operaciones de defensa. Ortwin recorrió a la carrera la vía Pretoria, casi arrollando a los legionarios que, al son del cuerno, se reunían a las órdenes de los respectivos centuriones. No vio a César por ningún lado. Le pareció extraño que ya hubiera ido al canal. Nunca iba a la batalla sin sus guardias de corps.

Llegó al edificio del procónsul, bajó del caballo y dijo a sus hombres que lo esperaran fuera. Amagó con entrar, pero los centinelas le cerraron el paso con los *pila*.

—¡Hay un ataque en curso! César necesita sus guardias germánicos. ¡César me necesita! —les gritó a la cara, apartando las jabalinas y cruzando el umbral sin que consiguieran impedírselo.

César estaba dentro, con la armadura puesta. Pero estaba medio recostado sobre una silla, y boqueaba. De la boca le chorreaba baba y quizá vómito. Sus ojos estaban ausentes; su cuerpo era sacudido por espasmos. Y un médico intentaba mantenerle la cabeza recta para que el procónsul no se ahogara en sus propias secreciones.

Por primera vez en su vida, Ortwin no supo qué hacer.

X

> Para neutralizar los preparativos de César, Pompeyo armó grandes naves de carga que había requisado en el puerto de Brundisium. Hizo construir en ellas torres de tres pisos y, cargadas de máquinas de guerra y armas arrojadizas, las impulsó contra las fortificaciones de César para destrozar las barcazas y perturbar los trabajos.
>
> CÉSAR, *La guerra civil*, I, 26

El proyectil incendiario dio de lleno en la barcaza. Inmediatamente el fuego se extendió también a aquella a la que estaba atada, y uno de los hombres se convirtió en una antorcha. Trató de arrojarse al agua, pero los bordes de la embarcación ya habían sido provistos de parapetos o protegidos por troncos de árbol. Se desplazó hacia la barcaza siguiente en busca de una abertura por la que zambullirse, pero ya no estaba en condiciones de controlar sus propios movimientos y se estrelló contra la base de la torre, en la que prendió fuego a su vez. Solo entonces el pobrecillo cayó al agua, para no volver a emerger.

Arriba, en la plataforma de la torre, se desencadenó

el pánico. Allí había cinco legionarios, pero el terror impulsó a dos de ellos a lanzarse de inmediato al mar. Los otros, más estoicamente, invocaron la intervención de los refuerzos para que apagaran las llamas.

Pero en la torre de la nave de Pompeyo más cercana una catapulta estaba ya en proceso de carga: pronto sonaría otro disparo.

Ortwin buscaba a alguien que le diera órdenes. Había reunido a una cincuentena de sus germanos, sin demorarse en buscar más entre las patrullas dispersas a lo largo de toda la extensión del golfo. Luego corrió de inmediato al muelle en construcción en el canal entre el puerto interior y el exterior.

Y se encontró con la confusión más absoluta.

Los hombres corrían a lo largo del embarcadero como hormigas sin encontrar una ubicación ni una tarea, muchos otros braceaban en el agua. Algunos juntaban el material que habría servido para la construcción del muelle para crearse un refugio. Los mismos carros para el transporte de tierra, terrones y troncos de árbol habían sido vaciados y volcados sobre sus lados. Estallaban incendios por doquier, allí donde los proyectiles golpeaban la madera.

Había también quienes, exhortados por los gritos de los centuriones, se prodigaban para apagar las llamas vertiendo encima cubos de tierra o recogiendo el agua del canal. Otros intentaban arreglar las partes del muelle ya devastadas por las catapultas. Y otros procuraban activar las catapultas aún no trasladadas a las torres. Algunos incluso conseguían disparar algunos tiros, pero los golpes partían desde demasiado lejos y demasiado abajo para constituir un serio peligro para las naves enemigas. En ocasiones llegaban a los flancos, pero sin ningún efecto.

Y no había ni rastro de los comandantes.

Sin demasiada convicción, Ortwin llegó al punto en el que Aulo Ircio había hecho erigir su tienda. El asistente se había tomado tan en serio la tarea confiada por César que había hecho montar un pequeño campamento en las inmediaciones de la barrera en construcción. Era su cuartel general personal, y lo hacía sentir muy importante: exigía que los trabajos prosiguieran también de noche y usaba la tienda para concederse algunas horas de descanso.

Ortwin no esperaba encontrarlo lejos de la primera línea, pero fue justo delante de su tienda donde lo vio. Estaba con los cuestores y con dos de los tres legados de legión, Tito Sextio de la XIII y Minucio Basilio de la VIII.

Y discutían.

Ortwin galopó hasta ellos, bajó del caballo y los interrumpió sin demasiados cumplidos.

—Pero ¿qué esperáis para ir con vuestros hombres? ¡En el muelle la situación es dramática!

Aulo Ircio, con el rostro morado, estaba hecho una furia.

—¡Es precisamente lo que quería hacer, por Júpiter! ¡Pero estos señores me lo impiden!

Ortwin miró a los legados con aire interrogativo.

—No le impedimos nada —respondió Tito Sextio—. Pero César le ha asignado el encargo de construir el muelle, no de defenderlo en caso de ataque. Esta es una tarea operativa para la que se necesita un legado de legión, en este caso, yo, que lo he acompañado desde el paso del Rubicón y soy su primer oficial subalterno.

—¡En absoluto! —replicó Ircio—. ¡César me ha confiado la responsabilidad del muelle, por tanto, también su defensa! Durante su construcción, ¡tus hombres están bajo mis órdenes!

—¿Y yo debería dar mis hombres a un comandante que nunca ha participado en una batalla? ¡Jamás! —protestó Minucio Basilio.

—¡No los he hecho que vuelvan indemnes de años de guerras gálicas para que mueran a las órdenes de un cagatintas que se improvisa comandante de un día para otro! —cargó la mano Tito Sextio.

—Hace tiempo que le había pedido a César una oportunidad —reaccionó Ircio—. Y quería decir una oportunidad de dirigir tropas en la batalla. Pues bien, ¡ahora se ha presentado, y desde luego que no pienso renunciar! ¡Yo he hecho construir el muelle, y sé mejor que nadie qué debo hacer para defenderlo!

—Si César estuviera en su sano juicio, ¡nunca aprobaría algo semejante! —protestó Tito Sextio.

—¡Yo no me pongo a las órdenes de un inepto! —confirmó el otro legado.

—Pues deberéis hacerlo. Cuando César se recupere, ¡seréis castigados por vuestra insubordinación! —aulló Ircio, cada vez más histérico.

—¡Basta! La gente está muriendo quemada viva, allá en el muelle. Y todo el trabajo se está echando a perder. ¡Tomad cualquier decisión, pero tomadla, por Wotan! —exclamó Ortwin, interrumpiendo las dilaciones.

—Yo no aflojo. Los legados deben ponerse a mis órdenes —dijo Ircio, inamovible.

Ortwin observó a los legados con expresión suplicante. Deseó que tuvieran más sentido común que Ircio.

Los dos se miraron el uno al otro. Dejaron escapar una respiración profunda. Desconsolado, Tito Sextio hizo un gesto afirmativo con la cabeza.

—¡Muy bien! ¡Vamos! ¡Ya hemos perdido demasiado tiempo a causa de vuestra soberbia! —declaró Ircio, montando a caballo. Alcanzaron el muelle en pocos instantes. La situación había empeorado sensiblemente: la torre invadida por las llamas se había derrumbado, y ya solo servía como plataforma para el tiro de las catapultas. Pero estaba del lado opuesto del muelle, donde no era fácil hacer llegar las órdenes.

Ircio no había previsto un sistema para transmitir rápidamente las órdenes de una orilla a otra. Nada de señales convencionales con banderas. Solo las barcazas aún no ancladas en el puerto. Pero eran un blanco fácil para la artillería de las naves enemigas.

Ortwin aguzó la mirada. No había catapultas en la torre. Ircio aún no había colocado las máquinas de lanzamiento en la construcción.

También advirtió que la torre no tenía ninguna protección contra el fuego. Ircio no había previsto resguardarla con pieles o cuero.

Se preguntó por qué no había dispuesto torres también a los lados del muelle, sobre la tierra firme, donde habrían tenido más probabilidades de mantenerse en pie.

—¡El fuego! ¡Apaguemos el fuego sobre la barrera! —lo oyó gritar—. ¡Volved a poner en pie los carros, llenadlos de nuevo de tierra, llevadlos al muelle y volcad el contenido! ¡Y que una barcaza vaya del otro lado para comunicar a los hombres de que hagan lo mismo!

Ircio se preocupaba solo de su muelle, pensó Ortwin. Pero cualquier esfuerzo sería vano si no se encontraba el modo de bloquear la acción de las naves de Pompeyo.

—¡Organizaos en centurias! ¡Disponeos en testudo a lo largo del muelle!

Ortwin miró incrédulo a uno de los dos legados, que negó con la cabeza. Disponer un testudo sobre una superficie aún inestable como aquel muelle, bajo el tiro de las catapultas enemigas, era un suicidio: cualquier proyectil podría fácilmente socavar aquel muro de escudos.

También los hombres parecían perplejos, pero obedecieron. En general, en el ejército de César la obediencia era ciega... siempre que hubiera órdenes que seguir. En poco tiempo, se creó un escenario absurdo. Decenas de hombres se amontonaron sobre la estrecha franja del muelle en el desesperado intento de componer un testudo compacto sobre una superficie irregular: puntas de troncos, rocas y montones de tierra aún esperaban a ser aplanados.

En aquellas condiciones, eran pocos los legionarios capaces de disponer su escudo junto al de su compañero de al lado. Además, otros hombres llegaron para volcar la tierra contenida en los carros, como había ordenado Ircio: pero en un espacio tan restringido, una parte acabó inevitablemente sobre aquella apariencia de testudo, desbaratándola por completo.

Precisamente entonces silbó en el aire una nueva lengua de fuego. Se estrelló contra el muelle, barriendo la formación de los legionarios. Algunos cayeron al agua, otros acabaron presa de las llamas, otros más buscaron salvación en tierra firme. Otra nave disparó y, una vez más, una lengua de fuego atravesó el puerto. La torre se incendió, y con ella los hombres que se encontraban encima.

El muelle y los hombres estaban a merced de los enemigos. Otra hora sin reaccionar y la derrota sería colosal, hasta el punto de que amenazaba con comprometer de manera irreversible la reputación de César. Por su indudable capacidad para analizar los datos y ponerlos en relación entre sí, Aulo Ircio había sido en el pasado muy útil a César. Muchas veces le había facilitado el trabajo, redactando informes precisos para los comandantes subalternos y escribiendo cartas para los aliados. Pero sobre el terreno era sencillamente incapaz. Y tenía el grande, enorme límite de no entenderlo.

Continuaban lloviendo proyectiles, incendiarios o no. Ortwin observó otra vez a Ircio. Al menos, el asistente no carecía de valor: lo vio acercarse a un carro casi lleno de tierra, junto al cual acababa de caer una roca. El golpe había hecho que se desplomara uno de los bueyes y aterrorizado el otro, que pateaba y mugía, enloquecido. Con su voz chillona y falta de carisma, Ircio exhortó a los hombres que habían llenado el carro a que completaran el trabajo y arrastraran ellos mismos el vehículo hasta el muelle.

El asistente ni siquiera había tenido en cuenta a la guardia germánica, que César nunca dejaba de emplear para las tareas más delicadas. Ortwin tuvo una idea: pensaría él la manera de que los germanos resultaran útiles en la batalla en curso. Se acercó a Ircio sin hacerse notar. Recogió un guijarro del tamaño de una manzana. No lejos de él cayó otra roca, que rodó hacia delante, con el riesgo de segar al propio Ircio. Llovió otra, poco más allá, que dio en un murete de contención, haciendo salpicar piedras por doquier.

Aquel era el momento.

Tiró la piedra contra Ircio, apuntando a la cabeza. Si fallaba, no era seguro que tuviera otra ocasión. Si lo pillaban, ni siquiera César lo perdonaría.

Le dio justo encima del cuello del yelmo. Ircio se desplomó al suelo. Los soldados que estaban cerca dejaron caer el carro que estaban trasladando y fueron en su auxilio. También Ortwin se acercó: estaban todos demasiado ocupados en sus tareas y en protegerse de los proyectiles para darse cuenta de lo que había hecho.

—¿Qué ha sucedido? —preguntó en cuanto alcanzó al grupo. Ircio estaba inconsciente, pero respiraba. Un hilo de sangre fluía por su cuello. Ya le habían quitado el yelmo, que presentaba una abolladura en el punto en que había sido golpeado. Como Ortwin había esperado, y como a menudo ocurría, la violencia del golpe había empujado el metal contra la cabeza de Ircio. Semejantes golpes nunca provocaban lesiones permanentes, a menos que se tratara de proyectiles pesados y lanzados por máquinas. Pero eran suficientes para poner fuera de juego a las víctimas durante un rato.

—Ha sido alcanzado por uno de los escombros levantados por la caída de los proyectiles enemigos —dijo un soldado.

—¿Y ahora? —planteó otro.

Ortwin miró a su alrededor. Vio a Tito Sextio en las inmediaciones del muelle. Lo alcanzó.

—Aulo Ircio está herido. ¡Asume el mando!

Un relámpago de satisfacción atravesó los ojos del legado.

—Júpiter debe de haber venido en nuestra ayuda. Bien. Entonces di a aquellos hombres que estaban llevando el carro con la tierra que vuelquen el contenido junto al muelle y sigan haciéndolo también con las cargas sucesivas, siempre en el mismo punto. Debemos construir una posición elevada sobre la que disponer las catapultas. No hay otro modo de oponerse a sus disparos.

—Podríamos llevar algunas catapultas a lo largo del canal, sobre la orilla. Los atacaríamos de lado... —aventuró Ortwin.

—El canal es demasiado estrecho. Si lo intentáramos, seríamos un blanco fácil para sus arqueros, en caso de que los tengan, y para las catapultas —objetó el legado.

—Pero vale la pena intentarlo. Haz que lleven un par...

Tito Sextio meditó un instante.

—Así sea. Tú y los tuyos escoltad a dos escuadras de artilleros con las respectivas máquinas. ¡De inmediato!

Poco después Ortwin y los suyos estaban en fila, uno detrás de otro, a lo largo de la orilla del canal. Hacían de escudo al convoy de cuatro carros que transportaban tierra y dos máquinas de lanzamiento: una catapulta, más pequeña, para los dardos, y una ballesta, más maciza, para las piedras. Los germanos intentaban no dejar espacio entre un caballo y otro y mantenían bien levantados los escudos. Pero actuando así se veían obligados a avanzar lentamente, incluso más que los bueyes que arrastraban los carros.

Sin embargo, la orden era preservar las máquinas de lanzamiento. Constituían la única esperanza de detener el ataque. Cuando entraron en el radio de tiro de los arqueros enemigos, los germanos se percataron enseguida, pues empezaron a volar dardos y pronto sus escudos se llenaron de púas. Pero la barrera resistió hasta que llegaron al punto elegido por los artilleros: un almacén bajo, de tejado plano, a la altura de la nave enemiga.

El *magister ballistarum*, comandante de los artilleros, explicó a Ortwin que había elegido el edificio como posición elevada sobre la que colocar las catapultas, pero también como refugio detrás del cual atrincherarse. El pequeño convoy lo rodeó y se situó en la parte de atrás. Había dos escaleras para subir a la terraza, pero izar las dos máquinas de lanzamiento habría sido un problema.

El *magister* hizo volcar la tierra contenida en los carros a la base de la pared. Con una rapidez impresionante, los soldados desmontaron los carros y usaron sus vigas para contener el terraplén, creando una especie de rampa de acceso a la terraza. Después, las catapultas fueron trasladadas de los respectivos carros a la rampa e izadas. Sin embargo, el terraplén era insuficiente: faltaban un par de pies para la cima.

El *magister* no se desanimó. Ordenó a Ortwin que subiera al tejado junto con algunos de sus hombres, luego hizo desmontar también los demás carros. Usó las nuevas tablas para colmar el desnivel y, puesto que el ángulo de la rampa se acentuaba, dijo a los germanos que tirasen de las catapultas mientras los legionarios empujaban hacia arriba. Primero izaron la catapulta más pequeña, con gran esfuerzo. Fue imposible hacer subir la grande.

Ortwin consiguió una cuerda, la ató a la máquina y arrojó el otro extremo a la parte frontal de la casucha. Recorrió la rampa, aferró dos caballos, ordenó a dos de sus hombres que lo siguieran y los condujo cerca de la cuerda que colgaba frente al acceso. Juntos, anudaron la cuerda a los animales y los instaron a que tirasen. Pero pronto las flechas empezaron a silbar de nuevo: los habían visto desde la nave, y en el frente del edificio estaban particularmente expuestos. Mantuvieron los escudos tendidos hacia delante, para resguardarse a sí mismos y a los caballos, pero la lluvia de dardos se intensificó. Desde lo alto, los compañeros pudieron ver que estaban en dificultades y bajaron a socorrerlos. Llegaron también algunos legionarios: cuantos más fueran, la protección más se parecería a un testudo.

Pero se trataba de un testudo muy irregular, con espacios y agujeros por todos lados. También porque sus miembros, además de defenderse, debían pensar en tirar de las riendas de las bestias. Cayó un romano, atravesado en la garganta, y después un germano, traspasado en el costado. Algunos rompieron la formación y se pusieron detrás de los caballos para empujarlos, pero sobre todo buscando refugio. Ortwin gritó que, en aquel momento, los animales eran más importantes que los hombres, y ordenó que volvieran adelante.

Los caballos, nerviosos por el silbido de las flechas y su impacto sobre los escudos o sobre la pared del edificio, pateaban, daban coces, relinchaban: cada vez resultaba más difícil mantenerlos en la posición y obligarlos a tirar, y al mismo tiempo tener los escudos levantados y vueltos hacia el canal.

Ortwin vio caer a otros dos hombres antes de que desde el edificio le gritasen que la catapulta ya estaba izada. Solo entonces montó a caballo, cortó la soga y volvió detrás del almacén, cabalgando por el lado exterior para proteger a los soldados de a pie.

Una vez sobre la terraza, amontonaron las tablas sobre el parapeto para que hicieran de almenas. En los intersticios dispusieron los escudos. La catapulta más pequeña, entretanto, ya había empezado a tirar dardos, pero sin éxito. Los artilleros hacían tiros de prueba para encontrar la correcta inclinación que permitiera alcanzar el objetivo: el puente de la nave, sobre el cual hormigueaba un número impreciso de hombres.

Ortwin tomó aliento y aprovechó para observar las operaciones de carga y lanzamiento. Era la primera vez que combatía en estrecho contacto con una máquina de tiro. Trató de entender cómo funcionaba. Los artilleros introdujeron el extremo de una viga en una de las muescas del caballete para determinar la inclinación del disparo. Luego hicieron rodar el cabrestante situado en la cola de la catapulta para aumentar la torsión de las dos madejas de tendones de animales que se encontraban en el bastidor y envolvían los brazos laterales. Cuando los brazos estuvieron al máximo de tensión, los artilleros insertaron el dardo en el carro de propulsión. Por último, la cuerda se liberó con un salto repentino, los brazos volvieron a la posición original y la flecha silbó en el aire. El germano siguió la trayectoria y vio desaparecer la flecha en medio de los obenques de la nave enemiga.

Demasiado lejos.

No parecía difícil. Pero solo la experiencia de un artillero permitía reducir al mínimo los intentos para determinar la inclinación correcta.

Finalmente, los legionarios pusieron en marcha también la balista. Quedaban pocos, y algunos debían alternarse entre las dos máquinas. En el carro de propulsión los artilleros insertaron una piedra bastante maciza. El plano para los proyectiles fue puesto más en horizontal en busca de un tiro casi en línea recta que pudiera alcanzar el lateral de la nave. El disparo provocó un ruido violento que hizo sobresaltar a los germanos, que no estaban acostumbrados a estar junto a una catapulta en acción. También en este caso Ortwin siguió la trayectoria, que terminó justo por encima del parapeto del barco.

Demasiado alto.

Inmediatamente los artilleros empezaron a trastear sobre la viga debajo del carro de propulsión, y separaron el extremo del pedestal para insertarlo en la muesca superior.

—¡Bajad y encended un fuego! ¡Si lanzamos dardos incendiarios, quizá consigamos producirles daños serios! —gritó Ortwin al jefe de los artilleros.

Ortwin bajó la rampa con tres de sus guerreros. Recogió algunos trozos de madera que encontró junto al terraplén improvisado y empezó a frotarlos el uno contra el otro. Después de un momento oyó un grito de dolor proveniente del edificio: un hombre había sido golpeado. Luego oyó otro: el número de los artilleros se iba reduciendo.

Algunas centellas empezaron a surgir de la madera. Intensificó la frotación. Hizo un gesto de triunfo cuando la llama se encendió. Esperó a que prendiera en ambos trozos de madera, luego llevó el fuego a otros trozos de madera y los distribuyó entre sus compañeros. En aquel momento, oyó un estruendo a sus espaldas.

Se volvió junto con sus hombres. La mitad del edificio se había derrumbado.

Los hombres de Pompeyo habían inclinado al menos una de sus catapultas, y de las más grandes, hacia la orilla del canal. Sin olvidar llevarse las antorchas, Ortwin saltó hacia delante. El almacén estaba en ruinas, algunos hombres habían desaparecido sumergidos por los detritos, mientras que otros afloraban entre los escombros, contusionados y con heridas. Pero, sorprendentemente, una de las dos catapultas, la más pequeña, parecía intacta y aún estaba encima de lo que quedaba del edificio: solo se trataba de volver a ponerla en funcionamiento.

El germano encontró el modo de apoyar la antorcha entre las ruinas sin apagar la llama. Luego dijo a los suyos que hicieran lo mismo. Miró a su alrededor: al parecer, una gran roca había caído sobre el edificio. En la nave disponían, evidentemente, de balistas de grandes dimensiones. Del *magister ballistarum* ya no quedaba ni rastro, y no veía soldados romanos en condiciones de usar la catapulta. Debía apañárselas solo, con sus compañeros como única ayuda.

Sacó de los escombros a un soldado que pedía ayuda, pero una vez que lo recostó en el suelo, junto a las ruinas, notó que sus piernas estaban dobladas de una manera antinatural: moriría pronto, y entre los más atroces tormentos. También otro lo llamaba para que lo extrajera de las ruinas. Lo intentó, pero estaba bloqueado. Le dijo que resistiera: más tarde volvería a probar. Pero sabía perfectamente que no iba a ser posible. Tenía las ideas confusas, pero estaba convencido de que, si había una esperanza de bloquear la acción de aquella nave, estaba en sus manos. Reunió a sus hombres y se hizo ayudar para volver a poner en funcionamiento la máquina. Primero amontonó detritos en un montón uniforme, que trató de allanar al máximo. Cuando consideró que había alcanzado una altura y una estabilidad razonables, ordenó a los suyos que lo ayudaran a poner en pie la máquina. La izaron todos juntos, con gran esfuerzo, y la desplazaron hacia la cima de la posición. Por suerte, la bolsa con los dardos aún estaba colgada de la catapulta.

Lo más básico ya estaba hecho. Ahora se trataba de hacer funcionar el aparato. Vaya, él era un jinete, ¡por Wotan! Ortwin hizo una comprobación superficial por si descubría daños visibles. No lo parecía: las madejas estaban en sus alojamientos, el carro de propulsión intacto y también el cabrestante, si se exceptuaba una de las palancas, rota, pero aún utilizable. El pedestal estaba en perfecto uso, al igual que la viga para la inclinación.

La inclinación. Era lo primero que había que establecer.

Recordaba la muesca en que los artilleros habían puesto la viga. Fue la que determinó que el dardo se hubiera lanzado un poco alto. Razonó: debería alzar apenas el carro de propulsión. Pero, quizá, lanzando un dardo encendido, las llamas crearían mayor fricción.

Convenía hacer un intento poniendo la viga donde la había visto.

Echó un último vistazo al objetivo. La nave seguía allí, a su altura. Los hombres de Pompeyo habían encontrado una posición que les permitía atacar el muelle sin ponerse al alcance de las réplicas de los cesarianos, y no tenían la intención de moverse. También porque no consideraban que Ortwin y sus compañeros constituyeran una amenaza seria. Al menos, se dijo, lidiaba con un blanco fijo.

Empezó a girar el cabrestante para cargar. Los brazos se tendieron poco a poco, y sus extremos se acercaron al fuste central. Cuando sintió que no podía tender más, Ortwin fijó la cuerda y cogió un dardo. Ante su orden, uno de sus compañeros acercó la antorcha al proyectil y encendió la punta. Luego Ortwin lo aseguró al carro de propulsión. No dudó más: estaba seguro de que, si esperaba, la llama se apagaría o prendería fuego a la catapulta.

Disparó. La fuerza del desplazamiento fue tan impresionante que lo sobresaltó. Ortwin siguió la trayectoria del dardo, observando la estela de fuego que atravesaba el cielo. Invocó a Wotan para que golpeara el objetivo: en caso contrario, los de la nave volverían a considerarlo una amenaza y no dudarían en acabar con lo que quedaba de su posición.

Lanzó un alarido de triunfo. Había aterrizado, y no en el agua.

Vio que los hombres se agitaban en el puente, en las proximidades del sector en que se había declarado un incendio. No perdió más tiempo: pronto llegaría la respuesta, y sería definitiva. Desplazó apenas la orientación de la catapulta, luego cargó un nuevo dardo encendido.

Lanzó esta vez con mayor seguridad. Una nueva saeta en llamas surcó el aire. Un nuevo incendio estalló a bordo, dividiendo en dos grupos a la tripulación. Y eran dos incendios en los extremos opuestos de la nave.

Era el momento de evacuar. Ortwin ordenó a sus hombres que descendieran de las ruinas y se alejaran hacia el interior. Lanzó una última mirada al artillero al que no había podido rescatar, y descubrió en él una mirada orgullosa: el romano, lejos de implorar nuevamente ayuda, le hizo un gesto de aprobación. El germano se alejó entonces unos pocos pasos hacia un lugar seguro. Después, no necesitó volverse para saber que del terreno donde estaba hacía un segundo ya no quedaba nada.

Un ruido sordo, y luego la crepitación de las llamas. Esta vez, desde la nave no habían querido correr riesgos.

El hombre seguía ardiendo. Trataba de arrojarse al agua como todos los demás agredidos por las llamas, pero no conseguía encontrar la salida del parapeto. Así, tambaleándose y golpeándose contra obenques, escotas, velas, brazos del mástil, amuradas y enrejados para la protección de los remeros, acabó propagando involuntariamente el fuego también a los otros sectores de la nave.

Aquel grupito de artilleros lo había conseguido, no habían parado de causarle problemas, se dijo Tito Labieno, furioso. Miró hacia abajo, hacia el puente invadido por el fuego, asomándose desde las almenas de la torre en la que se encontraba.

Una torre de madera. Pronto ardería también.

De acuerdo, en una nave no se sentía tan a gusto como en tierra firme, no sabía hacerse entender por los marineros como hacía con los legionarios o los jinetes. Pero ¿quién iba a pensar que tendrían tanta iniciativa? Se dio cuenta de que su atención se había relajado después de advertir la escasa convicción con que los soldados de César defendían el muelle en construcción. Había dado por supuesto que el procónsul no estaría presente y que la victoria sería hasta demasiado fácil.

Y, en cambio, dos simples flechas encendidas, dos tiros afortunados, estaban provocando más daños que una embestida. Y no le bastó con ordenar que volvieran una balista hacia aquellos audaces: a pesar de que los habían privado de la posición de tiro, consiguieron disparar de nuevo, y con proyectiles incendiarios, además. Ahora, después del nuevo tiro de la balista, no podrían hacer más daño. Pero habían tenido tiempo de dejar su señal, ¡por todos los dioses! Lo que no habían conseguido centenares de soldados a lo largo del muelle lo habían hecho en pocos instantes aquellos artilleros, entre los cuales le había parecido ver a jinetes germanos o celtas.

Los hombres que se afanaban en apagar las hogueras no se tomaban la molestia de bloquear al marinero envuelto en llamas. Inevitablemente, este acabó golpeándose contra la base de la torre. Una delgada tira de fuego subió por las vigas. Labieno vio las expresiones aterrorizadas de los soldados en el último piso: la estructura estaba cubierta de pieles empapadas en vinagre, pero no hasta la base. Nadie imaginaba que la amenaza llegaría directamente del puente: partiendo de la base, el fuego corría el riesgo de arrastrarse bajo la cubierta. Gritó a los marineros que luchaban contra los incendios en los obenques que se desplazaran hacia la torre, pero entretanto era esencial detener al desventurado antes de que hiciera más daño: su resistencia estaba costando incluso demasiado a la nave.

Labieno decidió que debía ocuparse él mismo. Aferró una soga, hizo un nudo y creó un lazo. Luego bajó frenéticamente las escaleras que conectaban los tres pisos de la torre y se plantó delante de la pira humana. A duras penas distinguía los rasgos, ya deformados por la acción del fuego. Pero oía incluso demasiado bien sus alaridos desgarradores. Lanzó, atrapó al marinero —o al legionario, no sabía qué era realmente—, tendió la cuerda y tiró de ella para desplazarlo hacia el parapeto. Lo arrastró hacia el borde, pero el hombre se resistía: la constricción del lazo había multiplicado sus convulsos movimientos, y hasta su fuerza.

Labieno sintió que le ardían las palmas de las manos, pero continuó apretando. Debía apresurarse: el fuego podía destruir la cuerda de un momento a otro. Buscó una posición elevada, y no vio nada mejor que la parte posterior de una chalupa junto al parapeto, sobre la cual se encontró de inmediato en equilibrio precario. Tan precario que él mismo corría el peligro de acabar en el mar aun antes de enviar al otro.

Reunió todas sus fuerzas y envió a su presa contra el parapeto. Luego la tiró hacia sí y, arriesgándose a ser devorado por las llamas, tomó impulso para levantarla, empujando lo máximo posible hacia fuera. Se deslizó a lo largo de la quilla de la chalupa, acabó de espaldas al suelo y enseguida se volvió esperando ver llegar encima de él al desdichado.

No lo vio. Se levantó, sintiendo un fuerte dolor en la espalda y en el tobillo, y miró a su alrededor. No había ni rastro de la cuerda. Lo había conseguido.

Pero ahora debía pensar en la torre. Tres marineros estaban echando agua, pero no parecía suficiente. Corrió al otro lado de la estructura, extrajo la espada, se estiró hacia arriba y cortó un rectángulo de piel. Luego corrió al sector en que el fuego estaba rápidamente remontando las vigas y, apartando a los soldados, empezó a golpear la piel contra las llamas.

Pero ya era demasiado tarde. El fuego se había extendido demasiado y, por cada llama extinguida, otras se alimentaban más arriba, envolviendo las pieles y resurgiendo como púas danzantes. Labieno gritó a los que aún estaban sobre la torre que bajaran, luego se percató de que no lo habían esperado a él para despejar. Tuvo un gesto de rabia al pensar que iba a perder a dos excelentes balistas.

Era una derrota. La acción, que gracias a la escasa coordinación de las fuerzas enemigas en el muelle le había parecido un éxito incluso demasiado fácil, se había transformado en una derrota por iniciativa de un puñado de hombres.

Los únicos hombres dignos de César contra los que había combatido aquel día.

No podía retirarse sin haber alcanzado ni siquiera el objetivo mínimo de destruir la parte del muelle apenas construida. Eso, o perdería todo el crédito a los ojos de Pompeyo y los demás. No le confiarían ya ningún mando y, en la peor de las hipótesis, dejarían de contar con él. Se había ganado su confianza con mucho esfuerzo y ahora, en la primera ocasión, los decepcionaba, dando la razón a quienes lo consideraban un comandante sobrevalorado. Y de nada le valdría aducir que se trataba de una acción naval, en la que tenía escasa experiencia. Lo que contaba era que le habían asignado una tarea y había fracasado. Había sido derrotado.

No. No podía permitirlo.

Miró a su alrededor. Los incendios seguían activos: la vela era inutilizable, el aparejo estaba en gran parte arruinado. Pero no había riesgo de perder el casco. Ordenó a los centuriones que activaran a los remeros. A los marineros que levantaran anclas. Era el momento de moverse.

Gritó al timonel que mantuviera la proa hacia el centro del muelle. A los remeros, les exigió de inmediato un ritmo frenético. Tres filas de remos comenzaron a golpear simultáneamente en el agua, levantando en el estrecho canal un gran número de olas que llegaron a hacer balancear la nave. Salpicaduras de agua la embistieron, atenuando las llamas aún encendidas y apagándolas casi por completo. Excepto en la torre.

La nave se acercaba velozmente a la barrera erigida por el enemigo a la entrada del canal. La base de la torre empezaba a agrietarse. Los marineros tendían a desplazarse hacia la popa, evacuando el puente entre la torre y el mástil. Había quienes, aterrorizados, abandonaban el incendio que se estaban ocupando de apagar. Murmullos de nerviosismo, luego alaridos de terror se difundieron entre la tripulación cuando los marineros comenzaron a entender las intenciones del improvisado navarca. Y cuando la torre, ya carente de sostén en el rincón del que había empezado a estallar el fuego, se estremeció por primera vez.

A Labieno no le importó. Nunca se preocupaba del temor que pudieran pasar los soldados en los campos de batalla, y no veía por qué habría debido hacerlo en el agua. Se asomó al parapeto, en cambio, para entender hacia qué sector del muelle estaba apuntando la proa de la nave. Le pareció que apuntaba justo al centro, donde no había nada que hundir. Fue hacia el timonel y le dijo que virara ligeramente a la derecha.

Cundo el timonel realizó la maniobra, los marineros se percataron del cambio de rumbo, y los alaridos se hicieron aún más fuertes. Ya no eran solo de terror, comenzaron a lanzar otros gritos de protesta. Parecía un suicidio: si hacia el centro solo quedaba alguna barcaza anclada de cualquier manera, el muelle hacia la orilla se erguía sobre una barrera de rocas depositadas sobre aguas poco profundas.

También Labieno lo sabía. Al timonel le había ordenado que apuntara a la intersección entre las rocas y las barcazas, suficientemente lejos de la orilla para no encallar y evitar la parte más sólida de la barrera, contra la cual la quilla no habría aguantado.

Pero los marineros solo conseguían pensar en las rocas del fondo del mar. Labieno debió desenvainar la espada para mantener alejados a los marineros más amenazantes que se habían abalanzado frente a él para obligarlo a detener la nave.

Ahora era tarde. Los remeros ya habían recibido de los centuriones la orden de retirar los remos para que no se partieran en el momento del impacto: la velocidad adquirida era suficiente para catapultar la nave contra el muelle. Labieno tuvo tiempo de echar un vistazo por la borda. Captó los rápidos movimientos de los hombres de César a lo largo del muelle: también ellos estaban aterrorizados y trataban de atravesar los desechos y los terraplenes para ganar la orilla.

Un marinero aprovechó entonces su distracción y lo atacó, aferrando su muñeca para bloquearle el brazo con la espada. Otro se sintió envalentonado, alargó los brazos y le ciñó el cuello, aullándole a la cara palabras que la confusión volvía incomprensibles. En aquel momento, detrás de las expresiones alucinadas de sus agresores, Labieno vio que la torre primero se estremecía, luego se rompía y finalmente se derrumbaba, expandiendo desechos y humo por todo el puente y haciendo sacudirse el casco.

El contragolpe hizo que los hombres que estaban a su alrededor perdieran el equilibrio. Todos se volvieron instintivamente para ver qué había pasado. Labieno aprovechó para liberarse y se abrió paso con la espada. El polvo y el humo eran tan densos que ya no veía nada de lo que tenía delante y, por tanto, tampoco fuera ni delante de la nave. Solo percibía indistintas siluetas de hombres tambaleándose, tosiendo, invocando a los dioses, desesperándose.

Y maldiciéndolo.

El manto de humo ocultó el impacto con el muelle, amplificando su alcance y potencia en los oídos de la tripulación. El barco sufrió un estremecimiento devastador, como un cuerpo sacudido por un delirio repentino.

Pero no se detuvo.

Esto solo lo entendió Labieno. No sabía contra qué habían chocado, pero, si hubiera sido la barrera, la nave se habría detenido y luego hundido en el fondo del mar. Si se hubiera tratado de las barcazas, casi no se habría resentido.

Se asomó al parapeto mirando el costado. No le pareció que el nivel del mar hubiera subido: no, la nave no hacía aguas. Corrió a popa, abriéndose paso entre la multitud de marineros. No tuvo escrúpulos en amenazar con el uso de la espada con tal de ganar el extremo de la nave. Había casi llegado cuando algunos soldados se le pararon enfrente. Pero su actitud no era amenazante. Sonriendo, lo felicitaron y lo abrumaron con palmadas en los hombros y en los brazos.

Desconcertado, Labieno permaneció en silencio, pero bajó la espada. Los soldados se apartaron y él pudo acceder a la popa. Frente a él, aún medio escondido por los residuos de humo que la nave dejaba atrás, el muelle se estaba resquebrajando. La embarcación había pasado por encima del límite extremo de la barrera de rocas. El punto que debía hacer de contención para el resto de la barrera, pero también para el sector menos apuntalado y más incompleto.

Un espolón, del que carecía la nave de carga, no habría conseguido un efecto más devastador: en el momento del impacto, las rocas más externas fueron barridas, lo que eliminó todo sostén a las otras. A todas las otras. Las piedras se depositaron en el fondo del mar, y todo lo que había arriba, troncos de árbol, tierra suelta, terrones, vigas, hombres, había acabado en el agua.

Estaba hecho. Una parte del muelle había desaparecido. Ahora sería suficiente con volver al puerto interior pasando por encima de la sección construida de la orilla opuesta para esparcir sobre el fondo todas las rocas que los hombres de César, con tanto esfuerzo, habían ido juntando y amontonando una sobre otra.

Y César no conseguiría completar la barrera antes del regreso de las naves provenientes de la costa epirota.

Había ganado.

Pompeyo se convencería de que había tomado la decisión correcta. Y los demás, que continuaban mirando «al desertor» con desdén y cierto fastidio, se verían finalmente obligados a admitir que habían adquirido un precioso aliado.

XI

Se habían llevado a término casi la mitad de los trabajos ordenados por César y se habían empleado nueve días, cuando llegaron a Brundisium las naves que los cónsules habían enviado de vuelta desde Durrës, donde había sido transportada la primera división del ejército.

CÉSAR, *La guerra civil*, I, 27

—Las naves de los cónsules han regresado al puerto interior. Una bonita flota, según parece —dijo César a Aulo Ircio en cuanto el asistente entró en la tienda del comandante.

—Mmmm..., pues sí. Y más que suficientes para cargar las tropas restantes y al propio Pompeyo... —respondió Ircio, incómodo. Le había parecido captar una nota de reproche en el tono de César. Pero desde el día de la destrucción del muelle tras el ataque de las fuerzas de Pompeyo, le parecía que César lo miraba siempre con aire de reproche.

Habían pasado cinco días, desde entonces, y los trabajos habían debido recomenzar casi desde el principio.

El resultado estaba a la vista de todos: el nuevo muelle había barrado más o menos la mitad de la entrada del canal, dejando libres al menos unos cincuenta pasos, más que suficientes para permitir la fácil entrada de las naves de regreso del Epiro.

Un revés notable, para el prestigio de César. Un revés del cual Ircio se sentía culpable. No había previsto obras más estables en la orilla para incrementar las defensas de la esclusa, y se había dejado sorprender por el ataque de una sola de las naves de Pompeyo ancladas en el puerto interior. Además, había sido abatido durante la batalla y no había podido coordinar la defensa. Y así, mientras él estaba fuera de juego, la nave había avanzado y había terminado hundiendo el muelle.

El procónsul, en realidad, no le había dicho nada. Recuperado del ataque de aquel extraño mal, que lo había dejado sin sentido justo en el momento de la incursión enemiga, le había renovado el encargo incluso antes de oír sus excusas. Solo se había limitado a darle sugerencias sobre cómo construir la presa con mayor eficacia. Pero otros comandantes subalternos no habían ahorrado críticas a Ircio, y también entre los soldados se murmuraba que no había demostrado estar a la altura. Que volviera a sus libros, susurraban cuando lo veían pasar. Que pensara en sus documentos y sus estudios, pero que se olvidara del campo de batalla.

—Entonces hay que detenerlos, ¿no crees? —dijo César. No parecía en absoluto agitado. Estaba tranquilamente sentado en su silla curul, despachando la correspondencia amontonada sobre la mesa.

—Mmm... claro. ¿Qué piensas hacer? —preguntó Ircio, perplejo.

—Bien, yo quisiera ir a España lo antes posible. Las

siete legiones de veteranos de que dispone Pompeyo en las dos provincias Ulterior y Citerior son una amenaza tanto para las Galias como para Italia. De Terencio Varrón no me preocupo: es solo un literato. Pero Lucio Afranio y Marco Petreio son dos legados expertos... El primero ha aprendido a combatir contra Sertorio, y no creo que haya mejor entrenamiento para un soldado. El segundo, si recuerdas bien, ha derrotado a Catilina... Estoy escribiendo a Cayo Fabio. Quiero que deje las tierras de los eduos, donde está hibernando, y se traslade con tres legiones a Narbona. Que esté listo para una invasión de las provincias ibéricas. Pronto nos reuniremos con él.

—Pero, César... Italia aún no es nuestra: quiero decir, ¿qué piensas hacer aquí, en Brundisium...?

—¿Yo? ¿Qué piensas hacer tú, querido Ircio...?

—¿Yo?

—Claro. Eres el responsable de la presa del puerto, te corresponde a ti impedir que Pompeyo vuelva a partir...

César no había alzado los ojos de su correspondencia. Parecía tratar la cuestión con indiferencia.

Como si tuviera la más completa confianza en su asistente, pensó Ircio.

—¿Quieres decir que debo movilizar a las tropas para tomar por asalto los muros y entrar en la ciudad?

—Si lo estimas oportuno, ¿por qué no?

Ircio se sintió invadido por la duda. En los días anteriores, había visto a César poco implicado en las operaciones de construcción del muelle. El procónsul le había delegado todo el asunto para concentrarse en su regreso a Roma. Y solo ocasionalmente Ircio había tenido la ocasión de examinar su correspondencia. Por lo general, ocurría lo contrario: César se ocupaba de los asuntos más estrictamente operativos e Ircio, estudiando la correspondencia y los documentos, le representaba la situación.

Pero el momento, Ircio lo entendía a la perfección, era delicado. Comoquiera que fuesen las cosas en Brundisium, César apuntaba ahora a la Urbe. Necesitaba procurarse el apoyo no solo de la población, con la que ya podía contar gracias a sus gestas pasadas, sino también de las clases acomodadas y las personalidades con las que debería pactar para garantizarse la supervivencia política. Por tanto, pasaba sus días en su cuartel general, escribiendo cartas y recibiéndolas continuamente: prometía y persuadía, halagaba y corrompía, a veces amenazaba veladamente.

—Pues bien...

El entusiasmo de Ircio se hizo frenético.

—Podemos asaltar de inmediato los muros. Y, a la vez, enviar algunas cohortes a lo largo de los caminos que conducen al puerto pasando alrededor del recinto amurallado. Los ciudadanos están hartos de los abusos de los soldados de Pompeyo y Labieno, y nos ayudarán sin duda. Ya algunos de ellos suben a los tejados y nos señalan los sectores donde hay más vigilancia...

—Mmmm..., está bien. Solo una cosa: asegúrate de no avanzar demasiado sin antes afianzar los avances de la retaguardia: una vez dentro, podrías acabar aislado, si no dispones de guarniciones suficientes —se limitó a decir César, siempre sin levantar la nariz de los documentos.

—Lo tendré en mente, César —dijo Ircio, y amagó con retirarse.

—No pierdas tampoco el tiempo construyendo máquinas de aproximación o llevándote catapultas. No quiero que se diga que he destruido una ciudad itálica.

—Bien.

—¡Ah! Una última cosa —añadió César—. Coge a Ortwin y a los suyos y tenlos siempre cerca, como hago yo. Pueden serte útiles...

Ircio asintió y salió. ¿Qué tenían que ver esos bárbaros? Solo porque Ortwin había sido el único capaz de provocar daños en la nave enemiga, cinco días antes, César lo tenía en la palma de la mano... Pero él, ¿qué hacía con unos jinetes en el asalto a los muros? ¿Y si luego, una vez dentro de la ciudad, se abandonaban a sus depravaciones, como ya habían hecho en los alrededores? César se jugaba el apoyo de la población, ¿y quién iba a pagar el pato, si no el comandante que dirigía la operación? César siempre conseguía dominar a sus bárbaros y tenerlos controlados, pero ¿lo conseguiría él? ¿Sería capaz de hacerse respetar?

Sacudió la cabeza. Dejó atrás a los germanos de guardia en la tienda de César y fue a buscar a Ortwin.

Quinto Labieno se preguntó en qué punto estaban las operaciones de embarque. Los hombres de César se estaban acercando a los muros y él no tenía muchos compañeros en las escarpas. Podrían cntrar fácilmente, también porque los habitantes de Brundisium no parecían nada propensos a ayudar a los defensores.

Y no estaba interesado en ser uno de los pocos desgraciados caídos para cubrir la retirada del ejército y de los jefes aún presentes en la ciudad. Tenía aún mucho que dar a la causa de la libertad, y le irritaba que lo consideraran prescindible.

Ahora se habían marchado todos. Los cónsules, Metelo Escipión, incluso Cneo Pompeyo el Joven, con el cual había compartido algunas noches de juerga y más de una aventura. Habían quedado, entre aquellos que contaban, solo Pompeyo Magno y su padre, Tito Labieno. Y él. Él, al cual correspondía cubrir la retirada de los demás.

Serían reclamados, le había explicado su padre, en cuanto las naves estuvieran listas para zarpar en el corazón de la noche. Aquella misma noche. El destino: Epiro, donde Pompeyo podría encontrarse con sus tan aclamados aliados y reunir ejércitos que, según decía, serían casi ilimitados. A Quinto le parecía una fuga, pero Tito Labieno estimaba que era la mejor estrategia para aislar a César y llegar al choque decisivo, acaso precisamente en Italia, con una nítida superioridad numérica.

Sin embargo, César tenía muchas opciones para alcanzar el puerto, y Quinto no dudaba que habría hecho de todo para impedir la partida. Disponía de las carreteras exteriores, protegidas solamente con murallas provistas de vigas en punta. Y, en resumen, podía usar también la vía interior, también escasamente vigilada. En efecto, Pompeyo había hecho embarcar de inmediato quince de las veinte cohortes de las que disponía, distribuyendo las restantes en guardia de las escarpas, junto a arqueros y honderos, para dar al enemigo la impresión de que iban a permanecer, al menos por aquella noche.

Pero los cesarianos no se lo habían tragado. Los veía alineados delante de los muros con un gran número de escaleras. No había máquinas de lanzamiento ni de aproximación; de hecho, no había ni catapultas, torres móviles o arietes. César parecía tener la intención de lanzar un ataque blando, sin arriesgar demasiados hombres ni energías en la acción. No se asombró: el tirano se había procurado un montón de secuaces dentro de los muros, con su falsa actitud conciliadora y moderada, capaz de embaucar los ánimos más sencillos del populacho, y probablemente contaba con su apoyo.

El problema era que también la defensa era «blanda»...

En efecto, los defensores, ya en un número exiguo, no disponían ni siquiera de máquinas de lanzamiento: los jefes habían decidido que no tenía sentido dejarlas en las manos de César, y las habían hecho cargar en las naves junto con los primeros contingentes de soldados.

Quinto era bastante escéptico, por otra parte, respecto a todas las demás trampas que su padre había ido diseminando por la ciudad. Pompeyo estaba admirado, pero él, Quinto, recordaba bien lo que había pasado en Avaricum y, sobre todo, en Alesia, y sabía de qué eran capaces los veteranos cuando se ponían a montar celadas. No por casualidad, Labieno había puesto a trabajar a los hombres de las dos legiones que habían militado en las Galias a las órdenes de César antes de ser enviadas de vuelta a Pompeyo por oscuros juegos políticos.

Y durante algunos instantes, mientras cavaba fosos, talaba y sacaba punta a las ramas que insertaba en los agujeros, o creaba rejas de cañizos para cubrir las trampas, le había parecido revivir los días de Alesia. Se sorprendió sonriendo: aún era muy joven y, sin embargo, lo consideraban un veterano. Y la verdad era que, en comparación con los numerosos reclutas de que se componía el ejército de Pompeyo, era un guerrero curtido y experimentado.

Cneo Pompeyo hijo tenía su misma edad, pero infinitamente menos experiencia de guerra, porque su padre había dejado de combatir mucho antes de que él abandonara la toga pretexta de jovencito. No obstante, el joven Pompeyo tenía un papel mucho más importante que el suyo en las tropas de la República. Siguió sonriendo: cuando Labieno alcanzase la consideración de aquellos a los que había decidido servir, también él habría crecido en importancia.

Pero, entretanto, había que mantenerse con vida. Se encogió de hombros. A fin de cuentas, no todos los soldados de César eran unos fenómenos. No estaba claro que solo con las escaleras consiguieran superar la oposición en las escarpas. Y, además, con todas las trampas que les habían preparado por las calles de la ciudad, llegar al puerto no les resultaría nada fácil.

Se complació ante la idea de que aquellos esclavos natos, aquellos hombres que habían decidido servir a un amo, y no a la República, acabarían atravesados por las estacas afiladas de las trampas dispuestas en la ciudad. Recordó las caras lívidas de los galos de Vercingétorix en Alesia, hallados en los agujeros con el vientre desgarrado, los ojos en blanco, en las poses más antinaturales y horribles. Los despojó de las pintorescas indumentarias celtas y los vistió con equipamiento romano.

Un grito lo devolvió al presente. Luego otro, y otro. Los hombres de César estaban atacando.

A simple vista, parecían dos legiones. Avanzaban detrás de unas pantallas improvisadas, unas toscas tablas que en cierto modo cumplían la función de los plúteos. Pero puesto que no tenían ruedas, estaban obligados a mantenerlas levantadas. Parecía que no hubieran preparado ningún asalto en los días precedentes, quizá para destinar todos los esfuerzos al bloqueo del puerto. Bastante imprevisible, para alguien como César.

En cuanto los cesarianos estuvieron al alcance de los tiradores en las escarpas, los centuriones dieron orden a arqueros y honderos de que actuaran. Comenzaron con una lluvia de flechas, seguida de otra, más regular, de proyectiles lanzados por las hondas. Quinto no pudo por menos que juzgarlas de patéticas. Pocas flechas, pocos proyectiles que, en el mejor de los casos, acabaron golpeando solo las pantallas protectoras.

Los tiros siguientes no surtieron mejor efecto. Por un lado, los tiradores eran demasiado pocos para constituir una seria amenaza; por el otro, parecía que sus tiros no fueran demasiado convincentes. Es más, casi parecía que se trataba de un ejercicio. No obstante, los cesarianos avanzaban despacio, ofreciéndose como un blanco relativamente fácil.

También ellos parecían carecer de convicción.

Escrutó los rostros de sus compañeros. No se leía la habitual ferocidad. Sin embargo, no eran reclutas. Observó la expresión del centurión más cercano. Le pareció escasamente determinado, incluso distraído.

Pero ¿qué estaba ocurriendo?

Silbaron algunas flechas. También disparaban los arqueros enemigos. Pero almenas y escudos ofrecían un eficaz baluarte y, además, su puntería no parecía nada especial. Silbaron también algunas bellotas de plomo de sus honderos: la trayectoria era más imprevisible, y un soldado de infantería ligera se desplomó aturdido sobre las escarpas.

Quinto se percató de que las primeras filas de los legionarios cesarianos estaban casi debajo de los muros. Pronto le tocaría a él. A él y a todos los de infantería pesada. Y eso sería otra historia.

Los enemigos apoyaron una escalera en el muro, luego otra. Pasó tiempo antes de que apoyaran otra más. Otras unidades estaban incluso más atrás. Tanta falta de coordinación tenía algo de increíble, y hacía hasta demasiado fácil rechazarlos. Los defensores pudieron concentrar sus esfuerzos en una sola escalera cada vez, acudiendo a donde estaba apoyada y rechazándola, sin necesidad de cruzar las espadas con los soldados enemigos y sin darles tiempo de trepar.

Luego, una unidad consiguió apoyar tres escaleras simultáneamente. Los defensores rechazaron una, pero entretanto los cesarianos tuvieron tiempo de trepar por las otras. Uno de ellos llegó a las almenas, y de inmediato trató de subir a las escarpas. Un legionario se enfrentó rápidamente a él, pero, aun empuñando el gladio, usó solo el escudo para rechazarlo. El otro se precipitó sobre sus compañeros y acabó sobre el terreno, pero los otros permanecieron en la escalera tratando de subir.

El intento fue frustrado por el centurión, que consiguió separar la escalera del muro y hacerla caer. Quinto miró hacia abajo. Nadie se había hecho daño. Otro combate estaba en curso a la altura de la tercera escalera. Y también en ese caso el joven vio usar más los escudos que las espadas. Y la escaramuza acabó del mismo modo, con la escalera finalmente en el suelo.

Quinto fue hacia el centurión.

—Pero ¿qué pasa? —le aulló a la cara—. ¿Por qué no combatís de verdad? ¿Por qué ellos no combaten en serio?

—¿No lo has entendido?

—¿Qué hay que entender?

—Lo que han comprendido todos, salvo tú y el comandante de los asaltantes —le respondió el centurión, señalando a un oficial con el yelmo crestado y capa que, a caballo, agitaba los brazos y despotricaba contra sus propios hombres. Quinto lo reconoció: era Aulo Ircio, el asistente de César. Se asombró de que estuviera operativo también en el campo de batalla.

—Aún no te sigo —confesó el joven.

—Pero ¿no está claro? Aquí nadie quiere matar a un camarada. ¿Acaso no hemos militado al lado de esos mismos legionarios, hasta hace poco? El mismo César, como Pompeyo, ha hecho de todo para evitar el conflicto armado, y es muy posible que ambos sigan intentándolo. Nadie tiene realmente ganas de librar esta guerra entre romanos... Dentro de poco estaremos todos lejos de aquí, y quizá el conflicto concluya en un acuerdo, cuando los contendientes estén lejos. Nadie quiere dejarse la piel, ahora, en un combate que podría revelarse inútil...

Quinto no podía creer lo que oía.

—Pero... el día de la batalla en el muelle se combatió. Hasta hubo algunos muertos...

—Esa era otra historia. Desde lejos no ves la cara del enemigo. Y puedes engañarte a ti mismo diciendo que es solo alguien que te matará, si tú no lo golpeas antes. Pero así..., cara a cara...

Quinto se puso furioso. En aquel momento apareció una escalera debajo mismo de su nariz. Extrajo el gladio, dio un paso hacia delante y esperó a que llegara el primer legionario. Cuando este estuvo cerca de la cima, arremetió con violencia contra él, metiéndole el gladio en el ojo. El enemigo se precipitó sobre sus compañeros y Quinto completó la obra tirando abajo la escalera.

—Estos ya no son camaradas. Se han convertido en esclavos desde el momento en que han elegido militar a las órdenes de César —dijo, dirigiéndose al centurión, y tratando de hacerse oír por todos los que pudieran escucharle—. Son esclavos a los que el tirano les ha ordenado que lo ayuden a hacernos a todos sus esclavos. No debéis mirarlos como hombres. Ya no son padres, ni hijos, ni amigos: son individuos carentes de voluntad propia, les importáis un pimiento. Y también son cobardes, porque no han tenido el valor, como mi padre y yo, de renunciar a las ricas recompensas con que el autócrata compra la servidumbre de los otros, para dedicarse a la causa de la República, quizá menos remunerativa, ¡pero, desde luego, más noble!

De nuevo, Quinto avanzó contra una escalera apoyada en los muros. Tiró el escudo al suelo, pasó el gladio a la mano izquierda y extrajo de la funda de un auxiliar una espada de hoja más larga. Todos sus compañeros, que no estaban comprometidos en la lucha contra sus adversarios, pudieron ver cómo se agazapaba detrás de una almena. Nadie fue a ayudarle. Esperó a que asomara una cabeza desde fuera, luego cargó el brazo y pegó el mandoble.

De un tajo, se la arrancó. Salpicó lejos, con la sangre manchando los muros, mientras el cuerpo permanecía erguido durante unos segundos, antes de desplomarse sobre el terreno.

Ningún otro legionario asomó a la altura de las almenas. Se hizo el silencio en las escarpas y abajo. Luego Quinto lanzó un grito poderoso, se asomó fuera del parapeto y pegó un nuevo mandoble, troceando un peldaño, luego otro, y otro más. La escalera se rompió y se precipitó al suelo con todos sus ocupantes.

Otra vez silencio. Todos los compañeros miraban a Quinto, que aún se estremecía con los ojos desorbitados, inyectados en sangre, apretando en las manos las dos espadas. Luego se oyó otro grito desde abajo, seguido por una selva de alaridos. Quienes se asomaron entonces pudieron ver a los legionarios de César recuperando las escaleras y arrojándose contra el muro, todos juntos, deseosos de venganza.

Quinto se sobresaltó. Miró hacia abajo.

Era la guerra civil, finalmente.

XII

> Al caer la noche, Pompeyo levanta las anclas. Los hombres que habían sido puestos en guardia en los muros, ante la señal establecida, se retiran y se precipitan por el conocido camino hacia las embarcaciones. Los soldados, una vez colocadas las escaleras, alcanzan la cima de los muros, pero advertidos por los habitantes de Brundisium de que debían prestar atención a la muralla sin salida y a las fosas, se detienen y, guiados por ellos en un amplio recorrido, llegan al puerto.
>
> CÉSAR, *La guerra civil*, I, 28

Había ido mal, se dijo Ortwin, intentando distinguir las constelaciones en el cielo velado. Estaba sentado, con la espalda apoyada en un tronco de árbol, reflexionando sobre la jornada que acababa de concluir. La oscuridad completa había caído hacía poco, e Ircio acababa de ordenar el cambio de turno de los centinelas.

Había ido mal, pero no estaba asombrado. Desde que César había decidido confiar en Aulo Ircio las acciones más delicadas, las cosas no estaban saliendo como deberían. Todo un día de combates a lo largo de los muros, primero ligeros, luego más feroces, no había servido para liberar las escarpas de los pocos defensores que las vigilaban.

Culpa de Ircio, sin duda. César, y probablemente cualquiera de sus legados, habría sabido cómo desbaratar a aquel puñado de pompeyanos que ni siquiera luchaban con determinación. Pero Ircio..., como en el muelle, no había mostrado ninguna capacidad de mando. Sus órdenes contradictorias solo habían creado confusión entre las filas de los soldados, ya poco convencidos, por lo que parecía, de combatir contra otros romanos. No había sabido darles ninguna motivación, y con el paso del tiempo su impulso se había atenuado hasta apagarse, a pesar de sus patéticas exhortaciones.

Sus adversarios, por el contrario, se habían vuelto más decididos, y a los guerreros más expertos les quedó claro que aquel puñado de hombres en las escarpas serían suficientes para rechazar a nada menos que dos legiones. Tampoco sería posible alcanzar el puerto desde el exterior: los caminos estaban bloqueados, e Ircio no había dotado a los contingentes de ataque de los medios y herramientas necesarios para eliminar los obstáculos hábilmente colocados por el enemigo.

Tuvo un gesto de ira. Debería haber dejado a Ircio noqueado también esta vez. Pero no era un jueguecito que se pudiera repetir sin riesgos.

Esbozó una sonrisa amarga. Se dio cuenta de que, por primera vez desde hacía días, estaba molesto por algo que no era la desaparición de Veleda. La había visto por última vez el día de la batalla en el muelle, mientras se dirigía quién sabía adónde, diciéndole que ya no quería verlo. En los días siguientes había aprovechado cada momento libre para buscarla, indagar, preguntar por ahí. Había enviado a los suyos a registrar los edificios, las granjas y las villas de los alrededores, pero no había ni rastro de Veleda por ninguna parte. Parecía desaparecida. Sin embargo, alguien debía de haber advertido el paso de una espléndida muchacha sin una mano.

La única explicación era que hubiera entrado en la ciudad. Motivo más para tomarla con Ircio, que no había conseguido conquistarla.

Estaba furioso consigo mismo por haberla dejado escapar, y estaba furioso con ella porque se negaba a comprender. A comprender que él actuaba así por el bien de todos ellos: solo obedeciendo a César podrían ganarse el derecho a la libertad. Combatían para el mejor comandante posible, tenían la ocasión de recorrer el mundo, disfrutaban de privilegios impensables incluso cuando militaban bajo su rey, eran estimados y apreciados por todos los camaradas romanos y temidos por los enemigos. ¿Qué más podía desear un guerrero?

Y, además, él y los suyos le ofrecían a Veleda la posibilidad de sobrevivir dignamente, a la espera de que se crearan las condiciones para volver a su tierra. En resumen, si el objetivo de la princesa era sobrevivir, más que cualquier otra cosa, ¿qué era lo que no marchaba en el modo en que le había permitido hacerlo?

Aunque ella siempre lo trataba mal, sentía su ausencia. Echaba de menos su orgullo, su determinación, que le hacían tolerable la actitud despreciativa que mantenía hacia él. Con la muerte de sus propios hombres, era consciente, había herido una vez más su absurdo sentido de lealtad a una causa, la del pueblo suevo, que ya no existía. Y si la localizaba, ella lo trataría ya no solo con menosprecio, sino incluso con odio. Pero no le importaba: daría una mano por encontrarla, como, en su tiempo, hubiera dado una mano por no habérsela cortado.

—Parece que ya no hay nadie en las escarpas... —le comentó uno de sus hombres, recién terminado el turno de guardia.

Ortwin se puso en pie.

—Entonces, se están yendo todos... Debemos entrar.

El germano se apresuró hacia Ircio, que estaba apartado, enfurruñado, con la cabeza metida entre los hombros. También esta vez, evidentemente, los soldados no iban a dejarse llevar por su impericia.

—Las escarpas están vacías. Es probable que las naves estén partiendo. Debemos entrar de inmediato —le dijo Ortwin con un tono más duro del que habría debido y querido usar.

—¿Estás loco? Seguramente es una celada. Estarán apostados en la base de los muros y despellejarán a cualquiera que entre...

—Quizá. O quizá no. Vale la pena intentarlo, en todo caso.

—No. Ya he perdido hombres hoy, sin obtener nada. No quiero presentarme ante César con un balance tan negativo. Mejor preservar las tropas y fuerzas para el asalto de mañana. Lo haremos mejor.

—Pero mañana no habrá ningún asalto, ¿entiendes?

—No. Habrá uno. No todos pueden embarcarse esta noche.

—¿Y si te equivocas? ¿Quieres dejar que todos se escapen? Al menos, déjame ir con mis hombres. Si la vía está libre, vendréis todos...

Ircio pareció tentado. Pero luego reveló:

—César no me perdonaría si hiciera matar a uno de

sus preciosos bárbaros. Ni hablar. Y además, es una idea ridícula: avanzar en la oscuridad en una ciudad hostil...

Ortwin estaba a punto de replicar que la ciudad no era hostil a César, pero renunció. Ircio no era el tipo de hombre con el que se pudiera razonar: era demasiado prisionero de sus frustraciones para ser lúcido y objetivo en el campo de batalla, como lo era en una mesa entre papeles.

Sacudió la cabeza y se alejó. Pero no estaba en absoluto resignado. Alcanzó a sus hombres, reunió a una decena, recogió dos antorchas y luego se desplazó hacia donde habían sido amontonadas las escaleras.

—El comandante ha dicho que cogiéramos tres escaleras para subir a los muros para controlar el interior —dijo al centinela, uno de aquellos reclutas que veían con una mezcla de temor, desconfianza y sumisión a los auxiliares bárbaros en el ejército de César.

El romano no puso objeciones. El campamento provisional que Ircio había hecho erigir frente a los muros no estaba demasiado lejos de la ciudad. Después de haber soltado la misma mentira a los centinelas de la entrada, Ortwin salió de la muralla y alcanzó la base del recinto. Echó un vistazo hacia arriba. No parecía haber nadie. Apoyó las escaleras y fue el primero en subir.

Una vez arriba, cruzó las almenas y se detuvo en las escarpas. La débil luz lunar apenas se reflejaba sobre los tejados de las casas y, con una intensidad algo mayor, sobre el mar hasta el horizonte. Se hizo pasar una antorcha y escrutó mejor los alrededores. Seguía sin ver a nadie. Hizo señas a los otros guerreros para que lo siguieran, luego descendió las escaleras. Una vez en el suelo, se encontró en una calle estrecha entre los edificios, que parecía conducir hacia el corazón de la ciudad, y quizá hacia el puerto.

Una silueta pasó como una flecha de un edificio a otro poco después. Uno de los guerreros de Ortwin saltó hacia delante llamándola en su latín gutural. Un instante después la silueta desapareció, pero también lo hizo el germano.

Como tragado por la tierra.

Consternado, Ortwin avanzó un paso, con cautela y circunspección. Vio un agujero en medio de la calle. Alargó el brazo con la antorcha: el germano estaba en el fondo. Un palo puntiagudo atravesaba su espalda, la malla de hierro estaba empapada de sangre.

—¿Sois los bárbaros de César?

Ortwin levantó los ojos. Un hombre los miraba. Tenía algo en la mano.

—Somos *los guardias de corps* de César —especificó.

El hombre tendió los brazos. Tenía un cofre en la mano, que ofreció a Ortwin.

—Esta es una parte de mis bienes y de otros ciudadanos. Si perdonáis a nuestras mujeres e hijos, y no realizáis saqueos, os diré dónde hemos escondido todo el resto. Hemos hecho una colecta para ofreceros lo que tenemos, cuando seáis dueños de la ciudad. Siempre que os controléis...

Algunos de los guerreros miraron el cofre con avidez. Pero Ortwin lo rechazó con displicencia:

—César nos paga lo suficiente, ciudadano. No queremos tu dinero. Más bien, serás tú quien lo recibirás, si nos dices algo de los defensores y nos indicas cómo alcanzar el puerto sin caer en una de estas trampas.

El rostro del brindisino se iluminó.

—¿De veras no queréis mi dinero?

—No, ni tampoco queremos a tu mujer ni a tus hijas. César respeta a la gente, y lo mismo hacen sus hombres. Sea cual fuere su nacionalidad.

—Los defensores se han marchado hace menos de una hora. Están a punto de zarpar. Venid, os conduciré al puerto. Pero pasad solo por donde pase yo. Está lleno de agujeros, junto a los muros y los principales cruces.

Entretanto, otros habitantes habían salido de las casas. Parecían tranquilos, se acercaban para escrutar con curiosidad a aquellos extraños guerreros de los que, hasta entonces, solo habían oído hablar.

—Espera —dijo Ortwin, dirigiéndose luego a uno de sus hombres—. Vuelve atrás y convence a ese imbécil de Ircio de que aquí ya no hay peligro y de que Pompeyo y Labieno están zarpando. ¡Que entre con todos los soldados, enseguida!

Después se dirigió de nuevo al brindisino:

—Bien. Ahora puedes conducirnos al puerto. Pero dile a uno de tus conciudadanos aquí presentes que haga de guía a los legionarios, que llegarán dentro de poco.

El hombre habló con algunos de sus compañeros más próximos. Dos chiquillos se ofrecieron con entusiasmo, excitados ante la idea de relacionarse con aquellos torvos guerreros.

El grupito se movió siguiendo al civil, recorriendo calles estrechas y tortuosas, sin iluminación y casi desiertas. Solo de vez en cuando pasaba un curtidor con una carretilla, que emanaba un fuerte olor a orina. El puerto se abrió de repente ante los ojos de Ortwin. El hombre los bloqueó en una esquina, desde la que se podía observar sin ser vistos a la actividad portuaria.

Un puerto que, en aquel momento, bullía frenéticamente como nunca lo había hecho durante el día.

Decenas de trirremes y barcos de carga estaban anclados a lo largo del muelle. Otros tantos ya habían zarpado, creando un largo convoy que cortaba la rada en dos semicírculos. Las naves que primero habían zarpado se acercaban a la presa erigida por Ircio en los días anteriores, pero tenían suficiente espacio para salir del canal sin correr el riesgo de ser bloqueadas. Además, en la oscuridad las catapultas de las torres a los lados del canal —que esta vez Ircio había tenido la previsión de levantar, junto a las del largo muelle en construcción— eran casi inutilizables. Las naves de Pompeyo no encontrarían ninguna oposición en el momento de pasar al puerto exterior.

Ahora, la mitad de la flota podía darse ya por perdida. Pero la otra mitad aún podía ser alcanzada. Si Ircio llegaba a tiempo, todas las naves ancladas podrían ser abordadas desde tierra. Y con todas esas naves, quizá, se podría alcanzar a las de Pompeyo.

Las operaciones de embarque eran muy caóticas. Y esta era una buena ventaja para un eventual ataque.

Pero solo si Ircio llegaba a tiempo.

Centenares de soldados se agolpaban a lo largo del muelle, a la espera de subir a las naves. A la luz de las antorchas, Ortwin distinguió también a muchos civiles. De hecho, los civiles eran incluso más numerosos: evidentemente, Pompeyo había privilegiado el embarque de los soldados, dejando para el final a todos los civiles unidos al ejército. Quizá por eso había una gran confusión: disputas, tensiones que los legionarios, y en particular los pocos oficiales aún en tierra firme, no conseguían calmar. Se peleaban por el equipaje, el espacio, el orden de embarque, el miedo, y quizá por la frustración que muchos sentían al deber abandonar Italia.

Sí, sería realmente fácil hacer una redada de toda aquella gente y de las naves.

Pero solo si Ircio llegaba a tiempo.

Había también muchos curiosos, alrededor. Brindisinos que renunciaban con gusto al sueño para observar a la muchedumbre, quizá disfrutando, en su corazón, de haberse finalmente liberado de aquella horda rapaz. O quizá maldiciendo a Pompeyo porque, marchándose, los dejaba a merced de los «bárbaros» de César, incluso peores que ellos, según ciertos rumores.

Tal vez, incluso algunos brindisinos se habían unido a los fugitivos, tal era el temor que los auxiliares de César suscitaban en quien estaba dispuesto a creer en las malas lenguas. Acaso también Veleda.

Acaso también Veleda.

Pensó que era la última posibilidad de encontrarla. Si había entrado en la ciudad, si realmente quería huir lejos de él, si creía aún que podía regresar a su tierra natal, un viaje hacia las costas más allá del mar era la solución más obvia. Al fin y al cabo, las tierras germánicas estaban más cerca del Epiro, del Ilírico, que del sur de Italia, aunque Ortwin no veía cómo una mujer sola podía llegar allí.

De todos modos, era en medio de aquella multitud donde debía buscarla. Y antes de que llegase Ircio. Miró a su alrededor. Había un civil a pocos pasos de él, muy cerca de la esquina desde la que observaba. Estaba envuelto con una *paenula* que sin duda le resultaría muy útil. Dijo a los suyos que esperaran a Ircio. Él se adelantaría. Luego se movió furtivamente hacia el brindisino, le dio un golpe en la cabeza, lo arrastró al abrigo de ojos indiscretos, le quitó la capa y se la puso.

También se puso la capucha, para evitar que el vistoso moño en su fluyente cabello rubio, característico de su pueblo, lo traicionara. Luego corrió hacia el muelle. De inmediato tuvo la confirmación de que nadie le prestaba atención. Los civiles estaban todos agitados, los soldados solo pensaban en ordenar el flujo de gente a bordo. Solo debía buscarla, sin preocuparse de nada más. Pero el muelle era largo, había mucha gente y las pasarelas de acceso a los puentes de las naves también eran muy numerosas: sería sobre todo una cuestión de suerte.

Se abrió paso entre el gentío de manera discreta, sin atraer la atención de los soldados. Daba codazos y empujaba para pasar, pero cuidaba siempre de mantenerse alejado de los soldados. Y a la vez sufría, con frecuencia, empujones, codazos y patadas en la espinilla, también de las pocas mujeres a la espera de subir a bordo.

Esperaba que Ircio no llegara demasiado pronto. Se dio cuenta de que un momento antes había deseado exactamente lo contrario, y de que un nuevo retraso del ejército no ayudaría a la causa de César. Se maldijo porque estaba anteponiendo sus propios intereses a los del comandante al que había jurado fidelidad. Pero no podía hacer nada: Veleda era la mujer a la que se había consagrado, a pesar de todo. Incluso a pesar de ella.

Sin embargo, el tiempo pasaba, inexorable, y Veleda no aparecía. Quizá no estuviera. Quizá vagaba por otra parte. Quizá ya había embarcado. O quizá estaba muerta.

La multitud había disminuido. Ahora, la aglomeración se limitaba a pocos pasos del embarcadero junto al muelle. Y de mujeres por ahí se veían pocas. Debía acercarse a ellas, porque los rasgos, a la luz de las antorchas, eran indistinguibles. Vio una a unos pasos por detrás de un soldado romano que, con maneras expeditivas, hacía correr la fila a lo largo de la pasarela de acceso a la nave. Ortwin avanzó hacia ella. Por suerte, el soldado tenía una antorcha en la mano que iluminaba el punto en que se encontraba.

Miró a la mujer. No, no era ella. Se volvió para buscar en otra dirección y, al girar la cabeza, cruzó por un instante la mirada con la del legionario de la antorcha. Le pareció haberlo visto ya antes, y también los ojos del otro fueron atravesados por un destello de conciencia. Pero no detuvo el giro de la cabeza hasta que su atención fue atraída por una mujer que corría en su dirección. La escrutó, pero era poco más que una silueta, aún. Aguzó la vista y esperó a que se acercara más. Ahora sus rasgos empezaban a definirse.

Podía incluso ser ella.

Sintió algo punzante que le presionaba la espalda.

—Dudo que hayas decidido unirte a nosotros, Ortwin. Por tanto, estás aquí como espía...

El germano reconoció la voz. Pero también reconoció a la mujer, ahora alcanzada por la luz de las antorchas.

La voz era la de Quinto Labieno.

La mujer era Veleda.

El instinto de supervivencia lo impulsó a volverse de golpe y desenvainar la espada. En aquel momento oyó un alarido:

—¡Los hombres de César! ¡Llegan los hombres de César!

Ircio había llegado. Y Ortwin no sabía decir si era bueno o malo para él.

Los gritos se superpusieron los unos a los otros. Una multitud se apretujó entre Quinto y Ortwin con el fin de alcanzar la pasarela. El germano fue arrastrado lejos. Se volvió.

Veleda ya no estaba.

Lo había visto, por Wotan. Había visto por un instante a Quinto Labieno. Y, sorprendentemente, cerca de él estaba Ortwin. Veleda se sintió confusa. ¿Qué hacía allí su compatriota, entre los enemigos de César?

Pero no tuvo tiempo de reflexionar. La gente en torno a ella corría hacia la nave, algunos tomando por asalto la pasarela, otros tratando de saltar directamente a bordo desde el muelle. Los soldados de César habían aparecido de improviso, de eso pudo darse cuenta, y los pompeyanos intentaban salvarse.

Miró a su alrededor: ni rastro de Quinto. Contaba con él para subir a la nave: estaba dispuesta a volver con el romano con tal de vivir lejos de la indiferencia de Ortwin. Sin embargo, juraría que había visto también al germano. Temió verlo aparecer frente a ella de un momento a otro: a fin de cuentas, Ortwin no tenía interés en zarpar, y era más probable encontrarse de nuevo con él que con Quinto.

No podía permitirlo. Quizá estaba allí para espiar al ejército enemigo, o quizá estaba buscándola. En todo caso, si la descubría la haría de nuevo prisionera, la obligaría a soportar otra vez el intolerable servilismo del que había dado prueba hacia los romanos.

Lo odiaba.

Ya no podía permanecer allí, pues. Los hombres de César habían irrumpido en el puerto justo delante de la nave donde había visto a Quinto. Al cabo de poco se hallaría justo en medio del combate. La confusión era total, y mucha gente caía al agua. En todo caso, era allí donde se encontraba Ortwin. Tenía que moverse.

Corrió a lo largo del muelle en busca de otra nave a la que subir. Estaban zarpando todas, y muchas ya habían retirado las pasarelas. Los soldados usaban sus espadas para abrirse paso entre los civiles: estaba claro que, en aquella situación, a los altos mandos ya no les interesaba cargar en sus naves a los no combatientes.

Pues bien, ella tenía su espada, en el costado. La extrajo de la funda y marchó a paso rápido hacia la nave más cercana con la pasarela aún extendida entre el bordo y el muelle. La multitud, que trataba de aprovechar la estela de los últimos legionarios que subían al puente, le impedía el acceso a la cubierta. Veleda apuntó la espada a la garganta del romano que tenía más cerca, que de inmediato le cedió espacio; luego hizo lo mismo con otro. Pegó repetidos mandobles para apartar a la multitud, y hasta tuvo la impresión de haber herido a alguno.

Llegó a la pasarela. Frente a ella, la espalda de los últimos soldados. Pero uno de ellos se volvió cuando oyó pasos tras de sí. La vio y le apuntó con el gladio.

—Vete. Ya no hay sitio para más civiles. Hemos embarcado ya demasiados.

Por un instante Veleda tuvo la tentación de conquistar su sitio combatiendo. Luego vio que otro soldado se había vuelto y la estaba observando. También él empuñaba el gladio.

—Quiero subir. Soy pequeña. No ocupo mucho espacio y sé apañármelas yo sola. Te pagaré la travesía como quieras —dijo al hombre que le había hablado, mirándolo a los ojos—. Ninguno de los oficiales contará los civiles que hay a bordo.

El soldado la miró. Sus ojos cayeron sobre el muñón.

—Yo no me tiro a las mancas...

Veleda no se esperaba esa respuesta. Apretó la espada. Quizá hubiera debido usarla, después de todo. Luego miró al otro soldado.

—Bueno, con muñón o sin él, no está mal... Ven, muchacha, yo cuidaré de ti... —comentó el otro soldado.

Veleda lo miró. Debía de ser un veterano. Era viejo y desdentado, con una enorme nariz aplastada y verrugosa. Su aliento fétido se percibía con claridad, a pesar de que había otro soldado entre ellos.

No tenía importancia. Lo que contaba era sobrevivir.

Ortwin se desplomó, de rodillas. Todo había salido mal. Tuvo la ocasión de matar a Quinto Labieno, pero la dejó escapar. Había visto a Veleda, pero luego ella desapareció como por arte de magia. Y de nada habría servido buscarla entre todos los que no consiguieron finalmente subir a las naves. Para colmo, Ircio había llegado demasiado tarde: las embarcaciones habían zarpado delante de sus narices, y se limitó a rastrillar a los civiles que habían quedado en tierra. Un magro refuerzo para los ejércitos de César.

No había servido de nada penetrar en la ciudad inmediatamente después de que las escarpas fueran evacuadas. Ircio no poseía la velocidad de César.

¿Y ahora? Si Veleda había subido a las naves, ¿cómo acabaría? ¿Qué era, para los soldados romanos, aquella muchacha? ¿Qué serían capaces de hacerle? Arrojarla al mar..., acaso después de haberle hecho de todo.

Por Wotan... Había preferido ir al encuentro de lo desconocido, dirigirse a aquellos mismos romanos a los que tanto odiaba, con tal de no permanecer con él. Esto significaba que lo odiaba aún más que a los mismos romanos. Lo odiaba a él, que siempre la había amado, respetado, protegido...

Le vino entonces a la mente aquella imagen. Ella corría, cuando la había visto. Corría hacia él. Pero no sabía que estaría allí. Corría, de hecho, hacia Quinto Labieno.

Era a Quinto Labieno a quien buscaba. El hombre que le había hecho daño, en el pasado. El hombre que había intentado matarlo también a él.

Esa era la razón por la que se encontraba en el puerto. Estaba allí por Quinto Labieno, sin duda. No había ido a ciegas: tenía un punto de referencia entre los hombres de Pompeyo.

Lo había elegido a él, su protección. La protección del hombre del que había huido durante años.

En vez de la suya.

Ninguna de las empresas que había o que habría realizado para César, ninguna de las gratificaciones que podría obtener como guerrero aliviarían nunca el dolor por lo que Veleda le había hecho.

Aulo Ircio estaba furioso. Sus hombres habían dejado escapar a casi todos los soldados de Pompeyo. Miró, desconsolado, a los prisioneros: algunos reclutas jóvenes y asustados, de los que César no sabría qué hacer, vivanderas y civiles de baja extracción, cuya ausencia no debilitaría en ningún caso al ejército enemigo.

Y luego las naves. Habían zarpado todas, hasta la última. No podía siquiera diluir su fracaso presentando a César algún barco enemigo capturado. Ni siquiera uno había acabado en sus manos. Observó el largo convoy de embarcaciones que confluía en el canal para acceder al puerto exterior, sabiendo perfectamente que su presa era aún demasiado parcial para constituir un serio obstáculo.

Pero... aún había una esperanza de evitar el ridículo. Dijo a la guardia germana que volviera a montar a caballo y lo siguiera, a los centuriones que condujeran a la infantería a la entrada del canal lo más rápido posible. El pequeño pelotón recorrió al galope el embarcadero y luego el camino que bordeaba el canal. Ircio, ahora, tenía las ideas más claras. Sería necesario desencadenar una nueva batalla, pero quizá conseguiría bloquear algunas naves, y se haría con algún trofeo que exhibir ante César.

Alcanzó la entrada del canal. Las naves transitaban con relativa facilidad en el espacio dejado libre entre las barcazas ancladas. Pero aún había bastantes en el canal: todavía estaban a tiempo de bloquearlas. Ircio bajó del caballo y corrió hacia la torre situada al lado del muelle. Subió precipitadamente la escalera y alcanzó la plataforma en la cima. Arriba había ocho soldados y una catapulta.

—¡Pronto! ¡Tirad a la nave que está atravesando! —gritó.

Los hombres cumplieron la orden con bastante rapidez. Lanzaron un dardo, cuya trayectoria, sin embargo, se perdió en la oscuridad de la noche.

—¡Haced señales con las antorchas a la torre de la orilla opuesta! ¡Que disparen también ellos! ¡E incendiad las flechas! ¡Debemos provocar incendios en el puente!

Uno de los soldados sacó del soporte las dos antorchas dispuestas sobre el parapeto de la torre y las agitó en paralelo, primero en vertical y luego en horizontal. Otro extrajo pez de un barril y la untó sobre un dardo, colocándolo en el carro de propulsión. El legionario con las antorchas, por fin, superpuso la llama sobre la flecha durante un momento, antes de que el artillero disparara el tiro.

Esta vez la trayectoria se distinguió claramente. E igual de claramente se pudo constatar su aterrizaje fallido. Acabó sobre una de las últimas barcazas del muelle en construcción. La embarcación empezó a resquebrajarse, lo que dejó más espacio a las naves de Pompeyo.

Ircio montó en cólera. Dio un empujón al artillero y gritó:

—¡Por todos los dioses! ¡La nave estará a unos cincuenta pasos, y tú fallas! ¡Eres un inútil!

—Justamente, comandante. Está demasiado cerca para calibrar el ángulo... Y además, en la oscuridad... —dijo otro soldado.

—¡Deberíais haber practicado los tiros, estos días! Total, ¡solo por allí podían pasar las naves! ¿Por qué no lo habéis pensado?

—Nadie nos lo ha ordenado...

Esa justificación, que sonaba como un reproche al comandante, enfureció aún más a Ircio. Estaba a punto de responder cuando vio unas llamas encendiéndose en la nave a la que habían disparado hacía unos instantes.

—¡Eso es! ¿Ves? ¡Del otro lado han dado de inmediato en el blanco! Ahora vuelve a probar: ¡debemos bloquear una nave a lo largo del muelle, de modo que impida la salida del canal a todas las que la siguen!

—Ya no es necesario, Ircio.

Aulo Ircio oyó la voz detrás de sí. Una voz que conocía incluso demasiado bien. Se volvió.

César.

El procónsul hizo señas a los artilleros para que lo dejaran correr. Luego miró en silencio el paso de las naves de Pompeyo. Entretanto, subían a la torre también los otros legados que lo acompañaban.

—¡Pero... César!

Ircio estaba confundido.

—Aunque ya no podemos bloquear a Pompeyo, necesitamos las naves. Tendríamos que haberlas pedido en todos los puertos a lo largo de la costa. ¡Si fueran nuestras, ya podríamos zarpar de inmediato para el Epiro y desafiar a nuestros adversarios antes de que se refuercen!

—La situación ha cambiado. Tenemos cosas más urgentes que hacer en Italia.

—Pero casi toda Italia está en nuestras manos...

—Justamente. Dejémoslos marchar y reforcemos nuestra posición en Italia y, sobre todo, en Roma. Acabo de recibir noticias de la Urbe: noticias que esperaba. Al marcharse, los cónsules han olvidado de llevarse el tesoro, que está a nuestra completa disposición para pagar y motivar a las tropas. Antes me había llegado una comunicación informal, y ahora he tenido la confirmación. Además, en Roma ha quedado un número suficiente de senadores que darán legalidad a mis acciones. Me he asegurado también el apoyo de los senadores que se habían declarado ajenos a la disputa; por consiguiente, no deberé enfrentarme a ninguna oposición. Y, luego, por lo que respecta a Pompeyo, prefiero golpearlo donde no esté presente, ante todo...

Ircio tuvo una sospecha.

—Pero... ¿esta era tu estrategia desde que llegamos a Brundisium?

César sonrió.

—Digamos que nunca he considerado una prioridad la captura de Pompeyo. Es más, siempre he deseado que se marchara de Italia. Para su prestigio es, de todos modos, un duro golpe. En todo caso, deja toda la península a mi disposición, un objetivo que, sinceramente, no pensaba poder conseguir en el arco de solo dos meses y casi sin combatir. Es verdad, él tiene el control de Oriente, de España y de África. Pero antes tenía Italia y ya no la tiene, y yo, ahora, me encuentro en una situación infinitamente mejor que hace dos meses. Entonces tenía el control de las Galias y del Ilírico, pero podía sufrir en cualquier momento un ataque en pinza desde España e Italia. Ahora, disponiendo de Italia, he conjurado los asaltos a mi base operativa y aumentado mi esfera de control. Pero, sobre todo, tengo Roma. Y quien tiene Roma tiene la ley de su parte. Querían hacerme pasar por el enemigo del Estado. Ahora soy yo la legalidad, y ellos los enemigos públicos. ¡Y, ahora, a Roma!

Aulo Ircio había dejado de escuchar. Se había dado cuenta de que César solo había fingido querer bloquear a Pompeyo. En realidad, se había ocupado sobre todo de preparar su regreso a Roma, después de nueve años de ausencia. Y estaba demasiado claro, incluso demasiado dolorosamente claro, el motivo por el que había confiado en él, y no en un legado con experiencia, el mando de las operaciones en el muelle: quería que fracasaran.

Se había hecho ilusiones, en aquellos días, y creyó que César quería darle la oportunidad de ser algo más que su chupatintas personal. Le había dado una oportunidad, sí pero solo porque lo sabía incapaz de conducir un ejército en la batalla.

Nunca sería, para César, lo que había sido Labieno.

XIII

> Por todo esto, exhorta y pide que recojan las riendas del Estado y, junto a él, lo administren. Si, por temor, hubieran rehuido, para él no habría sido un peso y hubiera administrado solo el Estado.
>
> CÉSAR, *La guerra civil*, I, 32

César estaba decepcionado. Muy decepcionado. Frente a él había solo unas decenas de senadores. Ni siquiera los había contado, de lo contrariado que estaba por el escaso flujo de padres que había conseguido reclutar.

Recibía distraído sus untuosas congratulaciones, sin conceder nada más que una sonrisa de circunstancias: no era su presencia la que le interesaba de verdad. Estos eran solo los senadores más pusilánimes, más venales, más marginales, los que no habían encontrado espacio en la corriente mayoritaria de Catón y buscaban, por tanto, un punto de referencia para una revancha. Eran los que habían mostrado el más solícito celo al responder a la convocatoria de sus tribunos, Marco Antonio y Quinto Casio Longino, los mismos a los que habían obligado a escapar solo pocos meses antes. Pero valían muy poco, en cuanto a capacidad y autoridad política: escasas clientelas, escasa influencia sobre los acontecimientos.

No. Los que le interesaban de verdad estaban escondidos en la ciudad. O más lejos, como Cicerón, que no se había querido mover de Formia, a pesar de que César se lo había rogado personalmente.

Condescendientes y altivos como cuando los había dejado, nueve años antes, ni siquiera habían apreciado su gran respeto por las formas. De nada había servido permanecer fuera del *pomerium* para demostrar que quería mantener el imperio proconsular, ni impedir que los soldados dieran un solo paso dentro del suelo sagrado de la Urbe. De nada había valido tampoco mostrar clemencia hacia los opositores que había capturado, renunciar a ocupar la ciudad como, en cambio, hubieran hecho Mario y Sila. De nada servía, en suma, mostrar buena voluntad: aquellos obtusos y pertinaces conservadores habrían mantenido la misma desconfianza que siempre los había empujado no ya a apoyarle, sino incluso a obstaculizar sus esfuerzos por reformar el Estado. Seguían viéndolo como una amenaza a sus privilegios, y quizá no se equivocaban. Pero la equivocación era obstinarse contra lo que representaba el bien del Estado.

Por supuesto, también estaban quienes temían tomar partido por el bando equivocado. Algunos senadores, para justificar ante sus colegas que se habían quedado dentro del *pomerium*, recordaban que Pompeyo había declarado que consideraría un enemigo a cualquiera que permaneciese en Roma. Negándose a reunirse con César, esperaban ganarse el perdón de Pompeyo a su regreso.

Pero, por todos los dioses, ¡Pompeyo se había ido de

Italia hacía ya dos semanas! ¡Los había abandonado! Ahora era él, César, el que representaba en Roma y en Italia lo que su antiguo yerno había representado en los últimos años: el hombre fuerte, el símbolo al que recurrir en tiempos sombríos como aquellos. ¿Por qué los senadores, como Cicerón, no querían darle el mismo crédito que le habían concedido a Pompeyo?

Por su cabeza zumbaban las palabras que Cicerón le había dirigido en Formia pocos días antes: «Si vengo a Roma —le había dicho— será para decir lo que pienso, y podría no gustarte. Por tanto, prefiero evitar entrar en conflicto abierto contigo».

Y ese era, precisamente, el motivo por el que tampoco los otros senadores más autorizados habían acudido al encuentro. No iban a apoyarlo, y temían contradecirlo delante de sus soldados.

Era una posibilidad que no había excluido, por otra parte, incluso antes de hablar con Cicerón. Algunos rígidos constitucionalistas se cerraban en banda frente a cualquier situación insólita. Y puesto que había considerado tal posibilidad, había previsto una alternativa.

El pueblo.

El pueblo estaba allí, había acudido en gran número en torno a la *domus* sobre la vía Appia en las inmediaciones del río Almo, propiedad de uno de sus partidarios, el pretor Lucio Roscio. Y esperaba su discurso. Los ciudadanos estaban incluso dispuestos a esperar el final de la sesión con los senadores, con tal de oír finalmente las palabras del hombre que más lustre había dado a Roma en la última década, del caudillo que les había devuelto el orgullo de ser romanos, del cónsul que siempre había mostrado su intención de hacer tanto por ellos.

Ellos, los ciudadanos romanos, siempre lo habían apoyado incondicionalmente. No eran como los senadores, recelosos, desconfiados, tortuosos y chaqueteros: eran más dóciles, más fáciles de contentar. Pues bien, eran ellos los primeros que merecían un discurso. Presionaría sobre ellos para obtener garantías.

Se levantó de la silla curul que había hecho poner en la cávea del pequeño anfiteatro de la villa y llamó a Aulo Ircio, que se encontraba a pocos pasos de él con los secretarios encargados de tomar acta de la sesión.

—Ircio, agradece a nuestros ilustres huéspedes de mi parte y diles que la sesión queda aplazada a mañana, a la misma hora. Luego alcánzame de inmediato más allá del recinto. Voy a hablar al pueblo —dijo. Hizo señas a Ortwin y a los otros guardias germánicos para que lo siguieran.

Ya había hecho preparar un pequeño estrado junto a la tapia de la villa. Cuando subió a él pudo lanzar una mirada panorámica hacia la concentración que se había formado frente a la *domus*. Habían venido a millares, según parecía, y en cuanto la muchedumbre lo reconoció, inmediatamente comenzó a saludarlo, festiva, dando alaridos de júbilo e invocando a los dioses.

Un día, se dijo, quizá pronto, lo celebrarían del mismo modo a ambos lados de un cortejo triunfal. Obtendría aquel triunfo que merecía más que ningún otro general romano de la historia, y que esos canallas de la camarilla de Catón le habían negado tanto hacía una década como ahora.

César levantó el brazo para acallar a la multitud, pero se necesitó tiempo para que se impusiera el silencio: las últimas filas estaban tan lejos que ni siquiera lo veían. Oírlo, además, estaba del todo excluido: por esta razón, Ircio, por orden suya, había dispuesto que los soldados, vestidos de civiles, se situaran entre la muchedumbre a distancias más o menos regulares y difundieran sus palabras.

Una vez que calló el gentío, César observó los rostros de los ciudadanos en la primera fila, de los que podía escrutar incluso la expresión. Era una expresión de admiración y, al mismo tiempo, de temor, quizá por la presencia, a su lado, de esos temibles guerreros germanos de los que tanto habían oído hablar desde los tiempos de cimbrios y teutones.

O quizá porque temían, entre la curiosidad y la exaltación, que se renovaran las masacres a las que se había abandonado Mario o las proscripciones que había pretendido Sila.

No. Él no era así. Les demostraría que se encontraban frente a un hombre justo, el más equitativo y generoso. Lograría que lo reconocieran como el mejor de todos. Por ahora, solo pensaban que era el mejor caudillo de todos, y por eso, solo por eso, le tributaban una ovación. Pero pronto se convencerían de que era también el mejor gobernante posible.

Era el momento de hablar:

—¡Ciudadanos de Roma! ¡Ya tengo una deuda con vosotros! ¡De hecho, más de una deuda! ¡Habéis venido a mi encuentro con tanto entusiasmo que me siento aún más satisfecho y orgulloso que con todo lo que he hecho como procónsul en estos años! Eran vuestra aprobación, vuestra estima lo que buscaba cuando combatía en las Galias, durante los largos años en que he viajado y luchado incluso en pleno invierno en territorios hostiles e indómitos. Fue por vosotros por lo que he afrontado innumerables peligros, corrido tantos riesgos, sometido a duras pruebas a mis soldados y a mí mismo, derrotado tantos pueblos y conquistado tantas ciudades: ¡para que todos pudierais vivir como dueños del mundo! ¡Todos, no solo los aristócratas! Ahora que he dado a Roma un territorio tan extenso, ¡el Estado tiene los recursos para conferir dignidad a la existencia de cualquier romano, sea cual fuere la clase social a la que pertenezca!

»Fue gracias a vuestro apoyo en estos años, un apoyo que veo confirmado hoy, que he podido dedicarme a mi misión. Os debo un agradecimiento, entonces, no solo porque estáis aquí ahora, sino también porque no habéis secundado la vergonzosa campaña denigratoria dirigida por una camarilla de facciosos y corruptos aristócratas en mi contra. Habéis demostrado sabiduría y equilibrio, basándoos en hechos y no en deducciones, y no habéis dado crédito a las calumnias y a las acusaciones que mis adversarios, impulsados por la envidia, han lanzado contra mí. Habéis entendido, sobre todo, que su actitud estaba dictada por el temor a perder sus privilegios, los privilegios de un grupo de hombres que os sustraen los recursos que pertenecen a cada ciudadano de Roma, ¡no solo a unos pocos! Estos han visto en mí una amenaza, ¡y me han combatido desde mi aparición en la escena política!

»¡Y, ahora, no han vacilado en desencadenar una guerra civil, con tal de detenerme! ¡Con tal de privarme de cuanto me corresponde de derecho, por mérito y según la ley! ¡Como siempre han hecho con vosotros! ¡Pero yo los he cogido a contrapié, mostrando clemencia cada vez que he tenido a alguno en mis manos! ¡Y buscando siempre un acuerdo, a pesar de sus provocaciones! Ahora, me veis rodeado por mis legiones, y quizá aún temáis que os hagan daño, a pesar de la disciplina de que han dado prueba en toda la península... ¡Pero cuántas veces me he declarado dispuesto a renunciar a mis hombres, a mis mismos hombres, que después de tantos años de militancia común son como hermanos para mí, si Pompeyo hubiera hecho otro tanto!

»Y, ahora, estoy aquí también por vosotros. Me he trasladado a la Urbe para hacer valer mis derechos, a fin de que un día, cuando esta lucha haya concluido, pueda obrar para hacer valer los vuestros. Y quiero demostrároslo desde ahora. Estoy convencido de que los amos del mundo nunca deben pasar hambre. ¡Por esto he mandado a mis lugartenientes a Cerdeña y a Sicilia para que recojan el trigo para vosotros, para que sea distribuido gratis a todos los indigentes y a un módico precio para los demás! Y si el actual propretor de Sicilia, Catón, me lo impide, ¡será solo la enésima confirmación de que estos señores no velan por vuestros intereses!

Una ovación lo interrumpió. Fragorosa, retumbante, que resonó por todas partes. César se alegró al constatar que la expresión de temor en los rostros de las primeras filas casi se había disuelto, dejando vía libre solo a la admiración. Pero no le bastaba. Quería más. Quería lo que correspondía a un predilecto de los dioses.

Levantó de nuevo el brazo. Esta vez el silencio se difundió más rápidamente. Ahora, la gente estaba aún más ansiosa por escuchar sus palabras:

—Pero vosotros merecéis más. Mucho más. Porque sois ciudadanos de la Urbe, la ciudad más poderosa del mundo, y porque me habéis permitido convertirla en tal. El tesoro del erario es más considerable, ahora, después de que haya conquistado trescientas ciudades y setecientas tribus galas. Y puesto que habéis sido vosotros los que me habéis permitido estas conquistas, ese dinero es también vuestro. Para celebrar mi regreso a Roma y la recuperada concordia, ¡trataré de convencer al Senado de que apruebe la distribución de trescientos sestercios a cada ciudadano de Roma! ¡Trescientos sestercios para cada uno de vosotros! ¡Decídselo a los senadores que no han venido hoy! ¡Exhortadlos a venir aquí mañana, a trabajar por la concordia y a dar inicio a un nuevo curso de la política romana, que tendrá en cuenta las necesidades de todos, que hará finalmente de todos los romanos unos privilegiados!

Un estruendo cubrió sus últimas palabras. Y, esta vez, César no se preocupó de calmarlo para hablar de nuevo. Había obtenido lo que quería. Escrutó de nuevo los rostros de la gente en la primera fila. Sí, ahora ya no había solo admiración.

Había veneración.

No los soportaba. Casi no toleraba verlos. Incluso sus más estrechos partidarios, como su suegro Calpurnio Pisón, se negaban a entender a fondo sus razones. Sentía como extraños a esos senadores que durante diez años habían menospreciado sus hazañas y se habían burlado de sus ideas, sin demostrar que sabían hacer otra cosa más que permanecer pegados a sus sillones juzgando lo que otros hacían. Ahora estaban allí, frente a él, como en los tiempos de su consulado, con las mismas expresiones de sospecha e incluso de hostilidad.

Nunca los tendría de su parte. Solo entendían de halagos y amenazas, y con halagos y amenazas los trataría.

Esperaban a que hablase. Muchos evitaban su mirada, parloteaban entre sí, elaborando quién sabe qué proyectos que luego no tendrían el valor ni la fuerza de poner en práctica. Solo él tenía el valor y la fuerza necesarios para cambiar el curso de los acontecimientos.

Respiró hondo antes de comenzar.

—Ilustres padres conscriptos, os agradezco que esta vez hayáis venido tantos para ayudarme a resolver esta fastidiosa situación en la que Roma e Italia se ven carentes de guía. Algunos representantes de las instituciones han sido inducidos por una restringida facción de rebeldes a no cumplir con sus funciones, lo que nos obliga a asumir la tarea de reordenar los roles y los cargos para asegurar a nuestra ciudad el pleno respeto de la legalidad. En ausencia de los cónsules, como procónsul yo mismo me he arrogado la iniciativa de convocaros mediante los tribunos de la plebe.

—No teníamos elección —se justificó un senador—. El pueblo, instigado por ti, ha amenazado a muchos de nosotros rodeando nuestras moradas, obligándonos casi a participar en esta reunión...

Al menos este tenía un poco de valor, se dijo César.

—Querido Sulpicio Rufo, ayer le hablé al pueblo con franqueza, como habría hecho con vosotros si hubierais estado presentes. Y convendrás conmigo que, en calidad de procónsul, no hubiera podido entrar en la ciudad y convocar la reunión en un lugar más... institucional que este. El pueblo quiere cambios, y desde hace tiempo. Ya tiene bastante con ser excluido de las ventajas que procura a Roma su imperio, y no quiere más guerras civiles. Sabe que siempre he propuesto leyes dirigidas a mejorar sus condiciones de vida, y que he intentado de todas las maneras evitar esta guerra civil. Por tanto, el pueblo me ama, y me ve como la solución a sus problemas. Y yo quisiera que vosotros me ayudarais a resolver los problemas del pueblo y de la República. Pero si no estáis dispuestos a colaborar, si no os atrevéis porque teméis las represalias de Pompeyo y de sus amigos, sabed que esto no me detendrá de ningún modo: sabré hacerme cargo yo mismo, si es necesario, de la cosa pública, y haré lo que sea para mantener la guerra civil fuera de Italia, que ya en el pasado ha sido repetidamente teatro de lutos y masacres.

—Y, exactamente, ¿cómo piensas resolver los problemas de la República, si nos es permitido saberlo? El pretor Lucio Roscio acaba de convertir en ley tu propuesta de dar la ciudadanía romana a los galos cisalpinos: ¿tienes la intención de continuar por este camino?

—Claro que te es permitido preguntarlo, querido Volcacio Tulo —respondió César usando el mismo tono afectado—. Mirad, la concesión de la ciudadanía a los galos del sur de los Alpes era un acto debido. El derecho latino era realmente algo miserable para municipios que ostentan un largo vínculo con Roma. En la Galia Cisalpina siempre he encontrado un gran apoyo y colaboración, incluso en los años más difíciles de las revueltas galas más al norte. Sus decuriones reclamaban este derecho desde hacía largo tiempo, y estoy seguro de que ninguno de vosotros habría querido correr el riesgo de una segunda guerra social negándoles unos derechos que bien han merecido.

—Los han merecido porque son de los tuyos. ¡Te los has trabajado muy bien en todos estos años!

—Ese es otro tema. Son de los míos, sí. Como el resto de las Galias, el Ilírico y la misma Italia. Procurad no olvidarlo. César representa una gran parte del imperio...

La velada amenaza obtuvo el efecto deseado: nadie osó replicar. Era oportuno recordarles, cada tanto, que no era un aventurero aislado, sino un procónsul con un vasto séquito.

Después de un instante de silencio, siguió hablando:

—De todos modos, las reformas necesarias para la reordenación de un Estado desde hace demasiado tiempo paralizado por los conflictos interiores y por las contradicciones legislativas vendrán en tiempos de paz. Ahora estamos en guerra, y no por voluntad propia. Yo solo he puesto un dique a las numerosas afrentas que se me han hecho. Estamos en guerra y la situación excepcional justifica medidas excepcionales. Como todos sabéis, ahora los enemigos del Estado controlan numerosas provincias y disponen, por tanto, de medios suficientes para aislar y reducir al hambre a Italia, si quieren. Debemos actuar para que no ocurra, naturalmente. Y debemos hacerlo lo antes posible. Ante todo, es preciso asumir el control de las islas. Con tal fin, he enviado al legado Quinto Valerio Orca a Cerdeña para que expulse al rebelde Marco Cota. Y deseo que Escribonio Curión y Asinio Polión sean distinguidos con el cargo de propretor: los he mandado a Sicilia para relevar de su cargo al rebelde Marco Porcio Catón. A Lucio Elio Tuberón le ha tocado África por sorteo, y ya está tomando medidas contra Actio Varo. Este la ha ocupado ilegalmente, después de que fuera expulsado de Osimo.

»Todo esto hace necesaria la constitución de una flota que nos permita oponernos a la fuerte marina de los rebeldes. Necesitaríamos de hecho dos flotas, una para el Adriático y otra para el Tirreno. Ya he dispuesto que los municipios costeros envíen naves a Brundisium y a Ostia. Por mi parte, considero necesario golpear rápidamente a los enemigos del Estado en España para no tener que guardarnos las espaldas cuando llegue, si es que llega, el enfrentamiento con Pompeyo. Por tanto, partiré de inmediato, en cuanto hayamos resuelto todas las cuestiones pendientes. Serán legados, en mi lugar, Marco Craso en las Galias y Cayo Antonio en el Ilírico. Dejaré Italia firmemente ocupada por numerosas legiones, que tengo la intención de confiar a Marco Antonio, aunque solo sea un tribuno de la plebe: no tengo dudas de que un decreto vuestro le permitirá desempeñar este encargo como propretor. Para terminar, Roma debe tener un gobierno en este delicado trance, y estimo que Marco Emilio Lépido es un *praefectus urbi* fiable.

Los senadores murmuraron. Muchos se levantaron y protestaron abiertamente, solapándose sus críticas unos a otros. A César se le escapó una media sonrisa. ¡Eran todos tan patéticamente parecidos a los jefes galos reunidos en asamblea! Se indignaban cuando les exponía sus disposiciones, pero luego no podían menos que obedecer. Los senadores eran tan ridículos..., en sus togas drapeadas con cuidado: se creían poderosos e intocables, pretendían dominar a los demás solo con la fuerza, vacua e inconsistente, del prestigio dinástico. Sin embargo, bastaba restregarles en la cara un poco de poder verdadero y real, adquirido sobre el terreno, para que revelasen sus limitaciones. Qué fácil era tomarles el pelo.

Solo sentía desprecio por ellos. No eran hombres, sino fantoches de arcilla que ya había llegado el momento de agrietar. Roma no duraría demasiado si su Constitución permitía que gente así guiara aún su suerte: por eso los hombres de peso, los Mario, los Sila y los Pompeyo, habían tratado de liberarse de ellos, arrinconarlos. No tenían ningún valor, ninguna solidez: eran solo el residuo del valor o la riqueza de sus antepasados, un obstáculo para la gloria de Roma y de sus verdaderos y más ilustres exponentes.

El Senado era la verdadera prisión de Roma. Pompeyo había sido tímido y pusilánime con los senadores, y había terminado dejándose corromper por sus halagos. Él se comportaría de otro modo.

Después de largas e inconcluyentes protestas, a las que César asistió en silencio lanzando frecuentes guiños a Marco Antonio, los senadores, de algún modo, se pusieron de acuerdo para que hablase uno solo de ellos. A gente de tan poca consistencia le resultaban difíciles incluso cosas tan banales. ¿Cómo podían pretender gobernar la República, administrar un imperio, si perdían su tiempo en discusiones tan estériles y vacuas?

Si hubiera sido un solo hombre quien decidiera, eligiendo colaboradores de probada valía, habría sido mucho mejor. Y sin la obligación de escoger entre las viejas familias patricias romanas: ahora, también los galos eran romanos...

—Parece que tú ya lo has decidido todo. Y tienes a los soldados para obligarnos a ratificar tus decisiones. ¿Por qué motivo nos has convocado, pues? —dijo Sulpicio Rufo.

—Ilustres senadores, esto no es un golpe de Estado. Yo soy un procónsul al que un puñado de facciosos ha intentado desautorizar. Estos facciosos, entre los cuales están algunos acreditados representantes de las instituciones, han abandonado su país para preparar una guerra civil, dejando un vacío de poder. Este vacío de poder debe ser colmado, por el bien de la Urbe. Vosotros vaciláis por temor a represalias por parte de mis adversarios. Y yo seré propositivo, porque debo preocuparme de que mis enemigos, perjudicándome a mí, no perjudiquen también a Roma. Defendiéndome, defiendo Roma, recordadlo.

—Por tanto, ¿tú das por descontado que no es posible

evitar la guerra civil? ¿Ya no tienes la intención de buscar un acuerdo con Pompeyo? ¿El tiempo de las negociaciones ha concluido?

—Nadie puede negar que he intentado resolver pacíficamente este conflicto por todos los medios —respondió César, indignado—. Repetidas veces he enviado mensajes a Pompeyo pidiendo una conversación privada con él. En muchas circunstancias me he declarado dispuesto a renunciar a mis prerrogativas, pero solo si él renunciaba a las suyas: ¡desde luego, no podía exponerme como una víctima sacrificial al rencor de mis enemigos! Pero Pompeyo ya es rehén de un pequeño grupo de facciosos, que le han hecho creer que puede recuperar sus glorias pasadas triunfando sobre el general que, en los últimos años, ha obtenido más victorias para Roma. Y, en el fondo, Pompeyo también quiere demostrarse a sí mismo que aún es mejor que yo. Así pues, en tales condiciones, es cada vez más improbable llegar a un acuerdo. Pero que no se diga que César no está dispuesto a perseguir el camino de la paz: elegid a alguno de vosotros que se preste a llevar una nueva propuesta de apaciguamiento...

—¿Y cuál sería la propuesta?

—Bueno, está claro que ahora yo soy más fuerte que antes. Y que mis adversarios, que tanto vociferaban antes de huir, se han demostrado más débiles de cuanto sus declaraciones dejaban entrever. Llegué incluso a proponer conservar solo el Ilírico y dos legiones, precisamente para mi protección personal. Pero ahora Italia entera está conmigo. No puedo renunciar, por supuesto, a las legiones que he adquirido durante mi marcha y que se han adherido con entusiasmo a mi causa. Ni puedo decepcionar a mis veteranos, cuya única garantía de ver reconocidas sus compensaciones y derechos está representada por mi estabilidad política. Por consiguiente, estoy dispuesto a renunciar a mis tropas, pero solo cuando sea electo para el consulado. Se entiende que, hasta entonces, conservaré las prerrogativas proconsulares y la posibilidad de presentarme como candidato sin tener que encontrarme en Roma. En todo caso, la amenaza que se cierne sobre mi cabeza es demasiado apremiante para que yo pueda esperar su respuesta. De modo que, entretanto, partiré hacia España.

Se levantó un coro de protestas. Luego Sulpicio Rufo consiguió hablar por todos:

—¡Pero no puedes pretender que uno de nosotros vaya a encontrarse con Pompeyo y los cónsules y les haga llegar semejante propuesta! ¡Es un ultimátum! ¿Te das cuenta de que considerarían que estamos de tu lado?

—Eso no me concierne. Y, además, estar de mi lado, en las actuales circunstancias, significa elegir la legalidad. Ellos han abandonado la República y, es más, incluso están planificando atacar Italia y la propia Roma. Podéis marcharos, pues. Difícilmente Pompeyo volverá atrás ahora: sabe a la perfección que se jugaría su prestigio. Pero yo no me dejaré condicionar por ilusorias perspectivas de paz, ni daré ocasión a mis enemigos de aprovecharse de mi inactividad para que se refuercen a mis espaldas.

—Lo consultaremos, pero dudo que ningún senador esté dispuesto a asumir un viaje no solo inútil, sino incluso perjudicial para sí mismo... En fin, si eso es todo...

—No. Eso no es todo.

César se puso de pie y se colocó justo al lado de sus guardias germánicos. Quería que los senadores vieran bien por quiénes estaba protegido.

Tardó un momento, pero finalmente tuvo de nuevo su completa atención.

—En un período en el cual la guerra determina las necesidades del Estado, es preciso recurrir a métodos extraordinarios para la salvaguardia de la República. En consecuencia, estimo de vital importancia que emitáis un senadoconsulto que permita al procónsul utilizar el tesoro del erario para hacer frente a las cuestiones de máxima urgencia.

Ni un solo senador permaneció sentado en las gradas del anfiteatro. Hasta los más ancianos se pusieron de pie y empezaron a bracear y a aullar, poniendo de relieve su indignación. Muchos bajaron las escalinatas y amagaron con entrar en la cávea. La actitud de Ortwin y de los otros guardias se hizo más amenazante: los germanos, hasta entonces inmóviles como estatuas, con la lanza clavada en el suelo, empezaron a batir el fuste sobre el escudo dando algunos pasos hacia delante. Inmediatamente los senadores más exaltados se removieron en las gradas, y quienes habían puesto ya un pie en la cávea volvieron atrás.

—Ese tesoro es sagrado. ¡Sería un sacrilegio recurrir a él! —dijo, al fin, Sulpicio Rufo cuando sus colegas consiguieron callarse.

—Sería un sacrilegio no utilizar todos los recursos disponibles para salvar la integridad de la República —respondió rápidamente César—. También el Estado es sagrado. Gracias a mí, ahora la Urbe dispone de ingentes fuerzas para su defensa. Pero las legiones deben ser mantenidas con eficiencia, alimentadas y recompensadas por su servicio. Los soldados cuestan. Y el pueblo también debe disfrutar de tranquilidad.

—¡Pero ese tesoro se encuentra en el templo de Saturno desde los tiempos de la primera invasión gala! ¡Y está escrito que no puede ser usado más que para afrontar una nueva amenaza gala! —gritó un senador.

—Exacto. Por tanto, el problema está superado. Con mis victorias, he vuelto inexistente la amenaza gala. Además, mis éxitos han incrementado la disponibilidad económica del Estado. Tengo pleno derecho a utilizarlo.

—¡No puedes pedirnos algo semejante! ¡Los demás no nos lo perdonarían!

El rostro de César se transformó de manera tan radical que incluso los senadores sentados en las gradas más elevadas pudieron percibir el cambio.

—¡¿Los demás?! ¡¿Los demás?! —bramó, con la cara morada, los rasgos contraídos y la mirada cruel. Se adelantó algunos pasos, casi hasta el borde de las gradas, inmediatamente seguido y flanqueado por los germanos. De forma instintiva, muchos senadores subieron un peldaño.

—¡¿Quiénes son estos demás?! —exclamó, furioso, con los ojos invadidos por la ira, una ira que hacía aún más penetrante su mirada—. ¡Nadie al que los dioses hayan decidido dar las dotes necesarias para dirigir un Estado! Su único objetivo, vuestro único objetivo, es preservar lo que habéis heredado de vuestros abuelos, ¡sin nunca preocuparos por descubrir si beneficia o no a la República! Los rebeldes están desesperados, son codiciosos y ambiciosos, y cada uno de ellos tiene un motivo personal para saquear las provincias, como Léntulo Crus, que teme un juicio, como Metelo Escipión, que, impulsado por la vanagloria, sueña con comandar grandes ejércitos, como Domicio Enobarbo y el mismo Escipión, que no toleran una potencia equivalente a la suya, como Pompeyo, al que le mueve el rencor personal hacia mí, al igual que a Catón, a Bíbulo, a Labieno. Ninguna de estas cosas tiene nada que ver con el bien de la República. ¡Son las motivaciones de hombres mezquinos que, por su capricho, causarán males terribles al Estado! ¡No merecen ningún respeto, y no lo merece tampoco quien les tiene miedo, porque es gente insignificante! Sin embargo, ¡yo no seré un nuevo Sila! No redactaré listas de proscripciones ni mataré a nadie, a menos que se me obligue. ¡Pero impediré que cualquiera viole mis derechos y bloquee mis iniciativas para salvar al Estado de quien lo está llevando a la ruina! ¡Es de mis represalias de las que debéis tener miedo, no de las suyas! ¿No queréis decidir sobre el uso del tesoro? Yo no me detendré y actuaré de todos modos por el bien del Estado. Pero, en el futuro, recordaré a quienes se han opuesto a mí. ¡Porque, sabedlo, en el futuro, todo, pero todo, dependerá de mí! Y ahora, os dejo un día para reflexionar. Mañana os quiero de nuevo aquí, ¡listos para firmar un senadoconsulto que me autorice a retirar el tesoro! ¡Y no seré responsable de los actos de la plebe, o de los de mis soldados, si no os presentáis! El pueblo espera que actuéis en interés suyo y de la República.

César se dio la vuelta de golpe. Los dejó a todos atónitos, y desapareció rápidamente de su vista junto a sus guardias germánicos. Solo Calpurnio Pisón, su suegro, fue detrás de él. Torpemente, subió las escalinatas arrastrando la engorrosa toga y lo alcanzó, atrayendo las miradas desconfiadas y las puntas de las lanzas de los germanos.

—Has estado muy duro... Quizá era el momento de ser más diplomático. A fin de cuentas, son todos los senadores de los que dispones, y es mejor que los tengas sujetos... —aventuró.

—No tengo tiempo que perder, y si no me apoyan no me sirven de nada. Son personas que te paralizan con su inacción como no les aprietes las clavijas. He tenido que vérmelas con ellos durante años, y sé hasta qué punto son incapaces de ir más allá de las palabras. Las estériles discusiones son el rasgo distintivo del Senado. Se habla mucho para no cambiar nunca nada...

—Pero ese oro... ¿No temes el juicio de la posteridad?

César se detuvo. Miró a su suegro a los ojos.

—El vencedor siempre encuentra el modo de justificar sus actos.

Luego retomó sus pasos.

—¡César, espera! —le gritó, detrás, Pisón, mientras Ircio alcanzaba al procónsul, susurrándole algo al oído.

—A mi hija, tu mujer, Calpurnia, le agradaría venir a homenajearte durante la jornada...

César se volvió a Ircio.

—¿Está aquí... ahora?

El asistente hizo un gesto de afirmación con la cabeza.

El procónsul reflexionó un instante.

—Querido Pisón, dile a mi dilecta Calpurnia que recibiré con gusto su visita... mañana. Entretanto, deséale todo lo mejor de mi parte.

Luego se alejó con Ircio.

XIV

> [...] también Domicio había partido para ir a ocupar Massilia con siete naves veloces, requisadas a particulares en la isla del Giglio y en el territorio de Cosa, equipadas con esclavos, libertos y colonos suyos. Estos habían sido precedidos, además, por una embajada de jóvenes nobles marselleses, que Pompeyo, en el momento de dejar Roma, había devuelto a su patria, exhortándolos a no olvidar sus beneficios de antaño frente a los recientes favores de César.
>
> CÉSAR, *La guerra civil*, I, 34

—Espero no ser, una vez más, inoportuna, César... —dijo la huésped del procónsul, en cuanto lo vio entrar en el *tablinium* donde lo esperaba.

—¿Cuándo lo has sido, mi querida Servilia? —respondió César, acercándose a ella y besándola.

En la mejilla.

—No juegues conmigo. En Ravena estaba verdaderamente de más, hace cuatro meses...

—Hay momentos, en la vida de un hombre, en los cuales no hay tiempo para los afectos.

César se desplomó en una silla, invitando a Servilia a hacer lo mismo.

—Lo entiendo. Pero no puedes impedir que los afectos tengan tiempo para ti... —repuso la mujer, en absoluto desalentada por su actitud distante. No esperaba otra cosa, por lo demás—. Me pregunto si tú tienes a alguien que te dé calor, de noche, o simplemente alguien al lado a quien puedas abandonarte sin pensar en nada, sin temer nada, al menos durante un rato... Alguien que relaje tu tensión y te permita despertarte más fuerte que antes. Y no lo digo por celos. Mi edad ya no me da derecho a estar celosa. Lo digo porque me preocupo por ti.

—Y yo por ti. Sé que también tu hijo, Bruto, ha partido con los cónsules. Ha hecho una elección. Ni él ni tu hermano, Catón, verán con buenos ojos tu presencia en Roma, ni apreciarán que mantengas un vínculo conmigo. Podrías sufrir graves represalias familiares, y no deseo que te ocurra nada malo. Quizá sea mejor que ya no te hagas ver donde estoy yo.

Servilia hubiera querido creer que estaba de veras preocupado por su suerte. Pero sabía que era solo un pretexto para deshacerse de ella.

—No me has respondido, César. No me has dicho si tu vida tiene también a veces momentos de calidez y dulzura.

—No están contemplados.

Servilia suspiró.

—¿Te acuerdas de cuando hace diez años me dijiste que no podías casarte conmigo, sino que preferías a Calpurnia, porque querías tener hijos? La Fortuna es de veras burlona, a veces, ¿no crees? Para el poco tiempo en que has tenido una esposa al lado, podrías también coger una mujer más vieja que tú.

También César suspiró.

—Han sido años muy agitados. Sí, no he tenido ocasión de pensar en dejar algo más que mis gestas, después de mí. Pero tú no has respondido a mi pregunta. ¿Por qué arriesgas tu reputación, azuzas la hostilidad de tu familia, para venir a verme?

Servilia se levantó. Caminó hacia él, le dio la vuelta, se colocó a sus espaldas y empezó a masajearle el cuello.

—Yo no arriesgo nada. Con ellos, he fingido que te odiaba porque me habías rechazado, y los he convencido de que podría resultar útil a sus objetivos fingiendo que aún te amaba. Sean cuales sean los rumores que circulen sobre nuestro encuentro, pensarán que he venido a sonsacarte preciosas informaciones sobre tus planes.

César se giró de golpe, visiblemente sorprendido. La miró durante un momento, como si no la viera desde hacía siglos. Y por primera vez desde hacía mucho, muchísimo tiempo, su mirada intensa la hizo sentir de nuevo en el centro de su atención.

—¿Y es verdad? —le preguntó al fin, dejándose de nuevo masajear dócilmente el cuello.

—Es verdad lo contrario. Tengo la intención de pasarte informaciones a ti. Deberías saber, por ejemplo, que Pompeyo, antes de dejar Roma, convocó a los jóvenes masiliotas. Les recordó los beneficios que les había concedido en el pasado, antes de que tú dieras a Massilia las rentas de los territorios de los salios. Probablemente, te cerrarán las puertas en la cara. Además, Domicio Enobarbo ha ido a las islas de Etruria para reunir una flota con la que zarpar hacia Massilia y tomar posesión de ella.

César se volvió. La miró con aire interrogativo y sorprendido.

Servilia continuó:

—Soy solo una falsa traidora a tu causa. No como tu querido Labieno...

Pronunció el nombre con satisfacción. Nunca había tolerado que la dedicación de César hacia aquel hombre superara la suya, y nunca había soportado que César lo necesitara más a él que a ella.

—¿Por qué haces esto, Servilia?

—Por el mismo motivo por el cual siempre te he esperado y buscado. Porque te he elegido a ti, hace mucho tiempo. Y mi elección es para siempre, independientemente de las mujeres que has tenido o que tendrás, independientemente de los hombres con los que me he casado, independientemente de lo que hagas de tu existencia. Te he consagrado mi vida. Quiero que pienses que podrás contar con Servilia, siempre y a pesar de todo. Y si no puedo satisfacerte de un modo, encontraré la manera de satisfacerte de otro. Siempre habrá al menos una necesidad tuya, una exigencia, que estaré en condiciones de satisfacer.

Servilia sintió que César se abandonaba al contacto de sus manos. Había entrado tenso en la habitación, pero ahora sus músculos se estaban relajando, la respiración se hacía más larga, la piel estaba menos rígida.

—Como ahora, por ejemplo —dijo ella con orgullo, mientras seguía masajeándolo.

Si la tempestad hubiera llegado antes, se habría ahorrado el disgusto de satisfacer a aquel viejo legionario, pensó Veleda mientras la nave se agotaba violentamente. El soldado que acababa de acogerla en la bodega, en medio de los civiles hacinados como ánforas, estaba vomitando hasta las tripas. Los remeros a los dos lados no conseguían mantenerse sentados en sus propios puestos, y aún menos mantener firme el agarre de la empuñadura de los remos, ahora guiados por las olas.

Tal vez había hecho una tontería. Encontrarse allí, en medio del mar y de gente hostil a la que ella no importaba nada, ponía en riesgo su supervivencia y su integridad mucho más que permanecer con sus compatriotas al servicio de César. Por más desprecio que sintiera hacia Ortwin y el resto de los guerreros de su séquito, todos serviles y sumisos a aquel despiadado procónsul, no podía negar que siempre habían cuidado de ella. Pero también Quinto había cuidado de ella, de un modo u otro.

Tampoco de Quinto, sin embargo, estaba ya segura, después de haber visto cómo reaccionaba a su mutilación en Corfinium. Pero no dudaba que podría recuperarlo, si tenía ocasión y tiempo de hacerlo, y si él le daba la oportunidad.

Sobre todo, si hubiera vuelto a encontrárselo.

Le había faltado poco, en Brundisium. Por culpa de Ortwin, no pudo hablarle, y había acabado en otra nave. Una pésima elección, dictada por la excitación del momento. Pero también y, quizá, en particular, por una obstinada voluntad de disgustar a Ortwin y eludir su captura.

Se daba cuenta, por momentos, que en el pasado había sido prisionera de Quinto, no del germano. Ortwin siempre la había dejado libre de hacer lo que quisiera, a fin de cuentas. Pero Quinto, aunque con su manera salvaje y violenta, había demostrado que la amaba. Y le había salvado la vida nada menos que dos veces, además. Había algo que lo ligaba a ella, y ella sería capaz de reavivar esa ligazón incluso sin una mano.

De Ortwin, por el contrario, no podía decir nada con seguridad. No solo nunca le había salvado la vida, sino que incluso le había amputado una mano, si bien involuntariamente. Resultaba tan indescifrable... Aunque, la verdad, era muy atento con ella. Lo había sido antes del incidente y también después, del mismo modo. Quizá, esto quería decir que le tributaba el respeto debido a su rango y nada más... En todo caso, era un siervo de quien había masacrado a su pueblo. Un germano indigno que no merecía ninguna consideración.

El vaivén de la gente que, a su alrededor, intentaba mantener una posición estable hizo que se golpease contra la pared. Por un instante se quedó sin respiración. Consiguió recuperar el aliento cuando una nueva y fuerte ondulación del barco produjo otro choque con los más cercanos ocupantes de la bodega. Se encontró casi enterrada bajo otros cuerpos, que se agitaban y se debatían presa del terror, presionándole las costillas y el pecho. Recibió más de un codazo en la cara, y un pómulo se le abrió en una herida. Media cara se cubrió de sangre.

Las oscilaciones se hicieron aún más violentas. Parecía que la nave ya no tuviera piloto. Una burla, después de haber oído anunciar el avistamiento de la tierra más o menos una hora antes. Con la travesía casi concluida se corría el riesgo de naufragar. Probablemente, los otros barcos habían conseguido evitar la tempestad por un pelo: Veleda había acabado en la última nave zarpada del puerto de Brundisium, largamente bloqueada por dos barcas menores encalladas en el muelle construido por los cesarianos. Así, la embarcación había perdido contacto con el resto de la flota, sin conseguir recuperar la desventaja, a pesar del frenético ritmo que mantenían los remeros.

Y precisamente en las inmediaciones de las costas del Epiro, había comenzado a soplar un fuerte viento de suroeste, preludio casi inmediato de la tormenta.

Veleda se sintió mareada y abrumada por la náusea. Vomitó también ella, como casi todos los que la rodeaban. Nada ni nadie conseguía permanecer en el mismo punto más de un instante. Le pareció que la nave se tumbaba sobre uno de sus lados. Se dio cuenta de que no era solo una impresión cuando comprendió que estaba recostada sobre la amurada, entre los remeros, que ya no estaban en sus puestos. Luego, inmediatamente después, sintió el vacío bajo sus pies y se precipitó hacia el suelo, sobre los otros, bajo los otros.

Ya había sufrido la ira de las olas en el Rin, en el pasado. Había sentido cómo rebotaba con violencia, había deseado volver a tierra con desesperación. Pero nada era comparable a esto que estaba viviendo ahora en el mar, en el que navegaba por primera vez. Era como si un cíclope se divirtiera, con su gigantesca mano, empujando la nave a un lado y otro.

Con el paso del tiempo, cada vez más gente permanecía en el suelo, tendida, cubierta de sangre. Quizá aturdida, quizá muerta. En todo caso, a la merced de cualquier ser humano u objeto que cayera o rodara encima, al siguiente sobresalto de la nave. Otros habían sido lanzados contra el extremo interior del remo, que sin embargo seguía anclado a su chumacera: tenían el pecho o el estómago destripados, y colgaban traspasados de lado: por una macabra paradoja, eran los únicos que mantenían una posición erguida.

Veleda entendió que no podía permanecer allí abajo. Por más peligroso que fuera estar en cubierta, en el puente inferior estaban todos condenados: si de verdad estaban cerca de tierra firme, no habría otra manera de atracar que golpeando contra las aguas poco profundas o, peor aún, contra los escollos.

Sin embargo, nadie parecía tener la intención de subir. El acceso al puente de cubierta estaba despejado. Durante algunos instantes tuvo la duda de si estaba equivocada: si todos pensaban que estaban más seguros abajo, quizá fuera así realmente. A fin de cuentas, ¿qué sabía ella del mar y de las naves romanas? Luego vio que los remeros discutían con el *hortator*, el hombre al que había visto dictar el ritmo de la boga. Algunos señalaban la escalera de acceso al puente superior, y el *hortator*, en cambio, trataba de mantener a cada uno en su puesto.

Sí, los remeros sabían más que los civiles, mejor subir.

Pero no era un asunto sencillo. Las oscilaciones de la nave hacían difícil mantener cualquier dirección que se decidiera tomar. Muy pronto, Veleda se dio cuenta de que cada paso que daba hacia la escalera era seguido por dos pasos que la alejaban de ellas. Por si fuera poco, la gente seguía cayéndole encima, interrumpiendo su carrera hacia una salvación más que improbable.

Luego, un impacto. Imprevisto, inesperado. La amurada golpeada vibró, el tablaje se agrietó, el agua comenzó a filtrarse. Todos se encontraron en un punto distinto del que ocupaban solo un momento antes. Esta vez la nave, lanzada por la mano del cíclope, había tropezado contra un obstáculo. Un escollo, una escollera, quizá incluso otra nave. En todo caso, era la confirmación de sus temores, se dijo Veleda, tratando de levantarse. Todos tuvieron claro entonces lo que antes sabían solo los remeros, y que la muchacha había intuido: que allí abajo no había esperanza.

De repente, todos los que aún estaban vivos y mantenían su lucidez saltaron hacia la subida. Trataron de saltar. En realidad, no hicieron más que obstaculizarse mutuamente: las oscilaciones continuaban haciéndolos chocar los unos contra los otros, tanto más violentamente cuanto más crecía su frenesí de alcanzar la cubierta.

Veleda no estaba lejos de la escalera. Pero en aquellas condiciones era como si estuvieran a muchas millas de distancia. Una nueva oscilación la hizo rodar algunos pasos hacia delante, y entonces comprendió que el único modo de proceder era justo aquel: arrastrarse, rodar sobre el pavimento hasta alcanzar la base de la escalera.

Algunos de los que estaban más cerca de la subida, entretanto, habían conseguido alcanzar el puente de cubierta. Era imposible saber cómo habían acabado, una vez fuera. En pocos instantes, caminando a gatas, Veleda logró cubrir una distancia superior a la recorrida en todos los intentos anteriores. Le tocó trepar sobre cadáveres y barriles rotos, incluso pasar por encima de hombres aturdidos que apenas conseguían levantar la cabeza. La base de la escalera, por fin, asomaba ya a poca distancia de su rostro. Veleda tenía la mirada velada por la sangre que brotaba del pómulo cortado, pero entrevió los talones de quienes la habían precedido correr delante de su nariz.

Luego la nave fue de nuevo sacudida por un choque aún más terrible que el anterior. Veleda se volvió por instinto: una masa oscura, brillante, indistinta y enorme había hecho irrupción en el corazón de la nave.

Un escollo. Un escollo había partido la amurada y arrancado el tablaje. La embarcación estaba destruida.

Subió la escalera aferrándose a los peldaños, con el riesgo de ser pisoteada por quienes la seguían. En efecto, se estrellaron contra ella varias veces. Le aplastaron la mano, la obligaron a soltar el agarre, la empujaron y la patearon. Pero ella, aunque lentamente, subía. Los demás, en cambio, perdían el equilibrio y volvían a caer atrás.

Empezó a sentir el aire frío del exterior. Ráfagas de viento y gotas de lluvia la embistieron aun antes de que su cabeza asomara al puente. Debió de golpear a más de uno con el muñón para levantarse. Ya estaba fuera, pero solo para advertir que la nave se estaba hundiendo.

La lluvia parecía pegar mandobles, empujada por un viento impetuoso. Ya no había gente alrededor de ella, pero, de todos modos, tenía dificultades para permanecer de pie, tal era la fuerza del viento y las ondulaciones de lo que iba rápidamente transformándose en un pecio. Ya no había ni mástil ni velas. Los obenques revoloteaban golpeando a cualquier desventurado que intentara sostenerse en la barandilla.

De frente, en torno a la nave, escollos, farallones y escolleras. Y una línea costera que la lluvia torrencial hacía indefinida, casi irreal.

En ese momento, la parte de la nave sobre la que se hallaba se inclinó, estremeciéndose como un herido agonizante. Veleda cayó hacia atrás, deslizándose hacia lo que podía ser la popa, pero también la proa. Se encontró al lado de un soldado que había perdido el sentido. O había muerto, sofocado por los obenques que lo envolvían. Aún tenía el gladio en la funda, y Veleda lo extrajo. La inclinación se acentuaba a cada instante, haciéndole cada vez más difícil mantenerse sobre lo que quedaba del puente. Consiguió clavar el arma en el tablaje, en el intersticio entre una viga y otra, un momento antes de verse casi en vertical. Agarrándose al gladio evitó precipitarse en el agua.

Pero era solo cuestión de tiempo. Y no había mucho: el pecio estaba destinado a abismarse pronto. La lluvia caía incesante, cada vez más intensa, y su fuerza parecía querer empujarla al agua. Veleda temió que el trozo de nave llegara a invertirse, enterrándola bajo la quilla. Hizo fuerza con el gladio sobre el tablaje ya en parte roto, arrancó un trozo del tamaño de una tabla, suficiente para sostener a una persona. Tiró el gladio, se apretó a la tabla con el antebrazo manco y, con la única mano disponible, dio un último tirón para separarla del resto.

Cayó al mar un momento antes de que el barco se hundiera. Se mantuvo aferrada a la madera arrancada al pecio y logró conservar el agarre a pesar del impacto. Agredida por el contacto con el agua gélida, subió a la pequeña balsa que se había hecho, confiando en que los dioses hubieran decidido salvarla. Las mareas eran altas, los escollos frecuentes. Las olas la empujaban hacia la tierra firme, pero entre ella y la orilla había numerosos obstáculos contra los que era extremadamente probable que acabara estrellándose.

Sin embargo, la orilla estaba ahí, casi al alcance de la mano. Tan cerca que tuvo la tentación de lanzarse al agua y alcanzarla a nado. Si el mar hubiera sido menos impetuoso...

Las olas la desplazaban a tirones. Y cada tirón ponía a dura prueba su agarre. Era como un hondazo del que ella se sentía el proyectil. Fue arrojada en dirección a un escollo antes aun de que pudiera darse cuenta. Por suerte, solo la rozó. La balsa se estremeció y estuvo a punto de zozobrar. La roca le arañó el antebrazo, sobre el cual se abrió un desgarro que el agua salada hizo aún más doloroso.

Era el brazo izquierdo. Estaba perdiendo sangre, y el ardor le impedía mantener firme el agarre de la mano sobre la madera. Y, además, había otro escollo frente a ella, justo antes de la orilla. No tenía elección. Se arrodilló sobre la balsa para darse impulso.

Un instante después estaba en el agua.

XV

> El hecho es que cuando Metelo, tribuno de la plebe, trató de impedirle sacar dinero de las arcas del Estado, citando algunas normas al respecto, exclamó: «En tiempos de guerra, leyes de guerra».
>
> PLUTARCO, *César*, 35

—¿Estás en condiciones de hacerme un informe detallado sobre la situación en España? —preguntó César a Ircio en cuanto este lo alcanzó en su *tablinium*.

—Claro. Varrón se ha quedado con dos legiones al sur, en la Hispania Ulterior. Petreio y Afranio, en cambio, han reforzado las guarniciones en los pasos de los Pirineos y han reunido sus fuerzas apenas al sur de las montañas, sobre el Sicoris:* cinco legiones en total, aparte de un número impreciso de auxiliares celtíberos, que aún están reclutando. Su cuartel general es la ciudad de Ilerda,** sobre la orilla occidental del río.

—El tablero. Descríbeme el tablero.

* Segre.
** Lleida.

—Ilerda será un obstáculo difícil de superar. Se trata de una fortaleza bien provista de defensas naturales, a unas treinta millas de la confluencia del río con el Iberus.* Surge sobre una colina cuyo lado septentrional desciende en un acantilado sobre el río. Pero Afranio y Petreio han acampado las tropas sobre una altura a media milla al sureste de la ciudad. Para llegar a ella debemos cruzar el Sicoris. Pero hay un solo puente, de piedra, que conecta las dos orillas del río. Y está justo debajo de la ciudad... Además, el río no es vadeable. Según mis informaciones, está sujeto a crecidas muy violentas durante el período primaveral...

—Escribamos a Cayo Fabio. Que parta de inmediato con sus tres legiones estacionadas en Narbona y despeje los pasos sobre los Pirineos. Luego, reclama otras tres legiones acampadas en los territorios de los eduos y que se trasladen a la orilla oriental del Sicoris, a la espera de nuestra llegada. Entretanto, que se construyan al menos dos puentes de madera, uno al norte y otro al sur del de piedra. Esperemos que las crecidas no los tiren abajo...

—¿Seis legiones contra cinco, y además enrocadas en una posición sólida y bien armada? Afranio y Petreio no tienen ningún interés en presentar batalla. Vibulio Rufo, al que Pompeyo ha enviado para acordar una estrategia, seguramente les habrá sugerido que permanezcan a la espera: saben que su comandante supremo prefiere mantenerte ocupado mientras reúne a las tropas...

—Por supuesto. No partiré de Italia solo. Pero tampoco puedo dejarla sin protección. Pompeyo podría volver por mar o regresar desde el Ilírico por tierra. Llevaremos con nosotros... tres legiones. Y quiero a los

* Ebro.

veteranos: la VIII, la XII y la XIII. Aunque existe el riesgo de tener que dejarlas en Massilia.

—¿En Massilia? ¿Por qué?

—Los miembros del consejo sacerdotal se han entregado a Pompeyo. Domicio Enobarbo llegará pronto a ocupar la ciudad. Tendremos que asediarla...

—¿Cómo lo sabes?

—Lo sé...

Antes de que Aulo Ircio pudiera replicar entró Cayo Crastino. Tras obtener la autorización del Senado, César había mandado al centurión, a la cabeza de un puñado de hombres, a retirar el tesoro del erario. Su presencia les pareció bastante prematura a ambos. De inmediato, comprendieron que algo había ido mal.

—Procónsul, hemos ido al templo de Saturno, pero el tribuno de la plebe Lucio Metelo nos ha impedido entrar en el *sanctius aerarium* y acceder al tesoro. Había otros alborotadores con él, y he creído oportuno no incitar a la muchedumbre...

César se levantó de golpe, tirando sobre la mesa la tablilla encerada que tenía en la mano.

—¡Ese idiota a sueldo de Pompeyo! ¡Solo nos faltaba esto! ¡Como si tuviera tiempo que perder! —gritó, lívido de rabia. Llamó a los esclavos y les ordenó que lo vistieran con el equipo de batalla completo. En apenas un instante le pusieron la coraza y el *paludamentum* escarlata, mientras que prefirió dejar el escudo y el yelmo sobre la silla. Luego hizo llamar a Ortwin y le ordenó que se dispusiera a seguirlo con uno de sus escuadrones. Al grupo se unió también Marco Antonio.

El pelotón, tras el cual iba una centuria a las órdenes de Crastino, se encaminó a lo largo de la vía Appia en dirección a la Urbe. Cuando Ortwin se dio cuenta de hacia dónde se dirigían, tuvo un estremecimiento: quizá finalmente vería la ciudad más celebrada del mundo. Sin embargo, César cabalgaba sin hablar ni dignarse a prestar atención a nadie: parecía furioso, y el germano dio por descontado que se detendría fuera de los muros. En efecto, también él conocía la ley que prohibía al gobernador de una provincia poner un pie en Roma.

Por eso, cuando frente a él aparecieron los imponentes muros de la ciudad, se resignó: por el momento, eso sería todo lo que vería de la Urbe. Suspiró, vislumbrando más allá de la fortificación algunos edificios situados en las alturas.

Recorrió el último tramo de la vía Appia admirando las numerosas y extrañas construcciones de piedra que había a ambos lados del camino. Le impresionó especialmente un edificio cuadrangular de una treintena de pasos de largo: tenía una base bastante alta y amplia, con tres arcos que debían dar a otras tantas estancias parcialmente enterradas, y una fachada dividida por seis columnas y tres nichos, en los cuales destacaban algunas estatuas. No pudo menos que aflojar el paso y preguntar a uno de los legionarios que lo seguían de qué se trataba.

—¿Eso? Es un sepulcro, como casi todos los edificios que ves a lo largo de la vía. Es la tumba de los Escipiones. Pero no te hagas ilusiones: el gran Africano no se encuentra ahí dentro. En cambio, esperemos que acabe allí pronto Metelo Escipión... —dijo el soldado, concluyendo el discurso con una carcajada grosera.

Ortwin no sabía quién era el «Africano», pero no pidió explicaciones y continuó la marcha. Reflexionó un instante sobre cómo imponían aquellas tumbas: los germanos, a lo sumo, erigían un túmulo allí donde enterraban a uno de los suyos. Si los romanos construían moradas tan espaciosas y lujosas para los muertos, se preguntó qué no encontraría dentro de Roma a disposición de los vivos.

Acercándose a Roma, pasó por delante de una construcción que le pareció un templo, luego concentró su atención en la fortificación. Notó que estaba bastante derruida. No es que fuera particularmente ruinosa, pero... para la ciudad más importante del mundo, esperaba las mejores defensas que jamás hubiera visto.

El recinto amurallado, eso sí, era alto. Muy alto. Ortwin calculó, a ojo, que se necesitarían al menos seis hombres uno encima del otro para alcanzar la cima. Quedó impresionado también por los macizos y regulares bloques de toba que lo componían: contó doce hileras, dispuestas alternativamente de canto y cruzados hasta la almena superior. Los muros estaban precedidos por un amplio foso, con un pequeño reguero de agua. A simple vista, parecía casi tan profundo como la altura de los muros.

Llegados frente a la puerta de acceso —un majestuoso arco de tres columnas—, César ordenó detenerse. Los batientes estaban abiertos, y Ortwin echó un vistazo al interior. Vio algunos edificios y gente que se escabullía.

—¿Tienes intención de echar los dados también esta vez, César? —preguntó Marco Antonio al procónsul.

César no respondió de inmediato. Esbozó una sonrisa amarga:

—Los he echado varias veces estos últimos meses. Y siempre he conseguido la misma puntuación, la más alta. Que Venus se encargue de que también esta vez sea así —dijo, ordenando inmediatamente después a los legionarios que precedieran al pelotón y le abrieran paso en la ciudad.

Ortwin no pudo evitar alegrarse. Sonrió a sus germanos y espoleó el caballo, manteniéndose justo detrás del procónsul. Atravesó el recinto atenazado por la emoción, no debido a lo que arriesgaba ayudando a César a violar la ley, sino debido a lo que esperaba ver.

Lo primero que llamó su atención fue lo que llamaban acueducto. Ya lo había admirado en los días anteriores cabalgando por los alrededores de Roma, pero ahora, por fin, lo podía examinar de cerca. Es más, estaba pasando por debajo de él. Las arcadas de aquella magnífica estructura, de la que apenas entendía el funcionamiento, confluían en la puerta y continuaban más allá, llevando agua a todas partes. Lo que tenía claro era que un río corría sobre su cabeza. Era extraordinario cómo los ingenieros romanos habían conseguido crear esa imperceptible inclinación, la justa para hacer fluir el agua en una determinada dirección.

Se habría detenido aún sobre la construcción, si no hubiera sido atraído por los altos edificios que había al lado. Estaban medio en ruinas, sombríos y sucios. La gente se asomaba con timidez por las ventanas mirando al procónsul, pero sobre todo a él y a sus hombres. Sin embargo, se trataba de edificios increíblemente altos: se preguntaba cómo hacían para mantenerse en pie. Se sucedían casi sin solución de continuidad, a ambos lados de la calle, cerniéndose sobre la vía y dándole la impresión de que podrían aplastarlo de un momento a otro.

Ortwin padecía por la falta de espacio y se sentía más bien a disgusto. Esperaba que las calles fueran más amplias y despejadas. En cambio, no solo eran estrechas y estaban rodeadas de construcciones, sino que además parecían también bastante transitadas, aunque los carros tendían a apartarse y se mantenían al borde, o bien aceleraban la marcha y desaparecían en alguna calleja lateral.

—¡Ahí está el circo! —exclamaron algunos soldados dándose codazos. No todos los que gozaban del estatus de ciudadanos romanos, evidentemente, conocían Roma. Y muchos soldados, provenientes de las más diversas regiones de Italia, nunca habían tenido la ocasión de ver la Urbe con anterioridad.

También Ortwin había oído hablar del gran circo que había entre el Palatino y el Aventino. El pequeño cortejo se acercó a él y lo rodeó, dando ocasión a los germanos de admirar las arcadas, que se sucedían en una secuencia interminable. Recorrieron toda la calle que lo flanqueaba, y Ortwin se preguntó cómo podían los caballos aguantar una carrera de cuadrigas que, según lo que le habían explicado, duraba nada menos que siete vueltas de aquel enorme circuito. Deseó poder ver alguna carrera, antes o después. Pero era difícil que los romanos tolerasen la presencia de un bárbaro en el circo. Sin embargo, César parecía destinado a dominar Roma y, si seguía sirviéndole bien, quizá lo autorizaría a sentarse en aquellas gradas. O quizá en el palco, junto a él. Total, se dijo, una vez concluida la guerra ya no tendría que ocuparse de Veleda y no estaría obligado a volver a Germania para secundar su locura.

Sonrió, pero con un velo de amargura. Asistir a las carreras de cuadrigas sería un muy magro consuelo, después de haber perdido a Veleda.

Prosiguieron por calles cada vez más angostas. Los edificios altos se hacían más densos, acechantes, las calles más transitadas. Mientras se adentraban en la ciudad, la población iba dándose cuenta de que César no había entrado con todo su ejército. Así, empezaron a acercarse primero los niños, curiosos por el aspecto de Ortwin y los suyos, y luego también los adultos, ansiosos de tributar su homenaje al procónsul. El tétrico silencio de la zona más próxima a los muros dio paso a una multitud cada vez más festiva, impresionada, ahora, más que asustada, por el aspecto de los guerreros germanos, y orgullosa de poder finalmente observar de cerca al hombre que había impuesto el nombre de Roma a las poblaciones más remotas de Europa.

César se había relajado un poco: su tensión parecía haberse desvanecido, al igual que la de la ciudad. Dispensaba sonrisas y gestos de saludo, a veces algún apretón de manos a los partidarios más emprendedores. Ortwin se mantenía a su lado, con la lanza firmemente empuñada y listo para reaccionar ante cualquier amenaza. No se le escapaban los pequeños grupos de personas que se mantenían a distancia del cortejo, confabulando entre sí con expresiones incluso demasiado serias: una señal evidente de que los soldados disfrazados de civiles, enviados por César para hacer propaganda en los días precedentes, no habían conseguido que la aprobación de su figura por parte de la ciudadanía fuera plena.

—Cojamos el *Vicus Tuscus* en vez del *Unguentarius*. No resisto la curiosidad de ver en qué punto están los trabajos de mi foro. Así, entretanto, el rumor de nuestra presencia se difundirá y Lucio Metelo podrá volver tranquilamente al templo de Saturno... —dijo César a Marco Antonio. En un cruce, distinguido por un macizo arco que los legionarios definieron como del dios Jano, el pequeño cortejo dobló hacia la derecha. Ortwin había oído hablar de esa obra que César estaba haciendo construir. Los trabajos habían empezado dos años antes, pero el procónsul no había tenido nunca ocasión de entrar en Roma para verlos. Era lógico que estuviera ansioso por hacerlo. También porque se decía que había gastado algo así como sesenta millones de sestercios solo para expropiar toda el área.

Poco después, Ortwin vio que César señalaba a Marco Antonio la casa del sacerdote de Júpiter, el *flamen dialis*, donde había vivido mientras desempeñaba aquel cargo. Llevaba aún la toga pretexta, en aquella época, un distintivo que el germano conocía: quería decir que aún era un muchacho.

Pronto el escenario cambió radicalmente. Y Ortwin, en su estupor, no pudo menos que quedarse boquiabierto. Supuso que se encontraba en el centro de Roma, y, por tanto, el centro del mundo. Templos, arcadas, columnatas, palcos, tribunas, una multitud de edificios monumentales y multicolores, detrás de los cuales se recortaba un acantilado, a su vez coronado por otros templos. Por los comentarios de los demás supo que estaba en el foro, debajo del capitolio.

Sí, estaba en el centro del mundo.

No imaginaba que un pueblo fuera capaz de tanto. Le disgustó no haber logrado convencer a Veleda de que valía la pena ayudar a los romanos a difundir su civilización. Gracias a César, pronto también las Galias tendrían ciudades similares a Roma, y quizá un día incluso Germania. Combatir para que todo el mundo fuera como la Urbe no lo reblandecía, estaba seguro: al contrario, era inmensamente más estimulante que saquear aldeas de pobres diablos, la única perspectiva que Ariovisto o cualquier otro rey germánico hubiera podido ofrecerle.

La gente confluía desde todas las vías. Quienes ya se encontraban allí, pregoneros, comerciantes, vendedores ambulantes, maestros, artesanos y simples holgazanes, dejaban la propia actividad y acudían en torno a César. Cayo Crastino ordenó a su centuria, unos ochenta hombres, que crearan un cordón alrededor al procónsul. Otros venían al foro precisamente porque se había difundido el rumor de la presencia de César en la ciudad, y con un número de tropas que excluía la posibilidad de que quisiera ocuparla. Los legionarios se dispusieron en cuadrado en pocos instantes, y siguieron marchando en la dirección requerida por César manteniendo los *pila* en posición vertical.

—¡Aquí está! Mira, es majestuoso incluso ahora que los trabajos aún están en curso. ¡Imagínate cuando esté terminado! —dijo, de repente, César a Marco Antonio.

Ortwin advirtió de inmediato de qué estaba hablando el procónsul. Desde luego, se hacía notar. Frente a él se extendía un vasto pórtico, del que no se veía el fin, si bien en amplias secciones estaba interrumpido o incompleto. Acercándose a la estructura, notó una columnata más alta, que afloraba sobre el lado opuesto y parecía formar parte de un edificio distinto. Siguió a César cuando el procónsul y Antonio pasaron más allá del pórtico en uno de los puntos en que estaba interrumpido. Se encontró en una gran plaza rectangular, circunscrita por el pórtico en tres de sus lados y por el edificio en construcción, que tenía toda la apariencia de ser un templo, en el lado más alejado.

Los trabajos de edificación eran incesantes. Toda la plaza era una inmensa obra, con agujeros, montones de tierra o de ladrillos, cúmulos de rocas toscas y cuadradas, bloques cilíndricos de piedra, cabrestantes y andamios, carros y sacos de mortero, hileras de tejas de arcilla, pilas de vigas para las cerchas del templo o de losas de piedra caliza, y docenas de herramientas de construcción. En cuanto César apareció, los trabajadores abandonaron la actividad y se acercaron a él.

—¿Has visto? El templo de Venus Vencedora será uno de los más imponentes de Roma —dijo César a su primo, confirmando las suposiciones de Ortwin.

—Venus te estará agradecida. El podio ya está completo, por lo visto, con sus escalinatas de acceso. Y han erigido las columnas del frente... ¿Es un templo períptero? —preguntó Antonio.

—Sí, en efecto. Además de las ocho columnas que ves al frente, en el proyecto he previsto que haya nueve a cada lado.

—Notable.

—Pero... estoy pensando en dedicarlo no a Venus Vencedora, sino a Venus Generadora. Ella es mi antepasada más lejana...

—Este foro será el centro de Roma y el sitio más frecuentado de la ciudad, una vez concluido... —afirmó Antonio.

—Sin duda. Y una imponente estatua ecuestre de César justo en el centro de la plaza recordará durante siglos a quien lo construyó. Quisiera hablar con los arquitectos, pero no hay tiempo. ¡Vamos! —concluyó el procónsul, obligado casi a gritar que para Antonio lo oyera. Los operarios lo alababan y se amontonaban alrededor de los soldados para atraer su atención, pero César se limitó a hacerles un gesto benévolo con el brazo. Luego volvió el caballo y salió de la plaza atravesando de nuevo el pórtico.

No debieron cabalgar mucho más. Pasaron por delante de un palco en el que estaban pegados aquellos que Ortwin reconoció como espolones de naves, luego César ordenó a los soldados que se detuvieran. Estaban justo en la base de una calle que conducía, presumiblemente, a la cima de la colina del Capitolio. El procónsul se abrió paso entre los legionarios, haciendo señas a Antonio y al germano de que lo siguieran, y avanzó hacia un pequeño grupo de ciudadanos, entre los cuales, en el centro, se encontraba un personaje con la toga pretexta de magistrado. Estaban todos en torno al portón lateral de un edificio bajo, un espacio cuadrangular atravesado por una escalinata, que constituía la prolongación del podio de un templo. Si este era su destino, pensó Ortwin, entonces el templo estaba dedicado a Saturno, el dios romano de la agricultura.

—Sé lo que quieres, César, ¡pero las leyes no te permitirán obtenerlo! —gritó el hombre de la toga bordada, avanzando hacia el procónsul. Era bastante joven, notó Ortwin, y parecía muy determinado. Mucho más, le pareció, que el grupo de personas que lo flanqueaban.

—¡Metelo! ¿Cuánto te han dado mis enemigos para que te opongas a una resolución del Senado?

—Estoy haciendo uso de mi derecho de veto a esa resolución. Es una prerrogativa de los tribunos de la plebe, y tú deberías saberlo bien, puesto que has entrado en Italia armado, afirmando que querías defender precisamente los derechos de los tribunos de la plebe... ¿O es que ya te has olvidado del pretexto con el cual iniciaste esta guerra, de lo frágil que es?

Luego Metelo se dirigió a Antonio:

—Antonio, ¿acaso tu amo no ha bajado a Italia para proteger tu veto a la ley que sancionaba la conclusión de su mando en las Galias?

Marco Antonio pareció bastante incómodo. Estaba a punto de abrir la boca, pero César lo previno:

—Ahora es distinto. Antonio ejercitaba su función, tú solo eres un corrupto...

—¿Soy corrupto solo porque no me has corrompido tú? No. Solo estoy haciendo respetar la ley que considera inviolable este tesoro —lo desafió Metelo.

—Y yo la ley promulgada por el Senado.

—El Senado, en tu presencia, promulga sobre la base de la fuerza, no de la democracia...

La mirada de César cambió, de pronto. A veces, pensó Ortwin, era como si de sus ojos salieran espadas, de tan penetrantes que se hacían.

—Estamos en guerra, y el tiempo de las armas no coincide con el de las leyes —susurró César—. Si no te gusta lo que ocurre, vete. La guerra no tolera la libertad de palabra. ¡Cuando haya alcanzado un acuerdo y depuesto las armas, vuelve a hacer de demagogo! Y te lo digo renunciando a mi derecho a castigarte: ¡estás en mi poder, y podría hacerte cualquier cosa!

En aquel punto Metelo vaciló. La centuria de legionarios de la cual se había hecho acompañar César se había alineado en formación. Crastino solo esperaba una señal para avanzar y barrer cualquier oposición.

César bajó del caballo, empujó a un lado al joven y avanzó hacia la puerta del edificio. Una maciza cadena bloqueaba los batientes.

—En cualquier caso, es inútil. Los cónsules se han llevado tanto las llaves del portón como las de la cámara del tesoro... —dijo Metelo.

César estalló en una carcajada. Hizo una señal a Ortwin y le indicó la cadena, cerrada con un candado y tendida con dos remaches a ambos lados de los batientes. El germano asintió, bajó a su vez del caballo, tomó el hacha de un compañero y se la puso a la cintura. Luego desenvainó la espada y avanzó hacia la puerta. A su paso, los partidarios de Metelo se echaron atrás. Por un instante, Ortwin se sintió intimidado: tenía una gran responsabilidad, ante los ojos de su comandante. Alzó la espada y pegó un primer mandoble. La cadena no se rompió. Dio otro, y luego otro, y otro más, sin resultado aparente. Continuó golpeando, y a cada nuevo golpe su nerviosismo crecía.

Cuando los anillos de hierro cayeron al suelo, cortados y partidos, sintió una especie de liberación.

Aún quedaba la cerradura. Enfundó la espada y extrajo el hacha de la cintura. Bastaron unos golpes para desencajar el mecanismo.

Dio un empujón y los batientes se abrieron. De inmediato César amagó con entrar, pero Metelo se le puso delante.

—¡Si está en tu poder matarme, hazlo ahora! ¡Hazlo, y ya no tendrás ningún apoyo de la población de Roma!

Ortwin notó que el tribuno estaba sudando. Estaba apelando a todo su valor. Difícilmente iría más allá, y César, estaba seguro, lo había entendido.

—No me provoques. Quítate de en medio —le advirtió el procónsul, que avanzó de nuevo.

El tribuno aferró a César por el borde del *paludamentum*, en cuanto lo adelantó, obligándolo otra vez a detenerse.

—¡Mátame! ¡Mata a un tribuno delante de todos!

Una llama apareció en la mirada de César. El procónsul agarró al joven por la solapa de la túnica.

—Tú sabes, muchachito, que para mí es más fácil decirlo que hacerlo...

Lo apartó, y esta vez el tribuno permaneció en silencio. Tampoco dijeron nada sus partidarios: miraron con inquietud al hombre que se había atrevido a oponerse a César, y luego se marcharon. A Metelo no le quedó más que imitarlos.

César, Antonio y Ortwin entraron en el edificio, y se encontraron frente a una nueva puerta, solo con cerradura, esta vez. El procónsul se asomó fuera y ordenó a los soldados que le procuraran una antorcha, si bien la luz del día irradiaba lo suficiente. Luego dijo a Ortwin que usara otra vez el hacha.

Esta vez el germano no sintió ningún temor. La antorcha llegó un momento antes de que desencajara también aquella cerradura. Ortwin, diligentemente, empujó los batientes y se apartó, dejando que César y Antonio entraran en el santuario con la antorcha.

Permaneció un buen rato en el umbral, escuchando cómo confabulaban los dos en voz baja. Echó un vistazo dentro, pero solo vio las siluetas indistintas de numerosas cajas. Luego oyó unos ruidos: César y Antonio estaban abriendo y desplazando los cofres. La operación se prolongó durante bastante tiempo, después los dos comandantes reaparecieron en el umbral.

—Ortwin, entra y comienza a desplazar todos los cofres que hemos marcado con cera. Te enviaré a tus compañeros y a algunos legionarios con carros para que carguen el oro y la plata. Luego se los llevaréis a Aulo Ircio, que se ocupará de pesar y contar el contenido —ordenó César, entregándole la antorcha—. Y tú, Antonio, haz que busquen un herrero. Que vuelva a poner de inmediato las cerraduras. Y que me entregue las llaves a mí.

Ortwin asintió y entró en el santuario. A la luz de la antorcha vio pilas de cajas. El recinto estaba lleno. Buscó la cera, y la encontró casi por doquier. Las cajas sin marca eran tan pocas que, cuando encontraba una, parecía casi un olvido de César. Estimó más conveniente desplazar las no marcadas. Los cofres parecían muy muy antiguos: la madera estaba casi podrida y el metal de los listeles corroído. La curiosidad le pudo y abrió uno, encima de una pila. Vio lingotes de oro. Docenas de lingotes de oro. Lo desplazó sobre una pila situada al lado para ver qué había abajo. Más lingotes de oro. Miró en los otros cofres: los lingotes eran de plata. En aquella parte, todos eran lingotes.

En la pared opuesta, estaban amontonadas decenas de otras cajas, más grandes y más nuevas. También estaban en su mayor parte marcadas. Abrió la que tenía más al alcance de la mano. Monedas.

Miles de monedas. No había visto tanto oro en su vida.

Y era de César, ahora. Del comandante más generoso de todos.

—¡Padre, aún respira!

Veleda oyó unos pasos. Ruidos que su estado de confusión amplificaba. Le pareció que acababa de recuperar el conocimiento. Los escalofríos recorrieron todo su cuerpo, envuelto aún por lo que quedaba de su ropa mojada y hecha jirones. La arena empastaba su boca, le rozaba los labios; arena y piedras envolvían sus dedos.

—Déjame ver un poco...

Esta voz era distinta de la anterior. Sintió que le daban la vuelta sin ningún tipo de delicadeza. De estar boca abajo sobre lo que podía ser una playa se encontró de espaldas, y un haz de luz le hirió los párpados cerrados, haciendo que los apretara aún más.

—¡Pero si le falta una mano! ¿Qué hacemos con una manca en la lavandería?

Siempre la segunda voz.

—A mí me gusta. Es hermosa.

Dos manos le exploraron el pecho, los muslos y las caderas. La luz de un sol velado la hirió de nuevo. Consiguió vislumbrar dos vagas siluetas encima de ella, antes de verse obligada a bajar de nuevo los párpados. Volvió a intentarlo. Las lágrimas fluyeron de sus ojos, y los contornos de las siluetas volvieron a hacerse confusos. Con la mano buena, se frotó el rostro para secarse los ojos. La arena le arañó las mejillas.

—¡Bah! Algo hará, en el trabajo... Por mala que sea, te divertirás un poco... —dijo el que debía de ser el padre.

Veleda hizo un esfuerzo. Abrió otra vez los ojos, con el brazo sobre el rostro para hacerse sombra. Las siluetas se hicieron menos confusas, los rasgos más claros.

Se sobresaltó.

Sobre ella se cernía un ser indefinible, repelente y monstruoso.

Instintivamente se levantó sobre los codos y trató de ponerse de pie. Pero sus fuerzas se agotaron de inmediato y se mareó.

—¿Adónde vas, muchacha? Ahora eres nuestra esclava, cuanto antes te entre en la cabeza, mejor.

Veleda desplazó la mirada al que había hablado. Era el otro hombre. Un viejo, vestido de manera desaliñada, con una túnica arrugada y grasienta y una casaca de piel sucia y encostrada. Luego, no pudo menos que dirigir los ojos hacia aquel que lo había llamado padre.

Lo escrutó. Quizá, antaño hubiera sido un hombre. Pero ahora, de ese hombre solo quedaba la silueta. El rostro era un amasijo informe de carne quemada desde hacía tiempo. En él afloraba un solo ojo, junto a dos agujeros de lo que había sido una nariz. La boca, sin labios, estaba deformada en una perpetua mueca oblicua; las orejas eran míseras excrecencias indefinibles. Escasos mechones de pelo fluctuaban sobre una cabeza roja y llagada como si el cerebro hubiera quedado al descubierto. Las quemaduras proseguían por el cuello y desaparecían bajo la túnica, para reaparecer a lo largo del antebrazo y sobre las manos deformes, donde algunas falanges habían desaparecido y otras se habían fundido entre sí.

—Yo... ¿Qué queréis de mí? Formo parte de la flota de Pompeyo Magno. Soy... soy una vivandera de la legión y debo reunirme con mi unidad —dijo, tratando de ponerse de pie, en vano. Lástima no saber a qué unidad pertenecía Quinto Labieno —. Seréis recompensados, si me ayudáis a encontrarla...

El viejo prorrumpió en una malévola carcajada.

—La flota de Pompeyo ha atracado mucho más al sur. Y, por cuanto sé, se están dirigiendo a Grecia. Tu nave ha terminado fuera de rumbo y todos tus compañeros están muertos. Esto ocurre a menudo por aquí, si uno se lanza al mar en invierno. Tú misma has visto qué accidentada es la costa.

—Pero no estaba en la nave de mi unidad... Aún puedo alcanzarlos, si me ayudáis...

El viejo se arrodilló acercando su rostro al suyo. Un aliento fétido invadió sus fosas nasales.

—Quizá no lo hayas entendido. Has naufragado. Eres de quien te encuentra, ahora. Nosotros necesitamos esclavos para trabajar en nuestra lavandería. Somos tintoreros. Y, además, mi hijo necesita una mujer con la que yacer: como tú misma puedes ver, hasta las meretrices se niegan a satisfacerlo. Por tanto, ¡levántate y ven con nosotros a Dirraquio, sin rechistar!

—¡En absoluto! Yo...

Veleda trató de levantarse, una vez más, pero sus movimientos eran muy torpes. Se dio cuenta de que la debilidad y las náuseas no le habrían permitido ir muy lejos. Aquellos dos eran robustos, e incluso en mejores condiciones físicas le hubiera resultado difícil escapar de ellos.

Una violenta patada le alcanzó el esternón. Cayó de bruces de nuevo en el suelo, con la cara sobre la arena. Durante un largo rato no pudo respirar, jadeó ingiriendo arena y el dolor por el golpe recibido se irradió por todo el cuerpo, sumándose a aquel de los desgarros, hematomas y moratones sufridos durante el naufragio.

—Funciona así —le explicó el viejo, aplastándole la espalda con un pie—. Si no haces lo que te ordenamos, te molemos a palos. Si haces mal lo que te ordenamos, te molemos a palos. Incluso si estamos de mal humor, te molemos a palos. Así que procura obedecer siempre rápido, si quieres sobrevivir. Hijo, ayúdame a levantarla: ¡la llevaremos al carro!

El joven se acercó con una cierta incomodidad y trató de levantarla. Parecía intimidado. Veleda no sabría decir si de ella, del padre o de ambos. El viejo, en cambio, no tuvo ningún escrúpulo y tiró de ella con un brazo. Veleda sintió una punzada lancinante, pero no dijo nada. Se dejó poner de pie, sostener y acompañar dócilmente al carro.

El viejo tenía razón, se dijo. La supervivencia era lo único que contaba. Ya pensaría cómo liberarse de ellos.

XVI

> El caudillo nunca derrotado en la batalla temió perder, entre las tiendas de su campamento, el fruto de los crímenes, cuando las tropas fieles en tantas guerras, al fin saciadas de sangre, abandonaron a su jefe, ya fuera porque el silencio momentáneo de las trompetas del lúgubre sonido y la espada fría en la funda hubieran expulsado el guerrero furor, ya fuera porque que los soldados, ávidos de mayores compensaciones, repudiaran la causa y al general y trataran de vender aún las espadas chorreando fechorías.
>
> LUCANO, *Farsalia*, V, 239-248

PLACENTIA, PRINCIPIOS DE NOVIEMBRE DE 49 A.C.
(FINES DE VERANO / PRINCIPIOS DE OTOÑO)

—¡Solo nos faltaba esto! —se lamentó César en cuanto vio a Aulo Ircio, que lo había precedido a Placentia.

—Lamento haberte obligado a dejar Massilia antes de tiempo, pero aquí la situación se ha vuelto incontrolable. Solo tu presencia puede devolver las tropas al orden —dijo Ircio, que había corrido a su encuentro. Estaban a menos de una milla de la ciudad donde César había acuartelado parte del ejército con el que había vuelto, triunfador, de España.

Y los soldados se habían sublevado.

—Massilia ya no es un problema. De todos modos, estaba viniendo hacia aquí —respondió César sin detener el caballo. Su guardia germánica e Ircio continuaron con él—. Me he entretenido solo el tiempo necesario para discutir su nuevo estatus. Los tiempos de la prosperidad han terminado, para los masiliotas. Pagarán caro su apoyo a Pompeyo. He impedido el saqueo de los soldados, pero le he quitado a la ciudad todos los privilegios y los territorios que ha administrado en estos dos últimos siglos gracias a la magnanimidad de Roma, y a la mía en particular.

—¿Y qué sabes de Lépido? Ha cumplido con su deber...

—Sí, me enteré en Massilia hace algunos días. Parece que no ha encontrado dificultades para hacerme elegir dictador. Me ha escrito que primero había intentado hacerme nombrar senadoconsulto. Pero algunos senadores se han opuesto sosteniendo que no era posible elegir un dictador en ausencia de los cónsules. Él ha contestado hábilmente que la ley prevé que el pretor pueda sustituir a los cónsules. Todo para mantenerse en la legalidad. Luego, para abreviar, ha recurrido al pueblo mediante plebiscito.

—¿Y no ha elegido el *magister equitum*?

—No hay ninguna necesidad de un segundo. Necesito este cargo solo por pocos días. He dicho que estoy luchando por defender mis derechos al consulado, así que me haré cónsul. Renunciar a la dictadura teniendo la posibilidad de conservarla suscitará un gran efecto sobre la gente, también sobre pertinaces constitucionalistas como Cicerón. Como colega para el consulado he elegido a Publio Servilio: no hay nadie más dócil que él. Pero ahora hazme un informe de la situación aquí.

—La sedición ha partido de la IX legión. Por desgracia, tu éxito en España no ha silenciado el desastre y la muerte de Curión en África, y las derrotas por mar de Cayo Antonio y Dolabela. Y el descontento se ha extendido rápidamente: muchos dicen que no podrás pagarles, y te maldicen porque no les permitiste el saqueo cuando era posible.

—¿Lo ves? Al final es siempre una cuestión de dinero. Los he conducido a la victoria por todas partes, pero basta que mis lugartenientes pierdan para que de inmediato piensen en abandonarme. De acuerdo, Curión ha perdido dos legiones en África: pero eran legiones que habíamos sustraído a los pompeyanos en Corfinium, ¡no veteranos! Y Curión era un hombre hábil, ¡pero un general inexperto! Sí, hemos perdido cuarenta naves y quince cohortes en el mar. Pero sabíamos que la marina de nuestros enemigos era superior. Y frente a estas pérdidas, con la conquista de toda España hemos conjurado el asedio y la carestía, y adquirido siete legiones hispánicas. Además, a pesar de las derrotas de Cayo Antonio y Dolabela, Salona ha resistido al asedio enemigo y, por tanto, el Ilírico aún está en nuestras manos. ¡Estamos en una situación mucho mejor que cuando partí de Roma!

—Pero también Pompeyo lo está. En estos meses, ha adiestrado a sus reclutas y se ha unido a varios reyes, clientes suyos, que se suman a los aliados que ya cuenta en Roma. También él tiene un vasto ejército a su disposición. Ahora el mundo romano está verdaderamente dividido en dos, y todos prevén una larga y sangrienta guerra civil. Con el mar bajo el control de Pompeyo, no será posible llevar la guerra lejos de Italia, sostienen. Es más, todos dan por descontada una invasión, en cuanto la estación lo permita...

—Yo tengo Roma. Son Catón y su camarilla los rebeldes, ahora. ¡Ellos, que me consideraban el enemigo del Estado! Y mi deber es, como representante de la legalidad, devolver el orden a nuestro imperio. Los legionarios son soldados profesionales, y están obligados a obedecer a sus generales. ¿Ya has identificado a los cabecillas?

—Por supuesto. Son unos ciento veinte. Sus centuriones están con nosotros, y me los han señalado.

—Entonces bastará con que nos dirijamos a ellos. Convoca una delegación. Los escucharé en el *praetorium* de la misma legión. Lo que tengo en mente seguro que hará que también las otras unidades vuelvan a las filas.

Tito Labieno rechazó hábilmente la estocada del legionario. Con igual facilidad evitó el mandoble del gálata. Con el escudo consiguió parar el golpe lanzado por la jabalina del dárdano, y luego desviar el de la espada del galo. Avanzó un paso y, aún con el escudo, empujó al gálata hacia Pompeyo Magno, el cual, con una zancadilla, lo hizo caer al suelo, apuntándole en la garganta con la espada.

Entre los soldados se impuso un grito generalizado de aprobación. Pompeyo empujó al hombre al suelo y se enfrentó al dárdano, mientras Labieno retomaba el duelo con el legionario y el galo.

—Pero ¡¿por qué yo tengo siempre dos?! —gritó Labieno a Pompeyo.

—¡Porque te consideran menos peligroso, obviamente! ¡No tienen ganas de enfrentarse conmigo por miedo a hacer el ridículo! —respondió Pompeyo, jadeando un poco—. De todos modos, ¡mándame uno!

Labieno no se lo hizo repetir. Intensificó los movimientos del gladio para cubrirse el flanco expuesto, y con el escudo avanzó hacia el galo empujándolo contra el otro comandante. Pompeyo mantuvo a raya con el escudo al dárdano, el único ligeramente equipado, y con el gladio abrió la guardia de su nuevo oponente. También el galo se encontró con la punta de la espada sobre el pecho.

Eliminado, también él.

Los soldados aclamaron de nuevo a su comandante. Entretanto, Labieno superaba en fuerza y habilidad a su antagonista romano, obligándolo a retroceder constantemente. Cuando su gladio alcanzó la loriga del legionario a lo largo del costado, este se vio obligado a arrojar sus armas al suelo. Solo una parte del público aclamó el éxito de Labieno. Los ojos estaban puestos todos en Pompeyo, el jefe del ejército, de cincuenta y ocho años, que aún se las apañaba mejor que cualquier otro.

Pompeyo se enfrentó al dárdano sin atacarlo. Vestía una pesada coraza anatómica ricamente taraceada y, por más que estuviese en forma, era bastante pesado en relación con el adversario. Este último, además, podía mantenerlo o golpearlo a distancia con la jabalina. El viejo general esquivó la punta por un dedo y luego, de rebote, pegó un mandoble sobre el asta de madera. No la rompió, pero el impacto bastó para hacer caer la jabalina. De inmediato Pompeyo puso el pie sobre el asta en el suelo, impidiendo que el adversario recogiera el arma.

Eliminado.

Los soldados prorrumpieron en aplausos y gritos de entusiasmo. En su mayor parte eran reclutas en pleno período de adiestramiento: todos esperaban alcanzar ese nivel de habilidad, y conservarlo hasta la edad de su comandante.

Pompeyo enfundó el gladio y recogió la jabalina. Se volvió hacia el margen del claro, apuntó y lanzó. El arma se clavó en el poste de entrenamiento más cercano, que se encontraba a por lo menos cincuenta pies.

Esta vez el público enmudeció. Fue Pompeyo quien habló:

—¿Sabrías hacer lo mismo, Labieno?

El desafío entre los dos comandantes continuaba.

Labieno no respondió. Se limitó a sonreír, enfundó el gladio y caminó hasta alcanzar un jinete capadocio. Lo invitó a bajar del caballo, pidió su lanza y montó en la silla. Cabalgó, cada vez más rápido, en dirección al poste golpeado por Pompeyo. Luego, aún lejos del objetivo, giró a la derecha. Alcanzó más o menos la misma distancia del blanco, pero a noventa grados de la posición desde la que había tirado Pompeyo. En la práctica, veía de lado la jabalina clavada en el poste.

Arrojó la lanza, siempre en movimiento.

Los soldados siguieron la trayectoria. El arma pasó por delante del poste, lo rebasó y aterrizó justo después. Un murmullo se extendió entre el público. Era de decepción, pero también de satisfacción: el mejor comandante de César no era rival para Pompeyo.

Labieno continuó cabalgando en círculo. Luego detuvo el caballo en las inmediaciones del poste. Desmontó y aferró la jabalina lanzada por Pompeyo. La extrajo con fuerza, luego recogió algo sobre el terreno. Levantó ambas manos y mostró a los soldados lo que apretaba en el puño.

Los dos trozos del asta de la jabalina.

Los reclutas tardaron un poco en reaccionar. Estaban tan desconcertados que fue necesaria una palmada de Pompeyo en los hombros de Labieno para que resonaran nuevamente las aclamaciones en el valle de Berea, cerca de Tesalónica. En efecto, era allí donde se habían reunido las fuerzas de los anticesarianos.

—¡Habéis visto, soldados, cómo se combate contra los legionarios y contra los guerreros de otras unidades! —gritó Pompeyo, dirigiéndose a los espectadores—. César dispone de fuertes y expertos veteranos, pero también de bárbaros galos y germanos. Los primeros usan nuestro característico gladio corto, de estocada; los otros espadas más largas, que golpean de lado. El valiente Labieno y yo os hemos mostrado cómo hay que defenderse de los ataques de ambos. Tenedlo en mente, durante el entrenamiento. En todo caso, ¡vuestros instructores ya encontrarán la manera de que no lo olvidéis!

»Los soldados están motivados. Están orgullosos de sus comandantes. Y yo estoy contento de que hayas decidido unirte a nosotros —dijo Pompeyo, dirigiéndose a Labieno mientras se encaminaban hacia el *praetorium*.

—Y yo he encontrado un gran general al que servir. Grande y leal, no como César: porque tú eres leal con tus colaboradores y con la República.

Pompeyo se regocijó. Le volvían loco los elogios.

—Las cosas están yendo bien. Hemos perdido España, pero César ha dejado libres a Petreio y Afranio: son dos buenos comandantes, que nos serán útiles en la continuación de la guerra. También Domicio Enobarbo ha conseguido huir de Massilia antes de que se rindiera la ciudad: no es un gran caudillo, pero tiene vastas clientelas y es asquerosamente rico. Por lo demás, solo buenas noticias. Ahora que ya no estás con él, César debe de hacerlo todo solo, y se desgastará rápido. Sus subalternos no valen una de tus piernas.

—Bueno, Décimo Bruto y Cayo Trebonio han conquistado Massilia, y Asinio Polión ha salvado a Actio Varo en África...

—Pequeñeces. Con la captura de las flotas de Cayo Antonio y Dolabela hemos eliminado las posibilidades de César de oponérsenos por mar. Bíbulo dispone de una flota imponente. Mi hijo le ha traído naves de Egipto; Cayo Marcelo y Cayo Coponio han obtenido otras de los rodios; Décimo Lelio de la provincia de Asia. Aquí César no podrá amenazarnos, aunque dispone de España, Italia, las Galias y las islas. El fracaso de Curión en África nos permitirá hacer aún más difícil el suministro de trigo en Italia. Y pronto llegará de Siria mi suegro, Metelo Escipión, con otras legiones de veteranos. ¿Cómo vamos de trigo?

—Muy bien. Nos han llegado provisiones de Tesalia, Asia, Egipto, Creta y Cirene. Tenemos bastante hasta las próximas cosechas. En este punto, podemos incluso evitar reforzar las guarniciones a lo largo de la costa epirota, en Apolonia, Dirraquio* y Orico. Mejor mantener aquí a los reclutas, donde están más motivados, en contacto con sus comandantes y en plena actividad. Y, luego, las costas del Epiro desguarnecidas son un buen

* Durrës.

cebo para alguien como César: conociéndolo, podría incluso atreverse a hacer la travesía de inmediato, y Bíbulo se lo comería vivo.

—En efecto. No tenemos nada que perder descuidando la defensa del Epiro. César no llegará hasta allí, en cualquier caso, y menos aún en invierno. Es más, casi debemos desear que lo intente, después de todo. Y tienes razón: como está loco, incluso podría atreverse. Pero ahora ven. Vamos a halagar a todos los reyezuelos que se han dignado a acompañar a sus tropas. Aún no te los he presentado y creo que ha llegado el momento...

César, sentado en la silla curul, los escrutó uno a uno. Los miró fijamente a los ojos. Sabía el efecto que provocaban sus ojos, que se clavaban como espadas en las pupilas de aquellos a los que tenía delante. En efecto, ninguno de los soldados osó hablar, ni consiguió sostener su mirada más de un segundo. Preferían desplazarla sobre los demás presentes en el *praetorium*: Aulo Ircio, el primípilo Cayo Crastino y los guardias germánicos.

Los conocía a todos, al menos de vista, aunque no recordaba sus nombres. Habían estado con él en las Galias desde la primera campaña contra los helvecios. Luego contra los germanos, y los belgas, y los armóricos, los eburones y Vercingétorix. Nunca una duda ni una vacilación a la hora de actuar, a excepción del enfrentamiento con Ariovisto y los germanos. Su entrega, su ciega obediencia a los legados, primero a Tito Labieno, luego a Cayo Fabio, le habían permitido superar momentos difíciles, alcanzar proezas memorables.

Quizá añoraban a Labieno. Quizá se arrepentían de no haberlo seguido. Quizá le habían cogido más cariño a él más que a su comandante supremo, al hombre que siempre les había pagado.

Ingratos.

—Hablad —dijo, al fin.

Debió pasar algún tiempo antes de que el soldado delegado de exponer sus reivindicaciones se decidiera a abrir la boca:

—Procónsul...

—Dictador —lo corrigió César.

—Dictador... Nosotros te hemos servido con constancia y empeño durante casi una década. Nunca hemos retrocedido ante ningún encargo, ni siquiera el más arriesgado, nunca hemos desobedecido a nuestros oficiales y siempre hemos intentado que estuvieras orgulloso de nosotros. En las Galias hemos pasado largos períodos combatiendo el hielo, a la intemperie, en las estaciones más inclementes y en las regiones más hostiles. Nunca un lamento, nunca una protesta, debes reconocerlo. Muchos de nosotros han muerto en el curso de las campañas, y sus reemplazos no se han mostrado menos valerosos. Lo hemos hecho también en la esperanza de que todo esto tuviera fin.

»Nos habías prometido un honorable licenciamiento una vez alcanzada la pacificación de las Galias, al término de tu proconsulado. No ha sido así. Nos han dicho que era necesario un último esfuerzo para asegurar tus derechos, y nuevamente hemos jurado apoyarte. Pero pensábamos de veras que se trataba de una última campaña, una última batalla.

»En cambio, parece que nos encontramos de hecho al inicio de una guerra civil. Estamos rodeados de enemigos y, en la mejor de las hipótesis, aún deberemos combatir años antes de conseguir una victoria decisiva. Tenemos en contra a gran parte de la aristocracia romana, gente rica que puede permitirse reclutar grandes ejércitos, y debemos enfrentarnos a generales válidos como Pompeyo y Labieno. No será fácil. ¿Cuándo llegará esta última batalla de la que nos has hablado?

»Después de diez años de guerra, no tenemos nada seguro. En las Galias, al menos, podíamos saquear. A veces conseguíamos algún botín, otras nos dabas esclavos que podíamos revender o joyas para conservar. Pero aquí, en Italia, nos hemos condenado ante los dioses y nuestros compatriotas, hemos cometido sacrilegios, con la sola recompensa de la pobreza. No nos has permitido ningún saqueo, ningún botín, ¿por qué combatimos, entonces? ¿En nombre de qué no merecemos aún recompensas y descanso? Tú tienes el tesoro del erario, ahora. Además de la paga, se nos había prometido una primera gratificación de cinco minas. En cambio, hasta ahora no hemos visto nada, salvo calderilla, y en cualquier momento Italia podría sufrir una invasión. ¡Muchos de nosotros morirán, quizá, sin haberse beneficiado nada de los sacrificios que han hecho por ti durante una década!

El soldado había empezado temeroso, casi balbuceando, apenas susurraba las palabras. Pero luego había dado fuerza a los conceptos expresados aumentando la intensidad de la voz y sosteniéndola con una actitud más decidida. Se detuvo y esperó la respuesta de César.

Que no llegó.

Al menos no de inmediato. El dictador volvió a escrutarlos en silencio y nadie, en la sala, osó rechistar.

Luego se levantó de la silla. Dio algunos pasos hacia delante y hacia atrás, rozando las dos paredes laterales de la sala, como trazando, con sus pasos, una imaginaria línea de demarcación entre sus amigos y sus enemigos. Finalmente, dijo:

—Sin embargo, conocéis mi generosidad. La habéis constatado en diez largos años de militancia a mis órdenes. Sabéis que no existe en el mundo un comandante más preocupado por gratificar a sus propios hombres. En las Galias habéis obtenido grandes ventajas de mi mando. En España, ¿acaso no he llegado a hacerme prestar dinero por los oficiales, con tal de daros lo que habéis definido como «calderilla»? ¿Creéis que puedo disponer del tesoro del erario a mi gusto? Ese oro es de Roma, del Estado, y yo solo soy responsable de él: sirve para satisfacer las necesidades de la guerra civil y para financiar los suministros, para asegurar un decente nivel de subsistencia a la población.

»Sabéis que soy conocido por mi celeridad. Mi intención es mantener las promesas, pero para que esto suceda, este conflicto debe tener fin. ¿Es culpa mía que nuestros adversarios huyan? ¡Debo liberar al Estado de esa camarilla rebelde que se opone a mis justas reivindicaciones, que también son las vuestras! ¿Es posible que no comprendáis que si caigo yo caeréis también vosotros? ¿Quién reconocerá un justo premio a vuestros esfuerzos, sino César?

»Me habéis hecho un juramento. Y este juramento es válido por toda la guerra, no solo por la mitad de ella. Ahora habéis incumplido vuestro compromiso. Por tanto, habéis cometido perjurio delante de los dioses, en particular delante de Venus, que me representa y protege. Os habéis rebelado, y pretendéis mandar a aquellos de los que debéis recibir órdenes. De modo que sois también unos insubordinados. Y, lo que es más grave, os habéis rebelado frente a un comandante que, sin duda, siempre ha sido muy benévolo con vosotros. Así pues, también sois unos ingratos.

»A mis ojos, pues, os habéis hecho responsables de una triple culpa: perjurio, insubordinación e ingratitud. No tengo piedad de vosotros, y no me interesa qué habéis hecho en el pasado por mí, porque yo he hecho otro tanto, si no más, por vosotros. Y más aún habría hecho, si os hubierais mantenido fieles. Ahora ya no sé qué hacer con vosotros. No puedo cargar con soldados de los que ya no me fío. Ni soldados cansados, desmotivados y venales, viejas ruinas que lloran como mujercitas porque no se les permite depredar a la pobre gente y a sus propios compatriotas. Para mí la IX ya no existe. Disuelvo la unidad con efecto inmediato, sin licenciamientos o premios de ninguna clase, y con deshonor. Todo lo que os hubiera correspondido al término de la guerra será repartido entre las otras legiones que se han mantenido fieles.

Dicho esto, César volvió a sentarse. Esta vez no miró a nadie a la cara. Estaba pálido, resentido y ofendido. Sus ojos se dirigían hacia abajo.

Un soldado avanzó. No era el que había hablado. Se echó a sus pies.

—No nos hagas esto, César, ¡te lo ruego! ¿Quieres convertirnos en mendigos? ¿Qué haremos sin dinero y sin la posibilidad de combatir?

También el portavoz se le acercó, imitando a su camarada.

—Nuestra protesta tenía como objetivo obtener una compensación, no finalizar una carrera. Siempre te has mostrado sensible a las exigencias de la tropa. ¡Trata de entender que nuestro comportamiento está justificado por la exasperación! Danos otra oportunidad. ¡Preferiríamos morir, antes que ser licenciados con deshonor!

También los demás soldados presentes asintieron en

voz alta. Su actitud, primero temerosa, luego orgullosa, se había vuelto suplicante.

César se levantó de nuevo. Volvió a pasear por la estancia.

—Bien, soldado, te tomaré la palabra. La legión sobrevivirá. Pero después de un diezmo.

XVII

Un lamento coral se alzó de toda la legión, y sus comandantes se arrojaron a las rodillas de César para implorarle. César cedió con dificultad, y muy poco, limitándose a conceder solamente esto: que eligieran por sorteo a ciento veinte soldados, los que al parecer habían promovido la sedición, y mataran a doce elegidos al azar.

APIANO, *La guerra civil*, II, 47, 195

—Ilustres monarcas y amigos, quiero presentaros al que probablemente sea mi comandante subalterno más valioso —comenzó a decir Pompeyo cuando se encontró frente a sus vasallos en el *praetorium*—. Se llama Tito Labieno. Y es valioso no solo porque es un caudillo tan hábil y experimentado como nuestro adversario, sino también porque ha sido durante largos años el más estrecho colaborador de César, además del artífice de gran parte de sus victorias. Por tanto, conoce todos los secretos de nuestro enemigo. Se puede decir que ha conquistado las Galias él mismo, ¿no es cierto, Labieno? Diles cómo venceremos a César...

Labieno se aclaró la garganta, incómodo. Nunca había visto junta tanta gente extraña. No recordaba haber quedado tan impresionado frente a las tumultuosas asambleas de los galos, que también había considerado muy pintorescas. Pero estos... Lo miraban, recelosos, con esos ojos oscuros y, a menudo, muy maquillados, como si fueran mujeres, envueltos en pesados abrigos acolchados y ricos en taraceas, de colores chillones, con ridículos sombreros, capas, fajas multicolores, pantalones abullonados; incluso los zapatos los tenían llenos de garabatos. Y luego joyas, brazaletes, collares y anillos por doquier. Se asombró de que no hubieran traído consigo sus concubinas. Pero quizá estaban escondidas en alguna parte.

Parecían fantoches, casi todos. Se preguntó cómo esos individuos podían dirigir a sus ejércitos en una guerra.

—Bien, he obtenido muchas victorias, en mi carrera al lado de César —dijo finalmente—. Las Galias eran grandes, y el procónsul delegaba ampliamente en sus legados. A menudo estábamos obligados a actuar por iniciativa propia porque las distancias eran demasiado amplias para esperar las órdenes del comandante supremo. Sin embargo, César es un centralizador: solo delega cuando se ve obligado y, si puede, se atribuye el mérito de cada empresa. Y este es, precisamente, su punto débil: se cree protegido por la Fortuna y se atreve a lo imposible, convencido de que todo le va a salir bien. En efecto, hasta ahora ha salido airoso de las situaciones más espinosas. Pero me tenía a su lado, guardándole las espaldas. Y, en todo caso, sus éxitos nos benefician, porque han reforzado su convicción de que es omnipotente. Por tanto, si le lanzamos el cebo, él picará. Si le hacemos creer que puede sorprendernos, él lo intentará. Aunque parezca desatinado e imposible. Y, antes o después, dará un paso en falso. La decadencia de un caudillo empieza justamente cuando se cree imbatible.

—Y esto, añado yo —dijo Pompeyo—, lo empujará a pedir cada vez más sacrificios a los soldados, que inevitablemente se rebelarán contra él.

—¿Por qué lo dejaste? —preguntó a Labieno uno de los oyentes.

El legado miró a Pompeyo. Este asintió.

—Mira, noble rey, nosotros, los romanos tenemos una concepción distinta que vosotros, los orientales, respecto del gobierno. Para nosotros es intolerable que uno solo quiera dominar sobre los otros. En otro tiempo teníamos reyes, pero los expulsamos. Para nosotros, desde hace siglos, el Estado es un bien de todos, y es justo que haya alternancia en la administración de los asuntos públicos. Como es justo que se dé, a todos, la posibilidad de participar o de aprobar y desaprobar la actuación de los hombres a los que se ha confiado el encargo de hacerlo. Nosotros encomendamos encargos para gobernar el Estado. Todos nosotros. César quiere ser el único en decidir a quién delegar la administración del Estado. Yo contribuí a incrementar su fuerza y sus aspiraciones, y solo después me di cuenta de sus desenfrenadas ambiciones. Pero no es demasiado tarde para remediarlo.

—¿Tienes algún rencor personal contra él?

—Hay quien dice que los tengo. Pero es del todo irrelevante frente la exigencia de salvaguardar la libertad de la República.

Pompeyo se adelantó:

—Querido Labieno, hace rato que conversas con estos nobles señores, y aún no te los he presentado.

Hizo señas al esclavo *nomenclator* de que se acercara y le susurrara al oído los nombres de los presentes.

—Este es el enviado del rey Antíoco de Comagene, que ha tenido la amabilidad de enviarnos a doscientos de sus mejores jinetes. Y he aquí al tetrarca de Galogrecia Tarcondario Castor que, junto al hijo del otro tetrarca, Domnilao, ha traído consigo a trescientos valientes jinetes. Este es Racípolis, el rey de los sapeos de Macedonia, y te aseguro que sus doscientos jinetes valen dos mil. Luego tenemos al valeroso Sadala, hijo del rey de los tracios, Coto, que ha traído quinientos jinetes. Y al rey de Capadocia, Ariobarzanes, también él con otros quinientos. Y he aquí a Deiotario de la Galacia: acabas de combatir contra uno de sus seiscientos valerosos guerreros.

Labieno dispensaba reverencias a todos. Sabía que debía complacerlos para contentar a Pompeyo, el cual parecía atribuir a aquellos bufones una gran importancia. El legado dudaba, en realidad, de que fueran a resultar muy útiles a la causa republicana: eran muchos y estaban demasiado convencidos de ser indispensables. Pronto harían pesar su presencia más que la aportación efectiva que estaban en condiciones de dar. Y luego estaban los senadores, que aportaban unas sugerencias que nadie había solicitado, lo que obstruía el mando de Pompeyo y volvía farragosa cada decisión.

Ya se veía a sí mismo dando órdenes a ese revoltijo de guerreros de características tan heterogéneas, lo que sin duda le obligaría a perder el tiempo explicándoles a aquellos orgullosos monarcas y príncipes los motivos de cada una de sus decisiones.

Estaba seguro de que también Pompeyo era consciente de la situación: resultaba mucho más peligrosa una sola cohorte de los experimentados veteranos de César que miles de esos pintorescos individuos. Pero el comandante supremo estaba obligado a adularlos, a magnificar las dotes de esos cuatro guerreros que habían traído para hacer acto de presencia: no podía permitirse perder el apoyo de la parte oriental del imperio, la única, ahora, con la que podía contar, después de la caída de España y con África siempre ligada a la incógnita de los desleales reyes númidas.

—Espero que también tú, Labieno, como nuestro querido amigo Pompeyo, querrás privilegiar a mis hombres en tus operaciones más importantes —le susurró Ariobarzanes—. Están ansiosos por demostrar al mundo la potencia de la Capadocia. Habrá claras ventajas, si los empleas de la manera correcta. Ventajas para la República... y para ti...

—Estoy seguro, querido Labieno, de que en las sesiones de entrenamiento has tenido ocasión de apreciar el valor de mis hombres. No tengo dudas de que los pondrás en primera línea de batalla en el momento oportuno. Saldrás ganando —aseveró Deiotaro de la Galacia.

—Me ha llegado el rumor de que das mucha importancia a la caballería, noble Labieno. Los míos están listos para apoyarte en cualquier acción. Basta con que nos pongamos de acuerdo... —murmuró Racípolis.

Era todo peor de lo que creía.

No solo serían inútiles para la causa republicana. Eran incluso perjudiciales.

Su atención fue atraída por un grupo de personas que había aparecido en el umbral de la sala.

—¡Pompeyo! ¡Mira quién ha llegado! —dijo Catón, de costumbre acompañado por el joven Bruto.

Pompeyo extendió los brazos y derrochó una amplia

sonrisa. Pero Labieno no estaba seguro de que estuviera contento.

—¡Cicerón! ¡Qué placer verte aquí! ¡Al fin has tomado una decisión! —exclamó el caudillo, yendo a su encuentro y abrazando al antiguo cónsul. Estaba presente también uno de los cónsules, Lucio Cornelio Léntulo Crus. El otro, Cayo Claudio Marcelo, estaba con la flota de Bíbulo.

—Mi querido Pompeyo, estoy aquí porque la deriva autocrática de César es una constante fuente de preocupación, para mí y para cualquiera que se preocupe por la República. Sin embargo, ¡no renunciaré a realizar todos los esfuerzos posibles para evitar que este conflicto traiga nuevos lutos al mundo romano! —dijo Cicerón, suspirando.

—¡No es posible ningún compromiso con César! —señaló Labieno—. Es curioso que no lo entiendas, cuando fuiste precisamente tú, Cicerón, el primero que avisaste del peligro que representaba, incluso cuando eran pocos los que albergaban tales sospechas. Recuerdo cómo te compadecía cuando te oía hablar mal de él. Ahora sé que tenías razón. Por eso me asombra que no te des cuenta de que la única opción posible, con César, ¡es una lucha sin cuartel! ¡Si no lo destruimos, encontrará siempre la fuerza para resurgir y volverá a constituir un peligro para la República!

—Me fastidia admitirlo, pero Labieno no se equivoca —convino Catón—. Hace muchos años que nos vemos obligados a oponernos una y otra vez a sus pretensiones. Si no lo detenemos definitivamente, sobre la República penderá una constante amenaza.

—Si es por eso, la República ya no es tal —repuso Cicerón, con tono grave—. Se ha hecho nombrar dictador por sus secuaces y por el pueblo, sin ningún respeto por la legalidad. El Estado se ha convertido en su posesión privada...

Catón protestó, indignado:

—¡El Estado aún somos nosotros! ¡Nosotros somos sus representantes legítimos! ¡Tenemos con nosotros a casi doscientos senadores! Hay dos cónsules todavía en ejercicio que no han estado presentes en la elección del dictador, un cargo que, por consiguiente, es nulo. Así como lo es todo lo que César establece y decide. Nosotros somos el gobierno de Roma, aunque nos hayamos visto obligados a exiliarnos. Y si no tenemos nuevos representantes para el año que viene, solo será porque no podemos celebrar unas elecciones normales. El gobierno estará, por tanto, representado por procónsules, propretores y cuestores: ¡mantendrán el cargo aquellos que ya poseían la magistratura!

—Tienes toda la razón —confirmó Pompeyo—. A fin de cuentas, también los atenienses, para defender la libertad, debieron abandonar su ciudad, y reconquistándola con una gran hazaña la hicieron aún más famosa. ¿Y qué decir de nuestros antepasados? ¡Escaparon a Ardea cuando llegaron los galos, y desde allí partió Furio Camilo para reconquistar la Urbe! Cualquiera que tenga un poco de sentido común sabe que la patria es la libertad, dondequiera que se encuentre... Nosotros no estamos aquí porque hayamos abandonado la patria. ¡Estamos aquí para protegerla, para prepararnos mejor en la guerra contra el hombre que desde hace tiempo le tiende trampas y que se ha apoderado de ella gracias a gente corrupta!

—¡Gente que elige vivir en la esclavitud en vez de beneficiarse de sus mismos derechos!

También Labieno quiso decir la suya.

—¿Ah, sí? ¿Y qué pretendéis hacer para lograr que

prevalezca la legalidad de este gobierno en el exilio? —protestó Cicerón—. Vosotros huisteis de inmediato, yo me quedé solo en Italia. Si os hubieras quedado todos, César no se habría atrevido a llegar a Roma, ni habría podido echaros sin atraerse el odio de la población. Y ahora él es más fuerte, nosotros más débiles...

—¿Más débiles? —repuso Pompeyo—. ¿Cómo puedes decir eso? ¿Acabas de llegar y ya haces juicios sobre la situación estratégica sin ni siquiera conocer las fuerzas de que disponemos? Has de saber, entonces, que la República ya tiene nueve legiones de reciente reclutamiento, y dos de veteranos, una obtenida de las dos legiones de la Cilicia, que tú deberías conocer bien, y la otra de los licenciados en Macedonia y en Creta, reclamados por el cónsul Léntulo. Y esperamos las dos legiones conducidas desde Siria por Metelo Escipión.

—No están completas. Hasta yo, que no entiendo de asuntos militares, lo sé —insistió Cicerón.

—Tampoco César tiene unidades completas, si es por eso —replicó Pompeyo—. Y, en todo caso, las nuestras están con todos los efectivos. He complementado las filas con elementos tésalos, aqueos, epirotas y beocios, y con los hombres capturados por Cayo Octavio en la victoria sobre Cayo Antonio en la isla de Curicta. ¿No te basta? Entonces te digo que dispongo de tres mil arqueros cretenses, espartanos, pónticos y sirios, y de dos cohortes de honderos. Y todos los nobles reyes y príncipes aquí presentes han contribuido a hacer aún más robusta mi fuerza de caballería: nada menos que siete mil hombres, que he incorporado con los galos y los germanos dejados por Aulo Gabinio en Egipto como guardias de corps del rey Tolomeo, con esclavos y pastores que he reclutado yo mismo y con mercenarios dárdanos, tracios e ilirios. En el frente marítimo, además, nuestra superioridad es aplastante...

—¡Esto significa que podemos tomar la iniciativa! —exclamó el cónsul Léntulo—. Tenemos fuerzas suficientes para invadir Italia y una flota lista ya para actuar. César no dispone de naves para oponérsenos ni de fuerzas suficientes para frenar el desembarco.

—De hecho, César no dispone ni siquiera de naves para venir a buscarnos. Está obligado a languidecer en Italia, a soportar el descontento que pronto aumentará entre los soldados y la población. A nosotros nos basta con esperar...

—¿Esperar? ¡No es digno de quien tiene la responsabilidad de defender el Estado! —replicó el cónsul—. ¡Y me sorprende que precisamente tú, Pompeyo, sostengas esta estrategia tan cobarde! ¡Tú que has combatido y cosechado conquistas durante tanto tiempo! Quizá haya llegado el momento de que cedas el paso a los más jóvenes: has perdido la determinación de antaño.

Pompeyo saltó hacia delante, situándose a un palmo apenas del rostro de Léntulo. Los reyes y los príncipes orientales se miraron desconcertados.

—Ven afuera y enfréntate contra mí, si piensas esto. Hasta ahora, nunca te he visto batirte con nadie...

—¡Basta, basta!

Catón se interpuso entre los dos.

—Hemos decidido desde el principio confiar a Pompeyo el mando de las operaciones militares. ¡Respetaremos sus decisiones, pase lo que pase! Hasta ahora, desde que partimos de Italia, no hemos sufrido daños si exceptuamos lo de España. ¡Es más, nos hemos reforzado! Es César quien se juega el todo por el todo, no nosotros. Continuaremos haciendo como sugiere Pompeyo.

Este se sintió en el deber de reafirmar su tambaleante autoridad:

—Me he puesto a vuestra disposición como soldado y comandante. Creo que todos me reconocen alguna experiencia en la guerra y una cierta suerte, dado que nunca hasta ahora he sido derrotado. Por tanto, ruego a los dioses que me permitan ser útil ahora que la patria está en peligro, como lo he sido cuando estaba en plena expansión. Confiad en mí, en la amplitud de los recursos puestos a nuestra disposición y en los vínculos que he entretejido con nuestros amigos aquí presentes. Y tened también fe en nuestra causa: es la expresión de una ambición noble y justa, a la cual los dioses no harán faltar ciertamente su apoyo.

El cónsul resopló. Catón extendió los brazos. Cicerón tenía una expresión perpleja. Bruto estaba confundido, Pompeyo parecía irritado. Los reyes y los príncipes descolocados. Labieno se preguntó qué habría sucedido después de la llegada de los demás, de todos aquellos que consideraban que tenían voz y voto: el obtuso Domicio Enobarbo, el vanidoso Metelo Escipión, el vacuo cónsul Marcelo, el joven bravucón Cneo Pompeyo, el rencoroso Bíbulo... Sin contar los otros comandantes subalternos, como Petreio, Afranio, Actio Varo, que tenían bastante experiencia militar, ellos sí, para ser escuchados...

Conociendo a César, Labieno no excluyó que su política de clemencia apuntaba precisamente a crear confusión entre las filas enemigas, debilitando el mando de Pompeyo con la simultánea presencia de un gran número de generales. O supuestamente tales.

Todo el ejército de César se desplegó frente a Placentia. Las legiones, en filas compactas como si estuvieran a punto de combatir, estaban dispuestas en círculo: circunscribían un claro junto a los campamentos, en los cuales estaban alineados otros soldados en dos largas líneas paralelas.

Soldados armados con palos.

Las dos filas formaban un corredor, en cuyo extremo doce hombres vestidos solo con la túnica esperaban su suerte. En el extremo opuesto, justo en el centro del claro, se encontraba César, sentado. A su lado, una mesa con tablillas enceradas y secretarios listos para despachar la correspondencia. Luego sus ayudantes y la guardia germánica.

—Hemos perdido demasiado tiempo con esta historia. Lee la proclama —ordenó César a Aulo Ircio. Luego, en voz baja, se puso a dictar una carta a uno de sus secretarios.

—El dictador Cayo Julio César ha venido en persona a constatar la sedición que la IX legión ha iniciado, faltando a la palabra dada frente a los dioses —empezó a decir Ircio—. En un primer momento, decidió licenciar con ignominia a toda la unidad; luego, tras las apremiantes demandas de los directos interesados, ha optado por el diezmo, previsto por las leyes de la República.

»En su bien conocida generosidad y magnanimidad, ha finalmente decidido limitar el castigo a los ciento veinte rebeldes de los que ha nacido la sedición. Han sido los propios soldados que expusieron sus reivindicaciones al dictador quienes se han inculpado a sí mismos y señalado a sus cómplices. Entre estos se ha realizado un sorteo que ha sancionado la muerte de uno de cada diez. Los condenados pasarán ahora entre las dos filas de camaradas, que están obligados a apalearlos hasta la muerte. A cualquiera que salga vivo del corredor se le conmutará la pena. Entre los doce, para su particular vergüenza, ha sido incluido también el centurión Cayo Titurio por haber señalado entre los sediciosos a un soldado que, según pudo comprobarse, no estaba presente en el momento de la rebelión. Los otros ciento ocho responsables de la revuelta comerán cebada, en vez de trigo, durante un mes. ¡Y, ahora, que entre el primer condenado!

El primer rebelde fue escoltado hasta la entrada del corredor. Sus compañeros lo esperaban, empuñando los palos. El condenado se quedó en la puerta, con la cabeza gacha. El centurión que lo acompañaba esperó unos instantes y luego le dio un empujón, obligándolo a entrar. El soldado acabó en el suelo. Dejaron que se levantara antes de asestarle el primer garrotazo. Vaciló, pero no cayó. Trató de continuar, pero recibió otro golpe, y luego otro más. Los palos empezaron a caer sobre él cada vez con mayor frecuencia, acompañados por los alaridos de los legionarios alineados y por los insultos de sus verdugos.

El condenado caía, se levantaba, volvía a caer, caminaba a gatas, se arrastraba, era catapultado hacia delante, siempre bajo una andanada de golpes. César observaba en silencio, como sus germanos. El corredor se hizo cada vez más estrecho, y el dictador dejó de ser visible para el condenado. A medida que avanzaba, se acercaban más soldados y asomaban la cabeza más allá de los palos de los compañeros que los precedían para ver qué quedaba por apalear.

Al final, los últimos legionarios del corredor se dejaron algo de espacio para no golpearse mutuamente. En el suelo, deslizándose como una serpiente, se movía aún una papilla de carne humana, un cuerpo deforme y sanguinolento que avanzaba hacia el dictador. Los palos cayeron aún sobre aquel que había sido un veterano de la IX legión, un vencedor de los helvecios, de los germanos, de los belgas, de Vercingétorix. A los pies de César llegó un brazo machacado, tendido implorando su perdón. El cuerpo, cubierto de polvo y sangre, emitió los últimos suspiros justo bajo los ojos del dictador para luego detenerse, inmóvil, bajo su mirada. César gritó:

—¡Que entre otro!

Luego se volvió a su secretario.

—Esta es para Lépido. Escribe. Ilustre pretor, me entretendré en Roma solo pocos días. Pero en esta breve estancia quiero resolver algunas cuestiones muy importantes para mí y para el pueblo romano. Como sabes, la guerra ha hecho subir los precios y ha hecho aún más difícil, para los deudores, hacer frente a sus compromisos. El resultado es que mucha gente se empobrece, mientras que los acreedores ya no disponen de los capitales necesarios para invertir y, sobre todo, para subvencionar nuestras campañas. Después de los éxitos en España, su confianza hacia mí ha aumentado, pero naturalmente debemos demostrar que nos tomamos muy en serio sus intereses. Prepárame, por tanto, un borrador de edicto que permita a los deudores asumir sus obligaciones cediendo sus propiedades a un precio prebélico. Si es posible, restando la suma ya pagada por los intereses. Los acreedores perderán, pero, he calculado, no más de un cuarto del capital invertido con el préstamo, lo cual es, de todos modos, un modo de volver a poner el dinero en circulación...

César se sintió alcanzado por una salpicadura caliente en la cara. Un hombre, deformado por los golpes, se derrumbó casi a sus pies. El dictador notó que la sangre le había ensuciado también la toga. Aferró un borde de ella y se limpió el rostro.

—Prosigamos con Lépido. También tengo la intención de restituir los derechos civiles a los descendientes de todos los proscritos por Sila, y de revocar el exilio a cuantos han sido condenados bajo Pompeyo. Prepárame una lista, y hagamos como si se tratase de leyes aprobadas por los tribunos de la plebe. Por lo demás, estoy seguro de que, después de mi nombramiento como dictador, también has dispuesto mi elección como cónsul para el próximo año junto a Publio Servilio. Dispón también los siguientes nombramientos: tu propretura para la Hispania Citerior y la de Quinto Casio Longino para la Ulterior; Aulo Albino para Sicilia; Décimo Bruto, que lo ha hecho tan bien en Massilia, para el proconsulado de las Galia Narbonense; Sexto Peduceo pretor para Cerdeña. Firma. Y ahora una para Marco Antonio.

Los alaridos de los soldados subieron en intensidad. César levantó la cabeza. Uno de los condenados estaba fuera del corredor. Se las había arreglado, quién sabe cómo, para quitarle el palo a uno de sus verdugos y se estaba abriendo camino.

No estaba permitido.

El condenado podía salvarse, pero debía recorrer todo el pasillo. César hizo una seña a Ortwin. El germano asintió. Cabalgó hacia el fugitivo, al cual, según parecía, los espectadores alentaban. Lo alcanzó, le bloqueó el paso y lo hizo caer. El chico se vio obligado a detenerse para no ser pisoteado. Se encontró junto a la fila más cercana de verdugos, los cuales, apenas lo tuvieron al alcance, volvieron a apalearlo. Todo regresó a la normalidad.

—Ircio, haz castigar al legionario que se ha dejado birlar el palo —dijo César—. Un mes a cebada. Continuemos con la carta. Querido Antonio, ve de inmediato a Brundisium con las legiones ya concentradas en las inmediaciones de Roma. Yo te alcanzaré con el resto del ejército apenas haya despachado los asuntos más urgentes en la Urbe. Pompeyo está en Grecia para reunir y adiestrar a sus tropas. No debemos darle tiempo de organizarse. Soy de la opinión de que más que cualquier otra cosa me beneficiará la rapidez de acción. Por consiguiente, debemos obligar a nuestro enemigo a combatir, y el único modo de impulsarlo a renunciar a su estrategia elusiva es adueñarnos de sus bases navales en Epiro. Solo así vendrá a buscarnos. Bíbulo vigilaba el Jónico, y nosotros, después de las derrotas de Dolabela y de tu hermano, no tenemos fuerzas suficientes para forzar el bloqueo naval del enemigo. Sin embargo, si hay un momento en el que podemos confiar en alcanzar la costa epirota, es precisamente este. Bíbulo no espera que intentemos la travesía en pleno invierno. En guerra, la acción más valiosa es la inesperada. Ya he dispuesto hacer que se reúnan en Brundisium todas las naves que las ciudades costeras estén en condiciones de proporcionarnos. Sin duda, no serán suficientes para transportar las once legiones que tengo la intención de llevarme, con la caballería y los auxiliares galos, germanos, cretenses y baleares. Por lo tanto, yo zarparé de inmediato con todas las unidades que consiga embarcar. Nada de esclavos ni de equipaje: todo el espacio debe estar reservado a los soldados. Sustraeremos los suministros a Pompeyo una vez que hayamos atravesado el mar. Tú me seguirás en cuanto te devuelva las naves. Se entiende que una legión permanecerá vigilando la base. Entretanto, nada más llegar a Epiro me encargaré de asumir el control de los principales puertos, como Orico, Apolonia y Dirraquio. Cuento, por supuesto, con que tú lo ejecutes todo de la manera más rápida. Firma y envíala inmediatamente.

Alzó los ojos. Los soldados estaban llevando otro cuerpo machacado a las inmediaciones de su posición, donde yacían los otros cadáveres. Este último no había tardado gran cosa en desplomarse. Mientras, las dos filas de hombres con palos se estaban ensañando con otro condenado.

—Pásame la tablilla y el estilo. Esta la escribo yo —indicó César al *beneficiarius*. Cuando tuvo en la mano los instrumentos para redactar la carta, se detuvo un instante para reflexionar sobre el tono que debía usar con Servilia. Mejor no parecer demasiado frío, se dijo. Es más, quizá era mejor fingir que aún la amaba, acaso permitiéndole adjudicarse en subasta bienes confiscados. Tal vez la correspondencia con su hijo Bruto le había permitido obtener algunas informaciones útiles: aquel muchacho siempre había sido un ingenuo.

César esperaba que ella cumpliera su propósito, cuando la viera en Roma.

De pasada. Siempre de pasada.

XVIII

> [...] cuando Pompeyo se detuvo en Durrës y dio la orden de delimitar el campamento, mientras el ejército seguía mostrándose aterrado, se adelantó Labieno primero jurando que no lo abandonaría y que correría su misma suerte, cualquiera que fuese aquella que la Fortuna reservara para él.
>
> CÉSAR, *La guerra civil*, III, 13

—¡Ya vienen! ¡Ya vienen!

El bullicio de la calle se oía de manera clara incluso en la trastienda de la pequeña lavandería, donde Veleda trabajaba con sus dos amos. Lippeo puso un nuevo tejido sobre el armazón de madera bajo el cual ardían azufre y bisulfitos, luego fue hacia el edificio.

Antes de entrar se dirigió a su hijo:

—Gabro, cuídate tú del blanqueado. Voy un momento a la calle a ver qué sucede.

Veleda vio que Gabro dudaba. Lo hacía siempre cuando estaba obligado a ocuparse del blanqueado. Una distracción suya, hacía cinco años, provocó un incendio en el armazón de madera que abrasó el propio artilugio, las telas y su mismo cuerpo. Desde entonces el joven, marcado de manera horrible por las llamas, prefería evitar esa fase del proceso de abatanado.

—Ve tú —le ordenó finalmente a Veleda, indicando el armazón con un gesto del mentón desollado. Él, entretanto, continuaba usando perezosamente la carda sobre un paño colgado de un hilo.

La muchacha obedeció sin decir nada. Como de costumbre. Por otra parte, consideraba el blanqueado una tarea menos desagradable que la que estaba realizando. Salió de la amplia tinaja llena de orina donde sus pies llevaban pisando telas durante horas. Cuando había empezado a trabajar para ellos, nueve meses antes, le habían explicado que la inmersión en la orina era fundamental para compactar el tejido. Y desde entonces, siempre le había tocado a ella llenar las tinajas, sumergir las telas y pisarlas. Los dos se cuidaban bien de no hacerlo: antes de capturarla se valían de niños a los que, sin embargo, estaban obligados a pagar.

En ocasiones, Veleda llevaba a cabo también las demás tareas del abatanado: desengrasado, apisonamiento, golpeo, lavado, cardadura, cepillado, eventual blanqueado y, por último, prensado. Naturalmente, le tocaba también ayudar a sus amos a procurarse la orina. Los tres se encargaban de los orinales que había adosados frente a la tienda, que la gente se complacía en utilizar. Pero la cantidad de líquido siempre era insuficiente para las necesidades de la pequeña lavandería, y así los tres debían realizar expediciones periódicas en otros barrios. Allí, cubo tras cubo, vaciaban los cajones llenos de los condominios y llenaban los odres con los que abarrotaban su carro.

Veleda ya se había acostumbrado al mal olor y al contacto con la orina, y ya no se preocupaba por las salpicaduras que le alcanzaban el vestido y el rostro mientras sumergía el cubo en el depósito. Tampoco se indignaba cuando sus amos se divertían meando en la tinaja donde ella estaba trabajando. Ya no reaccionaba desde que, la primera vez que lo hicieron, Veleda pateó y la orina salpicó sobre Lippeo: el viejo la agarró de la cabeza y la sumergió en otra tinaja, hasta casi ahogarla.

Pero ninguna tarea era más desagradable que la que debía realizar de noche. Al principio, Gabro iba a acostarse a su lado sobre el jergón de paja que le habían concedido como lecho. Luego, cuando el muchacho se descubrió enamorado de ella, le permitió dormir con él en su propia cama. De hecho, lo exigió. Y no pasaba noche que ella, por suerte en la oscuridad, no estuviera obligada al contacto con aquella piel llagada.

No era un mal chico, Gabro. Pero era un poco tonto y estaba por completo sometido a su padre. Si no hubiera sido por él ni siquiera se habría atrevido a tocar a Veleda, a pesar de que se sentía morbosamente atraído por ella. Era tímido, y estaba acobardado frente a una mujer que consideraba extraordinariamente bella, demasiado para alguien como él. No obstante, su padre le había dado una paliza, hasta hacerle sangrar, para que encontrase el valor de violarla. Y luego la había violado también Lippeo para mostrarle a su hijo cómo se poseía a una mujer.

Desde entonces Gabro la había tomado cada noche, a veces después de su padre.

Y Veleda había aprendido a no sentir nada. Ni placer, que no podía de ningún modo sentir, ni asco, que hubiera vuelto intolerable aquel rito. Sencillamente, cerraba los ojos y salía de sí, acariciando de forma mecánica, con su única mano, la espalda de Gabro, la única parte de aquel cuerpo martirizado que no había sido alcanzada por las llamas. De aquella manera podía confiar en evitar los golpes con los que Lippeo la sometía cuando no la veía muy entregada.

Era esto, más que ninguna otra prueba de las muchas a las que tenía que enfrentarse en aquella lúgubre vida, lo que la había convencido de que se había vuelto más fuerte que nunca. Se sentía en condiciones, ahora, de soportar cualquier cosa: incluso el arrepentimiento por no haber querido permanecer con César, con los propios compatriotas y con Ortwin, donde nadie la había privado nunca del respeto debido a su rango. Pero se trataba de César, el hombre que había derrotado a su padre y marcado su destino. De sus compatriotas, los guerreros que se habían dejado corromper por los halagos del general romano. Y de Ortwin, cuya indiferencia no conseguía tolerar.

No. Habría actuado del mismo modo incluso si hubiera podido prever qué la esperaba.

Y, además, siempre estaba la posibilidad de volver con Quinto.

En caso de que lo encontrase.

Y si él la quisiera de vuelta.

Si el ejército de Pompeyo volviese a la zona.

Si ella consiguiera reconquistarlo.

Si lograra liberarse de sus captores.

Si no moría antes.

—Preparaos. Salimos de la ciudad. Hay negocios que podemos hacer si nos damos prisa.

Lippeo acababa de regresar del patio.

—¿Qué ha sucedido? —fue la obvia pregunta de Gabro.

—Dentro de poco, llegarán aquí decenas de miles de

soldados y civiles. Gente que necesitará ropa. César ha salido a toda prisa desde Apolonia. Marcha velozmente a lo largo de la costa. Pero ha sido avistado otro gran ejército que viene desde el interior, a lo largo de la vía Egnatia: obviamente se trata de Pompeyo. Sin duda, están tratando de llegar a Dirraquio antes que el adversario. Estamos en una base naval que desean ambos: Pompeyo sabe que su débil guarnición no será suficiente para impedir que César la conquiste, y César sabe que adueñarse de Dirraquio, después de haber asumido el control de Orico y Apolonia, privará a la flota enemiga de cualquier posibilidad de aprovisionamiento en tierra. ¡Venga, vamos a venderles algo de ropa antes de que se maten entre ellos y no quede nadie que pueda pagarnos!

Veleda se iluminó. Ya sabía que César andaba cerca. Había desembarcado en la costa epirota hacía una semana, y temía que hubiera llegado a Dirraquio. Se había preguntado, en aquellos días, cómo reaccionaría ante la entrada de las tropas cesarianas en la ciudad, ante el posible encuentro con Ortwin y con sus otros compatriotas.

Pero venía también el ejército de Pompeyo. Podía esperar que llegaran primero ellos, y quizá reencontrarse con Quinto.

Se puso a reunir las telas que cargaría sobre el carro con un ímpetu que asombró a sus propios amos.

Quinto Labieno estaba sin aliento. Miró a su alrededor. Ahora todos caminaban a duras penas como él, o incluso peor. Mientras, lanzaban de vez en cuando una mirada torva a los oficiales, que los adelantaban ignorándolos desde la silla de sus caballos. Solo los centuriones y los *optiones* avanzaban a pie, con la tropa. El resto de los graduados no tenían que soportar los esfuerzos terribles que Pompeyo exigía a los legionarios para llegar a Dirraquio antes que César.

Había sido una semana de descenso al Hades. El suyo parecía un ejército derrotado, no uno que iba al encuentro del enemigo. Y pensar que, solo pocos días antes, estaban tranquilamente encaminándose hacia los cuarteles de invierno, a paso lento, entre las bromas de los veteranos a los reclutas y las groseras carcajadas, con la perspectiva de algunos meses de tranquilo reposo. Luego llegó la noticia de que César había desembarcado en Epiro, en Paleste, con siete legiones, sin que Bíbulo hubiera hecho nada para impedirlo.

La noticia la había traído Vibulio Rufo, capturado por César primero en Corfinium, luego en España y de nuevo liberado, esta vez para llevar las propuestas de paz del autócrata. Las habituales propuestas hipócritas sobre el licenciamiento conjunto de los ejércitos para devolver la decisión al Senado y al pueblo de Roma. ¿Qué pueblo? ¿El que el supuesto cónsul había corrompido y asustado mientras había estado en la Urbe? ¿Qué Senado? ¿El formado por los cobardes que se habían puesto a sus órdenes, o aquel que, siguiendo a Pompeyo, había elegido valerosamente el arduo camino de la legalidad y la libertad?

Cabalgando noche y día y cambiando de caballo en cada ciudad para ganar tiempo, Rufo había cruzado la columna en marcha, y de inmediato el camino de los soldados se había cerrado. Pompeyo, al principio, no quiso creerlo. Obviamente, nunca descartó del todo que César estuviera tan loco como para desafiar las insidias del mar en invierno y la flota de Bíbulo: pero también contaba con que había unas altas probabilidades de que fracasase.

Luego había debido rendirse a la evidencia: César había desembarcado con sus fuerzas casi intactas. Esperaba salvar Orico y Apolonia, demasiado cerca de Paleste y poco defendidas, pero también contaba con llegar antes que el adversario al menos a Dirraquio, donde había acumulado la mayor parte de los suministros para el invierno.

El problema era que César ya se encontraba cerca de Dirraquio. Una tempestad había complicado su desembarco y dispersado a sus efectivos, al menos en un primer momento. Quinto tuvo que reconocer, a su pesar, la escasa eficacia de la estrategia que su padre le había sugerido a Pompeyo, que preveía una vigilancia mínima de las bases costeras para privilegiar el reclutamiento en Grecia. Si en la zona hubieran estado presentes tropas en número adecuado, habrían podido aprovechar la vulnerabilidad de César inmediatamente después del desembarco. Y, en cambio, según lo relatado por Vibulio Rufo, el caudillo había reagrupado enseguida a sus hombres y había empezado el ascenso por la costa hacia Dirraquio.

Ellos, sin embargo, aún debían recorrer más de ciento cincuenta millas, pero Pompeyo fue consciente desde el principio que no le iba a resultar nada fácil obligar a una marcha forzada a un ejército tan heterogéneo. Sus hombres, provenientes de las más diversas partes del mundo romano y de más allá de sus fronteras, tenían hábitos, preparación, experiencia y resistencias distintas de una unidad a otra, y la larga columna se había encontrado muy pronto dividida. Los más rápidos se veían obligados a detenerse repetidamente para esperar a los más lentos: no tenía sentido llegar a Dirraquio con una parte de los efectivos, arriesgándose a que solo dicha parte del ejército tuviera que enfrentarse a César.

Entretanto, llegaban noticias funestas. Los ciudadanos de Orico habían forzado al comandante de la guarnición a entregar a César las llaves de la ciudad, y los responsables de la flota, Lucrecio y Minucio, se habían sentido obligados a hundir sus dieciocho naves atracadas en la rada y a huir de Dirraquio. Luego había sido el turno de Apolonia: tampoco allí se había opuesto resistencia, lo que llevó al prefecto a abandonar la ciudad.

Y ahora no solo Bíbulo no estaba ya en condiciones de amenazar a César, sino que ni siquiera podía acceder a los suministros a lo largo de la costa. De un día para otro, en resumen, la situación estratégica parecía haber dado un vuelco a favor del enemigo. Pero aún había posibilidades de revertir la situación: había que mantener Dirraquio, y esperar que Bíbulo consiguiera bloquear la llegada de los refuerzos que seguramente César esperaba desde Italia. Entonces, atrapado entre la flota, la fortaleza costera y el ejército numéricamente superior de Pompeyo, el supuesto cónsul se condenaría sin remisión.

Por ese motivo, Tito Labieno sugirió privar al enemigo de cualquier fuente de sustento y hacer inaccesibles las vías de acceso al interior. Los soldados, agotados por una marcha que no conocía pausas, ni de día ni de noche, se detenían casi de forma exclusiva para quemar los campos, talar árboles y desplazar rocas con las que bloquear los caminos, y para cortar los puentes que dejaban atrás.

Las unidades se disolvían. Cada tanto alguien desaparecía, quizá desertaba, quizá se apartaba un poco de los demás para conceder a su cuerpo un breve descanso. Inmerso en sus pensamientos, Quinto se percató solo en el último momento de que estaba al borde de un barranco, en cuyo fondo pudo distinguir un brillo. Miró mejor y vio un yelmo que se movía. Se asomó más, y así pudo observar a un grupito de soldados que se escondían. Llamó la atención del centurión y le señaló a sus camaradas; luego tuvo que seguir al oficial, junto con otros soldados, para ir a atrapar a los fugitivos.

Siempre sería mejor que cortar árboles, pensó.

Bajaron una hondonada insidiosa, de terreno friable y resbaladizo, a los márgenes de la vía Egnatia. Un palizón más, que se sumaba a las largas horas pasadas a lo largo del camino. Encontraron a los legionarios con el gladio desenvainado.

—No somos desertores. Dejadnos descansar en paz. ¡Volveremos en cuanto estemos en condiciones de hacerlo! —dijo uno de ellos.

—Por lo que a mí respecta, si no sois desertores sois unos holgazanes. ¡Os ordeno que subáis! —exigió el centurión, desenvainando también el gladio. Quinto y los demás se sintieron en el deber de imitarlo.

—¡Un hombre debe descansar cada tanto! Nos habéis obligado a dejar lo poco que teníamos para ir más rápido. Nos hacéis marchar noche y día. Nos impedís comer. Nos hacéis trabajar incluso durante las pausas...

—Es la única manera de llegar a Dirraquio antes que César.

—¿Y de qué servirá llegar a Dirraquio agotados? César nos vencerá fácilmente, ¡si no tenemos fuerzas para afrontar una batalla!

—También él está marchando a marchas forzadas. Los suyos no estarán menos cansados.

—Puede ser. Pero eso solo significa que será más sencillo morir, tanto para nosotros como para ellos. ¿Vale la pena? Yo digo: dejémosles Dirraquio. No tiene sentido morir por inanición o de gladio por culpa de los errores del alto mando. Todos sabemos que las guarniciones sobre la costa deberían ser más fuertes...

Aquella consideración implicaba también a Tito Labieno. Quinto no pudo contenerse y anticipó la respuesta de su superior:

—¿Que si vale la pena? ¡Estás combatiendo para no ser esclavo, legionario! ¡Estás combatiendo para continuar siendo un ciudadano romano con plenos derechos, no un pobre diablo que solo puede vivir con dignidad si acepta complacer a César! Eres un romano, heredero de hombres libres, ¿y no estás dispuesto a todo con tal de evitar la esclavitud, la dependencia de un solo hombre que no es mejor que tú, pero que se cree infinitamente superior?

El legionario lo miró, quizá turbado por la intensidad de sus palabras. Pero Quinto no tuvo ocasión de saber si su discurso había producido algún efecto. Una flecha se clavó en el terreno justo en medio de las dos pequeñas alineaciones. Miró hacia arriba. Los arqueros orientales a caballo se estaban encargando de restablecer el orden. Tenían a tiro al grupito de disidentes, ahora descubiertos. A estos últimos no les quedó más remedio que enfundar las armas y subir con la cabeza gacha.

Quinto no se hacía ilusiones: sabía que Pompeyo y Labieno no podían fiarse demasiado de gente así. Y el problema era que la sedición se propagaba por todo el ejército, a pesar de que la campaña acababa de empezar y aún no se había cruzado una sola espada contra el enemigo. El ejército de Pompeyo estaba lleno de reclutas que se habían mostrado tan entusiastas durante la formación —por otra parte, incompleta— como refractarios a cualquier esfuerzo en cuanto la cosa había comenzado a ponerse seria.

Para un veterano como él, era lícito preguntarse qué rendimiento habrían ofrecido, en la batalla, elementos tan inconsistentes. También se preguntó cómo resolver la cuestión. Ahora el enfrentamiento estaba próximo, y ya no había tiempo de templar los nervios y despertar la fidelidad de la tropa, más que poniéndola a prueba en una batalla campal: un riesgo y una incógnita más para los representantes de la libertad contra el tirano. Se prometió hablar de ello con su padre: Labieno esperaba que los legionarios de César se rebelaran de un momento a otro contra su comandante, pero Quinto tenía la impresión de que eran, de todos modos, más fiables que las tropas republicanas.

Por suerte, Dirraquio estaba casi a la vista. Otros dos días de marcha, y probablemente Pompeyo llegaría a ella con la mitad del ejército.

—¡Deprisa! ¡Debemos apresurarnos o llegarán antes! —gritó Aulo Ircio señalando la nube de polvo que se alzaba hacia el interior, justo al este de Dirraquio.

César se encogió de hombros.

—Déjalos.

Aulo Ircio lo miró asombrado. Desde que habían salido de Apolonia, habían empleado mucho más tiempo del que cabría esperar, dada la proverbial rapidez de César. El cónsul había ido haciendo paradas para recibir a los embajadores de los países vecinos, para ganarse las simpatías y el apoyo de los epirotas. Y luego había concedido a los soldados pausas más largas de lo que habría requerido una marcha forzada. Todo esto a pesar de que se sabía que en Dirraquio los enemigos habían acumulado la mayor parte de los suministros para el invierno. Y aun sabiendo que la conquista de la ciudad garantizaría el control de toda la línea costera, impidiendo cualquier conexión entre las fuerzas de tierra de Pompeyo y las de mar.

Controlar Dirraquio, en definitiva, era de vital importancia para la continuación de la campaña. César debería dedicarle a ello toda su energía.

Ircio se lo comentó a César:

—César, debemos llegar primero. Es fundamental en todos los sentidos.

—Es más importante que ellos crean que nos tienen en un puño. Y nosotros no tenemos suficientes tropas como para que nos podamos permitir el lujo de dispersarlas vigilando todos estos centros.

—¿Qué...?

—¿Por qué crees que he liberado a Vibulio Rufo? ¿Creías de verdad que quería servirme de él como mediador? Sabía perfectamente que haría lo imposible para advertir a Pompeyo de mi desembarco. Y quería que mis enemigos agotasen a sus espantados reclutas en una marcha por etapas forzadas: la presión imprevista minará su confianza en el comandante y debilitará su entusiasmo. A algunos podrían pasárseles las ganas de seguir a sus órdenes...

—De acuerdo. Admitiendo que las cosas sean así, una vez que hayan tomado Dirraquio recobrarán la confianza...

Aulo Ircio aún estaba perplejo.

—No. Al menos, no en la tropa. Al simple soldado se le escapa el significado de un objetivo intermedio como este. Pero, por contra, los comandantes y los senadores se sentirán eufóricos. Aunque Pompeyo y Labieno saben que el control de Dirraquio es solo una etapa de la campaña, los otros, los príncipes extranjeros y los civiles, que creen que se las saben todas en asuntos militares, deducirán que me encuentro en grandes dificultades y querrán decir la suya. ¿El resultado? A nuestro favor, lo mínimo que puede pasar es que a Pompeyo le cueste aún más imponer su mando; el máximo es que lo obliguen a presentar batalla.

—Ya —reflexionó Ircio—. Pompeyo sabe que se juega el todo por el todo enfrentándose en campo abierto contigo y tus experimentados legionarios. Estando a la defensiva tiene muchas más esperanzas de salir airoso.

—Exacto. Y de eso se trata precisamente en esta campaña: de obligarlo a combatir pese a su voluntad de evitarlo. Y ahora, dejémosle creer que nos hemos resignado a dejarnos birlar Dirraquio bajo nuestras narices. Ve a decirle a la vanguardia que no crucen el río Apso. Acamparemos a lo largo de la orilla meridional. El río impedirá que Pompeyo nos asalte, al menos hasta que hayamos recibido las legiones lideradas por Antonio.

—Pero es de esperar que estén aquí muy pronto. Si Fufio Caleno ha conseguido devolver a Brundisium todas las naves que nos han conducido hasta aquí, podría llegar en cualquier momento.

—No. Los refuerzos no llegarán tan pronto. Ahora Bíbulo está alerta, vigila todos los puertos y controla las costas. Nos arriesgaríamos a perderlos todos. Escribamos de inmediato a Caleno. Que renuncie por ahora a zarpar de Brundisium.

Ircio partió al galope para hacer cumplir las órdenes. Con gran perplejidad: solo disponían de una parte del ejército, el mar era inaccesible y tenían a todo el ejército de Pompeyo frente a sí. Y la perspectiva de recibir refuerzos se alejaba. Si no combatían, la escasez de víveres los obligaría a rendirse. Si, en cambio, combatían, la desproporción de fuerzas a favor de Pompeyo los conduciría a la derrota.

Habían desembarcado en Epiro, contra todo pronóstico y para sorpresa del enemigo. Pero no había motivo alguno para la alegría. Sin embargo, César parecía muy seguro de cómo se iba desenvolviendo todo.

Como siempre, por lo demás.

Ya había asistido a aquella escena innumerables veces en los campamentos de las legiones de César y de sus legados. Veleda observó a los agrimensores mientras definían con la *groma* el perímetro de los asentamientos e indicaban a los sirvientes dónde trazar el surco. El carro de Lippeo se desplazó un poco. Allí los soldados estaban ya encargándose del movimiento de tierras. Iban cavando un amplio y profundo foso a lo largo de las riberas del Apso, amontonando y compactando la tierra a su lado. Otros soldados plantaban sobre el fosado una empalizada con sus postes de ordenanza.

Un admirable ejemplo de organización romana que Ortwin admiraba tanto como para ser corrompido por ella.

Ortwin, que probablemente estaba justo al otro lado del río.

En efecto, en la orilla opuesta se veía movimiento. Jinetes, que quizá constituían la vanguardia del ejército de César. Acaso entre ellos estaban sus compatriotas y la observaban sin darse cuenta de que se trataba de ella. De todos modos, no era necesario ser soldados para entender que, pronto, las dos orillas del Apso alojarían las trincheras de los dos ejércitos contrapuestos.

Era precisamente eso lo que había movido el interés

de Lippeo, por otra parte. Para él, fueran pompeyanos o cesarianos, lo que contaba era tener potenciales compradores para su mercancía. Y no era el único. Con ellos tres, se habían presentado en los campamentos en construcción de Pompeyo otros comerciantes de la zona, ansiosos por ofrecer sus productos o prestar sus servicios a aquella gentuza. Había carpinteros, herreros, pescadores, campesinos, ebanistas, barqueros, artesanos de todo tipo, y también mercaderes y vendedores de toda ralea: incluso proxenetas con algunas de sus meretrices, ligeras de ropa a pesar de la crudeza del clima.

Veleda no pudo contener una sonrisa amarga. ¿Era posible que no lo supieran? ¿Era posible que tuvieran la esperanza de hacer negocios con un ejército que podía coger lo que quisiera sin negociar ni pagar? ¿Cómo podrían los comandantes frenar a esa soldadesca, en cuyas expresiones ya leía exasperación, descontento y rencor? Ni siquiera era seguro que los generales quisieran en realidad contener a esa gentuza: a fin de cuentas, por el momento, todo lo que tenían que ofrecer a esos soldados eran las requisas contra la población.

Por otro lado, no iba a resultar fácil atraer la atención de los comandantes. Parecía que entre la tropa se respirasen aires de sedición. Legados, cuestores, tribunos y centuriones discutían animadamente con corrillos de soldados, que deberían estar trabajando en las trincheras.

No, mirándolo mejor, en esos campamentos había muy poco de la impecable organización romana de la que tanto se llenaba la boca Ortwin. Veleda veía soldados ociosos y con actitud amenazante, otros que miraban espantados hacia la orilla opuesta. Y, luego, un montón de extraños personajes, individuos de aspecto muy poco marcial que se asomaban temerosos de sus literas sostenidas por esclavos con uniforme: sus togas estaban bordadas de púrpura, como las que llevaba César cuando desarrollaba funciones civiles. Quizá eran esos senadores de los que a menudo había oído hablar, y mal, por Quinto y los legionarios en general. Parásitos, decían, que se aprovechaban de los sacrificios de los soldados para acrecentar sus ya desmesuradas riquezas, viejos pomposos que fundaban su autoridad en la gloria adquirida por antiguos antepasados.

En efecto, daban esa impresión.

Pero no eran los únicos personajes curiosos. Le atrajo la atención un hombre en silla de manos. Sus esclavos parecían tener la piel quemada por el sol, y también él era de tez bastante oscura. Las indumentarias eran amplias y lujosas, incluso brillaban, y en la cabeza el hombre llevaba un ridículo sombrero. Lo que más le impactó fueron sus ojos, muy maquillados. Quizá era uno de esos reyes que se decía que estaban en el séquito de Pompeyo.

Por mal que se pudiera hablar de los romanos, pensó Veleda, al menos su escaso interés por el lujo los emparentaba más con aquellos a quienes consideraban bárbaros, o sea, su pueblo, que con esos príncipes provenientes de Oriente.

Pero sus tropas, aun así, no dejaban de impresionar. Quizá no supieran más que desfilar con toda esa ostentación, pero parecían ciertamente guerreros que sabían lo que se hacía. Veleda se preguntó cómo los valoraría Ortwin, pero luego dejó de lado esa reflexión: le debería dar igual lo que pensase ese traidor. De todos modos, por el campamento deambulaban soldados que no parecían ni de lejos legionarios, ni galos ni germanos.

Y tampoco baleares, a los que había visto en el ejército de César.

Lippeo empezó a maldecir a los romanos. No conseguía encontrar a nadie que le hiciera caso y comenzaba a ponerse nervioso. Ya había discutido con otros mercaderes y artesanos con los que se disputaba la atención de los comandantes, solo para descubrir, tras haberla conseguido, que los comandantes no tenían tiempo para él. Veleda, en cambio, tenía otro problema: encontrar a Quinto en aquel caos. Ella necesitaba tiempo, pero temía que Lippeo se impacientara y se fuera.

En ese preciso instante sonaron los cuernos, las tubas, las trompas y las bocinas. Todos, instintivamente, volvieron la mirada en la dirección de la que provenían los sonidos. Los *cornicines*, los *tubicines* y los *bucinatores* precedían a los comandantes del ejército. Veleda reconoció a Tito Labieno. Un busto que había observado en el Piceno le permitió reconocer también a Pompeyo, que cabalgaba a su lado. Seguían otros legados y cuestores, luego una unidad legionaria con los correspondientes signíferos.

La comitiva se detuvo en el centro de lo que, antes del anochecer, sería un campamento fortificado. De la formación de infantes salió un soldado que se acercó a Labieno y se puso a hablar con él unos instantes. Los dos se abrazaron, luego el soldado se apartó del legado y se encaminó hacia otro grupo de camaradas. Mientras, los otros legionarios fueron acercándose a los comandantes y se reunieron en torno a ellos.

Antes de que el soldado desapareciera de su campo visual, Veleda consiguió vislumbrar su rostro.

Quinto Labieno.

Wotan le había ofrecido de inmediato la posibilidad

de encontrarlo. Por instinto, bajó del carro y se dirigió hacia él. Pero la multitud se había hecho tan densa que no había manera de pasar. Veleda se detuvo. Luego continuó caminando, intentando abrirse paso entre la muchedumbre. Oyó que Lippeo la llamaba.

Luego se oyó la voz de Tito Labieno, que cubrió todas las demás.

—¡Soldados! ¡Estamos en guerra! Y no en una guerra de conquista, sino de defensa. De defensa de nuestra libertad. ¿Estáis cansados? Acabamos de empezar. ¿Tenéis miedo? Sois soldados, y vuestra misión es vencer al miedo y al enemigo. ¿Estáis en desacuerdo con las decisiones tomadas por vuestros comandantes? A vosotros solo os corresponde obedecer. La República ha confiado a Cneo Pompeyo Magno la conducción de la guerra contra el enemigo público, y todos nosotros estamos obligados a cumplir sus órdenes. Pompeyo puede presumir de una experiencia y una carrera militar que lo sitúan entre los más importantes caudillos que Roma haya tenido jamás. Mucho más alto que nuestro adversario. Y, a través de mí, posee también una parte de la experiencia de César. ¡No podemos perder, siempre que estemos todos dispuestos a comprometernos y a sacrificarnos por el mismo propósito!

Veleda fue empujada hacia atrás. Pero no se desanimó. Su primer objetivo era escapar del control de Lippeo. Y para eso bastaba con meterse entre los soldados. De nuevo, trató de pasar. Mil manos se pusieron encima de ella, las carcajadas de los legionarios resonaron en sus oídos, alguna lengua le rozó el rostro.

—En la guerra, sobre todo cuando se es novato, se tienen muchas vacilaciones. Puedo entenderlo. Pero esta no es una guerra en la que podamos permitirnos vacilar.

Porque no habéis sido alistados para conquistar, sino para no ser conquistados. Nuestro caudillo debe estar seguro de que puede contar con cada uno de nosotros, por el bien de la República. Solo así podrá aceptar el desafío de quien quiere hacernos a todos sus esclavos. César es un hombre que no tolera el desacuerdo. Pues bien: para combatirlo, también nosotros debemos tener una plena unidad de acción y someternos a la voluntad de nuestro comandante supremo.

Veleda consiguió alcanzar la primera fila. Miró a su alrededor. Vio a Labieno, y a Pompeyo a uno de sus lados. Vio a otros legados y oficiales superiores. Vio a algunos príncipes orientales.

Pero no vio a Quinto, ni al grupo en el cual había confluido.

—Por este motivo considero justo, incluso necesario, que nos vinculemos a Pompeyo con un juramento de fidelidad, como César ha obligado a sus hombres a hacer. No podemos permitir que las armas de César estén más afiladas que las nuestras. ¡Yo, el primero, juro ante todos los dioses que apoyaré en cualquier circunstancia a mi comandante, que obedeceré sus disposiciones y no abandonaré nunca la lucha contra nuestro enemigo hasta que este no esté destruido, aunque me cueste la vida! Pongo por testigos de mi juramento a Júpiter y Marte, a fin de que me ayuden a cumplir con mi deber en el campo de batalla hasta el final, y me den siempre la fuerza que me permita afrontar las pruebas más arduas y terribles. ¡Que anulen en mí cualquier compasión por los enemigos de mi propia tierra, al lado de los cuales he combatido durante años, cualquier instinto de supervivencia a toda costa, cualquier vacilación o escrúpulo que puedan beneficiar a mis adversarios!

El grito coral que siguió al juramento fue menos intenso de cuanto habría sido lícito esperar de aquella multitud de hombres. Por lo menos, al principio. Se elevaron alaridos de aprobación primero entre los oficiales, luego en algunas unidades de soldados. Se necesitó un poco para que el ejemplo de Labieno inspirara entusiasmo en todas o en casi todas las filas de los legionarios.

En aquel punto, Veleda se esforzó por atraer la atención de algunos soldados. Empezó a preguntar a todos:

—¿Dónde está ese grupo de legionarios que se ha apartado del contingente que seguía a Pompeyo y Labieno?

Pero su pregunta no encontraba respuesta. La ignoraban, o no sabían qué responderle. Entretanto, los otros legados se habían alineado frente a Pompeyo y repetían el juramento de Labieno. Todos mantenían el brazo tendido hacia el comandante supremo, como reconocimiento de sus triunfos pasados y buen auspicio por los futuros.

—Es el destacamento que se une a la flota egipcia de Pompeyo hijo.

La respuesta llegó cuando Veleda ya no la esperaba. Se la dio un legionario menos atraído que los demás por la escena que se estaba desarrollando en el centro del campamento.

—¿Cómo es eso? ¿Y adónde han ido?

Veleda fue presa del pánico.

—Al puerto, naturalmente. Las naves del joven Pompeyo están atracadas en la rada de Dirraquio. Patrullarán el mar para ayudar a Bíbulo e impedir la llegada de los refuerzos de César...

Se quedó sin aliento. ¿Y ahora? Aunque había conseguido escapar de la vigilancia de Lippeo, no podía permanecer con los soldados sin la protección de Quinto. Además, si Tito Labieno la reconocía, era capaz de matarla: recordaba incluso demasiado bien las palabras amenazantes que el legado le había dirigido cinco años antes, cuando la instó a huir de Quinto.

Los cuestores, mientras, estaban prestando sus propios juramentos. Veleda se preguntó qué hacer. Debía encontrar el modo de alcanzar a Quinto, pero no podría llegar al puerto sola. Y, además, estaba segura de que Lippeo y Gabro la estaban buscando.

Fue el turno de los tribunos. Juraron también ellos, con la misma solemnidad que los oficiales que los habían precedido. Veleda se dio cuenta de que no tenía elección: debía confiar en Lippeo y Gabro. Si Dirraquio era la única base costera de la flota pompeyana, pronto el joven Pompeyo atracaría allí de nuevo, y los artesanos irían rápido para ofrecerle su mercancía. Solo con sus amos podía esperar llegar al puerto, un día u otro, y contactar de nuevo con Quinto.

Mientras los soldados se adelantaban y, unidad tras unidad, juraban a su vez junto a los respectivos centuriones, Veleda se decidió a volver con Lippeo, pensando en alguna excusa que justificase su ausencia.

Lo que, por supuesto, no le evitaría un duro castigo.

XIX

> Pompeyo, que no se enfrentaba a ningún obstáculo, pues no tenía que atravesar el río, apuntó a marchas forzadas hacia Antonio y, como supo que estaba cerca, después de encontrar un lugar idóneo, hizo disponer allí las tropas, manteniéndolas todas encerradas en el campamento con la orden de no encender fuego, para ocultar mejor su llegada. Antonio fue inmediatamente advertido por los griegos.
>
> César, *La guerra civil*, III, 30

Entre los soldados no se hablaba de otra cosa. Incluso entre los suyos, Ortwin oía discutir solo sobre la increíble escena a la que ambos ejércitos alineados a lo largo del Apso habían asistido el día anterior: la aparición, en la costa, de la flota conducida por Antonio perseguida en medio de una tempestad por la rodia establecida en Dirraquio.

Habían esperado largamente los refuerzos de Antonio. Durante casi dos meses. Dos meses vivaqueando perezosamente los unos frente a los otros, sin que ninguna de las dos formaciones osase violar el territorio de la otra. El río era la línea del frente, pero también se había convertido en una zona franca para los soldados, que tendían a confraternizar. Al menos, después de un primer intento, por parte de los jinetes pompeyanos, de encontrar un vado por el que sorprender a los enemigos: en aquella ocasión un soldado de César mató a uno del otro ejército, pero había sido la única víctima de la guerra desde que había empezado la campaña en Epiro. Desde entonces había una tácita tregua entre los dos ejércitos, cada uno de los cuales tenía un buen motivo para aplazar el choque: los pompeyanos debían completar el entrenamiento de los reclutas, los cesarianos esperaban los refuerzos de Brundisium.

Así, los vados, bien vigilados en ambas orillas, se habían transformado en un punto de encuentro: los comandantes toleraban que pequeños grupos de legionarios, bajo la mirada atenta de los centinelas, alcanzaran la orilla opuesta y vieran a conocidos con los que se habían citado.

A veces, los legionarios que no tenían ganas de remontar el Apso subían a las embarcaciones de los transbordadores y se reunían en medio del río, hablaban, se intercambiaban opiniones y noticias de casa, preguntaban a algún soldado de la parte contraria si conocía a este o aquel paisano, o cotilleaban sobre sus respectivos comandantes.

La atmósfera se había vuelto tan relajada que más de uno se había casi convencido de que ya no se combatiría. Se había vuelto a hablar de paz e incluso los comandantes habían iniciado las negociaciones. Pero Ortwin sabía a la perfección que César no tenía ninguna intención de negociar: solo estaba ganando tiempo. Si las naves de Antonio habían aparecido el día anterior a lo largo de la costa, era precisamente porque el cónsul había acabado con las dilaciones y enviado a su lugarteniente una carta perentoria, intimándolo a partir de una vez por todas.

Hasta entonces, no había pasado un día sin que Ortwin debiera acompañarlo hasta el pico del promontorio para estudiar los vientos. Y lo veía imprecar, cada vez que soplaba el austro, el viento de mediodía que empujaría con más facilidad su flota hacia las costas epirotas, si Antonio y Caleno se decidían finalmente a hacerse a la mar.

Su frenesí había aumentado cuando había llegado el rumor de la muerte de Bíbulo. Parecía que ese individuo, que había sido cónsul con César diez años antes y uno de sus más acérrimos enemigos, estaba tan consumido por el odio que se había olvidado de abrigarse y de comer hasta que murió.

Morir de odio. Era la primera vez que Ortwin oía algo semejante.

Las noticias se habían propagado sin que pudieran ser confirmadas. Parecía que Antonio había estado varias veces tentado de salir de Brundisium, pero que el nuevo almirante supremo de los pompeyanos, Lucio Escribonio Libón, había conseguido impedírselo. Intentar la travesía seguía siendo arriesgado, pero César siempre había confiado más en la Fortuna que en la racionalidad: antes de enviar la carta incluso había tratado de hacerse a la mar él mismo, pero solo para constatar que las condiciones eran prohibitivas.

También del otro lado del Apso, de todos modos, había quien se impacientaba. La atmósfera casi amigable creada entre los dos ejércitos se había resquebrajado con brusquedad pocos días antes, gracias a la iniciativa de Labieno. El antiguo lugarteniente de César había interrumpido repentinamente las negociaciones en curso, interponiéndose de manera teatral entre los embajadores y diciéndose dispuesto a la paz solo después de que le hubieran traído la cabeza de César.

El episodio había sacudido a Ortwin. Aún no conseguía aceptar la idea de que aquel hombre valiente, protagonista de tantas campañas en las Galias, fuera ahora un acérrimo enemigo. Siempre lo había considerado el modelo de comandante por excelencia —después de César, por supuesto—, y ahora le costaba verlo como adversario. Y lo temía, desde luego, porque conocía sus dotes. Continuamente se preguntaba cómo se comportaría si tuviera que enfrentarse a él en la batalla.

De todos modos, después del arrebato de Labieno, los dos ejércitos habían dejado de relacionarse. Cuando más tarde aparecieron las naves de Antonio y las de Coponio, almirante de las naves rodias, la aclamación se transformó en hostilidad. Desafíos y amenazas verbales entre las alineaciones fueron acompañando las dos flotas, que, empujadas aún por el violento soplo del austro, pasaron por Apolonia y luego por Dirraquio, para desaparecer por fin de la vista de los soldados. Se respiraban de nuevo aires de guerra, y Ortwin sintió que al cabo de poco comenzarían los enfrentamientos.

Pero, entretanto, a él le correspondía descubrir dónde habían ido a parar aquellas naves, con las cuatro legiones y los ochocientos jinetes a bordo. César lo había enviado en avanzadilla hacia el norte junto a parte de los suyos, un contingente de caballería gala y guías del lugar. Las posibilidades de que lo consiguieran, en realidad, no eran muchas. Coponio podía alcanzarlas con sus naves de guerra provistas de mascarones, que habrían podido eliminar fácilmente los inofensivos pontones de transporte. O la tempestad podía hacerlas estrellarse contra los escollos. O, también, Pompeyo podía seguir de inmediato sus pasos y, una vez alcanzado el punto de atraque, tender una trampa a cualquiera que hubiera intentado desembarcar: a fin de cuentas, al contrario que el enemigo, Ortwin había perdido bastante tiempo tanto para remontar el Apso como para evitar el territorio en torno a Dirraquio.

Habían remontado la costa durante una treintena de millas. Cruzado el río Drina, se encontraron bordeando la ciudad de Liso, cuyos muros imponentes se cernían sobre su puerto fluvial. Superada la ciudad, los guías habían indicado a Ortwin un promontorio que se asomaba sobre el mar más allá de la línea de la costa, entrando parcialmente y creando una rada cerrada por tres lados y abierta solo al sur.

—Debajo de ese promontorio hay un puerto, llamado Ninfeo. Es un buen puerto para encontrar refugio. Si no se han hundido y no han ido más allá, es probable que estén allí —dijo un guía. Ortwin decidió que valía la pena descender para echar un vistazo.

El pelotón desmontó de sus caballos y se hizo guiar a lo largo de un sendero en bajada. El campo visual fue ensanchándose poco a poco, hasta comprender toda la ensenada. La flota de Antonio, en efecto, estaba allí. Ortwin la reconoció desde lejos por la enorme presencia de naves de carga de dos mástiles, más anchas y más grandes que los trirremes de guerra.

Y no parecía haber sufrido daños.

Descendieron la pendiente a la carrera y llegaron al muelle. Los legionarios estaban aún desembarcando. Muchos de ellos ya trabajaban en fortificar el sitio, cavaban trincheras y erigían empalizadas entre los pocos edificios que había junto a la ribera. La llegada de Ortwin y de los suyos fue acogida con gran entusiasmo por los romanos que, a juzgar por sus expresiones afligidas y su mala cara, debían de haber sufrido mucho el balanceo de las naves durante la tormenta. El germano tenía especial interés en hablar con Marco Antonio. Preguntó por el legado, pero antes de que se lo señalaran vio que se acercaba a él desde lejos.

Era fácil reconocerlo. Con su estatura imponente y su fuerte mandíbula, destacaba entre miles por su audacia y vigor. Ortwin no tenía una gran opinión de él: lo consideraba valiente, sí, y también un comandante capaz de hacerse amar por sus hombres. Pero era impulsivo, colérico, superficial, vividor, y siempre necesitaba un comandante superior que contuviera sus excesos e instintos. Estaba seguro de que, al mando de un ejército, cometería un montón de errores, y estaba convencido de que César no podía permitirse delegar ampliamente en él como había hecho con Labieno. Es más, Ortwin a menudo se decía que su comandante solo había salido perdiendo con el cambio.

Junto a él estaba Asinio Polión, de vuelta de la desagradable aventura africana, de la que era uno de los pocos que se habían salvado. El germano se alegró de verlo: estaba ansioso por oír directamente de él cómo había conseguido escapar de la ferocidad de Juba, el rey númida que había masacrado a todos los romanos de Curión que cayeron en sus manos.

—¡Salud, Ortwin! —lo saludó Antonio con su habitual jovialidad. Aquel hombre no parecía que se tomara nada en serio—. ¿El jefe está aún furioso conmigo? Pero ¿has visto qué riesgos hemos tenido que correr para venir hasta aquí?

—Me parece que te las has apañado muy bien...

—Con la ayuda de los dioses. Porque está claro que han intervenido ellos. El austro nos ha empujado aquí dentro. Pensábamos que estábamos perdidos, pero... ¿te lo puedes creer? Entramos en la rada, y dos días después el viento cambió repentinamente, transformándose en áfrico: así nosotros nos encontramos al abrigo de las ráfagas del suroeste, pero ellos no. Así que hemos disfrutado del espectáculo: todas las naves rodias, de la primera a la última, han acabado contra los escollos. Hemos visto a todos sus remeros catapultados fuera por el impacto contra las rocas.

—¿Vosotros os habéis salvado todos?

—No, no todos. Dos naves han quedado atrás. Tengo miedo de que hayan acabado en manos del enemigo...

—Pero ahora no hay tiempo que perder —lo apremió Ortwin—. También Pompeyo localizará vuestro amarre, si no lo ha hecho ya. Debéis reuniros con César antes de que os salten encima. Si no, todo habrá sido inútil.

—Puedes jurarlo, germano. Pero no tengo ni idea de a qué distancia estamos del campamento del cónsul...

—Son más de treinta millas. Y en medio, están las guarniciones enemigas de Liso y Dirraquio. Debéis encontraros a medio camino. César ya está listo para partir. Solo espera mi confirmación para reunirse contigo. Yo vuelvo atrás. Las órdenes del cónsul son que te pongas de inmediato en movimiento, dejando cinco cohortes de guardia en la flota. Te dejo un guía. Espero verte pronto.

Ortwin estrechó la mano del legado y de Asinio Polión y pidió nuevos caballos. Luego subió la pendiente y desapareció de la vista de los soldados, a los que la idea de ponerse de nuevo en marcha con el estómago aún revuelto no parecía hacerles muy felices.

Ortwin no habría sabido decir cuántas horas hacía que montaba a caballo. La tarde anterior había cabalgado del Apso al Ninfeo y luego otra vez al Apso. Había mantenido una charla con César, se había recostado un par de horas y luego había vuelto a partir en medio de la noche, precediendo al ejército del cónsul. Estaba vez tenía el encargo de vigilar los movimientos del ejército de Pompeyo que, como estaba previsto, había partido de inmediato hacia el Ninfeo.

No tardó en alcanzar a los pompeyanos. Veía sus antorchas moviéndose de manera regular, cadenciosa, como pequeños espíritus malignos que danzaran en la oscuridad. Se mantenía a distancia, tratando de pasar desapercibido por los flanqueadores. Estaban en ventaja, respecto de César, que debería vadear el Apso y realizar una vuelta más larga.

La guerra, la de verdad, acababa de empezar. César le había informado que una de las dos naves de Antonio que se habían quedado rezagadas había terminado en manos de la guarnición de Dirraquio. El comandante enemigo, Otacilio Craso, había prometido perdonar la vida a los soldados que se rindiesen. En cambio, una vez en tierra, los había masacrado a todos.

Ahora ya no había manera de volver atrás.

Ahora, ya nadie deseaba volver atrás.

—Ya estamos. Marco Antonio ha avanzado hacia el interior. En la práctica, está viniendo a nuestro encuentro sin saberlo. Cuando se vea de repente frente a un ejército cuatro veces superior al suyo, no podrá más que rendirse —dijo Pompeyo, complacido, mientras cabalgaba con todo el estado mayor a su lado.

La temblorosa luz de las antorchas sostenidas por los

esclavos iluminó los rasgos del rostro del cónsul Léntulo, tensos y contraídos.

—Y entonces cargaremos sin vacilar. Al fin y al cabo, César aún está lejos y no podrá amenazarnos desde atrás mientras acabamos con sus refuerzos... —replicó, impetuoso como siempre.

—¡Sin duda! Será una victoria fácil, ¡y hará que los epirotas que se han alineado con César se pasen a nuestro bando! —añadió Domicio Enobarbo.

—No quiero masacrarlos —repuso Pompeyo—. En su mayor parte son reclutas, y quiero que entren en mi ejército. Sin la perspectiva de los refuerzos y con un ejército que será casi la mitad del mío, César no podrá más que rendirse, o escapar.

—Sabia decisión. Cuando se pueden evitar masacres, siempre es preferible... —suscribió Catón, mientras asentía Cicerón. También Bruto asintió.

—¿Más reclutas? ¿Y qué hacemos con ellos? Deberemos perder tiempo adiestrándolos. ¡Es el momento de actuar, por Júpiter! ¡En más de un año, esta guerra aún no ha visto una sola batalla campal, excepto en España! —apremió Domicio Enobarbo.

—Y has visto cómo ha ido en España. No. Mejor evitar este tipo de enfrentamientos. A fin de cuentas, siempre se trata de sangre romana... —dijo Pompeyo.

—De noche, además, nunca se sabe qué puede ocurrir. Es más, en la oscuridad, la ventaja numérica corre el riesgo de ser inútil —intervino Labieno—. Podríamos hacer algo, en cambio. Apostar aquí y esperarlos. Llegarán más o menos al amanecer, y se encontrarán rodeados en cualquier momento. Ni siquiera tendrán la posibilidad de reaccionar. Y César aún estará lejos.

—¡Excelente idea! —exclamó Pompeyo, que se dirigió a la escolta—. Dad orden de detenerse sin tocar las trompetas. Y haced apagar de inmediato todas las antorchas. Haced que excaven una pequeña muralla, rápidamente. Que todos se atrincheren en su interior. Luego, no quiero oír ningún ruido hasta la mañana.

Dio una palmada en la espalda de Labieno, mirando complacido a los otros. Incluso Léntulo asintió, y tampoco Domicio Enobarbo tuvo nada que decir. No había razón alguna para que no funcionase.

Ortwin vio que las antorchas se apagaban repentinamente. Solo significaba una cosa: el ejército de Pompeyo había decidido detenerse. Pero ¿por qué?

Era obvio. Pensaban sorprender a Antonio mientras marchaba, y creían que César estaba demasiado lejos para alcanzarlos a tiempo. Un buen plan, si todos los hombres de César lo ignorasen.

Pero ahora él estaba al tanto. Y tenía la intención de desbaratar ese plan.

Dijo al guía que alcanzara de inmediato a Antonio y le advirtiera de la celada que querían tenderle los pompeyanos. Debían detenerse donde estaban, atrincherándose en un campamento provisional. El enemigo lo esperaría inútilmente. Si todo iba como Ortwin calculaba, Pompeyo no vería aparecer a Antonio de frente, sino a César a sus espaldas.

Ortwin volvió a galopar en el momento mismo en que vio desaparecer al guía local. Pero él cabalgó en la dirección opuesta. Atravesó con facilidad el camino que había hecho hasta aquel momento, sin encontrar obstáculos. Alcanzó la vanguardia de César cuando los rayos del sol habían empezado a filtrar el espeso manto de niebla matutina. La superó con rapidez y buscó al cónsul. César estaba despierto, y avanzaba inmediatamente después del primer contingente de la columna.

Veloz, pero no lo suficiente.

—¡Salud, cónsul!

—¿No deberías estar con Antonio?

—He enviado a un guía griego para que se vea con Antonio. Pompeyo se ha detenido antes de Liso para esperarlo. Le he ordenado al guía que le diga a Antonio que se detenga y se atrinchere mientras espera tu llegada. Si vamos a paso ligero, podremos intentar coger a Pompeyo entre dos fuegos.

—Es lo que haremos. Pero sobre todo para reunirnos con Antonio. Dudo que Pompeyo se deje atrapar así. Antes o después, se dará cuenta de la situación. Y cuando lo haga, buscará sustraerse del cerco y del enfrentamiento. Lo que me gustaría, en este punto, es que se atrincherase en una posición incómoda, donde pueda bloquearlo y obligarlo a entablar batalla antes o después. Porque ahora que mi ejército está completo, no pido más que un enfrentamiento.

Ortwin se preguntó cómo era posible bloquear a un enemigo que, a pesar de los refuerzos que le habían llegado a César, conservaba su superioridad numérica. Pero el cónsul siempre había mostrado una clarividencia superior a cualquier otro comandante. Quizá justo por eso se había apresurado a recoger el apoyo de las poblaciones locales: para que lo abastecieran a él y no a Pompeyo en caso de estancamiento. Pero Pompeyo siempre tenía el mar: sin duda, se cuidaría mucho de no perder el contacto con las ciudades portuarias que aún estaban en sus manos...

Bueno, César sabía lo que se hacía. Él encontraría el modo.

XX

> Cneo Pompeyo hijo, que comandaba la flota egipcia, conocidos estos hechos, se trasladó a Orico y, con la ayuda de un remolque y de numerosas cuerdas, consiguió desplazar la nave hundida y asaltó la otra, que Acilio había puesto en guardia, con numerosas naves, sobre las cuales había hecho construir torres de la misma altura.
>
> CÉSAR, *La guerra civil*, III, 40

Espantosa aglomeración, en el puerto de Dirraquio. La flota egipcia de Pompeyo hijo estaba de paso, y cualquiera que tuviera algo con que aprovisionarla acudía al muelle para intentar hacer negocio. Además, la situación militar evolucionaba continuamente en varios frentes, y las noticias se sucedían frenéticas, una desmintiendo a la otra, creando ora pánico, ora curiosidad. Todos sabían que la ciudad constituía un objetivo sensible para ambas alineaciones, y esperaban que César, ahora que había estrechado el asedio al adversario, intentara adueñarse de ella de un momento a otro.

Extraño asedio, aquel en curso inmediatamente al sur

de Dirraquio. Pompeyo, huido apenas a tiempo del cerco dentro del cual habían intentado encerrarlo César y Antonio, se había desplazado varias veces a lo largo de una semana. Para impedir que sus enemigos asaltaran el poblado, Pompeyo se había situado un poco al sur, a la altura de Petra, en el centro de la bahía de Dirraquio, donde podían ser amarradas sus naves de guerra. Y cuando César había tratado de encerrarlo junto al mar, extendió al máximo su campamento, hasta cubrir al menos quince millas a lo largo de la costa.

Nadie creía que César, en inferioridad numérica, estuviera en condiciones de rodearlo. En cambio, el cónsul se había adaptado inmediatamente a las circunstancias. Aprovechando la naturaleza ondulada del terreno, colocó fortines en cada una de las colinas frente al campamento enemigo, conectando los unos a los otros con murallas y fosos capaces de rodear por completo al adversario. Durante días, los habitantes del lugar asistieron a una increíble competencia entre ambos antagonistas para acaparar las colinas más yermas, los claros más ricos en forraje y las posiciones más ventajosas.

Al final, César consiguió bloquear al adversario, pero sin cerrarle del todo la llanura ni el acceso al mar, ni aún menos el de Dirraquio. Y eso significaba que Pompeyo no iba a tener problemas de suministro. Por el contrario, César debía lidiar con un interior ya saqueado por los pompeyanos. El asediado estaba mejor que el asediador en cuanto a víveres y efectivos.

Nunca se había oído nada igual. No muchos, entre los habitantes de Dirraquio, estaban dispuestos a apostar por la victoria de César. Faltaban dos meses para la maduración del trigo, y hasta entonces no se sabía de qué se iban a alimentar sus soldados. Por añadidura, el asediador debía renunciar a muchas tropas para vigilar otros sectores y procurarse alianzas y suministros más lejos. Había mandado dos legiones a Macedonia, una a Tesalia, media a Etolia, y así su línea fortificada, de más de dieciséis millas de largo, estaba vigilada de manera muy relativa. La gente esperaba que, de un momento a otro, Pompeyo la rompiera y la rodeara. Quizá ocurriera en cuanto llegase su suegro, Metelo Escipión, de viaje en Siria. También sobre este último se sucedían las noticias: se decía que había sido atacado y derrotado por los montañeses del Amano. Luego, que se había tomado la revancha y había sido aclamado *imperator* por sus tropas. De todos modos, su llegada estrecharía a César entre dos fuegos.

Pero, por el momento, Pompeyo no se movía. Prefería evitar el combate, y vencer al adversario con la resistencia.

Veleda estaba escasamente interesada en la evolución de aquel improbable asedio. Si acaso, esperaba que César y, por tanto, Ortwin, no entrara en Dirraquio. Lo que le importaba de verdad eran los movimientos de la flota egipcia. Había esperado largamente a que regresara a puerto, y la ocasión se había presentado inmediatamente después del golpe de mano en la rada de Ninfeo, de la que todos hablaban: las naves de Cneo Pompeyo el Joven acababan de asaltar y destruir los pontones de carga con que habían llegado de Italia los refuerzos de César. Ahora, se decía, el supuesto cónsul ya no podría volver atrás si Pompeyo decidía invadir Italia y recuperar Roma.

En cualquier caso, apenas había sabido de la llegada de la flota egipcia, Veleda había convencido a sus amos para que bajaran al muelle. Pero, una vez allí, se dio cuenta de que no sería fácil encontrar a Quinto. El muelle estaba lleno de gente: no solo artesanos y comerciantes venidos con la misma intención que los dos tintoreros, sino también simples curiosos en busca de noticias, y soldados y marineros a los que se habían concedido algunas horas de libertad para emborracharse en una taberna o divertirse en un lupanar. En aquella muchedumbre, encontrar a los navarcas o a los responsables de los suministros era una empresa casi imposible y, si lo hubieran conseguido, habrían tenido que ponerse en la fila y esperar su turno.

Veleda supuso que Quinto, como uno de los legados más importantes de Pompeyo, estaría en la almiranta junto al comandante de la flota. Pero no era una deducción que ayudara mucho: la nave estaba literalmente tomada por asalto por una multitud sin fin, y además Quinto podía haber bajado a correrse una juerga con alguna meretriz. Es más, considerando el personaje, era muy probable.

Decidió intentarlo igualmente. Por otra parte, no iba a tener muchas más oportunidades.

—Gabro, tratemos de pasar nosotros. Dame una pila de telas. Procuremos abrirnos camino para alcanzar la pasarela —dijo, esforzándose para que también la oyese Lippeo.

—¿Qué pretendes hacer? —preguntó el viejo, receloso.

—Quiero intentarlo. Pero necesito a Gabro —respondió. Lippeo sabía a la perfección que la gente tendía a evitar el contacto con el cuerpo deformado de su hijo. El viejo entendió que Veleda quería valerse de él para abrirse paso entre la multitud, asintió e hizo señas a Gabro de que fuera con ella.

Como estaba previsto, la gente no ofrecía demasiada

resistencia. Protestaba, en el primer momento, cuando sentía que la empujaban o recibía algún codazo, luego retrocedía horrorizada. En poco tiempo, llegaron los dos a las primeras filas, casi al borde del muelle. La pasarela estaba ocupada por numerosas personas, y no había espacio para continuar. Incluso quienes terminaban de hablar con el navarca no conseguían bajar a tierra. Sin embargo, quienes estaban impacientes por subir seguían amontonándose en la base, empujándose recíprocamente y empujando a quienes ya estaban arriba. A los soldados que estaban a los lados de la pasarela les costaba sostener la presión, y corrían el riesgo de caer al agua.

De hecho, Veleda se asombró de que nadie se hubiera caído todavía. Bueno, ya se encargaría ella.

Dio otro empujón a los hombres que tenía cerca. Dio también un empujón a Gabro, que protestó débilmente: estaba cada vez más sometido a ella. Veleda no excluía que algún día hubiera podido incluso conseguir que se rebelara contra su padre. Pero no tenía la intención de pasar más tiempo con ellos para comprobarlo.

Ahora estaba en el borde. Fingió perder el equilibrio, se agarró a Gabro y lo arrastró consigo al agua. Fue un buen salto, que la impulsó hacia el fondo. Durante la caída había tomado aliento, y no intentó salir a la superficie. Tampoco se preocupó de Gabro, que no sabía nadar: lo vio durante unos instantes debatiéndose entre las telas, que lo arrastraban cada vez más al fondo. Luego, Veleda nadó hacia el lateral de la nave. Se impulsó bajo la quilla de popa y pasó al otro lado, agarrándose a uno de los timones. Subió y finalmente sacó la cabeza fuera del agua para respirar.

Después de un instante de reposo, con la única mano

de que disponía aferró el cable de levantamiento del mástil y se izó a lo largo de la asta del timón, apretando fuerte al pecho la pértiga para no escurrirse. Así, remontó la amurada y alcanzó la barandilla. Miró a su alrededor: el puente parecía desierto, si se exceptuaba el sector central a la altura de la pasarela y la cima de la torre en proa. En todo caso, la atención de los presentes estaba dirigida hacia abajo, donde se buscaba a las personas que habían caído al agua. Saltó rápidamente por la barandilla y alcanzó la cubierta. Estaba junto a la escalera de acceso al puente inferior, y no dudó en bajar. Luego buscó la bodega. Aunque era una nave de guerra, debía de haber una bodega para la carga de los materiales.

Encontró unos locales donde se apiñaban barriles y ánforas. Material incendiario, probablemente, y proyectiles diversos. Dudaba que alguien hubiera entrado para sacar algo antes de estar en el mar, y se agazapó entre una pila y otra, concediéndose por fin un poco de reposo.

Ya estaba. No volvería a ver, más que en sus pesadillas, el horrible rostro de Gabro que se cernía y jadeaba encima de ella, ni volvería a sufrir los golpes y los maltratos de Lippeo. Le esperaba un nuevo desafío por la supervivencia, quizá aún más terrible, pero desde luego menos desagradable.

Cneo Pompeyo el Joven notó la señal del vigía y acudió a proa. Quinto oyó que lo llamaba su amigo y lo alcanzó. Ante sus ojos se abría la bahía de Orico. Ya se podía vislumbrar claramente el perfil de la ciudad, que surgía sobre un lado, junto a la embocadura de un canal.

—¿Ves? —le explicó Pompeyo—. La tierra firme que

vemos es solo una delgada franja, una especie de muelle natural, tras el cual se abre un lago salado, el puerto interior. Allí se accede desde aquella embocadura al costado de la ciudad, a través de un canal largo y estrecho. Es allí donde César tiene sus naves de guerra.

—¿Y cómo piensas entrar allí?

—Por las informaciones que me han dado en Dirraquio, César ha retirado siete cohortes de la defensa de la fortaleza. Han quedado solo tres a disposición del legado Acilio Canino. ¿Y sabes qué ha hecho con ellas? Las ha puesto a vigilar la entrada del canal. Ha hundido una nave de carga justo a la altura de la embocadura y unido el pecio con otra nave, sobre la cual, me dicen, ha hecho construir una torre. Las otras naves están todas en el puerto interior, en la playa o ancladas a la tierra firme.

—Lo veo difícil. Nos meteremos en la presa del canal, y mientras tanto sus naves de guerra tendrán tiempo de asaltarnos... Aquí no es como en el Ninfeo, donde los sorprendimos sin defensas ni trirremes...

—No. Porque realizaremos un ataque conjunto. ¿Qué crees? Mientras tú te divertías en los lupanares de Dirraquio, yo hice acopio de leña, betún, rodillos y cuerdas. Y, luego, ¿por qué piensas que he hecho construir torres sobre una parte de las naves? Atacaremos la embocadura del canal con todas las naves provistas de torres, anulando así la eficacia de la suya. Poco después de nuestro asalto, del lado opuesto del muelle natural comenzará la operación que debería llevar a nuestras otras naves al puerto interior.

Quinto se asombró.

—¿Y cómo piensas llevarlas dentro? ¿Haciéndolas volar?

Pompeyo sonrió. Y no era una sonrisa bonachona

como la del padre de Quinto, Tito Labieno. Una extraña mueca sobre el lado derecho de la boca lo hacía parecer cruel. Y Quinto sabía que a veces era capaz de serlo.

—Cómo se nota que no eres marinero y que no tienes ninguna experiencia en guerra naval. Existen los rodillos de marina. Incluso César los ha usado en el asedio de Massilia, en el frente terrestre, para transportar las *vineae* al abrigo de los muros. Se trata de pértigas bien pulidas: se hacen rodar debajo de las naves que se quieren arrastrar a tierra. La lengua de tierra que debemos recorrer para dejar a nuestros barcos es delgada, sobre todo del lado opuesto a la ciudad. Y dado que Acilio Canino no se lo espera, nos bastará con hacer pasar tres o cuatro para quemar todas las embarcaciones amontonadas en tierra firme. Cuando las naves están amarradas una junto a la otra, es suficiente con prender fuego a una y disfrutar del espectáculo...

Su amigo iba a expresar su admiración cuando un soldado reclamó la atención del joven Pompeyo. Los dos se volvieron, y lo que Quinto vio no habría podido sorprenderlo más.

Veleda.

Veleda de rodillas, sostenida por el pelo por el legionario.

—¿Qué sucede? ¿Quién ha traído a esta mujer a bordo? —se indignó, de inmediato, Pompeyo.

—No lo sé, legado. La he encontrado en la bodega —se justificó el soldado.

Quinto estaba demasiado sorprendido para decir nada. Se encontró, a su pesar, asistiendo a la escena como mero espectador.

Pompeyo se acercó a Veleda.

—Mujer, no tengo tiempo que perder. ¡Dime inmediatamente quién te ha introducido en la nave o te arrojaré por la borda ahora mismo!

Veleda miró a Pompeyo, luego dirigió la mirada a Quinto, que no parecía capaz de hacer otra cosa que mantener su expresión consternada.

Pompeyo se adelantó un paso, la arrancó de las manos del legionario y la cogió del brazo.

—Mmmm..., en otro momento, te dedicaría más tiempo —dijo el legado, acercándose ya a la barandilla.

—¡No! —gritó ella—. ¡Nadie me ha hecho subir! ¡He venido sola! —reaccionó cuando vio que el joven tenía realmente la intención de tirarla abajo.

—Tonterías —soltó Pompeyo sin detenerse.

—¡Quieto! Conozco a esta mujer.

Quinto al fin había vencido su estupor.

Pompeyo se detuvo, aunque seguía sosteniendo a Veleda en sus brazos.

—¿La has hecho subir tú? —preguntó al amigo.

—En absoluto. La última vez que la vi fue en Corfinium, hace más de un año.

Pompeyo depositó a Veleda en el suelo.

—Muchacha, ¿por qué estás aquí?

—Estuve con la guardia germánica de César durante varios años. Pero no quería seguir con ellos. Así que me escapé. Ya que conocía a Quinto Labieno desde los tiempos de las guerras gálicas, lo he estado buscando... He vivido un poco en Dirraquio, y luego, cuando se presentó la ocasión, subí a vuestra nave.

Pompeyo prorrumpió en una carcajada.

—Esta historia es tan absurda que podría incluso ser cierta. Pero, dime, muchacha: ¿por qué deberíamos aceptar que te quedaras? Siempre que quiera Quinto, por supuesto. Además, una mujer a bordo trae mala suerte...

—Bueno, he estado con César. Podría proporcionaros informaciones útiles...

—Eso está por demostrar. Dudo que una mujercita en el séquito de un contingente bárbaro esté en posesión de secretos determinantes. ¿Qué más?

Veleda estaba decepcionada.

—Bueno..., puedo combatir también yo. Estoy adiestrada, y con la espada me las apaño bien...

Pompeyo le miró el muñón. Estalló de nuevo en una de sus grotescas carcajadas.

—¿Sin una mano? ¿Bromeas?

—Ponme a prueba. No tienes nada que perder...

Pompeyo reflexionó unos instantes.

—Bueno, podría tener un encargo para ti, en efecto...

Se dirigió al navarca:

—Inclúyela en el equipo de los buceadores, en el lugar que consideres que pueda resultar más útil como combatiente...

Luego su atención volvió a concentrarse en la costa. La embocadura del puerto de Orico estaba cerca, y la tripulación se preparaba ya para la batalla. Los soldados de la torre estaban acabando de amontonar los proyectiles para las catapultas. Los remeros aflojaban la marcha para permitir a la nave la mejor disposición para el enfrentamiento y una coordinación con el resto de la flota. Desde lo alto del mástil, un marinero enviaba señales con las banderas a las otras naves para que se dispusieran según las órdenes del almirante. Otros marineros arriaban la vela del mástil y la del bauprés, tirando los obenques y los brazos. Los legionarios se ponían el yelmo, cogían el escudo y se arrimaban a la barandilla, preparados para eventuales abordajes. Un pequeño destacamento de barcos, mientras, tomaba otra dirección, moviéndose hacia la parte opuesta de la bahía.

También Quinto fue a prepararse. Pero antes alcanzó a la muchacha.

—¿Por qué has venido a buscarme? —le preguntó, mientras la llevaban a popa.

—¿Por qué? Debería haberte quedado claro desde Corfinium... —respondió ella, antes de ser arrastrada lejos, dejando a Quinto inmóvil, sacudido y turbado.

La barca osciló sobre las olas provocadas por la roca que había caído al agua a poca distancia. Instintivamente Veleda apretó su única mano a la cadena que conectaba la embarcación con el remolcador. Vio otros proyectiles volando a su alrededor, y consideró casi nulas sus posibilidades de apañárselas.

Lo que Pompeyo pretendía de ella y de los demás buceadores era, de hecho, una misión suicida. Quizá conseguían enganchar el pecio a la nave, pero no veía cómo podrían salir con vida. La suya no era la única embarcación conectada al remolcador. Pompeyo había echado al mar varias con la esperanza de que al menos un par llegaran al abrigo del dique sin ser destrozadas por las catapultas del enemigo.

No es que el joven estratega hubiera olvidado montar un adecuado tiro de cobertura. La suya y las demás naves con torretas disparaban a la torre del dique para mantener ocupados a sus defensores. Entretanto, otros barcos habían desembarcado tropas que, gracias a las escaleras, asaltaban Orico en varios puntos para alejar a los soldados de la defensa del canal. Y aún más allá, por el lado opuesto, otras naves habían tomado tierra para ser transportadas al puerto interior.

Pero todo esto no resguardaba a los zapadores del tiro enemigo. Veleda tuvo la confirmación un instante después de pensarlo: otra embarcación fue golpeada de lleno por una roca, se partió en dos y se hundió con sus cinco ocupantes. Se vio perdida y, como siempre en los momentos de mayor tensión, se preguntó si no hubiera hecho mejor quedándose con Ortwin. Pero luego se dijo que los cesarianos estaban prácticamente condenados a la derrota, y que los bárbaros de César serían los primeros en satisfacer el espíritu de venganza de los vencedores.

Alguien la empujó. Otro zapador le hizo notar que era el momento de zambullirse. Perdida en sus pensamientos, no se había percatado de que estaba cerca de la embocadura del canal. Delante de ella se erguía una nave de guerra atada con una densa retícula de cadenas y tablas al pecio del barco de carga, cuya proa afloraba más allá del nivel del agua. El silbido de una flecha le hizo entender que, dentro del agua, ahora, correría menos riesgos que fuera. Luego otro proyectil cayó justo al lado de la embarcación. Levantó una ola poderosa, que hizo danzar la barca sobre la superficie del agua, hasta que la volcó.

Veleda se encontró en el mar. Miró a su alrededor. Las flechas continuaban silbando. Solo vio a tres de los cuatro zapadores de su embarcación. El cuarto remontó poco después cerca de ella, agonizante, con un dardo en el hombro. Uno de los otros le hizo señas de que lo siguiera. Tenía la cadena en la mano. Luego se sumergió. Los otros dos hicieron lo mismo. Eran más robustos y tenían otra tarea: vaciar al menos en parte la bodega de las rocas de las que había sido ciertamente abarrotada para mantenerla en el fondo.

Respiró hondo y los siguió. Su compañero la exhortó a sostener con él la cadena, pero ella se preguntó cómo podría hacerlo. La única mano buena le servía para nadar. Sin embargo, no tenía la intención de echarse atrás. Alcanzó la cadena, la aferró y la encontró pesadísima. Había que moverse mucho para evitar ser arrastrados al fondo, con el riesgo de quemar de inmediato la reserva de aire. Pasó la cadena al otro brazo, ciñéndola al pecho y nadando con el brazo intacto.

En apenas un minuto se encontró junto a la amurada del pecio. O era la quilla, no conseguía entenderlo. Se dejó guiar por el otro zapador, que evidentemente estaba buscando un asidero sólido en el que enganchar la cadena. La tenía por un extremo, al cual estaba unido un gran garfio. En la barca, le había dicho que el mejor punto al que engancharla eran los toletes de los remos anteriores.

El hombre remontó casi hasta la superficie del agua, quizá en busca de la proa. Veleda vio con el rabillo del ojo también a los otros dos buceadores nadando a lo largo del lateral. O quizá eran otros: Pompeyo había mandado a muchos hombres para aumentar las probabilidades de éxito de la empresa. Veleda se dio cuenta de que estaba al límite y que necesitaba coger aire. Justo cuando se preguntaba cómo su compañero podía resistir tanto, vio que salía a la superficie.

Aprovechó también ella. Aspiró durante un momento y se sumergió otra vez. También el otro se sumergió de nuevo, pero en un charco de sangre. Veleda entrevió la flecha que le había alcanzado, y en aquel mismo momento se percató de que la cadena se estaba yendo al fondo. Se lanzó hacia el cadáver, tendió la mano y la bloqueó, sintiéndose de inmediato arrastrada hacia abajo.

Se agitó como una enajenada para remontar, luego advirtió que los toletes estaban a lo largo de toda la amurada. Entonces solo trató de evitar bajar más, y se impulsó hacia uno de los lados del pecio. Buscó la abertura más cercana y se metió soltando el garfio, que se clavó en el interior del lateral. Luego probó la fuerza del agarre tirando de la cadena, valoró que aguantaría y, en aquel punto, decidió que, de nuevo, necesitaba aire: el esfuerzo sostenido por recuperar y sostener la cadena había sido enorme.

Salió a la superficie cuidando de ir al ras de la amurada. Pero el primer rumor que le llegó al lado mismo de su oreja fue la vibración de una flecha que se clavaba en el tablaje. Luego llegaron otros silbidos.

No podía quedarse allí.

Respiró hondo y se sumergió de nuevo. Para ir adónde, no lo sabía. Vio silbar las flechas también en el agua. No tuvo otra alternativa que meterse en la primera cavidad disponible, uno de los agujeros para los remos. En la oscuridad, a tientas, trató de alcanzar la popa. Allí encontraría la abertura para subir al exterior, un poco más lejos de los soldados que le disparaban desde la torre.

Chocó varias veces, y tuvo la impresión de que había perdido el sentido de la orientación. Temió no avanzar en la dirección correcta: quizá estaba volviendo a proa. Luego se dio cuenta de que estaba golpeando la cabeza contra aquello que debía de ser el puente, y que estaba bajando. Y si bajaba, quería decir que estaba yendo a popa. Pero el aire empezaba a faltarle, y no veía vías de escape.

Presa del pánico, buscó los agujeros para los remos.

No los veía y, sin embargo, debían de estar allí. Quizá estaban obstruidos por quién sabe qué detritos, pero en la oscuridad no tenía la posibilidad de verificarlo. No le quedaba más que el acceso al puente.

Sintió que los pulmones estaban a punto de estallarle. Después, una sacudida. Un estruendo que resonó en sus orejas con un largo eco. Y otro. Algo la golpeó. Se encontró más cerca de la pared de lo que pensaba.

Habían empezado a arrastrar la nave.

Con ella aún dentro.

Volvió a nadar manteniéndose al ras del techo. Hubiera querido desfondar el tablaje y emerger en cubierta, pero apenas encontraba las fuerzas para moverse. Luego, de pronto, chocó contra una pared. Sondeó los lados. Estaban cerrados también ellos.

Había llegado a popa, pero había fallado la abertura.

Una nueva sacudida. Sí, el pecio, ahora, se movía. Lentamente, pero se movía. Se puso a nadar cabeza arriba, mirando el techo. Los ojos le ardían por la sal, las sienes le latían por el esfuerzo, sentía sus pulmones al límite.

Ahí estaba. Eso quizá era la abertura. Se lanzó, pero una nueva sacudida la alejó de su objetivo. Volvió a desplazarse hacia el techo y la encontró de nuevo. Se agarró al borde, esta vez, para que no se le escapara, y luego se deslizó en su interior, esperando que fuera la correcta.

No encontró ningún obstáculo. No chocó contra nada. Remontó, simplemente.

Hasta la superficie.

Resurgió con un rugido. Jadeó repetidamente contra las fuertes olas que la embestían, esperando que los ojos le permitieran ver dónde estaba. Debió esperar mucho tiempo, confiando solo en los ruidos que la rodeaban: el crujido de las llamas, los aullidos de los soldados y el estruendo de las espadas, el chirrido del pecio que seguía moviéndose bajo ella.

Cuando al fin pudo ver, descubrió que el escenario había cambiado, y mucho, en aquellos breves pero eternos instantes en que había estado bajo el agua.

Se encontraba más bien lejos de la embocadura del canal. Del dique organizado por los cesarianos casi no quedaba nada. La nave de guerra encadenada al pecio fluctuaba, ingobernable, a merced de las olas: alguno de sus ocupantes había desenganchado las cadenas para evitar que fuera arrastrada junto a la nave hundida. Su torre estaba envuelta en llamas, muchos soldados se encontraban ya en el agua o en embarcaciones y balsas improvisadas. En tierra firme, junto a la embocadura, pululaban los soldados, y el mar en torno a ella estaba lleno de naves: con su movimiento, la flota de Pompeyo levantaba tales olas que se diría que estaba en medio de una tormenta. Apenas tuvo tiempo de darse cuenta de que Pompeyo estaba ganando, antes de entender de que ya no era capaz de mantenerse a flote y oponerse a las olas.

Quinto esquivó con el escudo al *capsarius* que quería tratar su pantorrilla, quemada por un tizón. No tenía ninguna intención de detenerse, no mientras Pompeyo siguiera luchando. Vio que el almirante se lanzaba encima de dos legionarios que aún resistían, y no dudó en correr en su ayuda.

Una vez arrastrado lejos el pecio que obstruía la embocadura del canal, había sido fácil abordar la nave enganchada a él. El barco inevitablemente se había desplazado y la torre, ya atacada por las llamas, había vacilado largamente antes de agrietarse y esparcir tizones sobre el puente, en el mar y en la tierra firme colindante.

Se había abierto un amplio paso en la embocadura, hacia el cual habían enfilado la almiranta de Pompeyo y otras naves de su flota. Y entonces el joven comandante hizo arrojar pasarelas sobre el trirreme adversario y lideró el asalto.

Parte de la tripulación de los cesarianos había huido, alcanzando las chalupas o la tierra firme, pero algunos veteranos se habían quedado en cubierta, entre los detritos, y continuaban resistiéndose. El resultado fue una especie de combate terrestre con distintos duelos entre un foco y otro, en medio de un manto de humo que se hacía cada vez más denso.

Quinto alcanzó a su amigo preguntándose si acaso no había enloquecido. La batalla, ahora, ya estaba ganada, y era absurdo que un comandante arriesgase la vida sustituyendo a sus propios soldados en el trabajo sucio del rastreo. Más aún, en una densa niebla en la que podía aparecer un gladio enemigo en cualquier momento, y sin previo aviso. Pero a Pompeyo, ya lo conocía, le complacía ensañarse. No tanto ganar como ensañarse. Se sentía más a gusto dando el golpe de gracia que el primer golpe. Quizá le agradaba percibir la desesperación en los ojos de sus víctimas, o quizá lo estimulaba enfrentarse a gente que ya no tenía nada que perder.

De hecho, era el momento en que sin duda el almirante más se divertía.

Y en el cual más se arriesgaba.

Él no podía ser menos. Nunca. No tendría sentido que su padre, Tito Labieno, demostrara ser superior a Pompeyo Magno, si luego, en los hijos, la escala de valores cambiaba. A él le correspondía mantener alto el honor de la familia.

Se acercó al punto en que su amigo había sido tragado por el humo. De pronto, su silueta se materializó delante de los ojos. Pompeyo combatía como un león, apremiando a los dos adversarios como si él estuviera en posición de ventaja. A Quinto no le parecía que necesitara ayuda. De todos modos, apretó el gladio e intervino. Apuntó a uno de los dos legionarios enemigos y le asestó numerosas estocadas, que obligaron al adversario a retroceder oponiendo el escudo. Continuó cubriéndolo de golpes sin preocuparse de apuntar, hasta que aquel se acercó a la barandilla y se lanzó abajo. Quinto se asomó y no vio a nadie: que se hubiera muerto o se hubiera salvado, ya no le concernía. Luego se volvió hacia Pompeyo, apenas a tiempo para ver cómo atravesaba, con una decidida estocada en el costado, a su contrincante.

—No era necesario que me ayudaras... —dijo Pompeyo con una sonrisa perversa. Pero Quinto notó que cojeaba: de un desgarro en el muslo fluía sangre que ahora le había cubierto toda la pierna. No obstante, el almirante seguía mirando a su alrededor en busca de más enemigos.

—Con este humo es difícil distinguir a los nuestros de los adversarios. Deja que los soldados se ocupen y céntrate en detener la sangre —contestó Quinto.

—Tienes razón —admitió Pompeyo, de mala gana—. De todos modos, no creo que haya quedado ninguno aquí arriba. Mejor volver a la almiranta: necesito comprobar cuál es la situación.

Desde la almiranta, las dimensiones de la derrota de los cesarianos resultaban evidentes. Las escarpas de Orico estaban ahora vigiladas por los asaltantes, y el canal casi liberado. Desde el puerto interior se veía avanzar una birreme: era una de las cuatro que Pompeyo había enviado a atravesar el istmo, y su presencia era una señal elocuente del éxito obtenido también en aquel frente. Las señales con las banderitas confirmaron que las naves de la flota de César habían sido todas incendiadas o capturadas.

—En el espacio de dos días hemos asestado un duro golpe a César. Ahora ya no tiene naves de carga para llevar tropas a Italia ni trirremes para contrarrestar nuestra superioridad marítima —comentó Pompeyo, henchido de satisfacción, mientras el enfermero, de rodillas junto a él, intentaba tratar su herida—. Está casi aislado en el interior y sin suministros. Mi padre duda de combatirlo abiertamente, pero ahora César está completamente a su merced.

—César es muy peligroso. Siempre encuentra los recursos para reaccionar a las situaciones más desesperadas. Mi padre lo sabe incluso demasiado bien, y querrá asegurarse de que resulta realmente inofensivo cuando lo golpee. Y será un golpe definitivo, puedes jurarlo —respondió Quinto.

—Eso espero. Solo confío que los temores de tu padre no condicionen en exceso al mío, que ya tiene incluso demasiados escrúpulos. Si hubiera sido por mí, no lo habría pensado dos veces en asaltar a César ya en el Apso, cuando estaba en clara inferioridad numérica.

Quinto estaba a punto de responder, picado, que su padre, de guerra, sabía al menos tanto como Pompeyo Magno. Pero una cabellera rubia que flotaba sobre una tabla en el agua, a poca distancia de su nave, atrajo repentinamente su atención. Miró mejor, y vio que al pecio estaban agarrados los que parecían un hombre y una mujer.

Y la mujer solo podía ser ella.

El corazón le había dado un vuelco cuando entendió la misión que Pompeyo le había asignado. Había estado tentado de impedírselo, pero no quería dar a su amigo la impresión de que aquella mujer le interesaba demasiado. Tampoco él, en realidad, quería aceptar la idea de que le interesaba demasiado. Ni quería preguntarse si era así o no.

Sin embargo, el instinto lo empujó al agua. Se quitó enseguida la coraza y se zambulló, alcanzando el pecio con rápidas brazadas. Veleda yacía de cara a la tabla, reconocible por el muñón. Aún respiraba, pero estaba aturdida. El otro, uno de los zapadores, estaba medio inconsciente, y solo el instinto de supervivencia lo había mantenido agarrado a la tabla.

Quinto empujó el pecio hacia la amurada de la nave, gritando que los levantaran. Bajaron las cuerdas, en las cuales envolvió primero a Veleda, luego al hombre. Al final, subió también él. Encontró a Pompeyo esperándolo.

—¿Cómo lo habéis conseguido? —preguntó, de inmediato, el almirante al zapador, cuando este recuperó la conciencia.

—Ambos hemos tenido suerte y pudimos evitar rápido las flechas enemigas. Hemos sido los únicos, creo. Yo he enganchado mi garfio y ella el suyo. Ha sido hábil, la he visto: lo ha hecho todo sola, porque a su compañero le pilló una flecha incluso antes de lograr enganchar el pecio. Después, la vi exhausta y la coloqué sobre la tabla que había alcanzado...

Quinto se quedó asombrado del valor de la muchacha. Con una sola mano y sin ayuda, había nadado bajo los disparos del enemigo, había sostenido una pesada cadena y la había enganchado al objetivo. Por otra parte, se dijo, siempre había sido una mujer decidida. De repente, deseó que volviera con él. Se preguntó qué podría decirle a Pompeyo para justificar su deseo de tenerla consigo.

—¡Enhorabuena! —exclamó Pompeyo—. A ambos. Tú recibirás un buen premio en dinero, en cuanto estemos en tierra. En cuanto a ella...

El almirante escrutó el cuerpo menudo, pero bien torneado, de Veleda, que yacía recostada e inconsciente sobre el puente. La túnica mojada y lacerada ponía en evidencia la estrecha pelvis, los pechos firmes y redondeados, la musculatura bien modelada.

—En cuanto a ella, también recibirá un bonito premio. Nunca he estado con una mujer manca. Llevadla a mi alojamiento —dijo finalmente Pompeyo, sin notar cómo el rostro de Quinto se desencajaba.

XXI

> Pero los dos [alóbroges], que estaban perfectamente al corriente de todos los detalles, si en algún punto del campamento de César las fortificaciones no estaban ultimadas o si los expertos encontraban que en algún punto dejaban que desear, y habían, además, observado los tiempos de cada operación y las distancias entre los diversos puntos, la mayor o menor diligencia del servicio de guardia, según el carácter y la celeridad de cada uno de aquellos a los que estaban asignadas las distintas tareas, lo refirieron todo a Pompeyo.
>
> CÉSAR, *La guerra civil*, III, 61

DIRRAQUIO, 17 DE JULIO DEL 48 A.C.
(PLENA PRIMAVERA)

Aburrido, el centinela se puso a escrutar el terreno cercano a sus pies. Estaba casi al final de su turno de guardia, y una tenue claridad afloraba en el cielo: hierba y piedras no eran ahora más que oscuras siluetas bajo su nariz. Su mirada se posó sobre una raíz que conocía demasiado bien. Se inclinó a recogerla: las mieses empezaban finalmente a madurar, pero las raciones de trigo eran aún demasiado escasas para asegurar una alimentación adecuada al ejército de César. También la carne de oveja escaseaba desde hacía días, después de que a los pastores de la zona les hubieran rapiñado sus rebaños. Era mejor procurarse, pues, un poco de *chara*. Mezclándola con la leche, obtendría la habitual papilla que consumían desde hacía casi dos meses.

Sonrió complacido, pensando en aquello que los desertores habían referido de Pompeyo. Parecía que alguien le había llevado un poco de *chara* para demostrarle hasta qué punto eran ya presa de la desesperación los soldados adversarios. Pero el general, en vez de complacerse, había dicho: «¡Con qué bestias combatimos!».

Él estaba orgulloso de que lo consideraran una bestia. Significaba que era temido, y no por un miserable recluta, sino por uno de los más grandes generales de la historia de Roma.

No el más grande, porque el más grande era su comandante.

Hizo un gesto de satisfacción. Ellos, los veteranos de César, al menos tenían la *chara*, y luego un poco de cebada y legumbres. Y podían obtener además toda el agua que quisieran. El cónsul había desviado los ríos y los torrentes antes de que llegaran a la altura del espacio delimitado por Pompeyo: aprovechando el cauce restringido en el cual corrían, había hecho construir una serie de diques en los barrancos, entre una altura y otra, acumulando montones de tierra junto a una empalizada.

Y luego, casi todos los caballos habían sobrevivido: el poco forraje disponible era todo para ellos. En efecto,

César había impedido el forrajeo a Pompeyo bloqueando todos los accesos a la llanura: al sur, prolongando la fortificación hasta el mar; al norte, cortando las dos únicas vías de salida de Dirraquio, el istmo sobre el que surgía la ciudad y el punto que la conectaba con la tierra firme.

Cuando el viento soplaba del mar, el soldado podía oler el hedor de la carroña amontonada en el campamento de Pompeyo: primero las bestias de carga, luego incluso los caballos de sus infinitos contingentes de caballería, reducidos a arrancar hojas de los árboles y raíces del terreno. Si Pompeyo se obstinaba en mantener su táctica expectante, los hombres morirían de hambre.

Por eso, ahora, los adversarios no tenían elección. Dos semanas antes ya habían intentado forzar el bloqueo, apuntando directamente contra el campamento de César mientras el cónsul procuraba penetrar en Dirraquio. Pero había salido mal. De hecho, si el legado Cornelio Sila, al que César había dejado al mando, hubiera tenido un poco más de iniciativa, quizá un buen contraataque habría puesto fin a la guerra.

Y ahora, se esperaba un nuevo intento de un día a otro. Tal vez de un momento a otro. La deserción de dos nobles galos alóbrogos, acusados de malversación y de haber desviado dinero de la paga de sus hombres, permitía presagiar un ataque inminente. Los traidores, podía jurarse, referirían a Pompeyo todo lo que sabían sobre la disposición de las fuerzas de César y sobre los puntos débiles de las fortificaciones.

Y el punto más débil de todos se encontraba justo allí, donde él estaba de guardia.

En aquel denso reticulado de murallas, contramurallas, empalizadas, trincheras, fosos, torres, fortines, terraplenes, barreras diversas, movimientos de tierras completos e incompletos, alturas y depresiones, barrancos y colinas en medio de los cuales los soldados vivían desde hacía dos meses, había una brecha. Un agujero que los excavadores aún no habían obstruido.

Trató de valorar, a simple vista, su anchura. Le parecieron más o menos cuatrocientos pies. En origen, la fortificación de César estaba constituida por una única muralla de madera sobre un terraplén, por una altura total de veinte pies, precedida por un amplio foso de quince pies de profundidad. Durante mucho tiempo, una barrera de esta envergadura se consideró suficiente para garantizar la seguridad de las tropas e impedir que Pompeyo accediera a la llanura.

Luego, algunos, en el estado mayor, habían empezado a temer que el enemigo, empujado por la desesperación, pudiera valerse de las naves para transferir soldados más allá del extremo de las trincheras, sorprendiendo por la espalda a los asediadores. Así, César había dispuesto la construcción de una nueva barrera, paralela a la precedente, una suerte de contramuralla que protegiera a los defensores también por detrás.

Una especie de doble fortificación, como en Alesia, recordó con orgullo el legionario.

La nueva empalizada corría paralela a una distancia de seiscientos pies de la primera, y había sido completada con extrema rapidez. Se extendía más de dos millas y llegaba hasta el río Palamnus,* más allá del cual el mando no había estimado necesario proseguir. Pero quedaba aún por barrar el espacio junto a la ribera entre los dos recintos amurallados. Los galos habían desertado cuan-

* Darçi.

do los trabajos acababan de empezar, y ahora, había calculado a simple vista, solo un tercio del espacio había sido rellenado por la fortificación transversal.

El riesgo era que los enemigos podían colarse en aquel espacio desde el mar, acaso atacando frontalmente la empalizada más interna al mismo tiempo.

Era un riesgo real, y el centinela se preguntó cómo César había dejado tan pocas cohortes vigilando aquel espacio. A un puñado de pasos de él velaban, o dormían en las tiendas, solo tres cohortes. En la confluencia de la contramuralla con el Palamnus estaban las otras siete de la IX legión, a las órdenes el cuestor Léntulo Marcelino. El comandante, además, estaba enfermo, pero César no se había preocupado de sustituirlo por un general sano, lo que hubiera ido bien en caso de ataque. El legado más cercano, Marco Antonio, se encontraba a más de una milla al norte, y tardaría demasiado en intervenir.

El legionario negó con la cabeza. No era típica de César esa falta de previsión. A menudo tomaba riesgos, obviamente, pero siempre estaba atento a ese tipo de detalles. Desde Macedonia, además, habían llegado malas noticias: Cayo Calvisio había sido derrotado por Metelo Escipión, y su legión, masacrada hasta el último hombre, junto a ochocientos jinetes: si Domicio Calvino, con sus dos legiones en algún lugar de Macedonia, no lograba detener al suegro de Pompeyo, se corría el riesgo de encontrárselo a las espaldas de un momento a otro.

Este asunto de asediar a un ejército numéricamente superior nunca había convencido a nadie. No había motivos para ser optimistas, ni al principio ni ahora. Y encima César, con sus errores: el cónsul, quizá, estaba demasiado distraído por cuestiones de alta estrategia para hacer caso a los detalles. Tal vez estuviera envejeciendo.

Y sus veteranos con él. El soldado deseó más que nunca que aquella guerra terminara: por un instante se vio arando un terreno de su propiedad, adquirida con el dinero de la *honesta missio,** rodeado por una selva de mocosos y flanqueado por una mujer voluptuosa y sonriente.

Fue la última imagen que pudo crear su conciencia. Una flecha le atravesó el cuello al clavarle el *focale* a su garganta.

Pompeyo vio volar por el cielo una selva de dardos. Desde el mar, desde el campamento y desde el interior. Se complació por la buena coordinación entre las secciones: el primer lanzamiento de flechas de las unidades ligeras, desembarcadas en el espacio entre las dos barricadas de César, había constituido la señal para los otros dos sectores del ejército de ataque. Una lluvia de dardos había embestido simultáneamente, desde tres direcciones, las posiciones enemigas en el sector más meridional de la fortificación: la que habían indicado los providenciales desertores galos.

Era hora de que alguien desertara. A pesar del presunto descontento del que hablaba siempre Labieno, a pesar de los esfuerzos a los que el comandante los había sometido en varios frentes, a pesar de las privaciones y las promesas incumplidas, aquellos fanáticos aún parecían visceralmente apegados a su caudillo. Era como si César los hubiera privado de su voluntad, y esto lo hacía aún más peligroso. Sin embargo..., sin embargo, él hubiese querido ser capaz de inspirar así a sus hombres.

* Licencia.

El general observó a sus legionarios, impacientes por pasar al ataque. Tenían un aspecto curioso, con esas coberturas de mimbres y hojarasca sobre los yelmos, para protegerse de los proyectiles provenientes de las escarpas de los enemigos. Hacía solo unas pocas semanas eran solo reclutas asustados, o veteranos ansiosos por obtener la licencia. Ahora, parecían galvanizados por la aparente debilidad de sus adversarios. Pero no se hacía ilusiones: a la primera derrota se desmoralizarían de nuevo, y volverían a desertar como ya habían hecho en el pasado.

Pompeyo volvió la mirada hacia las escarpas de las fortificaciones enemigas. Los defensores parecían pocos, y continuaban cayendo bajo la lluvia de dardos de sus arqueros o desaparecían presa del pánico.

Esta vez, César se había dejado sorprender.

Se volvió hacia Labieno.

—Ve —le dijo.

El legado bajó el brazo y el *tubicen* tocó el ataque. Inmediatamente comenzaron a resonar las trompetas de los contingentes más alejados, y luego los del lado opuesto, en la llanura donde habían desembarcado los otros contingentes. El asalto simultáneo a la muralla y a la contramuralla enemiga parecía bien coordinado y nacido bajo los mejores auspicios.

Labieno partió al galope, abriendo el camino al flanco derecho de la alineación. Las unidades avanzaron despacio, lastradas por la necesidad de transportar las escaleras, las *vineae* y el material de excavación con el que rellenar el foso. Pero desde las escarpas no llegaban más que raras descargas de flechas, fácilmente inutilizadas por las formaciones en testudo.

A menos que César hubiera preparado una sorpresa más allá de la muralla, sería una conquista fácil.

El legado no tuvo necesidad de alentar a sus hombres. Parecían ya bastante exaltados por su aparente superioridad. En efecto, era extraño que César no hubiera organizado defensas adecuadas en aquel sector tan vulnerable y distante de su campamento, que se encontraba en el extremo norte de la fortificación. No excluían que estuvieran siendo atraídos hacia alguna trampa. Se esperaba una reacción, antes o después. Pero, entretanto, necesitaban apoderarse al menos de aquel sector para disponer de un acceso a la llanura y, por consiguiente, al forrajeo de los caballos.

Las primeras filas llegaron casi sin obstáculos al foso. De inmediato empezaron a volcar el contenido de los carros y de las *vineae*: tierra, piedras, detritos, arbustos, tablas, cualquier cosa que sirviera para llenarlo. Alguien rompió las filas y se arrojó, escalera en mano, sobre los cúmulos apenas constituidos. A pesar de que aún eran insuficientes para colmar el desnivel, los escaló y alcanzó el margen opuesto del foso, en la base del terraplén. Fue inevitablemente atravesado por un *pilum*, pero la escalera permaneció allí, del otro lado del foso, a disposición de sus compañeros.

Labieno miró las escarpas de la muralla. Los defensores atrincherados detrás de la empalizada eran en verdad pocos. En cuanto los suyos apoyaran en la barrera un número adecuado de escaleras, los cesarianos no serían capaces de hacer frente a todos los asaltos. Se preguntó si también a lo largo de la contramuralla, en el lado opuesto, la resistencia era igualmente exigua.

Y se preguntó si Quinto, su hijo, habría llegado ya a la base del terraplén.

Todo demasiado fácil. Nunca le había ocurrido ir al asalto de una fortaleza sin correr un riesgo a cada paso.

Quinto no oía silbar en torno a sí las flechas con la misma frecuencia a la que estaba habituado, ni los proyectiles de las catapultas interrumpían el avance de la alineación. Una vez llegados a las espaldas de la barrera enemiga, él y sus compañeros podrían descargar con tranquilidad el material con el que llenar los fosos y marchar, compactos, hacia la contramuralla.

Y a los fosos habían llegado con relativa facilidad. Algunas piedras lanzadas desde las catapultas o a mano, nada más. Miró a su alrededor: los vacíos abiertos en la alineación eran de veras risibles. Luego observó las escarpas. Un centurión, en lugar de vigilar los movimientos del enemigo, se vio obligado a aferrar por la loriga a los legionarios que tenía cerca para impedir que se dieran a la fuga.

Era el momento. Su padre, del lado opuesto de la muralla, dirigía el avance de las tropas de Pompeyo. Pues bien, él no iba a ser menos. No tenía el grado para liderar a nadie, pero estaría, de todos modos, a la cabeza de sus camaradas. Probó la consistencia del material de relleno vertido en el foso, lo juzgó aceptable en cuanto a altura, arrancó la escalera a otro legionario y se aventuró hacia la muralla.

Una rápida ojeada hacia arriba. Algunos legionarios habían desaparecido: el centurión no había conseguido retenerlos. Los pocos que quedaban parecían asustados. Se los comería vivos. Quería ser el primero en conquistar las escarpas. Esperaba que su padre, desde el otro lado, lo viera, y lo señalara a sus hombres como un ejemplo a imitar.

Apoyó la escalera en la base del terraplén. Vio que también otros legionarios, a su derecha y a su izquierda, comenzaban a escalar por él. No. Debía ser el primero.

Subió rápidamente los primeros peldaños, con cuidado para mantener el escudo encima del yelmo. Se preguntó, por un instante, cuál sería su comportamiento, en aquella situación, si Veleda hubiera seguido con él. Si no se la hubiera cogido como amante el joven Cneo Pompeyo, manteniéndola en la propia nave en los últimos dos meses, sin darle la posibilidad de verla desde la incursión en Orico.

Recordaba bien cómo se había rebajado cuando había sido su amante. Aunque ella no lo amaba. O quizá precisamente porque ella no lo amaba. Y ahora, Veleda había regresado, había hecho frente a quién sabe qué pruebas para dar con él, quizá porque al final se había dado cuenta de que lo amaba.

Pero ahora las cosas eran distintas. Entonces, en las Galias, él no tenía un verdadero motivo para combatir, y ella, hermosa, orgullosa e intacta, había llenado tal vez el vacío de sus motivaciones. Pero ahora..., ahora, tenía una gran cantidad de motivos: por encima de todos, la defensa de la libertad de la República de un tirano, y el deseo de contribuir a que se reconociera finalmente el valor de su padre como caudillo. No se detendría hasta que no hubiera obtenido ambos objetivos.

En cuanto a Veleda..., bueno, Veleda ya no era la misma de antes. Lo pensó justo mientras irrumpía sobre las escarpas y le cortaba de cuajo la mano a un desprevenido legionario, capaz solo de agitarle el gladio bajo la nariz.

—¡Estamos perdiendo el control de la situación! —gritó Aulo Ircio después de haber hablado con la estafeta que había enviado Marco Antonio.

César cabalgaba a la cabeza de sus germanos. Tras él iban las cohortes que reunía fortín tras fortín a medida que se acercaba al sector donde se había producido el ataque.

—¿Cómo es eso...? —preguntó el cónsul a su ayudante.

—¡La guarnición no ha resistido siquiera el tiempo suficiente para permitir que Antonio contenga su hundimiento! —respondió Ircio—. Han escapado en cuanto han visto aparecer a los soldados de Pompeyo. ¡El cuestor Marcelino ha enviado a toda su unidad a las escarpas, pero los recién llegados se han dejado contagiar el pánico de los defensores y han dejado el campo libre al enemigo! Antonio está tratando de contener el empuje adversario, pero sus doce cohortes son demasiado pocas. ¡Parece que Pompeyo ha atacado con no menos de seis legiones! ¡Y ya han avanzado un buen trecho!

César no consiguió contener un gesto de ira. No esperaba que Pompeyo utilizara la mitad de su ejército para el ataque. Y no esperaba que los suyos casi renunciaran a oponer resistencia. Esta vez había hecho mal sus cálculos. Presentía que la deserción de los dos nobles alóbrogos —que solo él e Ircio sabían que era acordada— induciría a Pompeyo a forzar el bloqueo y a salir al descubierto. Había dejado expresamente una débil guarnición en el sector meridional, donde los trabajos de fortificación no se habían completado aún, para impulsar al enemigo a asaltarlo justo en ese punto.

Había establecido que, ante las primeras señales de humo, Antonio llegara en defensa de la guarnición, a la espera de que él condujera el grueso del ejército para asestar el golpe definitivo. En aquel momento, el enemigo habría penetrado en profundidad entre las dos líneas fortificadas y ya no estaría en condiciones de retirarse frente a un decidido contraataque.

Se había movido tan pronto como había visto elevarse las señales de humo de fortín en fortín. Pero la falta de resistencia por parte de la IX legión había cambiado radicalmente la perspectiva de su intervención. Ahora ya no se trataba de iniciar el contraataque, sino de contener el empuje adversario. No estaba cabalgando para acabar con el enemigo, sino para impedir que el enemigo acabara con él.

Con la vieja IX legión, esto no hubiera pasado. Pero junto a los veteranos de las Galias, los mismos que se sublevaron en Placentia, había puesto a muchos reclutas, y no había pensado en el terror que podía suscitar en ellos un ataque masivo. No todo estaba perdido, por supuesto. Pero, en cualquier caso, el incauto movimiento le costaría caro.

Cruzó con rapidez el río, valiéndose del amplio puente construido al principio de los trabajos, y de inmediato se encontró en el centro de las operaciones. Los hombres de Antonio habían constituido una barrera entre el curso de agua y el ángulo de la circunvalación, a la altura del campamento del cuestor Marcelino. Defendiendo el campamento, defendían toda la línea fortificada de la alineación cesariana. Pero la presión enemiga los estaba obligando a replegarse. El cónsul comprendió que la vertiente meridional de la circunvalación estaba perdida, como también podía descartarse definitivamente la posibilidad de impedir al ejército enemigo el acceso a la llanura.

Había terminado. De aquel asedio ya no podía sacar nada bueno. Ahora que estaban en posesión del lado sur, los adversarios podían atacarlo desde atrás en cualquier momento. Debía retirarse, pero sin que pareciera una derrota para que la moral de los hombres no se resintiera en los enfrentamientos sucesivos y para evitar una pérdida de prestigio frente a los aliados.

Pero, para empezar, ante todo había que contener el impulso de los pompeyanos. Las cohortes de Antonio no podrían impedir el cerco de la circunvalación durante mucho tiempo. Sus soldados evitaban avanzar, manteniendo una posición que les aseguraba el apoyo y la protección de los arqueros en las escarpas. Pero asistían impotentes a la desbandada de los camaradas de la unidad de Marcelino, que continuaban dando la espalda a sus perseguidores mientras intentaban reunirse con las cohortes recién llegadas.

Incluso César no pudo hacer otra cosa más que mirar. Al menos mientras no llegasen los legionarios que lo seguían de cerca. Entre los fugitivos pudo distinguir con claridad la enseña de la IX legión, que el aquilífero trataba de sustraer al enemigo corriendo a más no poder. Entre él y los más cercanos perseguidores había otros cesarianos, pero era improbable que el hombre consiguiera alcanzar las líneas de Antonio.

No. El águila, no. Si caía en manos del enemigo, pensó César, ya no podría convertir aquella derrota en otra cosa más que en un descalabro.

Llamó la atención de Ortwin sobre el aquilífero. El germano comprendió al vuelo, como siempre. Sabía qué importancia revestían las enseñas, y sobre todo aquella de la legión, para los romanos. El águila era el símbolo de la protección de Júpiter, y perderla significaba dejar de disfrutar de su favor.

El germano partió al galope, seguido por una decena de los suyos. Cubrió en pocos instantes la distancia que lo separaba de los fugitivos y se puso a su lado. Luego se aseguró de encontrarse al alcance del aquilífero, inconfundible no solo por la enseña, sino también por la piel de lobo que cubría su yelmo y descendía por su espalda. Pero se cuidó también de no dejarse sorprender por los enemigos, manteniéndolos vigilados.

Entonces lo vio.

El soldado atrajo su atención porque se había abierto camino atravesando a un adversario por la espalda, levantándolo con el gladio y arrojándolo lejos, para luego proseguir su carrera. Pocos legionarios eran capaces de cosas semejantes. Con uno de estos había combatido en las Galias. Conocía su fisonomía, su modo de combatir y sus movimientos. Era él.

Quinto Labieno.

Su instinto de guerrero le hizo olvidar por un instante sus órdenes. Lanzó un grito de desafío: un rugido que Quinto no podía sino reconocer. En efecto, el legionario giró la cabeza en su dirección, se detuvo, lo escrutó y lanzó a su vez un grito. Luego se movió hacia él.

—¡El águila! ¡Ortwin, el águila!

Uno de sus guerreros lo llamó al deber.

Ortwin se volvió. El aquilífero se había pegado a su silla. Sin aliento. Estaba herido: su loriga tenía un desgarro profundo a lo largo del hombro. Debía de haber perdido mucha sangre.

—¡Tú, germano! —le gritó el romano con el poco aliento que le quedaba—. En vida, he defendido esta águila durante muchos años y con extremo cuidado. ¡Ahora, con la misma fidelidad te la entrego a ti para que se la restituyas a César!

Ortwin vaciló. Miró al aquilífero, que jadeaba, agonizante, pero miró también en dirección a Quinto Labieno.

Se preguntó si Veleda lo estaba esperando en el campamento, y si él aún la sometía a los abusos de los que había sido víctima en las Galias.

Por si fuera poco, era un traidor.

Quería hacérselo pagar. Debía hacérselo pagar. Llevó la mano a la espada y se dispuso a espolear el caballo.

—Te conjuro, germano: no te manches de una culpa que nunca fue cometida en el ejército de César, la del deshonor militar. ¡Devuélvele el águila sana y salva! —le imploró el aquilífero.

Ortwin volvió de nuevo la mirada al romano. No. No podía desobedecer a César. No podía deshonrar a toda la legión por una venganza personal. Quinto debía esperar. Veleda debía esperar. Ya habría otra ocasión.

Arrancó la enseña de las manos del romano. La miró: una pértiga, coronada por un águila de plata unida por las garras a un pedestal. Espoleó el caballo, lanzó una última mirada a Quinto y luego galopó hacia César, saliendo del campo de batalla. Se volvió solo cuando se sintió seguro, y vio que Quinto le mostraba la cabeza cortada del aquilífero.

César recuperó así el águila y quiso tenerla en su mano hasta el final de la batalla. Sus hombres empezaban a fluir más allá del río. A medida que llegaban, los hizo disponer al abrigo de la fortificación junto al campamento de Marcelino: el río debía convertirse a toda costa en el nuevo límite de la circunvalación.

Una cohorte detrás de la otra, la alineación de Antonio se duplicó, triplicó y luego cuadruplicó, y finalmente ya pudo sostener el impulso enemigo. Entretanto, los pompeyanos habían avanzado tanto que estaban al alcance de los arqueros y las catapultas en las escarpas de la circunvalación.

Había sido un desastre, pero no una derrota.

César cabalgó hacia los suyos, recorriendo el lado derecho de la formación hasta la última línea. A su lado, Ortwin y los germanos le hacían de escudo contra eventuales proyectiles perdidos. Los hombres de las últimas filas vieron a su comandante y volvieron a incitar a los camaradas que los precedían. Los que estaban en la primera línea extrajeron nuevo coraje y ya no se limitaron a resistir los asaltos enemigos. Algunos, individualmente o en pequeños grupos, salieron de las filas e incluso contraatacaron. Justo después, a pesar de que los silbatos de los centuriones intentaban detenerlos, casi todos los legionarios de la primera alineación salieron otra vez al ataque.

Desde el flanco de la formación, César observó que sus legionarios desplegaban el valor de siempre. Escrutó, satisfecho, los rostros determinados, las estocadas decididas con el gladio, los violentos asaltos con el escudo. Bien, se dijo: tenían ganas de revancha.

Oyó el sonido de las trompetas de la alineación enemiga. Pompeyo había entendido que aquel día no podría conseguir nada más. Le había ido incluso demasiado bien.

César empezó a pensar en la venganza. Mejor si era inmediata para que aquel día no fuera recordado como el de una derrota. La idea ya se había formado en su mente.

XXII

> Todo estaba abandonado y la muralla permanecía sin defensa, tanto que, según la opinión general, si Pompeyo se hubiera lanzado en aquel momento la hubiera conquistado y con esta única acción se habría concluido la guerra. De no haber sido porque Labieno (un dios le hizo perder el juicio) lo convenció de perseguir a los que huían.
>
> APIANO, *La guerra civil*, II, 62, 259

Excelente. El ataque había sorprendido a los pompeyanos al menos tanto como el de pocas horas antes había sorprendido a la IX legión. César observó a los legionarios arrancar el rizo, la gran viga con puntas de hierro con la que sus adversarios habían barrado la puerta del campamento mayor, desfondar las puertas e irrumpir dentro del recinto amurallado. Todo iba de la mejor manera posible.

Si hubiera llegado también el ala derecha...

Y la caballería.

Los había perdido de vista hacía rato. Pero ya contaba

con eso, de todos modos: era improbable que los dos sectores en que había dividido a sus treinta y tres cohortes de ataque llegaran al objetivo en el mismo momento. Para sorprender a los pompeyanos, había elegido un camino indirecto, tortuoso, en ese dédalo de trincheras y muros, entre barrancos y alturas y bosques, que era el espacio entre las dos circunvalaciones. Y después de los primeros árboles, las depresiones y los atrincheramientos, ya no había habido modo de mantener el contacto visual.

Hasta el final no se había dejado ver por el enemigo. Pero tampoco por los suyos. Esperó que el retraso del otro contingente no se convirtiera en un problema. Por el momento, su presencia no parecía necesaria. Una legión y media se había mostrado suficiente para abatir el primer cerco defensivo de los pompeyanos. No dudó en que podría obligar a rendirse a los supervivientes, parapetados en la fortificación interior. Siempre que no llegaran sus refuerzos antes de la aparición del ala derecha.

Había memorizado bien el tablero operativo cuando había pasado por allí pocas horas antes, yendo en ayuda de la IX legión. Se trataba de un campamento que él mismo había hecho construir en las semanas precedentes, para luego abandonarlo porque estaba demasiado cerca de las líneas enemigas. Una vez liberado de sus tropas, Pompeyo lo hizo ocupar y lo amplió, con la idea de instalar allí varias legiones. También él lo abandonó después, probablemente por el mismo motivo que César. Por tanto, desde hacía tiempo, entre las dos líneas enemigas se ubicaba una base avanzada totalmente intacta, constituida por un recinto fortificado más amplio y por uno, interior, más estrecho, a disposición de cualquiera que quisiese usarlo.

Aquel día, con la conquista del sector meridional de

las trincheras, la posición había asumido un nuevo significado para Pompeyo. Ya no era solo una cuña hacia la circunvalación adversaria, sino una cabeza de puente más allá del río, protegida ahora no solo desde la retaguardia, sino también por el flanco. Pompeyo había comprendido enseguida sus ventajas, e inmediatamente después del éxito contra Marcelino la ocupó de nuevo. Después, había hecho construir una muralla y un terraplén para unirla al río, asegurándose por último el suministro de agua.

César cruzó la primera línea de fortificaciones. Sus hombres ya estaban ocupando el foso que precedía al terraplén y a la muralla de la segunda línea. Un grupo de legionarios había arrancado los postes de la primera empalizada, los había envuelto en un haz de cuerdas y los había convertido en un ariete. Todos juntos, lo levantaban y lo empujaban contra los batientes que ellos mismos habían construido pocas semanas antes.

La resistencia parecía más encarnizada que en la primera línea. Era obvio: Pompeyo debía de haber enviado al fuerte no más de una legión, insuficiente para vigilar todo el recinto del campamento mayor, pero más adecuada para el menor. César, sin embargo, se sentía optimista. Sus hombres estaban galvanizados por el momentáneo éxito y sedientos de venganza por el fracaso de la mañana. Los defensores se sentían aislados, y pronto no tendrían más opción que la de rendirse.

Siempre que no llegaran sus refuerzos.

Siempre que llegaran el ala derecha y la caballería.

Aquel camino no los llevaría a su objetivo. Ortwin estaba cada vez más convencido. Se preguntó si los tribunos y los centuriones de las cohortes que lo precedían se habían dado cuenta. El objetivo era avanzar hacia el mar y, a juzgar por la posición del sol, no estaban yendo hacia el suroeste, sino hacia el sur.

Directamente hacia el enemigo.

Habían recorrido un trecho tortuoso, lleno de altibajos, pasando en medio de bosques y florestas. Cuando los tribunos vieron las primeras trincheras, inmediatamente pensaron que se trataba del objetivo. Por esta razón, empezaron a bordear la muralla buscando la entrada. Pero hacía bastante que avanzaban hacia el sur, y no habían visto ningún acceso. No era posible que Pompeyo hubiera construido un campamento tan grande.

Dijo a sus hombres que lo siguieran y cabalgó hacia la cabeza de la columna: allí donde habría debido estar, si quien conducía el destacamento hubiera sido un comandante más hábil que el tribuno laticlavio Tuticano Galo, al que César había tenido que asignar el mando para complacer a su padre, un senador. Remontando las quince cohortes de las que su caballería constituía la retaguardia, se percató de hasta qué punto el contingente era vulnerable. Las centurias avanzaban deshilvanadas, aisladas unas de otras por la naturaleza áspera del terreno. Depresiones, bosques y bruscas elevaciones dejaban a las unidades fuera del campo de visión de aquella que la seguía y de la que la precedía. Existía el riesgo de que una sección fuera atacada sin que la más próxima fuera consciente siquiera. Y el enemigo podía estar más allá de una colina, apostado detrás de los árboles...

Tardó más tiempo del esperado en alcanzar la cabeza de la columna. Estaban el tribuno Tuticano Galo, y luego el primípilo Cayo Crastino, un tipo fiable y rudo. De forma instintiva, se dirigió a este último: como César, no tenía mucha confianza en los tribunos, menos aún si eran de rango senatorio.

—¿No te corroe la sospecha de que no es este el campamento que César quería que alcanzáramos? —planteó, con una cierta agresividad.

—En efecto, empiezo a pensarlo también yo. Es más probable que sea una trinchera construida por Pompeyo para proteger el aprovisionamiento de agua —respondió el centurión.

—¿Y qué? ¿Importa eso? Lo rodeamos y entramos igualmente. De todos modos, llegaremos al objetivo —dijo el tribuno.

Aunque conocía de sobra la torpeza del oficial, Ortwin no pudo contener el nerviosismo. Le molestaba no estar junto a César. Aunque le había dejado la mitad de sus hombres, se sentía más tranquilo cuando era él quien cuidaba de la seguridad del cónsul.

—Aparte del hecho de que, con toda probabilidad, estamos yendo a meternos de cabeza en la boca de Pompeyo, estamos privando a César de nuestra aportación. ¡No podrá conquistar el campamento enemigo sin nosotros! —gritó.

El tribuno lo miró enojado.

—¡No levantes la voz a un representante del rango senatorio, bárbaro! César me ha confiado el mando. Continuamos hasta que encontremos un obstáculo... ¿Adónde vas? ¿Adónde vas?

Ortwin marchó a galope sin escuchar el final de la respuesta. Adelantó la cabeza de la columna y continuó más allá. No debió cabalgar mucho. Vio lo que esperaba ver después de unos pocos centenares de pasos y volvió atrás de inmediato.

Fue recibido por las petulantes protestas del tribuno.

—Pero ¿adónde has ido? ¿Quién te ha dicho que vayas de reconocimiento? Y, además, ¡cuando un oficial se digna a dirigirte la palabra tienes que escuchar hasta el final!

—Un poco más adelante, está el río. Esta es precisamente la trinchera construida esta mañana por Pompeyo. El objetivo está más al norte. Debemos volver atrás de inmediato —expuso sin perder más tiempo.

—¿Y quién nos asegura que estás diciendo la verdad?

Ortwin lo miró con una mueca de desprecio. Luego apeló al sentido común de Crastino.

—Descartaría que el germano se equivocase —confirmó el primípilo—. César lo utiliza como jefe de su escolta personal desde hace años: es uno de sus hombres de confianza, y se disgustaría mucho si supiera que no has dado por buenas sus valoraciones.

Tuticano Galo echaba espuma por la rabia. Pero el temor de incurrir en la ira de César era superior a las ganas de poner en su sitio al obstinado bárbaro.

—Da la orden de hacer marcha atrás —dijo, al fin.

—No creo que sea una buena idea. Ahora perderemos demasiado tiempo —respondió Crastino—. Mejor demoler esta trinchera y remontar directamente por la parte interior. Iremos sin duda más rápido: es una fortificación levantada deprisa y corriendo, y no tendremos dificultades en abatirla.

El tribuno se vio obligado a admitir que era una buena idea. Descontento por no haber podido imponer su autoridad en ningún caso, dejó que los legionarios socavaran el terraplén. En poco tiempo, la empalizada fue arrancada y se abrió un tramo lo bastante amplio para hacer pasar toda la columna que, mientras, se había congregado en aquel punto.

La caballería entró primero, seguida por la infantería, que empezó inmediatamente a subir hacia el norte. Había atravesado solo un tercio de las cohortes cuando se oyeron con claridad ruidos más allá de las alturas y los árboles más cercanos. Algunos jinetes romanos se lanzaron en avanzadilla.

Volvieron de inmediato, a toda velocidad.

—¡Pompeyanos! ¡Una gran cantidad de pompeyanos! ¡Parecen todas las legiones que han atacado esta mañana la IX! ¡Cinco o seis, al menos! ¡Y están marchando hacia el norte, con los flancos protegidos por la caballería!

Los soldados entraron en pánico. La voz empezó a difundirse por toda la alineación, llegando en un instante también a los hombres al otro lado de la barrera.

Ortwin comprendió enseguida qué significaba: como mínimo, cinco legiones estaban asaltando el flanco de la legión y media con la que César estaba atacando el campamento enemigo. Pronto el cónsul se encontraría entre dos fuegos.

—No podemos subir todos desde aquí —dijo Ortwin—. Nos aplastarían contra la fortificación. Debemos entrar desde fuera, para reunirnos con César. ¡Pero nosotros, los jinetes, tenemos alguna esperanza de avanzar rápidamente aquí, en el interior, y avisar a tiempo al cónsul para que se aparte antes de ser atacado! ¡O ir ni que sea para proteger su flanco!

—¡Sí, es la única vía practicable! —asintió Crastino, y Tuticano Galo, una vez más, solo pudo declararse de acuerdo.

Pero bastó un vistazo al ejército para comprender que sus opiniones ahora contaban poco o nada. Los infantes habían empezado a retroceder y se agolpaban sobre la brecha por la que acababan de entrar. También los jinetes intentaban abrirse camino entre la multitud, sin encontrar espacio. Además, los cascos de sus caballos se encarnizaban contra los legionarios más desafortunados, que se les ponían a tiro. Estallaban también violentas disputas, que rápidamente se convertían en peleas.

El jinete que había hecho de explorador también trataba de alcanzar la salida.

—Pero ¿qué haces? —le gritó Ortwin—. ¡Debemos avisar a César!

—¡Por el interior no llegaremos nunca! ¡Nos dejarán aislados! —respondió, antes de desaparecer en el tumulto.

Crastino se lanzó hacia los soldados para tratar de darles la orden de que se replegaran. El tribuno fue tímidamente tras él, sin preocuparse de dar órdenes a los jinetes. La estampida se los tragó a ambos. Ortwin estimó que debía pensar por sí mismo.

—¡Nosotros, los germanos, intentemos alcanzar a César desde aquí! ¡Quien quiera que nos siga! —aulló.

Luego partió al galope, sin volverse atrás. Lo hizo solo después de algunos centenares de pasos. Algunas decenas de jinetes romanos lo estaban siguiendo.

Algunas decenas de trescientos.

El *pilum* le silbó junto al oído. César se volvió: a su lado ya no estaba el jinete germano que protegía su flanco izquierdo. Lo vio en el suelo, con un ojo atravesado completamente por la jabalina.

Estaba demasiado cerca de la nueva barricada de los pompeyanos. Sus hombres habían roto también la segunda línea de defensa y habían entrado en el campamento más pequeño. Pero, para entonces, los supervivientes de la legión enemiga se habían puesto a salvo junto a la puerta decumana, parapetándose detrás de una trinchera de carros y vigas y tierra. Parecía que su destino era ser arrollados, así que el cónsul se adelantó para animar a los suyos a un último esfuerzo. En cambio, de repente, la defensa había recuperado vigor.

Desde las escarpas en torno a la puerta, los pompeyanos habían vuelto a lanzar rocas con las catapultas, y desde la barricada improvisada rechazaban los repetidos asaltos de los legionarios. Si hubiera tenido a disposición la caballería y la otra legión, se dijo César, la cuestión ya estaría resuelta, hacía rato: en cambio, los adversarios eran conscientes del escaso número de asaltantes, y resistían esperando la llegada de los refuerzos.

—¡Llega la caballería!

Un vigía fue a avisarlo.

—¿Qué caballería?

—¡Ambas!

César cabalgó hasta la base de las escarpas. Bajó del caballo, subió a la rampa y miró hacia el sur. Dos contingentes de caballería cabalgaban casi uno al lado del otro, disparándose con lanzas y flechas, mientras bordeaban la tortuosa muralla que seguía el desnivel del terreno. Los caballos a veces chocaban y caían al suelo junto con los jinetes, que aprovechaban para iniciar una lucha cuerpo a cuerpo.

A medida que se acercaban pudo distinguirlos mejor. A lo largo de la muralla estaban sus germanos, con Ortwin a la cabeza, y luego también los romanos. Era su caballería, pero le pareció poco más que un pelotón. A su lado, los pintorescos jinetes orientales de Pompeyo trataban de detener su carrera. La mayoría tenían armas muy pesadas, y no daba la impresión de que consiguieran mantener el ritmo de Ortwin y sus compañeros. Pero eran hábiles en el uso del arco en carrera, y dejaban algunas víctimas tras de sí.

César reclamó a las escarpas a los pocos honderos baleares que vio en las inmediaciones y les ordenó que tiraran sobre los enemigos. Los ibéricos cargaron sus hondas, las hicieron revolotear en el aire y lanzaron casi simultáneamente. Sus golpes resultaron extraordinariamente precisos, como siempre: los jinetes más adelantados de la cuña enemiga fueron arrojados con violencia de sus sillas, y sus caballos continuaron al galope sin detenerse hasta que estuvieron bajo el terraplén. Los otros jinetes comprendieron que habían entrado en el radio de los tiradores de César y detuvieron su marcha, dejando a Ortwin y sus compañeros libres para alcanzar el campamento.

César los hizo pasar por la brecha que sus hombres habían abierto, luego puso a unos legionarios a vigilar allí. Bajó de las escarpas y fue de inmediato al encuentro de Ortwin.

—Pero ¿qué ha sucedido? ¿Dónde os habíais metido? —le preguntó nada más verlo.

Ortwin bajó del caballo.

—Nos hemos perdido. Una vez en el río, nos hemos dado cuenta de que no íbamos en la dirección correcta y hemos vuelto atrás. Nosotros desde el interior, y todos los demás desde el exterior, para evitar quedar aislados por Pompeyo. Numerosas legiones se están acercando para ayudar a los suyos. Se diría que cinco o seis.

Esa era la razón por la que los pompeyanos se habían atrincherado en la parte de atrás del fuerte: era allí donde esperaban recibir los refuerzos. Pero no se trataba solo de refuerzos: era medio ejército de Pompeyo lo que estaba llegando. En cierto sentido, César lo esperaba. Por eso no perdió tiempo en dar nuevas disposiciones. Se dirigió a los tribunos que tenía alrededor:

—Reclamad a los hombres. ¡Debemos replegarnos de inmediato! ¡Volvemos directamente a nuestras líneas!

El cónsul montó a caballo y se desplazó fuera del campamento mayor para controlar el repliegue. El acceso más cercano a las líneas cesarianas, sin volver a hacer el tortuoso camino del viaje de ida, estaba a menos de media milla. No sería difícil alcanzarlo antes de que las legiones de Pompeyo se le echasen encima. Entretanto, Ortwin se había puesto a su lado, mientras los demás jinetes romanos corrían a apoyar a sus camaradas cerca del enemigo.

Esperó durante algún tiempo. Luego, desde la entrada, vio salir a unos jinetes. Pero no se estaban replegando.

Estaban huyendo.

Casi lo atropellan. Los jinetes prosiguieron al galope, luego desmontaron y abandonaron los caballos para desaparecer un poco más lejos, detrás de una altura hacia la entrada de la circunvalación. Luego aparecieron también los legionarios, los mismos que solo poco antes había juzgado decididos y ansiosos por tomarse una revancha. Corrían a más no poder, muchos incluso habían tirado el escudo para ir más rápido. Los centuriones intentaban detenerlos, pero sin éxito. Había también varios signíferos entre ellos. César cabalgó hacia un portaestandarte y le cortó el camino con el caballo.

—Pero ¿adónde vas? ¡Deberías ser el punto de referencia para tus camaradas! ¡Estás deshonrando tu unidad! —le gritó.

El hombre estaba aterrorizado.

—¡Están contraatacando! ¡No tendremos esperanza si permanecemos aquí!

—¡No tendremos esperanza si huimos así! ¡Detente y permite que tu unidad se reúna en torno a ti!

Pero el signífero no se dio por enterado. Tiró al suelo la enseña y volvió a escapar. César estaba a punto de perseguirlo, pero Ortwin lo reclamó, señalándole el flanco. Estaban llegando las cohortes del ala derecha, que se habían perdido. Llegaban en desorden, y los más rápidos casi chocaron con los primeros fugitivos del ala izquierda.

César trató de detenerlos al menos a ellos. Cabalgó hacia los recién llegados.

—¡Parad y alineaos! ¡Pompeyo aún está lejos! ¡Hay tiempo para replegarse de manera ordenada! —gritó varias veces. Algunos se detuvieron y bajaron la vista avergonzados. Otros ni siquiera lo miraron y prosiguieron su carrera. Algunos cayeron por el barranco y, del golpe, se rompieron el cuello.

Llegó también Crastino.

—¡Cónsul, no hemos conseguido frenarlos! ¡El tribuno Tuticano Galo ha muerto aplastado por la multitud! ¡Merezco tu desprecio y tu castigo por no haber sabido salvarlo y por no haber sido capaz de contener la fuga! —gritó, desconsolado.

—¡Dejemos para después las recriminaciones! ¡Ahora céntrate en ordenar a tus hombres! —respondió el cónsul, volviéndose otra vez hacia el ala izquierda. Pero ahora los dos contingentes confluían el uno en el otro, sin distinción de unidades y secciones. Los signíferos no guiaban a nadie, salvo a sí mismos, y los centuriones que se oponían a la huida recibían un puñetazo o eran arrollados.

César cabalgó hacia un signífero. Ni siquiera intentó pararlo. Le arrancó la enseña de la mano y se movió con ella hacia un grupo de fugitivos que acababa de atropellar a un centurión.

—¡Quietos! ¡Sois soldados romanos! ¿No os da vergüenza dar la espalda al enemigo en vez de enfrentaros a él?

»¿He dado mis órdenes a unos cobardes? ¡Estáis deshonrando a vuestras unidades!

»¿No veis que vuestro comandante no huye? ¿Queréis dejarlo solo delante del enemigo?

Pero nadie le hacía caso. Todo el ascendiente del que había disfrutado durante años parecía haberse diluido en un instante. Bajó del caballo y corrió hacia un signífero. Lo agarró por el hombro, tratando de bloquearlo. El soldado se soltó frenéticamente, luego dio la vuelta al asta de la enseña, dirigiendo contra el cónsul la punta de la extremidad inferior. Trastornado por el terror, hundió la lanza. César fue a esquivarla, pero perdió el equilibrio y cayó al suelo.

El otro lanzó un grito y se dispuso para un nuevo mandoble. Se quedó un instante con los brazos levantados, luego dejó caer la enseña y, por último, se desplomó en el suelo, con la espalda atravesada por una espada. César se volvió hacia la dirección de la que parecía que venía el lanzamiento.

Vio que Ortwin cabalgaba hacia él.

Hubiera preferido perforar un pecho o un estómago, para variar. Quinto ya había atravesado suficientes espaldas y costados que los legionarios de César le habían ofrecido desde que, con su unidad, había llegado como refuerzo del fortín asediado. Por fin podría disfrutar de las espaldas de los veteranos. Incluso las de sus antiguos compañeros, como testimonio de que también los más fieles secuaces del tirano habían perdido la confianza en él y ya no creían en sus vanas promesas.

Cuanto más se acercaba a la circunvalación enemiga, tanto más excitada se hacía la fuga de sus adversarios, ansiosos por refugiarse más allá de la fortificación. Ahora distinguía con claridad las barricadas abiertas a la altura de los accesos para facilitar el regreso de los fugitivos. Advirtió también que en las escarpas había muy pocos defensores: quizá todos los demás habían sido arrollados por la oleada de pánico que parecía haberse adueñado del ejército de César.

Era el momento idóneo. Sus contrincantes estaban dispersos, sus fortificaciones escasamente vigiladas, las unidades desarticuladas, la confusión era total y los comandantes parecían incapaces de mantener a raya a los soldados. César se mostraba vulnerable como nunca antes, casi en la indefensión. Pompeyo había empleado en el ataque seis legiones: bastarían probablemente para asaltar y expugnar las líneas enemigas.

Se preguntó cuáles serían los planes del comandante supremo y de su padre. Y de todos los demás que consideraban que tenían voz y voto. Desde luego, su propósito sería ayudar a la guarnición asediada. Pero la facilidad con que los cesarianos se habían dado a la fuga y el aparente caos que reinaba en sus filas justificaban una inmediata contraofensiva: en la guerra, lo sabía incluso él, que no era estratega, a menudo las circunstancias dictan los objetivos.

Dejó de correr y de perseguir enemigos. De pronto, le pareció hasta superfluo. Volvió a correr, pero esta vez para regresar sobre sus propios pasos. Nada más darse la vuelta chocó contra un fugitivo, que perdió el equilibrio y acabó cayendo por un barranco. Quinto logró mantenerse al borde mismo del barranco. Tuvo la tentación de bajar y terminar con él, pero sus intenciones, de momento eran otras, así que volvió a correr hacia la retaguardia.

Dio aún algunas estocadas cuando se cruzaba con enemigos, pero sin preocuparse por el resultado. Más que nada, lo hacía para abrirse camino. Con el tiempo, fue encontrándose solo con sus propios camaradas. La persecución, sin embargo, no tenía nada de caótica: parecía que Pompeyo estaba usando solo una mínima parte de los efectivos disponibles. Algunas unidades regresaban de forma ordenada escoltando a los prisioneros.

Así, alcanzó al estado mayor. Vio avanzar tranquilamente a Pompeyo, Tito Labieno, Lucio Afranio, Domicio Enobarbo y Catón. Aunque no lo considerara un individuo agradable, debía admitir que era sobre todo mérito de este último si aquel día los pompeyanos habían combatido con tanto ardor como para aterrorizar a los expertos veteranos de César: antes del ataque, Catón había exhortado a los soldados a tener en cuenta que los dioses vigilaban su lucha por la libertad de la patria. Y ellos, los legionarios, habían combatido en realidad como si debieran rendir cuentas a los dioses.

—General, ¡las líneas de César están en el caos más absoluto! ¡Las escarpas no parecen ni siquiera vigiladas, hay una gran dispersión de fuerzas y una gran pugna para refugiarse más allá de la fortificación! ¡Si intentamos forzar las entradas, no podrán resistir y César estará acabado! —informó Quinto, aún jadeante por la carrera.

Pompeyo dijo a Labieno:

—Tu hijo nunca sabe estar en su sitio. Ahora se ha puesto a hacer también de estafeta, sin ninguna autorización de su centurión, supongo.

Luego se volvió a Quinto:

—En cualquier caso, muchacho, era precisamente lo que estábamos valorando. Un ataque total contra el campamento.

—La muerte de tantos buenos ciudadanos romanos es una verdadera desgracia: y todo por esa fatal y maldita ansia de poder —comentó Catón, con su habitual gravedad—. Si atacamos de inmediato y conseguimos abrirnos paso, quizá los obligaremos a rendirse y pondremos fin a la guerra de una vez por todas. Sería una gran victoria, y no solo militar.

—Cuidado —avisó Labieno—. La jornada ha sido muy positiva para nosotros. Incluso demasiado positiva. Nadie hubiera osado imaginar un resultado similar. Dos fugas de veteranos en una misma jornada son demasiadas. No me gustaría que César hubiera aumentado nuestra confianza a propósito para hacernos caer en una emboscada...

—¿Qué quieres decir? —lo apremió Catón, anticipando la pregunta de Quinto.

—Quiero decir que esta derrota tan repentina casi parece una invitación a hacernos superar sus líneas. Y ahora también las escarpas medio vacías... Parece como si César quisiera atraernos a una trampa. No se puede excluir que, más allá de la muralla, sus tropas estén concentradas en alguna parte, esperándonos...

—Pero... Su derrota es evidente... —balbuceó Domicio Enobarbo.

—Demasiado evidente —rebatió Labieno—. César es imprevisible, y podría haber organizado la derrota para empujarnos al enfrentamiento. Pero donde quiere él, o sea, detrás de sus líneas. Acaso con un montón de trampas entre el terreno, esperándonos, como en Alesia. Yo digo que nos conformemos con rastrear a todos los enemigos que podamos bloquear antes de que regresen. De todos modos, será una gran jornada, para nosotros.

—¡Pero es una ocasión irrepetible! ¡Si la dejamos escapar, nos arrepentiremos de no haberlo golpeado cuando teníamos la posibilidad! —protestó Domicio Enobarbo.

Todos miraban a Pompeyo. Los argumentos de Labieno no eran nada peregrinos. Temer a César no era una manifestación de miedo, sino de sentido común. Y nadie, ni siquiera Domicio Enobarbo, quería asumir la responsabilidad de meter a los soldados en la boca del lobo.

—Bien, así sea, pues. Limitémonos al rastreo —asintió el comandante supremo—. A grandes rasgos, hemos infligido graves pérdidas a César, y sus fuerzas serán aún más inapropiadas para sostener el asedio. Además, ahora hemos accedido al agua y a la llanura. Nuestro dominio del mar es absoluto. César ha perdido, en todo caso. Y es inútil arriesgarse. Cuando se sepa cómo ha ido hoy, perderá también el apoyo de los aliados del interior, y estará aislado. Además, las fuerzas de Metelo Escipión están aún intactas y se están acercando. Para él, se ha terminado, sin embargo.

Inmediatamente después, Pompeyo llamó al legado de una de las legiones de reserva. Le ordenó que alcanzara con su unidad la primera línea y cortara el camino a los fugitivos. A otro legado le indicó que rastreara toda la zona entre las dos líneas fortificadas.

—Por hoy hemos terminado, aquí —declaró, al fin.

—Espero encarecidamente que hayas tomado la decisión más sabia, Pompeyo —dijo Domicio Enobarbo, perplejo—. No quisiera que tuviéramos que arrepentirnos de haber escuchado las palabras de un desertor. Quien traiciona una vez, puede traicionar de nuevo —añadió, sin mirar a Labieno.

Quinto, que aún estaba presente, fue removido por la indignación. De forma instintiva, se llevó la mano al gladio. Su padre lo fulminó con la mirada y después se dirigió a Pompeyo.

—Comandante, ¿puedes cederme esos prisioneros? —preguntó, señalando a una decena de cesarianos que eran conducidos hacia el campamento más cercano por algunos legionarios.

Pompeyo accedió. Labieno cabalgó hacia los prisioneros y ordenó a los guardias que se detuvieran. Bajó del caballo y reclamó la atención de los cesarianos.

—Me reconocéis, ¿verdad?

Algunos asintieron, pero mantuvieron la cabeza gacha.

—He comandado a algunos de vosotros hace años. Tú, Cayo Sosio, has combatido para mí contra los eburones, en las Galias. Recuerdo que entonces mirabas a la cara al enemigo. Y tú, Quinto Petronio: hace años perseguiste a los temibles tréveros, y ahora eres tú quien se hace perseguir. El tiempo os ha ablandado y acobardado. ¡Sois veteranos solo de nombre! Ahora sois peor que reclutas: ¡sois mujeres! ¡Buen ejemplo habéis dado a los más jóvenes! ¿Qué hace el ejército de la República de gente como vosotros? Estáis bien para un tirano como César, no para el ejército de Roma. No tengo la intención de alistaros en nuestras legiones, ni de entregaros nuevamente César. Por tanto, solo queda una cosa por hacer.

Dio dos pasos hacia delante, desenvainó el gladio y lo hundió sin vacilar en el estómago del que había llamado Quinto Petronio. Quinto Labieno se sobresaltó. El soldado se desplomó en el suelo. Labieno extrajo la hoja, que se llevó consigo las vísceras del cadáver.

—Haced lo mismo con los demás —ordenó Labieno a los guardias, volviéndose y montando a caballo.

Nadie del estado mayor dijo nada, mientras los soldados ejecutaban la orden. Quinto, también él sin palabras, clavó la vista en su padre. Observó cómo se alejaba junto a los otros, luego desplazó la mirada sobre la masacre que se estaba consumando allí mismo. Y mientras asistía a la agonía de los últimos prisioneros que no habían tenido la suerte de morir con el primer golpe, pensó que su padre era el campeón de la libertad de Roma.

No Pompeyo, ni Catón, ni ningún otro.

Era Tito Labieno el que más decidido de todos estaba a derrotar al tirano.

Nunca se había sentido tan orgulloso de ser su hijo.

Aulo Ircio entró en el *praetorium* del campamento de César con ánimo grave. Tenía una desagradable tarea, apenas compensada por la satisfacción que le producía el rumor que le había llegado sobre Labieno. Las cifras, en todo caso, eran elocuentes. Se había tratado de una derrota, cuyas proporciones habían ido ampliándose a medida que las unidades le hacían llegar las pérdidas: solo al atardecer pudo acabar de redactar el informe que le daría a César.

Se hizo anunciar por los guardias y luego fue conducido en presencia del cónsul. Lo encontró encorvado sobre la mesa, bajo la luz de la linterna, escrutando un mapa y, a la vez, dictando una carta al secretario. Junto a él, Asinio Polión: era desalentador encontrárselo siempre en medio. Era amigo del cónsul como en su día lo había sido Labieno, o quizá más, justo a lo que siempre había aspirado Ircio. No era un comandante tan capaz como Labieno, pero sí un escritor tan eficaz como Ircio. Además, en África había estado plenamente operativo sobre el terreno como segundo de Curión. El resultado había sido desastroso, pero a él no se le podía imputar nada, más que no haber querido compartir la heroica muerte de su comandante. Pero su retirada, al menos, había salvado de la ferocidad de Juba a una parte de las cohortes de vigilancia en la base marítima.

—... «Por tanto, querido Domicio, te exhorto a marchar cuanto antes hacia Tesalia. El lugar de la reunión de nuestras fuerzas será Aiginion. Te encomiendo mantenerte alejado de Metelo Escipión, que te iguala con la infantería, pero te supera con la caballería. En cuanto nos reunamos, podremos atacarlo. Firma» —dijo César—. Y ahora —añadió, dirigiéndose a Ircio—, detállame las pérdidas.

Ircio se sentó. Lanzó un profundo suspiro y leyó la tablilla sobre la que había grabado las desoladoras cifras. Desde los tiempos de Gergovia, César no sufría pérdidas tan relevantes.

—Mil novecientos sesenta legionarios y auxiliares, entre caídos y prisioneros. Además, hemos perdido cinco tribunos y nada menos que treinta y dos centuriones. Y también son treinta y dos las enseñas dejadas en manos del enemigo —expuso.

César reflexionó un instante. Habló Polión:

—La pérdida de las enseñas demuestra qué poca oposición han ofrecido nuestros soldados...

—Sí —admitió César—. Haz escribir que hemos perdido novecientos sesenta. Ya están bastante desmotivados después de este maldito asedio que no ha conducido a nada. Aquí ya no conseguirán dar prueba de su valor. En medio de todas estas trincheras, colinas y depresiones, no es posible librar una batalla campal a gran escala. Comienzan a considerarlo un lugar maldecido por los dioses...

—¿Qué intenciones tienes?

—Alejarnos, es obvio. Ahora Pompeyo ha roto el bloqueo. Acabo de escribir a Domicio Calvino. Partimos de inmediato, esta misma noche, para reunirnos con él en Tesalia. Juntos amenazaremos a Metelo Escipión. Así, Pompeyo se verá obligado a venir en ayuda de su suegro, alejándose del mar y de su flota, cuya presencia lo hace tan fuerte. Así, tampoco podrá tomar en consideración la posibilidad de invadir Italia. Y si lo hace, reconquistaremos la península invadiéndola desde el Ilírico. Que los soldados se preparen enseguida. Partirán primero los pertrechos y luego la tropa para que los legionarios puedan mientras tanto rechazar eventuales ataques enemigos.

—Quién sabe, quizá esta derrota era lo que se necesitaba para empujar al enemigo a salir de la madriguera y combatir en serio... —comentó Polión.

—Al menos, ahora se sentirán fuertes y confiados y tendrán menos temor de enfrentarse a nosotros en campo abierto. No hay mal que por bien no venga... —confirmó Ircio antes de darse cuenta de que no había hecho más que reiterar, con otras palabras, la idea que había expresado ya el propretor.

—Tal cual. Quizá todos estos meses de estancamiento no hayan sido en vano.

César parecía cansado. La primera derrota, la de la

mañana, se la había buscado. Pero de la derrota de la tarde hubiera prescindido con gusto. Ircio lo conocía bastante para saber cómo se irritaba César cuando no conseguía orientar los acontecimientos según sus proyectos. Pero también sabía que estaba reelaborando su estrategia para que los acontecimientos terminaran coincidiendo con sus planes.

—Hay otra cosa —dijo el asistente, con una leve mueca en los labios.

—Dime.

—Ha llegado el rumor de que Labieno ha insultado y hecho masacrar a los prisioneros.

César lo miró un instante, sin cambiar de expresión. Ircio esperó. Esperó a que el cónsul hiciera un comentario, autorizándolo a manifestar todo el asco que sentía por aquel hombre. Y escrutó su rostro, esperando leer su odio.

Pero el cónsul no dijo nada. Suspiró, mostrando solo amargura, y después inclinó de nuevo la cabeza sobre la mesa, volviendo a examinar los mapas.

XXIII

> Después de él, habló Labieno que, despreciando a las tropas de César, exaltó el plan de Pompeyo [...]. Después de haber hablado así, juró que no volvería al campamento si no era como vencedor y exhortó a los otros a hacer lo mismo.
>
> César, *La guerra civil*, III, 87

Farsala, 9 de agosto del 48 a. C.
(fin de la primavera / inicio del verano)

—Yo... aún no estoy seguro. Los auspicios no me parecen favorables. Y también el sentido común me dice que no estamos haciendo lo correcto. Quizá sería mejor esperar... —dijo Pompeyo, inmediatamente después de haberse ajustado la túnica a la cintura.

—¿Esperar más? ¿Hace una semana que César nos ofrece batalla y tú aún quieres esperar? —lo apremió Domicio Enobarbo—. Tenemos el doble de fuerzas, sus soldados están desmotivados y deprimidos después de la derrota de Dirraquio, ¿y quieres aplazar el enfrentamiento? La decisión ya está tomada. ¡No puedes faltar a tu palabra!

Muchos de los presentes asintieron. El nutrido estado mayor de Pompeyo se había reunido en la tienda del comandante supremo de buena mañana para recibir sus últimas disposiciones antes de la batalla. Pero, como de costumbre, eran ellos los que se disputaban el privilegio de impartir disposiciones al jefe. Estaban todos, comandantes superiores y subalternos, procónsules, propretores y cuestores. Y todos en uniforme de batalla: Metelo Escipión, Domicio Enobarbo, Lucio Léntulo, Lucio Afranio, Marco Petreio, Fausto Sila, ante todo. Y, naturalmente, Tito Labieno.

—Los soldados estaban desmotivados en Dirraquio —rebatió Pompeyo—. Ahora solo tienen sed de venganza. Y de nuevo con grandes dificultades de aprovisionamiento. Y, además, te recuerdo que ayer por la tarde, después de haber tomado esta difícil decisión, durante el sacrificio propiciatorio se escaparon algunas víctimas. Y un enjambre de abejas se posó sobre el altar. Y si no te bastan estos presagios desfavorables, añadiré que esta noche he soñado que consagraba en Roma un templo a Venus Vencedora...

Entretanto, los esclavos le ponían la coraza.

—¿Entonces? Este me parece un excelente auspicio: los dioses te envían un mensaje de victoria para exhortarte a combatir... —dijo su suegro, Metelo Escipión.

—En realidad, Venus es la progenitora de César... —insistió Pompeyo.

—Olvidas el presagio favorable: la gran luz que esta noche se elevó en el cielo desde el campamento de César, y que se apagó en el nuestro. Los soldados dicen que estamos a punto de robarle a César su luminosidad... —intervino Lucio Afranio—. Aún estoy convencido de que habríamos hecho mejor recuperando Italia en vez de perseguir a César. Pero tú, Pompeyo, no querías dar la impresión de que evitabas de nuevo la confrontación con César cuando la Fortuna te ofrecía la posibilidad de ser el perseguidor y no el perseguido. Pues bien, sé coherente de una buena vez: combatir es la mejor solución, también para mí.

—Tú no cuentas —dijo Domicio Enobarbo con su habitual tono desdeñoso—. ¡Alguien que ha vendido las propias legiones a César en España no debería ni siquiera formar parte del estado mayor!

—¿Cómo te atreves a hablar de asuntos militares, tú, que has tenido nada menos que dos veces la posibilidad de batirlo y has fallado en ambos casos, en Corfinium y en Massilia? ¿Tú, que, en vez de ocuparte de cómo derrotar a César, pasas el tiempo discutiendo con Léntulo Crus y Metelo Escipión sobre quién de vosotros tres lo sucederá como pontífice máximo?

—Pero ¿tú qué sabes de política? ¡Eres solo un soldado, Afranio, así que limítate a hablar de asuntos militares! —reaccionó Léntulo—. Debemos evitar un vacío de poder después de la derrota de César. De lo contrario, un nuevo César podría aprovechar la situación. ¡A nosotros solo nos preocupa poner en los puestos clave a personas de confianza, que defiendan la estabilidad de la República de nuevos golpes de mano y de cualquiera que pretenda garantizarse el poder absoluto!

Los presentes no tuvieron dudas de que el cónsul se refería al mismo Pompeyo. Y muchos lamentaron la ausencia de Catón, el único y verdadero guardián de la República. Pero Pompeyo —y esto había despertado más de una sospecha contra él— lo había dejado en la costa con quince cohortes, oficialmente para supervisar las bases navales. Puesto que también Cicerón, enfermo, se había quedado en Dirraquio; de hecho, el comandante supremo se había liberado de los dos personajes que más podían cuestionar su poder.

Afranio no estaba de acuerdo:

—Esos son solo mezquinos pretextos para enmascarar vuestras mezquinas ambiciones. Todos saben que pasáis el tiempo, vosotros tres y muchos otros senadores, escribiendo cartas a Roma para haceros asignar los bienes de César y de sus seguidores. ¿Y tú, Domicio? De veras es brillante tu idea de las tres tablillas que podemos distribuir a los senadores para juzgar a los que no nos ha apoyado. ¿Cómo es la historia? ¿Una para la absolución, otra para la multa económica y otra para la condena a muerte? ¿Y con qué colores ibas a distinguir un veredicto de otro? ¿Te has preocupado por vencer, o solo estás interesado en disfrutar de la victoria que otros obtendrán por ti?

—¡Pompeyo, hazlo callar! —gritó, indignado, Domicio Enobarbo—. Él es solo un subalterno, mientras que yo comandaré un tercio del ejército en la batalla. ¡Y eso es suficiente para demostrar que también en los asuntos militares cuento más que él! Pero también me ocupo de política: a ti, Pompeyo, te gusta hacer de Agamenón, el rey de reyes que se complace del propio poder que ejerce sobre todos. Y es lícito pensar que tú quieres prolongar esta guerra para prolongar tu mandato. ¡Yo, en cambio, quiero acabar con el conflicto y volver a la plena legalidad institucional!

Pompeyo ya ni siquiera reaccionaba a las continuas provocaciones de quien hubiera debido limitarse a obedecer sus órdenes. Como él, Labieno asistía desconsolado a las estériles diatribas entre los numerosos comandantes de aquel heterogéneo ejército. Decidió intervenir.

—Nobles señores —empezó—. El plan formulado por Pompeyo ayer demuestra que nuestro comandante supremo merece más que nunca nuestra absoluta confianza. Minar su autoridad no nos ayudará a imponernos sobre un enemigo temible como César. Yo me siento honrado de poder desarrollar un papel importante en este plan como comandante de la caballería al que se ha confiado la ruptura del ala derecha cesariana. Es comprensible que Pompeyo esté perplejo: él siempre creyó que a los veteranos de César podíamos derrotarlos más por hambre que en la batalla. Pero veteranos, en su ejército, han quedado muy pocos. Ya antes de Dirraquio, muchos de ellos, muertos, licenciados o que se quedaron en Italia, fueron sustituidos por reclutas de las Galias Transalpina. Después de las batallas sostenidas en Dirraquio, su número se ha reducido aún más. Por tanto, no hay razón para que consideremos al ejército cesariano como más solvente que el nuestro.

»Pero César, en los momentos importantes, sabe inspirar una gran determinación entre sus hombres. En consecuencia, si queremos estar seguros de la victoria, debemos demostrar la misma determinación. Y si primero la demostramos nosotros, los comandantes, lo mismo harán los soldados. Por tanto, yo juro ante los dioses que no regresaré al campamento más que después de haber obtenido la victoria. ¡Y que sea una victoria definitiva!

Pompeyo casi había acabado de vestirse. El esclavo le enganchó el *paludamentum*, luego le ofreció la espada, que el general introdujo en la funda, y, por último, el yelmo, que se puso bajo el brazo. Todos esperaban que hablase. Que mostrase al menos un poco de su antiguo vigor.

Al fin, dijo:

—Amigos, os habéis embarcado en esta empresa más como comandantes que como comandados. De hecho, me habéis impuesto este enfrentamiento. Combatimos aquí, lejos de nuestra flota que nos hace más poderosos, haciendo así el juego a César. Yo, en cambio, hubiera querido someterlos a inanición. Pero nuestra lucha contra quien ha robado el poder es tan justa que los dioses no podrán dejar de sostener cualquier estrategia que adoptemos. Que haya batalla, pues, confiando en que los hombres tengan aún en la mente y en los ojos la fuga de los cesarianos de Dirraquio y todas las enseñas que les hemos arrancado en un solo día. ¡Juro, por tanto, también yo no abandonar el campo de batalla más que después de la victoria!

Finalmente, los presentes lanzaron un grito de triunfo. De inmediato Metelo Escipión juró, a su vez, y los otros lo imitaron. Más tarde, antes de salir de la tienda pretoria, esperaron las últimas disposiciones.

Que no tardaron en llegar. Pompeyo, con la panoplia completa, parecía haber recuperado su antiguo esplendor:

—Y ahora, que las tropas salgan ordenadamente del campamento, desciendan la pendiente y se dispongan en la llanura para que César entienda que, esta vez, aceptamos el enfrentamiento. Que la alineación sea la acordada: a la derecha, a lo largo del río Enipeo, las tropas confiadas al cónsul Léntulo, que dispondrá también de las tropas españolas de Afranio y de las cilicias. Metelo Escipión, en el centro, con las legiones de Siria. Domicio Enobarbo a la izquierda. Esta ala estará reforzada por los seis mil jinetes bajo la responsabilidad de Labieno. Los otros mil quedarán a mi disposición sobre la derecha. Con el auxilio de todos los arqueros y honderos, Labieno tiene la misión de aniquilar el ala derecha de César, donde ciertamente combatirá contra el mismo usurpador con la X legión. Deberá rodearla y luego desguarnecer el flanco de la alineación enemiga. Solo entonces nuestra infantería podrá partir al ataque. En el campamento deben permanecer seis cohortes de reclutas y todos los aliados. Las otras ciento diez cohortes estarán destinadas al enfrentamiento.

Todos esperaron a que Pompeyo saliera. Ahora que habían alcanzado su propósito, el de combatir abiertamente, la pantomima del mando supremo de Pompeyo podía reanudarse. Labieno notó que casi todas las tiendas de los comandantes estaban adornadas de laurel y mirto, como si ya se festejara la victoria. En alguna vio incluso extendidas alfombras de flores.

El legado se esforzó para no desviar la atención de la importante tarea que lo aguardaba, negándose a formular las acostumbradas e inevitables reflexiones sobre la ligereza de aquel ejército en el cual eran más numerosos los comandantes que los comandados. Una vez más, sintió pena por Pompeyo, el único con el que se sentía sinceramente unido. Pero entonces, sus ojos se posaron sobre la litera de Servilia. Hacía tres días que había llegado al campamento, después de un viaje por mar, preocupada por la suerte de su hijo. Tras encontrarlo, pidió con insistencia poder ir al campamento de César, a fin de interceder ante él por la salvación de Bruto, en el caso de que las cosas fueran mal para la causa republicana.

Como es natural, se lo impidieron. Ya era suficiente el ir y venir de desertores entre un campamento y otro para exponerse también al riesgo de que una matrona revelara a César detalles sobre las fuerzas de Pompeyo que solo la intuición femenina podía captar. No es que nadie dudase de Bruto, por supuesto: el introvertido joven era un convencido republicano, si bien demasiado poco belicoso para resultar de veras útil a la causa legalista. Pero por más que Servilia ahora se declarara hostil a César, era lícito sospechar que su antiguo amante aún tenía una cierta influencia sobre ella.

Pero lo que asombró a Labieno en aquel momento fue que ella estaba hablando con Quinto, su hijo.

¿Qué tenían que compartir aquellos dos?

—César, creo que deberías ver lo que está ocurriendo en la llanura —dijo Asinio Polión, entrando en la tienda pretoria.

César estaba indicando a los secretarios qué mapas guardar en los baúles de viaje y cuáles debían dejar disponibles. El primer toque de trompeta había resonado hacía rato y la mayor parte de las tiendas estaban ya desmontadas. Cuando el cónsul terminara de hacer sus valoraciones sobre la enésima marcha que esperaba al ejército, también su alojamiento habría sido vaciado, y entonces habría llegado el segundo toque de trompeta: la señal para cargar las bestias. Al cabo de un par de horas llegaría también el tercero, lo que daría inicio a la marcha hacia Escotusa.

El general abandonó su trabajo a regañadientes. Ya resignado a la idea de que Pompeyo no quería combatir, se había convencido de que el único modo de hacerlo salir era ponerse de nuevo en marcha y obligarlo a la persecución. Cualquier otra consideración, de momento, era solo un fastidio para él.

No había pensado más que en un nuevo enfrentamiento desde que se uniera a las legiones de Domicio Calvino: solo por cuatro horas y por pura casualidad, su legado había evitado que Metelo Escipión se abalanzara sobre él y masacrara sus legiones, como había hecho con Calvisio.

Aun así, César tuvo primero que ocuparse de otras cosas: la derrota de Dirraquio le había procurado las simpatías de los griegos, y la ciudad de Gonfos se había negado a abrirle las puertas y a aprovisionar al ejército, reducido al hambre. Conquistarla en el mismo día no había sido difícil. Difícil, si acaso, habría sido frenar a los hombres ansiosos de recuperarse de meses de privaciones. En efecto, César había dejado que saquearan, violaran, mataran, incendiaran y destruyeran todo lo que quisieran. Los había dejado emborracharse y corromperse no solo para satisfacer sus instintos, sino sobre todo para infundir temor en la población de las ciudades circundantes.

De hecho, no fue necesario mantener más asedios: las ciudades inmediatamente se apresuraron a rendirle homenaje sin que él tuviera que someterlas, demostrando a los tesalos la conveniencia de secundarlo. El trigo no estaba aún del todo maduro, pero, al menos, se podía contar durante algunas semanas con el avituallamiento de los centros sobre la orilla occidental del río Peneo. César solo se retiró de Gonfos cuando tuvo la impresión de que los soldados habían dejado a sus espaldas el fracaso de Dirraquio. Y se desplazó hacia occidente, a lo largo del tributario del Peneo, el Enipeo, buscando de nuevo la batalla con Pompeyo.

Este, entretanto, se había reunido con su suegro en Larisa, y solo entonces había reanudado con decisión la persecución de César. Tras descender hacia el sur, había acampado a poca distancia del enemigo, en una posición extremadamente favorable, en una altura de donde no era posible expulsarlo. Y desde entonces, César lo había provocado cada día, haciendo alinear a su ejército en formación de batalla. Pero Pompeyo se había limitado a hacer salir las tropas y a disponerlas a lo largo de la pendiente, donde un asaltante no habría tenido ninguna posibilidad: si César quería combatir, que viniera a enfrentarse a él allí.

Los únicos choques habían sido escaramuzas de caballería a lo largo del río. Choques de resultado bastante alentador para los cesarianos: a pesar de la ventaja numérica de los adversarios —que en el cómputo total alcanzaba una proporción de siete a uno—, ellos resistían brillantemente gracias a un método ideado por el mismo cónsul. En los días previos, César había hecho adiestrar a los reclutas con armas ligeras para que combatieran, a pie, al lado de los jinetes. Era una especie de réplica de las tácticas aplicadas por los germanos de Ariovisto diez años antes en las Galias; en aquella circunstancia, habían puesto en graves dificultades a las legiones de César, y también en esta ocasión habían mostrado una notable eficacia.

Pero no se había ido mucho más allá. Pompeyo se cuidaba mucho de aceptar el combate en campo abierto. Sabía que los recursos de los cesarianos se agotarían pronto, mientras que él podía contar con sus líneas de abastecimiento. Y esperaba.

Al menos hasta aquella mañana.

Polión condujo al cónsul a los márgenes del campamento. Lo hizo subir a una torre y le indicó la llanura.

Bullía de soldados. Muchos soldados. Corrían a lo largo de la orilla del Enipeo, luego se abrían en abanico disponiéndose por unidades: su alineación se extendía durante más de una milla, del río a las elevaciones situadas a la altura de la ciudad de Farsala. De la columna aún en marcha no se veía el fin: su cola se perdía en la niebla matutina, más allá de la cual se entreveía, muy borrosa, la altura con el campamento de Pompeyo.

Estaba claro: todo el ejército enemigo estaba fluyendo a la llanura.

Y entonces César hizo algo que nunca había hecho. Polión lo vio pegar un salto, tanto que temió verlo precipitarse por el parapeto de la muralla.

Luego habló con un tono alegre que nunca había dejado traslucir, ni siquiera en los momentos de mayor satisfacción:

—El sacrificio de esta noche ha tenido auspicios aún más favorables de lo que esperaba. Venus está con nosotros. Marte está con nosotros. ¡Y esa estela luminosa que apareció en el cielo, que fue a apagarse en el campamento de Pompeyo, significa que lo aplastaremos como si fuéramos un rayo! —gritó. Luego bajó la escalera, ansioso de impartir las nuevas órdenes.

En la base de la torre, César encontró una aglomeración de legionarios y oficiales. Los exploradores ya habían hecho correr la noticia, y la tropa estaba ansiosa de recibir las órdenes. El cónsul observó a sus hombres y se complació de que hubieran superado definitivamente los temores ligados al ridículo de Dirraquio. Sí, ahora estaban de nuevo dispuestos a dar la vida por él.

—¡Soldados! —dijo—. Según parece, debemos aplazar la partida y centrarnos en la batalla que siempre hemos buscado. La batalla a campo abierto, los unos contra los otros, sin subterfugios, trincheras ni obstáculos de ninguna clase. ¡Hemos superado por fin las mayores dificultades! Y ahora combatiremos con hombres, no con el hambre y la falta de medios. Por tanto, disponed el ánimo para el combate: ¡difícilmente tendremos una segunda oportunidad!

»Os exhorto a afrontar la batalla con la más grande confianza y determinación: recordad siempre que combatimos contra quien, a pesar de una década de victorias en las Galias, en Britania y en Germania, no quiere reconocernos nada. Combatimos contra soldados a los que hemos derrotado en España y que han huido de nosotros en Italia. Combatimos contra un comandante, Pompeyo, que tiene muy poca influencia sobre sus hombres, un general que acepta el enfrentamiento con temor y contra su voluntad, un caudillo lento y tímido en la fase descendiente de su carrera. Combatimos contra una camarilla de facinerosos que ha rechazado cualquier propuesta de paz, poniendo en peligro la vida de miles de ciudadanos romanos por objetivos egoístas y mezquinos.

»Espero, pues, que les inflijáis una severa lección, pero sin ensañaros, porque son romanos e itálicos como vosotros. Desahogad, si acaso, vuestra ira sobre los aliados, para espantar a los reclutas contra los que combatís, pero que podrían estar ligados a vosotros por amistad o incluso por parentesco. Y para aterrorizarlos aún más, destruid vuestros refugios, allanad el terraplén y la muralla, para que vuestros enemigos sepan que, para vosotros, ¡la alternativa a la derrota es solo la muerte! ¡Dejad vuestro equipaje y, después de haber demolido el campamento, alineaos para la que será celebrada como la madre de todas las batallas!

Una ovación, como César no oía desde hacía tiempo, siguió a la conclusión del discurso. Inmediatamente después, los soldados se acercaron a sus centuriones para poner en marcha con disciplina y celeridad las tareas que César acababa de enumerar. De los oficiales de grado inferior se detuvo solo Cayo Crastino, que trató de reclamar la atención del comandante.

—¡César! No he sido capaz de mantener unido el ejército que me habías confiado en el último día de batalla en Dirraquio. Hoy quiero demostrarte que no me has reclamado al servicio en vano. ¡Viva o muera, haré que estés orgulloso de mí!

César sonrió.

—No necesito demostraciones para saber de qué pasta estás hecho, Crastino. Soy consciente de ello desde los tiempos de mi propretura en España. Y, por tanto, sé que darás el máximo, como siempre. Por eso, te quiero a la cabeza de la primera cohorte de la X legión, esta vez, cuyo primípilo ha caído en Dirraquio.

Después lo despidió con una palmada en sus robustos hombros y se dirigió al estado mayor, cuyos miembros, entretanto, lo habían alcanzado.

—Entonces, disponemos de ochenta cohortes, aunque muchas serán de efectivos reducidos. Siete permanecerán de vigilancia en el campamento. Reunimos la IX legión masacrada en Dirraquio con la VIII, de tal manera que formen una sola legión. La colocaremos a la izquierda, a lo largo del río, al lado de la VI y al mando de Marco Antonio. Tú, Domicio Calvino, estarás en el centro con la XII, la XI y la XIV, y tú, Publio Sila, a la derecha, conmigo, al mando de la XIII y de la X. Dispondremos a nuestros jinetes a la derecha. Es evidente que Pompeyo alineará la mayor parte de su caballería en ese lado, donde el terreno es más estable. Dispongamos al ejército en tres grupos. El tercero será de reserva: intervendrá solo en caso de dificultad. Si todo va bien, quiero limitarme a una alternancia entre los dos primeros.

Llegó también Aulo Ircio. Con retraso, algo muy poco frecuente. Iba con un guerrero bárbaro, aparentemente germano.

—Te pido perdón, César. Había ido a interrogar a unos desertores para obtener información, como de costumbre —se justificó—. Este afirma que tiene un mensaje para ti. He intentado que me lo diga, pero ha declarado que tiene la orden de comunicártelo solo a ti. Ha dicho únicamente que le han prometido que le darás mucho dinero.

El cónsul escrutó durante un momento al guerrero. Luego le hizo señas de que lo siguiera y se desplazó algunos pasos de distancia del estado mayor. Los demás se quedaron discutiendo entre sí e informando a Ircio de la disposición de las fuerzas.

En pocos minutos, César reapareció de nuevo entre sus oficiales.

—Señores, del campamento de Pompeyo nos informan que casi toda su caballería estará en el ala izquierda: intentarán romper y rodear nuestro flanco derecho, para luego atacarnos frontalmente con la infantería. Por tanto, he decidido retirar una cohorte a cada legión de la tercera fila y constituir una segunda reserva, más retrasada, pero concentrada en el flanco derecho. Su tarea será enfrentarse en exclusiva a la caballería enemiga. Así que, atención: tendremos cuatro cohortes por cada legión en primera fila, tres en la segunda, solo dos en la tercera y una en la cuarta. ¡Y ahora, manos a la obra!

Terminó su discurso mientras ya se alejaba hacia su tienda pretoria. Inmediatamente después, sobre la entrada de su pabellón apareció un trapo púrpura: era la señal.

La señal del ajuste de cuentas.

El estruendo de los seis mil caballos llegó a oídos de César en cuanto se apartaron de la alineación enemiga. Antes aun de que sus siluetas se perfilasen con claridad frente a sus ojos. Por un momento, temió que las vibraciones producidas sobre el terreno por aquella carga descompaginaran las filas de la X legión, colocada en el extremo derecho de su ejército, y pusieran nerviosos a los animales de la caballería situada a su lado.

Pero solo durante un momento. Fue suficiente con dirigir la mirada hacia sus veteranos para darse cuenta de que ni siquiera un terremoto los espantaría esta vez.

Aquella enorme mancha oscura, que se extendía algunos centenares de pasos frente a ellos y los engulliría como la alta marea, ya no era una amenaza, sino un salvoconducto: una garantía de libertad. Libertad de las fatigas, las incomodidades, las privaciones y los combates que habían monopolizado su vida durante tantos años.

Ahora, la mancha oscura estaba extendiendo su brazo siniestro, una garra lista para atraparlos. Pero ellos la esperaban de pie, firmes; es más, incluso anhelaban ir a su encuentro. Las derrotas de Dirraquio no habían sido un revés de la Fortuna, sino una última ayuda de la diosa: sus soldados no estarían tan decididos a demostrarle su valor de no haber sido por aquellas derrotas que estaban ansiosos por enmendar. Y sus enemigos no hubieran sido tan estúpidos como para renunciar a la estrategia de Pompeyo, si no se sintieran tan confiados después de sus éxitos.

Durante los largos instantes que la caballería enemiga tardó en cubrir la distancia entre las dos alineaciones, César volvió a recorrer el año y medio que había tardado en enfrentarse a Pompeyo en una batalla campal. Desde que había cruzado el Rubicón, su antiguo yerno había evitado el enfrentamiento, dejándolo avanzar casi sin obstáculos por el Piceno, escapando de Roma y zarpando de Brundisium. Había tenido que combatir a sus lugartenientes en España y, a través de Curión, en África. Lo había provocado durante más de cuatro meses en Epiro y en Macedonia, pero en vano.

Ahora, finalmente, tenía la posibilidad de concluir la partida. Aquel era el desafío que había buscado desde el primer momento: sus enemigos estaban todos allí, juntos, convencidos de que podían disponer a gusto de sus tropas. Estuvo contento de que no hubiera terminado antes: nunca, en el pasado, sus adversarios se habían encontrado todos alineados frente a él. Cualquier otra victoria hubiera sido solo parcial, sin Pompeyo y sin la camarilla de individuos que habían hecho de Pompeyo el símbolo de la resistencia a sus justas reivindicaciones. Su éxito, esa vez, significaría el fin de la guerra civil, y el inicio de una nueva era para Roma: una era en que los individuos contarían más que las instituciones, una era en que los hombres de valor ya no estarían constreñidos por el Estado.

Y los dioses ya no quedarían reducidos a la condición de simples mortales.

Estaba seguro de que no podía fracasar. Había pensado en todo. Absolutamente en todo. Y aquello en lo que no había pensado, allí donde él no había podido llegar, sería la Fortuna quien se lo proporcionase. La superioridad numérica del ejército enemigo, una superioridad que parecía incluso aplastante, no contaba nada. Contaba que sus soldados estaban más motivados y tenían más experiencia que los de sus adversarios, que su mando era absoluto y el de Pompeyo era puesto continuamente en discusión, que él conocía sus movimientos y sus tácticas más de cuanto ellos creían conocer las suyas.

Los jinetes liderados por Labieno estaban cada vez más cerca. Pero sus siluetas, envueltas en el polvo que levantaban los cascos de los caballos, eran aún indefinidas. El estruendo de su cabalgada sacudía el suelo, los relinchos de los animales y las incitaciones de los hombres se oían con mayor nitidez.

Entre las filas de las legiones de César, en cambio, silencio. Silencio absoluto. Estatuas de granito esperaban el impacto entre las caballerías sin dejarse sacudir por los sobresaltos de la tierra. Los únicos rumores que afloraban debajo de aquel continuo tamborileo de cascos eran los bufidos y el pataleo de los pocos caballos destinados a enfrentarse a aquella manada al galope.

Era el momento de ponerse en marcha. César había decidido esperar hasta el final, antes de enviar al ataque a sus jinetes. Sabía que no podían resistir la carga de un enemigo seis veces superior, y no tenía intención de enviarlos al desastre en medio del campo de batalla. Tampoco podía mantenerlos junto a la infantería sin correr el riesgo de que, sufriendo pasivamente el impacto, se volcaran sobre los legionarios, descubriendo de inmediato el flanco derecho.

Dio la señal. Sonó la trompeta. Empezó el ataque. El polvo subió al cielo, volviendo imprecisas incluso las siluetas de sus jinetes. El impacto se produciría poco más allá de la primera fila de los cesarianos: inmediatamente después, aquellos mil hombres, destinados a ser puestos en fuga con facilidad, podrían encontrar refugio detrás de las filas de los legionarios y dejar a la cuarta alineación la tarea de desbaratar a sus perseguidores.

Solo esperaba que Ortwin sobreviviese: era un combatiente demasiado precioso para desperdiciarlo así, en un ataque condenado al fracaso. Hubiera preferido que permaneciese a su lado en aquel momento, como las otras veces, y también el resto de la guardia germánica. Pero su habilidad era aún más útil en primera fila para garantizar a sus magros efectivos de caballería un repliegue ordenado y seguro que salvase al mayor número posible.

Ya sin Labieno, no había ningún comandante romano al que César considerase capacitado para guiar un contingente de caballería.

Ortwin partió al galope a la cabeza de la cuña, con una pizca más de preocupación que en otras ocasiones. Se habría sentido más seguro si hubiera podido desplegar todas sus energías en el combate, sin condicionamientos tácticos. Combatir en grupo contra adversarios lanzados a toda velocidad, dotados además de una desproporcionada superioridad numérica, le parecía una de las tareas más difíciles que le había asignado nunca su comandante.

Y eso no era todo. También debía coordinar el repliegue. Había un prefecto, en realidad, que nominalmente estaba al mando del contingente de caballería de César, pero el cónsul había dejado bien claro que sería Ortwin quien diera las órdenes. A él, a Ortwin, le correspondía también la tarea de minimizar los daños.

La nube de polvo, mientras, se acercaba. No recordaba haberse enfrentado nunca con tantos jinetes a la vez. Y menos aún en una única carga. Iban hacia él como el desmoronamiento de una montaña, el trote de sus caballos retumbaba por todo el valle, la nube de polvo que levantaban parecía una tormenta que los volvía similares a espíritus sin un contorno definido.

El martilleo de todos aquellos cascos lo hizo sentir en medio de una refriega mucho antes incluso del impacto. Un estruendo devastador anunció el choque entre las dos primeras líneas. Gritos de incitación anticiparon los combates. Ortwin apretó las bridas con la mano izquierda y apuntó la lanza hacia delante. Se agazapó detrás del cuello del caballo y el escudo. Y esperó.

La fisonomía de sus adversarios se definió un momento antes del impacto. Sus siluetas difumadas por el polvo se revistieron en un instante de lorigas, yelmos, escudos y lanzas. Los espíritus se convirtieron en hombres, los hombres en guerreros.

Luego, el fragor del choque.

Violencia inaudita, devastadora. Ortwin nunca supo qué o a quién había golpeado con su lanza. Solo comprendió que su caballo había chocado con otro. Se encontró arrojado de su silla, con la lanza partida en la mano, pero no tocó tierra. Aterrizó sobre otro jinete, quizá un adversario. Su peso aturdió al romano, que se balanceó y cayó, dejándolo solo sobre el lomo del caballo, en precario equilibrio, con la frente vuelta hacia la cola.

Debió tirar el trozo de lanza y aferrarse al animal para no caer. El caballo seguía galopando, y él mirando a la cara a sus adversarios, que lo adelantaron y se lanzaron a enfrentarse a sus camaradas. Un romano lo vio y le arrojó un golpe con la lanza. Por suerte estaba a su izquierda, y lo paró con el escudo. Extrajo la espada, pero el romano ya no estaba allí. Otro lanzó una estocada y Ortwin pudo oponerle la espada a tiempo. El germano vaciló bajo el impulso del impacto, luego pegó un mandoble de lado hacia atrás, donde estimaba que debía de estar el cuello. Un chorro de sangre le confirmó que lo había encontrado.

Pero debía ponerse en posición, si quería evitar caer y ser pisoteado por aquella columna interminable. Torció el busto, levantó las piernas en ángulo recto y entonces se dio cuenta de que se encontraba sobre una silla romana: a diferencia de la suya, tenía un cuerno de cada lado para favorecer la estabilidad. Entonces levantó aún más las piernas para evitar que las puntas lo bloqueasen, y dio una media vuelta pivotando sobre la silla.

Se encontró en la posición correcta, finalmente, con la crin del caballo bajo la nariz. Y ahora estaba justo en medio de sus adversarios. Aunque su armamento difería del que usaban los romanos, en el polvo y en plena carga no podía descartarse que sus propios hombres vieran en él a un enemigo. Seguían cabalgando a su lado, apuntando hacia delante, en busca de antagonistas.

Aprovechó para traspasar a un jinete a su derecha. El cuerpo se desplomó sobre la silla, luego cayó haciendo tropezar al caballo que le seguía. Entretanto, la marcha se había ralentizado. La carga se estaba rompiendo contra la barrera de los jinetes de César, más extensa que las filas anteriores de la cuña de la que Ortwin había sido la punta extrema. Ahora, en los pompeyanos la inercia y la presión habían sustituido el impulso, y los dos contingentes se habían fundido en una refriega de hombres y caballos.

Ortwin volvió a dar mandobles para abrirse paso entre la multitud y alcanzar un sector donde los suyos pudieran mantenerse unidos. A su alrededor, debajo de él, hombres aplastados por los caballos, patas y cascos que daban coces sin parar, cabezas rotas, relinchos de agonía, alaridos de dolor, jinetes aún montados, pero incapaces de dirigir a su propio animal, se agitaban como náufragos en una barcaza a merced de las olas.

El germano debió obligar al caballo a saltar sobre la panza de otro animal herido que le obstruía el camino. Luego sintió de repente que el lomo de la bestia se hundía y cedía. Había metido una pata encima de un soldado agonizante y se había quedado cojo. Cayó también él, y de inmediato vio que otro jinete se le venía encima. Estaba aún de rodillas cuando los cascos del caballo le rozaron el yelmo, y la espada del jinete se abatió sobre su escudo.

Su adversario no pudo ir más allá: un muro de bestias y seres humanos se erguía frente a él. Ortwin se levantó y lo atravesó por la espalda. Luego valoró la situación. Se encontraba en lo que se había convertido en el punto de unión entre las dos alineaciones. A caballo no conseguiría reunirse con los suyos antes de que se vieran obligados a romper las filas y dispersarse por la mayor presión de sus contrincantes. Si quería alcanzarlos antes de que escaparan, debía hacerlo a pie.

Se arrojó entre dos caballos, arriesgándose a ser aplastado. Los dos jinetes advirtieron su presencia y empezaron a cubrirlo a golpes. Ortwin se llevó el escudo a la cabeza, con la espada cortó después los jarretes de un animal, que se desplomó en el suelo ofreciéndole así la garganta del guerrero que lo montaba. Saltó ambos cuerpos y siguió adelante. Pasó bajo la panza de otro caballo encabritado, la abrió en dos y luego hizo lo mismo con el estómago del jinete.

Vio un puñado de sus hombres intentando contener el empuje enemigo. Los jinetes peleaban entre ellos cruzando las espadas. Se abrió paso pegando mandobles, atravesó la espalda de uno de los duelistas y subió a su caballo. Los suyos lo reconocieron y le dejaron espacio.

—¡Atrás! ¡Atrás! —les gritó. De inmediato, dio ejemplo, replegándose y sustrayéndose a las estocadas enemigas. En parte por la presión de sus enemigos, y en parte también por su orden, el retroceso de los cesarianos se hizo más constante: poco a poco fue delineándose una clara demarcación entre las fuerzas cesarianas y las pompeyanas.

César tenía razón. Carecía de sentido que los masacraran a todos. Se acercó al *vexillarius* y le ordenó que se replegara detrás de la tercera fila: los demás seguirían su estandarte. Vio al prefecto y le indicó al abanderado que reuniese en torno a sí a los jinetes y los llevara lejos. El oficial hizo una señal de asentimiento y se acercó a otro portaestandarte, exhortándolo a hacer lo mismo. También en su lado el repliegue se transformó en una retirada más decidida. Los pompeyanos apremiaban, rompiendo la resistencia de los cesarianos demasiado cerca de su línea para desvincularse. O alcanzaban con lanzas y espadas la espalda de los fugitivos menos rápidos para sustraerse a su avance.

Ortwin dejó desfilar ante sí a muchos jinetes para hacerse una idea de cuántos se habían salvado. Cuando juzgó que al menos la mitad de los mil que lo habían seguido estaba al lado de la infantería, volvió a galopar, decidido. Estimó que merecería el elogio de César: el verdadero enfrentamiento había durado solo el tiempo necesario para ralentizar el impulso de la caballería enemiga y hacerlo llegar atenuado al contacto con las cohortes.

Ahora les tocaba a los legionarios, pensó. Él volvería a ocupar su puesto junto a César.

De pronto, oyó un silbido a su lado. Y otro. Otro más, y un jinete a su lado cayó de la silla. Se volvió.

Muchos de sus hombres estaban cayendo.

Los arqueros y los honderos de Pompeyo habían llegado.

XXIV

> César dio entonces la señal a aquellos que estaban al acecho, y estos se lanzaron hacia los caballos y con las lanzas levantadas trataron de golpear en el rostro a los jinetes, los cuales, incapaces de resistir su acción temeraria ni de soportar los golpes directos a la cara y a los ojos, se dieron a una fuga desordenada.
>
> Apiano, *La guerra civil*, II, 78, 328

Los legionarios no se dejaron sorprender, pero los jinetes en repliegue, sí. Tras seguir la trayectoria de los proyectiles enemigos, César lanzó una maldición. La lluvia de dardos y piedras se había abatido sobre la primera fila de la infantería sin causar daños. Por lo menos, no demasiados. En cuanto habían visto a los arqueros tomar posición y cargar, los soldados fueron rápidos en disponerse en testudo, aunque algunos de los honderos consiguieron lanzar antes de que todos los escudos se cerraran. Pero los jinetes... Los jinetes estaban demasiado ocupados alejándose de sus perseguidores para darse cuenta de la acción de los tiradores, y varios murieron.

Al cónsul no le quedó más alternativa que esperar a que Ortwin y sus compañeros salieran del alcance de arcos y hondas lo antes posible. En todo caso, pronto los adversarios dejarían de tirar: su caballería, lanzada en persecución de los cesarianos, se estaba acercando a las filas de los infantes, y pronto ningún arquero querría arriesgarse a golpear a un camarada.

Los primeros jinetes en repliegue superaron también la tercera fila y regresaron a sus espaldas, justo delante de la cuarta. César les hizo algunas señales de agradecimiento y después se puso a buscar a Ortwin. Vio al prefecto, pero no al germano. Lo había puesto en primera fila, sabía que sería uno de los últimos en reaparecer. Si es que reaparecía... Cuando vio los primeros jinetes enemigos, mezclados con los últimos de sus hombres, comprendió que esperar era inútil. Cabalgó hacia las cohortes de la cuarta fila y se dirigió a los centuriones.

—¡Dejad que la mayor parte de la caballería enemiga se dirija contra la segunda y la tercera fila y atacadla después por el flanco! Y os lo recomiendo una vez más: no lancéis los *pila*. Apuntadlos contra el rostro de vuestros adversarios. Son jinetes jóvenes y de buena familia: ¡no tolerarán la idea de verse desfigurados!

Inmediatamente después, una tras otra, las ocho cohortes de la segunda reserva desfilaron ante los ojos del cónsul y se dispusieron en el extremo derecho, en el punto del que había partido la caballería. Entretanto, César había vuelto a dirigir su atención al ataque enemigo. Mientras sus jinetes buscaban refugio en el interior de la alineación, los adversarios, en el impulso, empezaron a embestir el costado de la tercera fila. Llegaban en pequeños grupos, tan pequeños que los toques de trompeta debieron reclamarlos al orden. Muchos se detuvieron y esperaron a sus compañeros, reuniéndose en torno a los estandartes, hasta que constituyeron una alineación capaz de intentar la ruptura. Solo entonces las unidades empezaron a asaltar de manera coordinada el flanco de la tercera fila, cuyos legionarios defendieron tratando de crear una barrera con los escudos.

César entrevió también quién daba las órdenes. Estaba en el lado exterior del campo de batalla, junto a los jinetes más avanzados.

Tito Labieno. Debía de ser él.

Ahí estaba, como de costumbre, siempre en primera fila en los asaltos. Para dar ejemplo. Lo hacía cuando se hallaba a sus órdenes, y ahora bajo Pompeyo se comportaba del mismo modo. Sin duda, cualquier cambio en su actitud hubiera provocado el desprecio de aquellos senadores que ya, estaba seguro, lo miraban de arriba abajo por más de una razón.

Luego, finalmente, vislumbró a Ortwin. Pero lo que vio no le gustó en absoluto. El germano, uno de los últimos en replegarse, se había percatado también de la presencia de Labieno. Estaba tan cerca de los perseguidores que ya no debía temer el tiro de los dardos. Sin embargo, no parecía querer replegarse con decisión. En vez de avanzar hacia la retaguardia de la alineación cesariana, se había puesto a avanzar en horizontal.

Hacia Labieno.

¿Cuáles eran sus intenciones? ¿Acaso quería asaltar, él solo, al legado? ¿Y quedar aislado detrás de las líneas enemigas que se estaban reagrupando para lanzar el ataque a la infantería?

Aquel germano idiota no lo conseguiría. Y era demasiado precioso para perderlo así.

César dio la orden:

—¡Venus Vencedora!

Y la cuarta fila se movió hacia delante. Hacia la caballería enemiga dispuesta contra la tercera fila.

El caudillo acompañó a los legionarios hasta casi la proximidad del enfrentamiento, siempre vigilando los movimientos de Ortwin. Los soldados atacaron por el flanco a los jinetes pompeyanos cuya misión era socavar el muro de escudos montado por la tercera fila.

Muchos jinetes habían conseguido deslizarse entre una fila y otra, pero la llegada de la reserva los obligó a prestar atención también al flanco, y los vacíos que habían abierto en las filas de los cesarianos pudieron ser colmados.

César miró a Ortwin. El germano se había dado cuenta de que la cuarta fila había entrado en el campo. Los jinetes pompeyanos se estaban amontonando a lo largo del flanco de la alineación cesariana, acabando progresivamente entre el martillo y el yunque de las dos reservas. Y Labieno estaba tan bien protegido por su guardia que no debía temer el asalto de ningún jinete, por muy hábil que fuera. César esperó a que el valiente bárbaro se retirase de inmediato, mientras aún tenía alguna vía de escape. No era, de todos modos, el único que había quedado rezagado.

Lo vio vacilar un momento. Luego, finalmente, el germano dirigió de nuevo el caballo hacia la retaguardia y, abriéndose paso a son de mandobles, salió de la zona más peligrosa. Prosiguió al galope hasta que estuvo frente a él.

—¡César! He tenido al traidor Labieno al alcance de la mano: hubiera sacrificado con gusto mi vida para ofrecerte la suya. Pero luego me he dado cuenta de que era imposible —dijo, sin ni siquiera esperar los comentarios del cónsul.

—No quiero su vida a cambio de la tuya —lo tranquilizó César, invitándolo a ponerse a su lado—. Has hecho bien tu trabajo: la mayor parte de los jinetes está a salvo y el impulso de su caballería va ya debilitándose. Nuestras filas aún son compactas, a pesar de su asalto. Las cosas no podrían ir mejor. Y si vencemos, como estoy seguro de que ocurrirá, Labieno estará entre los prisioneros o entre las víctimas.

Permanecieron juntos mirando lo que ocurría en el flanco derecho de la alineación. La acción de las cohortes elegidas de la cuarta fila parecía más eficaz que nunca. Eran tres mil contra seis mil de jinetes, pero podían contar con la ayuda de la tercera fila. Los hombres de Labieno, obligados a vigilar su flanco mientras avanzaban frontalmente, no conseguían atacar.

Cada jinete se encontraba con al menos un par de *pila* apuntándole a él. Las puntas de las jabalinas vibraban más allá del lomo de los caballos, y los pompeyanos se veían obligados a agitar sus espadas para esquivarlas, no para golpear a sus adversarios. Muchos, incluso, se volvían para protegerse el rostro, o huían sin ni siquiera combatir. Algún *pilum* dio en el blanco: algunos jinetes dejaron caer el escudo y se llevaron las manos al rostro, otros cayeron con una jabalina clavada en la boca.

Quedó claro para todos que la maniobra de los pompeyanos había fracasado antes incluso de que los jinetes menos temerarios se replegaran. Luego, también los demás siguieron su ejemplo.

Ya estaba. Era el turno de la infantería. De los hombres que, como Cayo Crastino, anhelaban la revancha. César cabalgó entre las filas y se puso al lado de la X legión. Miró al legado, Publio Sila, miró al primípilo, Crastino. Escrutó a los veteranos alineados delante. Todos con la misma expresión esculpida en el rostro: aquella capaz de espantar a un enemigo más que la hoja de un gladio. Luego observó al aquilífero. Desenvainó la espada de la funda, la apuntó contra el enemigo alineado al fondo de la llanura y gritó:

—¡Venus Vencedoraaaa!

Resonaron las trompetas. Crastino fue el más rápido de todos en saltar hacia delante, como si participara en una carrera. Su centuria lo siguió de inmediato, después el resto de la X legión fue detrás de él. Las otras se movieron pocos instantes después. Toda la primera fila del ejército se transformó en un enjambre uniforme, feroz y salvaje, sin otro objetivo que la victoria.

Por César.

La orden pasaba de una unidad a otra, de una fila a otra, de una línea a otra. Quédate quieto. No des ni un solo paso adelante. A pesar del amenazante acercamiento de los cesarianos. A pesar del evidente fracaso del ataque de la caballería.

Quinto Labieno conocía el motivo de aquella decisión que muchos otros veteranos consideraron inexplicable. Se lo había dicho su padre poco antes de montar a caballo y liderar la carga de la caballería. Pero ahora, a quien se lo preguntaba, no se dignaba a responder: estaba demasiado decepcionado por el resultado de la maniobra confiada a Tito Labieno.

¿Qué había ocurrido? ¿Cómo era posible que seis mil jinetes, guiados por uno de los más grandes generales de Roma, hubieran sido rechazados por un millar de oponentes, muchos de ellos bárbaros, además? César había jugado sucio, sin duda. No había otra explicación. O quizá muchos jinetes se habían revelado unos principiantes asustados y no siguieron las órdenes de Labieno. Puede que pasaran ambas cosas.

Pero, entretanto, esos posesos de ahí delante se acercaban cada vez más. Continuaban corriendo a una velocidad vertiginosa entre la nube de polvo: lo único que se distinguía claramente eran las crestas atravesadas de los centuriones de los primeros órdenes a la cabeza de cada unidad. Incluso Quinto, que conocía el plan de Pompeyo, temió que su impulso fuera demasiado poderoso para conseguir sostenerlo desde una posición de pie. Tito Labieno le había explicado que el comandante pretendía cansar a los viejos soldados de César, haciéndoles cubrir todo el espacio entre las dos alineaciones: el caudillo estaba convencido de que era la mejor manera de agotar la resistencia de los veteranos y confundir a los reclutas. En el momento del cuerpo a cuerpo, decía, resultaría fácil vencer a hombres ya cansados, lentos de reflejos y con la vista poco precisa tras el esfuerzo.

Quizá, explicarlo también a los demás les hubiera infundido mayor confianza. Pero el responsable de su sector, Domicio Enobarbo, no era alguien que hablara con los soldados. Los centuriones habían ordenado simplemente que estuvieran listos para el impacto sin mover un músculo. Claro, pensó, ver aquella masa de energúmenos corriendo hacia ti y limitarte a esperarlos te hace sentir como una víctima predestinada.

—¡No puedo! ¡No puedo! —gritó el legionario que estaba a su lado, retrocediendo instintivamente hasta chocar contra el camarada que tenía a sus espaldas.

Quinto lo miró: tenía el rostro terroso y temblaba. Alguien así se dejaría arrollar como un cadáver incluso por un viejo cansado.

—Pero ¿qué haces, imbécil? —le dijo, aferrándolo por el borde de la loriga y devolviéndolo a la línea—. ¿No ves todo el camino que tienen que hacer esos? Centenares de pasos sin detenerse: cuando lleguen aquí, ¡estarán tan exhaustos que podrás hacer con ellos lo que quieras!

El legionario asintió y le dio la razón, recuperando la confianza. Pero un instante después, los cesarianos se detuvieron. Todos a la vez, con orden, sin agolparse ni empujarse. Parecían decididamente lúcidos, aún. Se quedaron inmóviles, escrutando a sus enemigos. Mientras, el polvo levantado por sus botas fue disipándose, sin ocultar las lorigas que se movían siguiendo su respiración afanosa, las jabalinas apuntadas hacia el enemigo y los grandes escudos ovales que parecían hacerlos invulnerables.

Ahora ya no eran una masa indefinida de individuos que se entreveían de lejos, sino feroces guerreros en armas, listos para dar la vida por su comandante. Estaban en silencio, recuperando fuerzas, estudiando a sus objetivos.

Quinto se dio cuenta de que ya no tenía sentido seguir inmóviles. Después de aquella pausa, los cesarianos llegarían frescos al impacto, y los embestirían con toda la potencia de la que fueran capaces. Y ellos no tendrían ningún impulso para oponerse. Aquella parada en mitad del espacio había frustrado la única ventaja que Pompeyo podía extraer de su táctica.

Se dirigió al primípilo, sabiendo que no serviría de nada.

—¡Centurión! ¡Ataquemos nosotros! ¡Ellos están descansando! ¡Invirtamos los papeles! ¡Ahora! —le gritó.

El oficial pareció confuso. Quizá también él se estaba percatando de que esperar ya no era la opción más acertada. Si es que alguna vez lo había sido. Quinto insistió. También otros veteranos le dieron la razón. Los reclutas, en cambio, titubeaban.

—¡Debo ver qué dice el procónsul! —respondió el centurión, al fin.

—¡No hay tiempo! ¡Ataca! ¡Todos te seguirán! —lo apremió Quinto.

Pero fue consciente de que los enemigos ya habían pensado en eso.

Jabalinas en mano, los cesarianos habían vuelto a avanzar. Y la distancia, esta vez, era escasa: Quinto y el centurión tuvieron tiempo de intercambiarse solo una mirada de impotencia antes de que los *pila* empezaran a silbar encima de la alineación. Por instinto, todos los legionarios se agazaparon detrás de sus escudos, lo que permitió que los enemigos se acercaran aún más, sin que encontraran resistencia.

Los pompeyanos no tuvieron más que pocos instantes para arrojar sus jabalinas. No todos consiguieron lanzarlas a tiempo, e incluso los que lo hicieron no pudieron apuntar ni lanzar con suficiente fuerza. Quizá en otros sectores había ido mejor, pensó Quinto tirando a ciegas y desenvainando el gladio. Luego solo pensó en los ojos inyectados en sangre del adversario que se abalanzaba sobre él.

Evitó por un pelo su gladio, que después consiguió que cayera de su mano golpeando la muñeca con el borde del escudo. El hombre trató de oponer el propio escudo a su contraataque, pero en la segunda estocada no pudo evitar ser atravesado en el abdomen. Enseguida Quinto vio aparecer a otro delante de los ojos, tan ansioso de enfrentarse a él como de esquivar el cadáver de su compañero antes aun de que cayera a tierra.

Comprendió de inmediato que tenía delante a un hueso duro de roer. Era un veterano, su rostro le era incluso familiar. Al menos tenía una decena de años más que él, pero no parecía ni en lo más mínimo cansado por la carrera. Lo apremiaba con el gladio y el escudo, sin darle tiempo de respirar. Quinto se vio obligado a retroceder, pero el compañero que había tras él lo empujó hacia delante sin demasiados cumplidos. Y habría corrido el riesgo de acabar atravesado si, en el último instante, no hubiera conseguido interponer el escudo entre el propio cuerpo y la punta del gladio del otro.

Aprovechó de inmediato el desequilibrio de su oponente para apuñalarlo en el cuello, y hasta tuvo tiempo de darle una lección a su propio camarada, tan poco colaborativo, lanzando un golpe hacia atrás con el escudo. Sintió que le había dado, pero no tuvo modo de comprobarlo. Los compañeros de su flanco izquierdo se abalanzaron sobre él, empujados por la furia de un solo combatiente: una cresta transversa de centurión que destacaba sobre otras crines abriéndose paso entre estocadas.

La disolución del flanco izquierdo permitió a Quinto ver más allá del propio radio de acción. Notó que algunos arqueros y honderos cruzaban sus líneas y huían más allá del campo de batalla, hacia el campamento: luego, tras ellos, iban los jinetes y legionarios enemigos, que los perseguían. La escena era una directa consecuencia del fracaso del ataque de Labieno. Los jinetes pompeyanos se habían dado a la fuga, privando a los tiradores de su protección. Estos últimos habían sido, a su vez, derrotados, y ahora les tocaba a los legionarios: sin la protección de la caballería sobre el flanco izquierdo, estaban expuestos tanto de frente como de lado.

Se estaba poniendo feo. Con el sector izquierdo disuelto, difícilmente Pompeyo podría mantener compacto el resto de la alineación. Pero, entretanto, había que pensar en la mera supervivencia. La cresta transversa se acercaba, cosechando víctimas en cada estocada de gladio: atravesaba con aparente facilidad tanto a aquellos que se atrevían a enfrentarse a él como a los legionarios a los que la multitud impedía escapar de su filo. Donde estaba él, los gritos de dolor superaban en volumen el clangor de las espadas.

Algunos soldados empezaron a gritar que había un centurión invencible. La voz se difundió en un instante entre las filas aún cerradas de los pompeyanos, y muchos empezaron instintivamente a retroceder. Luego, quienes encontraron un hueco por el que escabullirse se dieron a la fuga. En poco tiempo, las filas se volvieron menos apretadas, y los pompeyanos se encontraron con aún más dificultades para resistir a la presión enemiga. El retroceso se hizo más evidente: al cabo de poco, pensó Quinto, ya no habría resistencia.

La única esperanza residía en dar muerte a aquel centurión. Pero el oficial parecía de veras invencible. Continuaba viendo solo la cresta, y a veces el gladio, que se elevaba por encima de los yelmos bañados en sangre. Sin embargo, estaba cada vez más cerca: nada ni nadie parecía conseguir detener su avance, que allanaba el camino a sus hombres.

Debería haberlo pensado él mismo, se dijo. Y en vez de esperarlo, Quinto decidió ir a su encuentro. Se abrió paso entre los compañeros que había a su izquierda, esquivando las embestidas de los enemigos que empujaban de frente, y apuntó derecho hacia la cresta. Se detuvo solo cuando no hubo más que dos hombres entre él y el centurión. Duró apenas un segundo: los legionarios cayeron uno tras otro, atravesados por las implacables estocadas de gladio. De pronto, mucho antes de lo que esperaba, se halló frente al oficial. Y solo entonces lo reconoció.

Cayo Crastino.

El hombre que lo había forjado como guerrero, casi más que su padre. Pero también el hombre que lo había humillado delante de Veleda, el único oficial que se había atrevido a castigarlo y reprenderlo, a pesar de la tolerancia de la que disfrutaba como hijo de un legado.

Tuvo un momento de vacilación, durante el cual se agitaron en él sentimientos encontrados: gratitud y venganza, admiración y odio, miedo y determinación. La tormenta que sentía en su interior lo paralizaba, pero, por fortuna, también Crastino lo había reconocido.

Y también él había vacilado.

Pero solo por un momento. De pronto, el centurión lanzó un grito:

—¡Muera el hijo del traidor! —Y hundió el gladio.

El grito fue providencial. Despertó a Quinto de su estado de parálisis y estimuló su instinto de supervivencia. Paró el golpe oponiendo el escudo, pero se vio obligado a retroceder bajo el impulso de nuevas estocadas. Crastino continuó atizándole golpes. Su acción desordenada le permitía a Quinto defenderse con el escudo, pero no tenía tiempo de reaccionar ni de asomar la cabeza.

El centurión insistió en su acción incluso cuando sonaron las trompetas. Eran las de la alineación cesariana. De repente, Quinto percibió con el rabillo del ojo que los otros enemigos se retiraban. Algunos reclamaron al centurión, pero este solo parecía oír el sonido del propio gladio, que continuaba chocando contra la madera del escudo enemigo.

El muchacho notó que su contrincante combatía como poseído por un demonio, con la mirada ausente, furiosa por la ira. Perdía a menudo el equilibrio por la excesiva fogosidad, pero él estaba demasiado a la defensiva para aprovecharse de ello. Entretanto, el centurión había quedado aislado, pues sus filas habían ido retrocediendo y abriéndose.

Quinto se preguntó el motivo de aquel repliegue. Los cesarianos no parecían, en absoluto, en dificultades por allí, pero quizá lo estuvieran en otra parte. En cualquier caso, tenía otro problema más urgente. Sintió que su escudo se resquebrajaba: unos golpes más y se volvería inutilizable. Durante un momento se indignó, pues ningún camarada había acudido en su ayuda, luego se dijo que el hijo de Labieno debía apañárselas solo: matar a su viejo centurión, uno de los veteranos más expertos del ejército de César, le granjearía un montón de méritos.

A la enésima estocada de Crastino, el gladio traspasó el escudo. Quinto vio cómo la punta de la hoja rozaba su antebrazo, luego sintió que los listeles del instrumento se rompían. Era su oportunidad, la única. Muy pronto, ya no tendría escudo con que defenderse de aquel lunático.

Empuñó el gladio como si fuera un puñal y atrajo a su oponente tirando de él por el arma clavada en lo que quedaba del escudo; luego le metió la hoja en el ojo con toda la fuerza que fue capaz de aunar.

Crastino abrió la boca, de la que no salió ningún sonido, y el otro ojo. Dejó caer el gladio y se desplomó en el suelo, exánime. Quinto acercó su mano en el propio gladio para extraerlo. La punta salía por la nuca. Intentó forzarlo, luego oyó unos gritos detrás de él que lo instigaban a escapar.

Miró de frente. Los soldados contra los que había combatido hasta entonces habían desaparecido. Había otros nuevos, más frescos, e igualmente determinados. Estaban avanzando, listos para arrojar sus *pila*.

Y él ni siquiera tenía escudo.

Dejó el gladio. Se volvió. Todos sus camaradas huían.

No pudo hacer otra cosa que imitarlos.

Domicio Enobarbo estaba furioso. Regresó al galope al campamento por la puerta pretoria, bajo la cobertura de los arqueros orientales agolpados en las escarpas. El ejército de César les pisaba los talones, y en algunos sectores de las murallas los defensores ya debían hacer frente a su ímpetu.

Aquel que nunca había sido, más que de nombre, el procónsul de las Galias, prosiguió hasta la tienda de Pompeyo. Solo entonces bajó del caballo y entró en el pabellón. La ausencia de guardias en la entrada era una clara señal de que el comandante general no se encontraba allí. Domicio entró para disipar cualquier duda, y confirmó su sospecha. Sin recuperar el caballo, fue hacia la tienda del cónsul Lucio Léntulo. Ya desde lejos vio movimiento frente al pabellón. Bien, se dijo, al menos, allí podría desahogar su ira.

Miró nuevamente hacia las escarpas. Los aliados parecían determinados a cumplir con su cometido. Cada tanto alguno caía alcanzado por una flecha, pero por el momento la defensa parecía aguantar.

Por el momento. Los legionarios, todos los demás legionarios que habían tomado parte en la batalla, no intentaban regresar al campamento: los había visto huir hacia las montañas, y ni siquiera fue detrás para detenerlos.

Una vez en la entrada apartó con vehemencia a los guardias, que no se atrevieron a pararlo, y entró apresuradamente. Allí encontró no solo a Léntulo, sino también a Lucio Afranio, Metelo Escipión, Tito Labieno y al joven Junio Bruto, además de algunos senadores de segundo nivel. Todos tenían una expresión enfadada, tensa, en curioso contraste con las mesas ricamente preparadas en torno a las cuales estaban sentados, y con las paredes decoradas con festones de laurel.

Poco antes de la batalla el cónsul había dispuesto su tienda para celebrar una fiesta. Decenas de esclavos habían preparado un banquete con una docena de triclinios. El terreno había sido completamente cubierto con terrones de hierba. Ricos entrantes fríos se exhibían sobre las mesas en copas y bandejas de plata. Palomas con las alas impregnadas de perfume revoloteaban aún por la tienda para desodorizar el ambiente. La tarde anterior se había visto circular por el campamento a gladiadores, bailarinas y prestidigitadores, que debieron de alegrar a unos comensales felices por la previsible victoria.

Y ahora, en cambio, estaban celebrando un funeral. El funeral de la República.

—¿Dónde está él? —preguntó Domicio Enobarbo.

Silencio. Rostros tétricos, embarazados y decepcionados. Casi todos inclinaron la cabeza. Al fin, habló el dueño de casa:

—Que yo sepa, ya está camino de Larisa. Se ha cambiado de ropa y ha salido por la puerta decumana con una treintena entre soldados y senadores, hace poco... —dijo Léntulo.

—¿Y este es el hombre al que hemos elegido como comandante supremo? ¿Ha abandonado la primera línea en plena batalla y ni siquiera se ha preocupado de organizar la defensa? —preguntó irritado Domicio.

Lucio Afranio se puso de pie.

—¡Pompeyo no es un cobarde! —protestó—. Estaba furioso. ¡Furioso con todos los que lo habéis obligado a combatir! ¡Ya había dicho que la estrategia a seguir debía ser otra!

—¡Pero ni siquiera ha completado la obra! ¡Ha dejado el campo de batalla cuando aún se podía vencer!

Léntulo se mostró de acuerdo con Domicio, aunque parecía más abatido que enojado.

Afranio prosiguió con la defensa de oficio de su comandante.

—Apenas ha visto que el ala izquierda se disgregaba, ha entendido que no había nada que hacer. No olvidéis que tiene más experiencia que vosotros. Y os ha dejado toda la responsabilidad a vosotros, que durante meses habéis pontificado sobre la mejor manera de ganar la guerra. Lo habéis mortificado repetidamente, poniendo en discusión su mando, y no tenía la intención de seguiros más el juego. Ahora tenéis el mando: ¡veamos qué buenos sois y si os apañáis mejor que él!

—Pero ¿qué estás diciendo? —reaccionó Domicio, dando un golpe sobre la mesa y haciendo saltar la comida. Un puñado de olivas salió de una copa y rodó por el suelo—. Fue él quien ideó la táctica del cerco del ala derecha de César con la caballería. Ganaremos la batalla aun antes del enfrentamiento total, decía... Y luego, ha sido su lugarteniente quien la ha hecho fracasar con su incapacidad. Este desertor debía de ser nuestra arma ganadora... Y menos mal que había jurado no dejar el campo de batalla más que con la victoria... —concluyó, señalando a Labieno.

Este se indignó. Se puso de pie y le gritó a la cara:

—¡La maniobra salió perfectamente! ¡Pero César estaba informado! Había preparado una segunda reserva, además de la tercera fila, con el preciso objetivo de bloquear el flanqueo. Era imposible preverlo: ¡nadie, en la historia de la guerra, ha montado nunca dos reservas! Y además, los jinetes eran todos reclutas: ¡se han dejado llevar enseguida por el pánico y han huido! ¡No podía combatir solo!

—¡Claro que sí! ¡Ahora justificamos nuestra incompetencia magnificando la genialidad del adversario e imaginando quién sabe qué complots!

—Al margen de cómo hayan ido las cosas, ahora debemos pensar en salir fuera —intervino Metelo Escipión—. Los cesarianos ya están junto al campamento y lo pondrán bajo asedio. Nuestros soldados están dispersos por las alturas circundantes, y solo disponemos de los aliados griegos y orientales...

—Con los aliados no contaría demasiado —dijo Afranio—. No veo por qué deberían morir por nosotros. Y, además, no son muy hábiles como legionarios. Yo digo que deberíamos marcharnos mientras estemos a tiempo.

—¿Cómo? —preguntó Bruto, cuya timidez le impedía participar activamente en la discusión. No se consideraba un guerrero, ni siquiera se había batido, y sentía incluso un cierto embarazo ante todos aquellos supuestos generales.

—El camino para Larisa aún está despejado —prosiguió Afranio—. Y quizá también el que lleva a Dirraquio. Alcancemos la flota y las guarniciones de Catón a lo largo de la costa. Y luego ya pensaremos en ponernos en contacto con Pompeyo. Él encontrará la manera de reclutar nuevas tropas y decidirá dónde reiniciar la resistencia al tirano. Yo creo que deberíamos ir a África...

—También porque es lo único que nos queda... —comentó amargamente Domicio Enobarbo.

—¡No! ¡Aún están todos los reinos clientes de Pompeyo en Oriente! Y Egipto: ¡su rey debe mucho a nuestro comandante! ¡Es desde allí, en mi opinión, donde debemos recomenzar! —expuso Léntulo—. Vosotros id hacia Dirraquio. Yo iré a Larisa y trataré de alcanzar a Pompeyo.

—Está por verse si los reinos clientes aún son tales, después de esta derrota. Ya se sabe que en la mala suerte se pierden muchos amigos... —dijo Metelo Escipión—. De todos modos, hagámoslo así. Ahora, que cada uno vaya a su tienda y haga desaparecer todos los documentos comprometedores que puedan permitir a César identificar las alianzas, los partidarios y los recursos de que disponemos. Solo entonces nos pondremos en marcha, cada uno por su cuenta: todos juntos, llamaríamos demasiado la atención, y ahora tenemos a los cesarianos encima. Que los dioses nos ayuden.

Nadie supo qué más que decir. Entre otras cosas, porque los gritos en las escarpas eran cada vez más intensos: el tiempo de las discusiones había terminado. Se precipitaron fuera de la tienda, abriéndose en abanico, precisamente mientras Servilia se acercaba al pabellón. La mujer había contratado a cuatro guerreros capadocios pagando con generosidad a su rey para que se los cediera, a fin de disfrutar de la protección que sus fornidos esclavos no podían proporcionarle. Detuvo su litera delante de Bruto.

—Hijo mío, el ejército ha sido derrotado, y ahora solo tenéis siete mil aliados y tres mil legionarios para sostener el ataque de más de veinte mil cesarianos —dijo—. Te conviene rendirte. Quédate conmigo. Yo intercederé ante César. Está convencido de que aún soy una defensora suya y no tendrá dificultades para creer que me encuentro aquí solo para estar cerca de ti y salvarte la vida.

Bruto hizo un gesto de irritación.

—Madre, ¿por quién me has tomado? Se van todos: soldados, comandantes, senadores... Si yo me quedase a implorar el perdón de César, sería juzgado peor que Cicerón. Iré a Larisa con Léntulo y procuraré alcanzar a Pompeyo. No puedo abandonarlos ahora.

—Pero ¿qué harás? No exasperes a César prosiguiendo la lucha: si gana, ¡no tendrá piedad de quienes se opongan a él después de la derrota!

—Ya veremos. Sabes que detesto a Pompeyo por lo que le ha hecho a mi padre y respeto a César por toda la ayuda que ha prestado a nuestra familia. Yo... sé que no estoy hecho para combatir, y pienso que esta guerra civil solo perjudica a Roma. Si por mí fuera, buscaría la paz con César, tratando de darle lo que pide, pero con el Senado vigilante, a fin de que no superase los poderes que puede obtener legalmente. Pero tú sabes que algunos de los nuestros, y Catón en particular, lo odian demasiado para tolerar su presencia en la cúspide del Estado...

—Pues entonces escribe a César, una vez en Larisa. Escríbele, y exprésale tus ideas. ¡Estoy segura de que será feliz de volver a abrazarte y de poder contar con tu consejo!

—Así lo haré. Pero ahora, déjame marchar... Quedarse aquí, de hecho, podría ser peligroso. Es mejor que tú también vengas con nosotros.

—No. Yo me quedo para poner al corriente a César de tus intenciones. Antes de llegar, le he hecho enviar un mensaje para comunicarle mi presencia. No permitirá que me hagan daño. Fuera de aquí, si acaso, es peligroso, con todos esos soldados en desbandada, que van en grupillos y como locos por el valle. Y, además, tengo mis guardias de corps... —dijo Servilia, señalando a los capadocios.

Bruto asintió con escasa convicción, la abrazó apresuradamente y se fue corriendo. Servilia vio cómo se confundía entre los senadores, a su vez difíciles de distinguir de sus mismos esclavos: la impericia bélica o la edad no les había permitido llevar un equipamiento militar, y el gran calor del mediodía —y quizá el miedo a ser reconocidos— los había impulsado a ponerse solo la túnica, renunciando a la toga pretexta bordada de púrpura.

La mujer dirigió la mirada a las escarpas. Del otro lado de la muralla vio asomar a algunos legionarios, que los defensores lograron rechazar. Luego una lluvia de flechas abatió a algunos aliados, y otros abandonaron la muralla dirigiéndose también ellos hacia la puerta decumana. Las mallas de la defensa se hicieron más amplias.

Demasiado amplias para resistir mucho tiempo.

XXV

> Al final de la jornada, César, moviéndose sin pausa entre el ejército, instaba a los soldados a hacer un último esfuerzo hasta la conquista del campamento de Pompeyo, dando a entender que, si los enemigos se reunían de nuevo, su victoria habría sido de un solo día. Conquistando su campamento, conseguirían poner fin a la guerra con esta única empresa.
>
> Apiano, *La guerra civil*, II, 81, 341

César detuvo el caballo poco más allá del alcance de los proyectiles que llegaban de las trincheras de Pompeyo. Con él estaban Aulo Ircio, Asinio Polión y la guardia germánica. La infantería ligera, los arqueros, los honderos y algunos de los legionarios más entusiastas de la X ya estaban junto a la muralla, haciendo testudo para defenderse de los arqueros, colmar el foso y acercar las escaleras al terraplén. Muchos de los soldados derrotados del ejército enemigo se amontonaban frente a la puerta pretoria para refugiarse en su interior, pero la mayor parte huía hacia las alturas, de forma individual o en grupos.

El cónsul estudió la situación, que ahora se volvía ampliamente a su favor. El ala izquierda de la alineación enemiga, privada de la cobertura de la caballería, se había disuelto bajo el ataque de la X legión y de la caballería. Su hundimiento había provocado el pánico en el resto del ejército pompeyano, que se había dado a la fuga. La batalla estaba ganada: ahora, para ganar la guerra también, había que impedir la fuga de sus enemigos personales, y de Pompeyo en particular. No podría estar tranquilo mientras la oposición no fuera erradicada del todo, y en especial, mientras pudiera contar con su antiguo yerno para reclutar nuevos ejércitos.

Pero no podía saber dónde estaban sus enemigos. Pompeyo, Léntulo, Domicio Enobarbo, Afranio o el mismo Labieno podrían haber muerto en la batalla, encontrarse en el campamento o en los fortines, o podrían haberse fugado hacia las colinas.

Lo primero que hizo fue reclamar a los legionarios junto a la muralla. Eran demasiado pocos para conseguir expugnarla. Mejor esperar al resto del ejército para un asalto total. Mientras tanto, los tiradores continuarían reduciendo las filas de los defensores.

—¡Tú!

César llamó a uno de los hombres de la guardia germánica.

—Corre hacia el río y advierte a Marco Antonio: que se lleve a cuatro legiones y bloquee la retirada de los pompeyanos más allá de los montes. ¡Que atrinchere las alturas para que no se nos escape nadie más! Después, cuando haya tomado el campamento, iré también yo.

El germano asintió y espoleó el caballo, luego desapareció entre los miles de legionarios que llegaban.

—De los reconocimientos de los días pasados sabemos que esos montes carecen de agua. Si los bloqueamos, allí no podrán hacer otra cosa más que rendirse —dijo César a Asinio Polión—. Ya han muerto incluso demasiados soldados romanos, pero lo han querido ellos. Yo, César, el conquistador de las Galias, el caudillo que ha llevado tanto lustre y tanto oro a Roma, hubiera acabado procesado como agradecimiento por los servicios que he hecho al Estado... ¡Debía defenderme!

Llegó también Domicio Calvino, que había comandado el centro de la alineación en el choque frontal. Detuvo el caballo junto al cónsul, levantando una nube de polvo.

—¡Cónsul! ¡Tengo conmigo seis legiones! Espero órdenes, ¡pero ha de ser consciente de que combaten desde el amanecer, y que están todos muy cansados!

—Envía a las dos legiones más exhaustas al campamento. Con todos los pompeyanos dispersos por Grecia, nunca se sabe. Por lo que respecta a los otros, cuando hayan tomado posición hazles señas de que se callen. Quiero hablarles.

Calvino siguió sus órdenes. Los legionarios fueron llegando en pequeños grupos, agotados por las millas recorridas, el gran calor y el esfuerzo del combate. Los centuriones los dispusieron en filas ordenadas, centuria por centuria. El ejército, que había acabado con una fuerza numéricamente superior, recuperaba su forma, pero no tenía el aspecto imperioso con el cual había emergido de la niebla matutina a la vista del enemigo.

No quedaba ya nada de la compacidad ni de la arrogancia que los soldados habían exhibido antes del ataque. Muchos de ellos estaban doblados en dos, otros se apoyaban en un camarada si este mantenía algo de su vigor.

Todos estaban cubiertos de polvo: el metal de sus lorigas había brillado más bajo los tenues destellos de la luz matutina que bajo los rayos del sol ardiente del mediodía. La respiración agitada, los lamentos por las heridas y las contusiones, las invocaciones al reposo estaban muy lejos de los himnos a la victoria que habían precedido al asalto.

Aquellos hombres, pensó César, lo habían dado todo. Pero no era suficiente.

Estaba reflexionando sobre la mejor manera de motivarlos para que hicieran un último esfuerzo cuando un oficial de enlace lo alcanzó:

—Cónsul, un pelotón de jinetes ha sorprendido a un senador en fuga hacia las montañas con una pequeña escolta. Ha resultado ser Lucio Domicio Enobarbo. Piden instrucciones sobre qué hacer...

César sonrió.

—Vaya, vaya... Mi valiente sucesor en las Galias... —dijo. Reclamó la atención de Ortwin, pero en vez de esperar a que se acercara, lo alcanzó, haciendo una señal a Aulo Ircio para que lo acompañara.

—Ese correo te llevará allí donde está Domicio Enobarbo. Ya lo has visto en Corfinium, por tanto, lo reconocerás fácilmente. Quiero que despidas a su escolta y lo mates. Luego vuelve de inmediato aquí: te necesito para el ataque al campamento.

Como siempre, el germano no dudó en obedecer. Alcanzó al correo y se alejó con él.

—Creía que habías decidido ser clemente con tus adversarios... —le hizo notar Ircio.

—En general, sí. Pero ya liberé a ese hombre en Corfinium; luego me lo encontré dirigiendo las defensas de Massilia y ahora me lo vuelvo a encontrar a la cabeza del ala izquierda de Pompeyo. No tengo la intención de seguir tolerándolo. Ni a él ni a Afranio y Petreio, por lo demás —respondió César, volviendo al lado de Polión.

A Ircio lo decepcionó que César no hubiera añadido a Labieno a la lista de los que no iban a ser perdonados. Pero luego pensó que un desertor como él era un nombre incluso demasiado obvio y que no necesitaba ser mencionado.

—En nuestro informe, de todos modos, escribiremos que Domicio Enobarbo fue muerto por la caballería mientras, exhausto ya por la fatiga, intentaba alcanzar las montañas. Y no deberemos mentir demasiado, ¿no crees? —añadió el cónsul, sonriendo.

Sonrió también Ircio, como Polión, que había entendido todo a pesar de que se había perdido la primera parte de la conversación. Entonces, César observó las operaciones a lo largo de la muralla del campamento enemigo. Sus arqueros seguían disparando a las escarpas con implacable constancia, los honderos baleares asestaban golpes bien orientados a los vigías de las torres. Y aunque muchos soldados de Pompeyo todavía lograban entrar por la puerta pretoria, la muralla no parecía mejor defendida que antes: evidentemente, la mayor parte proseguía su carrera más allá de la puerta decumana, después de haber sacado sus propios bienes de las tiendas.

Era el momento de hablar a los soldados. Ya no había tiempo que perder. Volvió el caballo hacia las primeras filas, escrutando los rostros sudados y exhaustos. Algunos habían aprovechado para quitarse el yelmo, pero en cuanto se vieron los ojos del cónsul encima se apresuraron a ponérselo.

—¡Soldados! Hoy os habéis comportado con gran valentía, venciendo contra un ejército que tenía el doble de vuestros efectivos, un comandante célebre y muchos más recursos que nosotros. Os han llamado «bestias salvajes» por vuestra determinación y vuestra capacidad para soportar las fatigas, y este es el mayor reconocimiento que un adversario podía haceros. ¡Podéis sentiros orgullosos! Yo estoy orgulloso de vosotros, y lo están todos vuestros comandantes, de cada orden y grado. Esta es una gran victoria, pero para que sea la más grande es preciso que hagáis un último esfuerzo.

»Sé que estáis cansados. Combatís y corréis desde hace horas, y sería justo concederos un descanso. Pero el enemigo aún está libre, y dispone de recursos para reaccionar, si no ahora, en otro momento. Puesto que los comandantes enemigos han sorteado con su huida la muerte en batalla o la captura, esta batalla podría ser solo un episodio más en medio del conflicto. Y lo sería si no dispusiera de hombres como vosotros. Solo a guerreros como vosotros un comandante puede pedir otro sacrificio que ponga realmente fin a la guerra y os permita obtener esos premios a los que justamente aspiráis y que os corresponden de pleno derecho.

»Ahora, pues, debemos conquistar el campamento enemigo. Debemos tomar por asalto la última fortaleza de Pompeyo y de sus acólitos. Aprovechemos el apoyo que la Fortuna nos ha proporcionado y completemos el trabajo. Como habéis tenido ocasión de ver, la muralla está defendida sobre todo por los aliados, no por vuestros conciudadanos contra los cuales, me doy cuenta, es difícil alzar el gladio. Ya se ha vertido demasiada sangre romana: ¡nosotros queremos que quienes, ahora, nos han combatido obligados o mal aconsejados, formen un día parte del ejército de Roma a todos los efectos, y vuelvan a ser, por tanto, vuestros camaradas!

»Perdonadlos, pues, cuando los encontréis, y concentrad vuestra furia sobre los aliados, que han osado tomar las armas contra el representante legítimo del poder de Roma y, por tanto, contra la propia Roma: ¡unos rebeldes por los cuales no debéis tener ninguna piedad!

Con el rabillo del ojo vio regresar a Ortwin. Lo interrogó con un gesto del mentón, y el germano respondió extrayendo la espada de la funda.

La hoja estaba ensangrentada.

César continuó:

—Dentro del campamento de Pompeyo os espera un rico botín. Será todo vuestro: lo que los supuestos cónsules, pretores, magistrados y senadores se han traído con ellos, César os lo deja, siempre que superéis la muralla y, si es necesario, prosigáis más allá del campamento para capturar a los rebeldes. ¡Si actuáis con la misma determinación con que habéis afrontado al enemigo en campo abierto, será suficiente un solo asalto!

César hablaba tendiendo las manos hacia ellos, casi suplicante. Luego calló. Miró a los suyos. Los soldados levantaron las armas al cielo y cantaron alabanzas a la victoria y al comandante. Sus expresiones habían cambiado: en los rostros, César leyó de nuevo esa convicción y esa ferocidad de la que se había complacido por la mañana. Esperó a que sus gritos se aplacaran, luego chilló:

—¡Venus Vencedoraaaa!

Extrajo también el gladio, oyó el sonido de las trompetas que daban la orden de ataque y partió al galope hacia la muralla, con sus escuderos germanos alrededor.

El griego se tambaleaba, mientras corría en zigzag hacia el corazón del campamento. Ya no tenía en la mano la espada ni el escudo, pero aún disponía de un arma: la flecha que lo había traspasado justo al lado de omóplato. Servilia veía la punta enrojecida de sangre salir por el pecho e, instintivamente, retrocedió, aunque sus cuatro guardias de corps se habían alineado enseguida frente a ella.

El herido la había visto y avanzaba en su dirección. Servilia se preguntaba el motivo. Quizá pensaba que una mujer lo ayudaría. El hombre tendió las manos, como implorando auxilio, pero uno de los guardias hundió su lanza y lo abatió. Luego se volvió, satisfecho, hacia su ama, buscando su aprobación. Pero Servilia miraba a otra parte.

Hacia las escarpas.

Era allí, a lo largo de la muralla, donde seguía librándose una cruenta batalla. Los soldados de César parecían haber logrado abrirse paso, al fin. Las empalizadas, los parapetos, las escaleras, las rampas y los terraplenes eran escenario de innumerables enfrentamientos entre los asaltantes y los aliados de Pompeyo. Los legionarios del cónsul, cada vez más numerosos, procuraban no hacer prisioneros y se ensañaban con sus adversarios, incluso con los más gravemente heridos, hasta hacer de ellos cadáveres.

Los legionarios de Pompeyo, en cambio, se daban a la fuga sin preocuparse de la defensa. Se escabullían entre las tiendas y pasaban junto a Servilia sin hacerle caso, tratando de cruzar la puerta decumana antes de ser alcanzados. Algunos, en el fragor del momento, arrollaron a los guardias, que parecían cada vez más confusos. Los esclavos de Servilia rogaron a la mujer que se refugiase en algún sitio, y ella los autorizó a meterse en una de las tiendas más cercanas. Por su parte, decidió entrar en la litera, cerró la cortinilla y ordenó a los guerreros capadocios que no buscaran pelea con nadie.

Se convenció de que había hecho una tontería. Encontrarse en medio de una batalla era un riesgo que hubiera podido evitar: pero era también el único modo de ver a César antes de que hiciera daño a Bruto. Y también el modo más rápido de contarle al vencedor lo poco que había oído sobre dónde pensaban fugarse sus principales enemigos. No había abandonado el propósito de atraer la atención de su antiguo amante siendo útil a su causa; de hecho, aún pretendía mostrarse como la persona con la que más podría contar, la única que nunca lo abandonaría, la más dispuesta a sacrificarse por él. Pero la necesidad de conciliar su propósito con el instinto maternal había hecho aún más peligroso su empeño.

Quinto Labieno, con el que había hablado unos instantes el día anterior, no le había revelado nada útil. Estaban todos tan seguros de la victoria que nadie había planificado una estrategia de fuga, en el caso de que las cosas se pusieran feas. Solo se había jactado con ella del plan, en su opinión brillante, que su padre había concebido con Pompeyo para desbaratar el ejército enemigo. Y dado que ella no tenía ninguna vía de comunicación con César, el joven no le había sido de ninguna ayuda.

Así, ahora solo podría compartir con César sus impresiones, confiando en que tuvieran suficiente interés para despertar un poco de su atención. La vida de Bruto, de todos modos, valía por sí sola el riesgo. Ya no estaba tan segura de poder llegar indemne al encuentro con César. Ni siquiera estaba segura de que su antiguo amante hubiera recibido su mensaje y estuviera al tanto de su presencia en el campamento. Por consiguiente, no podía estar segura de que hubiera dado la orden de no hacerle daño.

Sus temores aumentaron cuando oyó gritos confusos y pasos, numerosos pasos, en torno a la litera. Permaneció con la cortina cerrada, rogando a Venus, numen tutelar de César, para que la protegiera también a ella. Le prometió ofrendas y sacrificios en abundancia, pero los ruidos que oía a su alrededor la indujeron a interrumpir las oraciones. Se sintió tentada de ver qué ocurría, pero tenía miedo de sacar la cabeza fuera. Luego alguien, o algo, chocó con la litera. Servilia sintió la sacudida, pero las cortinas eran de tela muy espesa y no le permitían ver ni siquiera las siluetas de quienes daban vueltas a su alrededor. Llamó a sus guardias por su nombre, uno tras otro, pero no recibió respuesta.

Se dio cuenta de que ya no tenía esperanza. Quizá era demasiado vieja para ser violada, pero podrían hacerle de todo para cogerle el dinero que llevaba encima.

De pronto, alguien abrió con vehemencia la cortina, dejando entrar un haz de luz que, al principio, la cegó. Luego tomó forma una silueta con una crin sobre la cabeza. Después de algunos instantes, se delinearon también los rasgos del rostro: un rostro polvoriento sobre el que estaba pintada una mueca amenazante.

El soldado alargó la mano hacia el collar que Servilia llevaba al cuello. Lo aferró y dio un tirón, arrancándoselo con una ronca carcajada. Luego observó sus brazaletes. Los ojos, anormalmente blancos, en un rostro opaco por el polvo, se iluminaron. Le ciñó el brazo, pero luego soltó la presa y se desplomó en el suelo.

Detrás de él apareció Quinto Labieno.

—¡Pronto, ven conmigo! ¡No puedes estar aquí! —le gritó el joven.

Servilia no dijo nada. Cogió la bolsa con sus joyas y lo siguió, corriendo el riesgo de tropezar con la *palla*, la sobreveste que llevaba encima de la túnica. Quinto la condujo frente a una tienda más grande que las demás, mientras otros soldados del ejército de Pompeyo pasaban como flechas a su lado.

Quinto le indicó el acceso.

—Entra aquí y quédate hasta la llegada de César. Es la tienda de mi padre. Todos saben que lleva una vida austera: aquí dentro no podrían encontrar ningún botín. Saquearán los alojamientos de los otros comandantes, pero no este. Algunos, como el cónsul Léntulo, han traído de todo al campamento. Te deseo buena suerte. Yo debo marcharme.

Quinto comenzó a alejarse, pero Servilia lo retuvo por un brazo.

—¿Por qué haces esto por mí? —le preguntó.

Quinto apartó la mirada. Dudó un instante.

—No lo sé. Quizá porque supiste regalarme un momento agradable en una época en que lo necesitaba...

Luego la miró, la atrajo hacia sí y la besó en la boca. Inmediatamente después desapareció más allá de las tiendas más cercanas.

Servilia no tuvo más alternativa que entrar. Quinto no se equivocaba. La estancia estaba casi desnuda y solo encontró en ella el mobiliario más esencial. Una mesa con una silla, un arcón y una simple cama en un rincón, despojada de todo añadido superfluo. Una diferencia radical con las tiendas de otros comandantes, que había tenido la ocasión de visitar en los días precedentes: algunas de ellas parecían residencias civiles más que alojamientos militares.

Ningún rastro, en la tienda del antiguo comandante de César, de divanes, bancos, armarios, camas con colchones y almohadas, triclinios, tabiques con entramado de madera para recrear comedores y vestíbulos, mesas de bronce o de mármol. Por no hablar de ornamentos, allí del todo inexistentes, que en otras tiendas del campamento eran profusos y se exhibían copiosamente.

Se sentía cansada. Había vivido aquella intensa jornada, desde el amanecer, consumida por la aprensión hacia la suerte de César y de Bruto. Y consumida por el sentimiento de culpa por no haber conseguido preocuparse solo por su hijo, dejando de lado, por una vez, los sentimientos que experimentaba por su antiguo amante.

Hubiera querido recostarse sobre la cama, pero temía dormirse. Estaba decidida a permanecer consciente para hacer frente, de un modo u otro, a cualquier amenaza. Con el paso del tiempo, se convenció de que solo debía esperar a que terminara la persecución de los fugitivos, y que los legionarios se desahogaran con el saqueo. Después, la situación se normalizaría, y podría salir de la tienda sin miedo de ser agredida por algún poseso en plena furia combativa.

Se acercó a la mesa y se desplomó sobre la silla. Tuvo la tentación de apoyar la cabeza sobre la superficie de la mesa, pero varias tablillas de cera apiladas le dejaban casi sin espacio. Las apartó con el brazo. Algunas cayeron al suelo, otras se abrieron como un abanico. La luz que se filtraba por la estrecha abertura de la entrada le permitía distinguir con bastante claridad los caracteres grabados en la cera. Echó un vistazo distraído a algunas tablillas, leyendo unas frases aquí y allá. Nada que le pareciera interesante: despachos y notas rutinarias que, sin embargo, César, o cualquier otro soldado, sabría interpretar mejor que ella.

Pensó en esconderlas en el arcón. Nunca se sabe, se dijo: podrían acabar destruidas o robadas. Escondiéndolas, en cambio, podría luego presentarse ante César como depositaria de la correspondencia del traidor Labieno. Se levantó, cogiendo entre los brazos un grupo de tablillas, y solo entonces advirtió que una tenía un texto incomprensible.

Depositó las otras y la observó mejor. Se sobresaltó.

Intentó sustituir la primera letra de la primera palabra con la cuarta antecedente del alfabeto. Le salió una P. Luego la segunda: O. La tercera: M. La cuarta: P. La quinta: E. La sexta: I. La séptima: U. La octava: S. Pompeyo.

Tuvo un nuevo sobresalto. O Labieno tenía la misma costumbre de César, o aquella carta estaba destinada a César.

Conocía aquel código. César lo había adoptado también con ella, años atrás, en sus cartas más reservadas, cuando quería comunicarle sus deseos más íntimos. Cuando quería prepararla de la manera más intensa para su siguiente encuentro.

Siguió leyendo. Descifraba con extrema lentitud. Empleó bastante en entender el significado de las cuatro siguientes palabras. Pero fue suficiente para disipar toda duda.

«Pompeyo ha huido a Larisa.»

Se desplomó de nuevo en la silla. Labieno, uno de los jefes de la coalición anticesariana, el desertor, el traidor por excelencia, el hombre al que todos los colaboradores de César odiaban por su elección, era un agente de César.

Su agente más importante.

Siempre se lo había encontrado por en medio. Desde que eran jóvenes. ¿Cuántas veces una aparición suya había interrumpido sus encuentros? ¿Cuántas veces se había llevado a César por cuestiones que calificaba siempre de «urgentes»? Siempre había estado celosa de él. Le había envidiado su constante proximidad a César, su capacidad de hacerse necesario, insustituible incluso, a los ojos de su jefe, la complicidad que los dos se profesaban en cualquier coyuntura. Y cuando Labieno lo traicionó, ella se sintió feliz. Finalmente, se había dicho, ya no debería temer a un rival capaz de atraer más que ella la atención de César. Finalmente, César se vería obligado a reconocer que la única persona con la que en realidad podía contar era ella.

Se echó a llorar. Lloró largamente, antes de continuar descifrando el mensaje. Pero le resultaba difícil. Las lágrimas velaban sus ojos, su mente vagaba lejos y la rabia crecía en su interior. Trató de esforzarse.

—¿Quieres que te ayude a descifrar ese mensaje, querida Servilia?

Una voz. Su voz. Su figura se recortaba entre los bordes abiertos de la tienda.

Julio César.

Servilia lo miró en silencio, jadeando por la emoción. Las lágrimas habían hecho que el *stibium* negro corriera por sus mejillas y que se disolviera el *fucus* que usaba sobre la piel del rostro, revelando sus rugosidades. Pero no le importaba. Solo le importaba haber perdido cualquier esperanza de ser tan indispensable como Labieno.

César le cogió la tablilla de las manos. Leyó en voz alta, como si se tratara de un texto normal: «Pompeyo huyó a Larisa. No sé si quiere mantener Macedonia procediendo a nuevos alistamientos, o zarpar hacia algún otro destino, como por ejemplo Egipto. Léntulo y Domicio Enobarbo han ido en la misma dirección. Afranio y Metelo Escipión tienen la intención de alcanzar a Catón y Cicerón en Dirraquio y luego la flota de Pompeyo hijo en Córcira. Esperan órdenes de Pompeyo y, en el caso de que sea capturado, pretenden continuar la guerra desde África. Yo voy a Dirraquio. Trata de bloquear a Pompeyo. Pero cuídate también de cortar la vía para África de los otros, con las flotas de que dispones en Vibo y en Messana.* Que los dioses te protejan».

—Tú... tú sabías que ibas a encontrar aquí un mensaje suyo, ¿verdad? —dijo Servilia, casi sollozando.

—Digamos que esperaba que hubiera tenido la posibilidad de dejármelo —respondió César.

—Y la batalla... La has ganado gracias a él, ¿verdad?

—Gracias a mí. Y a su colaboración, naturalmente. Hace tiempo le sugerí que se valiera de los desertores para comunicarme el plan de batalla en el caso de que tuviéramos que enfrentarnos en campo abierto. Si luego consideras que la ejecución del plan estaba confiada a él, es obvio que no podía perder...

—¿Cuándo? ¿Cuándo se planeó todo esto?

—Durante las guerras gálicas, en Uxelludunum. Desde que mis enemigos se pusieron en contacto con él para atraerlo de su parte. Fue entonces cuando se me ocurrió la idea de fingir que Labieno tenía la intención de seguir sus planes. Hablé con él, y estuvo de acuerdo. Por más valioso que fuera a mis órdenes, establecí que lo era aún más a las órdenes de Pompeyo. Ha hecho de todo para hacerse creíble como desertor, y lo ha conseguido tan bien que Pompeyo lo ha convertido en uno de sus principales lugartenientes. Por tanto, ha podido influir siempre en los acontecimientos, limitando de esta manera los efectos de mis derrotas y favoreciendo mis victorias.

* Mesina.

—¿Y ahora? ¿Tienes la intención de revelar cuál ha sido su papel?

—En absoluto. Ante todo, su tarea es espolear a mis adversarios a la resistencia a ultranza y convencerlos de que soy un tirano. Mientras quede uno solo en condiciones de hacerme daño, está obligado a hacerlo.

—Pero... entonces, no quieres la paz...

—No quiero una paz de compromiso. Nunca la he querido, aunque he fingido buscarla. Un compromiso no me permitiría liberarme de las ataduras institucionales que tu hermanastro y los otros quisieron imponerme. No podría cambiar Roma con ellos como lastre: Pompeyo no ha podido derrotarme porque debía tener en cuenta la opinión de esos parásitos. Quiero una excusa para aplastarlos del todo, para despojarles de cualquier relevancia política, y su resistencia a ultranza me dará esa excusa. Labieno me la dará.

—Pero después..., después podrás revelar qué papel ha tenido Labieno en toda esta historia...

Servilia no podía creer que aquel hombre estuviera dispuesto a tanto por César.

—Labieno y yo acordamos que no lo revelaría nunca. Mi victoria final no será mermada por decisiones que pueden ser entendidas como un subterfugio por mis detractores. Al término de la guerra civil, Labieno solo será uno de mis adversarios a los que concederé el perdón. Es también por eso que tiendo a usar la clemencia con los prisioneros de rango. No se notará la diferencia cuando lo perdone a él.

Servilia tragó saliva.

—Y entonces, ¿por qué me lo estás revelando a mí? Si es un secreto para todos, ¿no temes que pueda revelarlo a alguien? Sobre todo ahora, que sé que ya no puedo serte útil como esperaba. Ahora que ya no me quieres.

Había decidido dejar de lado su orgullo. Frente al fracaso de sus esperanzas, ya no le parecía tan importante.

—Porque estoy seguro de que nunca dirás nada.

—¿Cómo lo sabes?

—Bruto. Tú quieres que viva, naturalmente.

Servilia contuvo la respiración. Tenía razón. Quería que Bruto viviera. No podía más que mantener el silencio.

—Ten valor y salgamos. Ahora no hay ningún peligro. El campamento es nuestro —la exhortó César, dándole una afectuosa caricia en la nuca y empujándola con delicadeza hacia la salida.

Servilia se dejó guiar en la más total pasividad. Se sentía vacía, sin fuerzas, sin voluntad. Por más riesgos que hubiera podido correr por César, por más útil que pudiera hacerse a sus ojos, Labieno siempre estaría un paso por delante de ella.

Había perdido. Con Labieno nunca habría tenido las de ganar. Nunca, con un hombre dispuesto, por su comandante, a ser tachado de traidor por toda la eternidad.

Ortwin notó con sorpresa su presencia. Pero no tuvo tiempo de preguntarse el motivo. César le ordenó que fuera a cambiar los caballos, los hiciera ensillar y volviera a buscarlo. Partirían de inmediato para alcanzar a Antonio, que se encontraba bloqueando la fuga por las montañas de soldados y senadores.

Aunque cansado, el germano estaba íntimamente contento. En el campamento no había hallado ni rastro de Veleda. Pero tampoco de Quinto Labieno. Estaba seguro, por otra parte, de que el romano nunca la había abandonado. Era probable que el hijo del traidor la hubiese llevado consigo, y con igual probabilidad en ese momento la muchacha estaría entre los soldados en fuga en las alturas. La convicción de que podría encontrarlos pronto le infundió un nuevo vigor y le hizo ignorar la fatiga.

Esperaba con ansia el momento de volverse a encontrar con Veleda. Haría todo lo necesario para convencerla de su buena fe. Le renovaría su promesa de llevarla de regreso a Germania, y quizá también revelaría lo que sentía por ella desde muchacho. Tal vez eso la ayudaría a convencerse.

Esperaba también la hora de enfrentarse a Quinto Labieno.

Y el instante en que le haría pagar todo el daño que le había hecho a Veleda.

Epílogo

> Así (Catón) pasó a Córcira, donde estaba la flota, y trató de ceder el mando a Cicerón, como de propretor a procónsul. Pero Cicerón no aceptó y se dispuso a partir hacia Italia. Viendo que el joven Pompeyo, impulsado por su obstinación y su inoportuna arrogancia, quería ensañarse con aquellos que estaban zarpando y, ante todo, quería poner sus manos sobre Cicerón, Catón lo apartó, lo riñó y lo calmó.
>
> Plutarco, *Catón Uticense*, 55, 5-6

Córcira, poco después de Farsala

Quinto Labieno miró a su alrededor tras subir a la nave almiranta de Cneo Pompeyo el Joven. No prestaba mucha atención a las palabras de los ilustres personajes llegados al barco en pequeños grupos para celebrar un consejo de guerra, el primero sin el comandante supremo. Nadie le iba a pedir su opinión, por otro lado: entre tantos personajes convocados por Catón, él estaba allí, y no en otra de las trescientas naves de la flota anclada en

Córcira, solo porque así lo había querido su amigo Pompeyo hijo.

En cualquier caso, no había subido a bordo para participar en el consejo de guerra. Más bien intentaba que lo invitasen para ver de nuevo a Veleda. Pero, aunque la muchacha estaba en la nave, aún no la había visto por el puente.

De hecho, no la había vuelto a ver desde que su amigo se la había llevado en Orico. Y ya no había tenido más noticias. Había pensado a menudo en ella, antes de Farsala, tratando de hacerse a la idea de que era posible sentirse atraído también por una mujer con un muñón. Si lo había conseguido Pompeyo, él, que la había amado de verdad, no podía ser menos.

El problema estribaba en que Pompeyo era justamente el único hombre al que no podía quitársela. Era su amigo, pero también era cruel y despiadado: no le dejaría que se fuera con una mujer por la cual se sentía claramente fascinado. Quinto solo podía esperar a que el almirante se cansara de Veleda y se desembarazara de ella.

Si Tito Labieno se convirtiese en el nuevo jefe de la coalición anticesariana... ¡Entonces sí que podría hacer valer él sus pretensiones! Pompeyo hijo cogía lo que quería por la impunidad de la que gozaba: bien, lo mismo hubiera hecho él si fuera el hijo del general supremo.

Si Pompeyo padre hubiera sido capturado o puesto en condición de no hacer daño, ¿quién habría sido el más adecuado para sustituirlo? No, desde luego, Catón, jefe designado, pero de modesta formación militar. ¿Metelo Escipión? Se las había apañado bien contra los lugartenientes de César, pero más allá del prestigio que su ilustre cuna le confería, no tenía madera de caudillo. Léntulo y Domicio Enobarbo habían desaparecido, y los otros, como Afranio, Petreio, Fausto Sila y Actio Varo, eran solo mediocres, buenos subalternos, y nada más. Cayo Casio Longino tenía buenos antecedentes en Partia y en Siria, pero ahora se había consagrado a la marina. No, no había nadie con más experiencia que Tito Labieno. Por tanto, nadie era más idóneo para desempeñar el papel de comandante.

Quinto llegó a temer por la suerte de su padre. Había huido de Farsala sin saber si se había salvado. Una vez en Dirraquio, le llegó el rumor de que Labieno estaba bien y que había evitado que lo capturaran. Las últimas noticias lo ubicaban en compañía de Afranio: había enviado a un mensajero para comunicar que traían un pequeño grupo de soldados a pie, que habían conseguido huir de la derrota.

Sintió que alguien le ponía una mano sobre el hombro. Era Cneo Pompeyo. El joven le sonrió, luego se fue a recostar en uno de los triclinios que había hecho preparar en la cubierta para el consejo. Era típico del almirante no tomarse muy en serio ni la edad ni la jerarquía.

—Creo que debemos empezar —dijo a los convocados, invitándolos a recostarse, a su vez, en los triclinios—. No tenemos tiempo que perder. Labieno y Afranio tomarán nota de las decisiones de este consejo.

No era un buen comienzo para Quinto. Hubiera querido gritarle que no podía tomarse ninguna decisión sin Labieno, pero temió ser expulsado de la nave, pues no tenía ningún título que le diera derecho a estar. Y él quería quedarse. Por Veleda.

—Empecemos, pues —dijo Catón.

Rápidamente, todos los comandantes y los senadores presentes se acomodaron en una especie de círculo cuyo lugar de excelencia estaba reservado al propio Catón.

—Quiero deciros antes de nada que tengo la intención de respetar las jerarquías. Yo solo soy un propretor, mientras que aquí tenemos a un procónsul. Propongo que, por tanto, el mando provisional sea confiado a Cicerón.

Un murmullo se propagó por la asamblea. Pero no estaba claro si era de aprobación o de desacuerdo. El antiguo cónsul había estado enfermo, últimamente, y esto le había permitido esquivar tanto el traslado a Grecia como la batalla de Farsala. Muchos juzgaban su enfermedad como una forma de evitar sus compromisos, en línea con el comportamiento que había mantenido el cónsul desde el inicio de la guerra civil. Quinto estaba convencido de ello, y la perspectiva de que fuera su nuevo jefe le resultaba intolerable.

Cicerón parecía confuso. Estaba claro que no era un asunto acordado entre él y Catón. La noticia le había llegado de la manera más inoportuna. Se levantó, se aclaró la garganta y tomó la palabra:

—Ilustres señores, es un honor que me consideréis digno de haceros de guía en estas difíciles circunstancias. Mi experiencia militar es modesta, en comparación con la de algunos de vosotros, si bien mis victorias en Cilicia, en los mismos lugares que vieron triunfar a Alejandro Magno, me han valido el título de *imperatur*, aunque no el triunfo que bien me merecía.

La pulla estaba reservada precisamente a Catón, que se había negado a respaldar un premio por esos modestos éxitos.

—Pero César, ahora, es más fuerte que nunca, después de su última victoria, y muchos que antes parecían refractarios a su autoridad han elegido su partido. Por tanto, la guerra amenaza con ser larga y difícil, e implicar a todo el mundo romano. Como habéis tenido ocasión de constatar, mi salud es frágil, y no me permite sostener los esfuerzos que comportaría un largo conflicto. Además, estoy seguro de que una continuación de la guerra supondría daños devastadores a la Urbe, y no me parece deseable. Por eso, me considero más útil como mediador para perseguir el objetivo por el que me he esforzado desde el inicio de esta lamentable vicisitud: una reconciliación entre las partes que satisfaga el orgullo y las exigencias de todos, para la salvaguardia de una República que, recuérdese, está siempre por encima de los rencores personales. Mi intención es, por tanto, volver a Italia y esperar allí la llegada de César para trabajar junto a él por la paz, como siempre he hecho en cualquier coyuntura.

Cneo Pompeyo saltó para ponerse de pie y desenvainó la espada.

—¡Lo sabía! ¡Sabía que te echarías atrás! ¡Siempre has sido un cobarde, y ahora que César ha ganado, corres a lamerle el culo! ¡Eres un traidor!

Dio dos pasos hacia él y, con la punta de la espada, le rozó el cuello. Los otros senadores se levantaron, algunos espantados, otros indignados. También Quinto extrajo el gladio y se puso al lado de su amigo. Estaba totalmente de acuerdo con él.

En apenas un instante, ante la punta de las espadas de Pompeyo y Quinto se materializó Catón. El pretor se había apresurado a sustituir a Cicerón. Con gran determinación, levantó las manos y aferró las espadas, bajándolas despacio.

—No estamos aquí para obligar a nadie a seguirnos, joven Pompeyo. Y estoy seguro de que tu padre pensaría lo mismo. Cada uno debe ser libre de elegir de qué lado estar en este conflicto en el que, gane quien gane, Roma habrá salido perdiendo. Si debo combatir, prefiero hacerlo sabiendo que tengo a mi lado a personas convencidas de la posición que han asumido. Si Cicerón estima que su sitio está en otra parte, que vaya. Y que se vayan con él todos los que no se sienten con ánimos de continuar la lucha contra el tirano. Yo, por mi parte, no pienso hacer ningún reproche. Es más, puesto que con la negativa de Cicerón soy aún quien sigue al mando, ¡ordeno que al procónsul y a cualquier otro que quiera acompañarlo se le conceda marcharse con todos los honores debidos a su rango!

Cuando Catón hablaba, emanaba de él una autoridad natural. Incluso quienes lo encontraban detestable, aburrido y pedante, no podían menos que escucharlo: sus palabras sobrecogían, y solo César había conseguido hacerlo callar en el pasado. Quinto devolvió de inmediato la espada a la funda, y le reconfortó ver que Pompeyo hacía lo mismo. El joven almirante reprimió un gesto de irritación y volvió a sentarse, dirigiendo el rostro a otra parte y manteniendo una expresión de enfado. Se cuidó mucho de participar en la despedida de Cicerón y de los otros senadores que decidieron aprovechar la ocasión para marcharse. En efecto, Catón le había pedido al ilustre orador que partiera de inmediato para evitar que escuchase proyectos y planes que era preferible que no llegaran a oídos de César.

El grupo bajó a tierra justo en el momento en que una nave atracaba no mucho más lejos. Unos hombres que descendían de ella se cruzaron con Cicerón en el muelle y se entretuvieron un momento en hablar con él. Desde la almiranta los reconocieron: eran Labieno y Afranio.

Por un instante, Quinto olvidó el motivo por el que había subido a bordo. La confirmación de que su padre estaba a salvo lo confortó, y también su presencia en el consejo de guerra. Catón era un hombre justo, y sabía reconocer y premiar el valor.

—¡Labieno! ¡Afranio! ¿Tenéis noticias que darnos de los demás? ¿De nuestro comandante, antes de nada? —los saludó Catón, mientras los invitaba a sentarse.

Fue Labieno quien habló:

—De Pompeyo solo sabemos que se dirigía hacia Mitilene para reunirse con su mujer y su hijo Sexto. Luego, ignoro qué tiene la intención de hacer. Léntulo ha ido tras él, y quizá a esta hora lo haya alcanzado. Por lo que se refiere a Domicio Enobarbo..., parece que ha muerto durante la retirada en los alrededores de Farsala. Desconozco las circunstancias de su muerte. La mayor parte de los soldados y los oficiales, y muchos senadores, fueron rodeados en los montes más cercanos: no tenían agua, y no pudieron resistir más de una noche. Se rindieron al amanecer del día siguiente, y César los ha perdonado a todos. En el campamento, de los nuestros, han quedado más de seis mil hombres. Que yo sepa, Marco Petreio y Fausto han conseguido huir, y se dirigen hacia el Peloponeso.

Hubo algunos instantes de silencio. La suerte de Domicio turbó a algunos senadores, no tanto por la dudosa simpatía que suscitaba el hombre, sino por el hecho de que era uno de sus iguales. Y de los más destacados. Sin embargo, pronto se extendió un murmullo. Cada uno estaba ansioso por dar su opinión.

Casio Longino fue al grano:

—Obviamente, es una verdadera lástima que Pompeyo se haya... alejado del campo de batalla antes que vosotros. Hubiera podido comunicarnos sus planes, y ahora todos tendríamos las ideas más claras sobre qué hacer...

Pompeyo hijo se levantó de inmediato.

—Considerando cómo habéis desprestigiado su mando, ¡es sorprendente que no se haya ido antes! —gritó, esta vez sin llevarse la mano a la espada—. En todo caso, aún es nuestro comandante supremo, y nuestro objetivo debe ser reunirnos con él. ¡A esta hora ya debe de estar reclutando tropas!

Catón intervino enseguida para serenar los ánimos:

—El joven Pompeyo tiene razón. Este no es momento de recriminaciones. Es el momento de hacer una evaluación objetiva de nuestros recursos, y de reunirnos con quien hemos elegido como nuestro comandante supremo. Si Pompeyo se ha salvado, como espero, pondré a su disposición las veinte cohortes y los trescientos trirremes con que contamos. Si no se ha salvado, devolveré las tropas a Italia, pero yo me iré al exilio, lo más lejos posible de la tiranía, y os dejaré a vosotros la tarea de seguir combatiendo a César, si queréis.

—¿Si queremos? ¡Claro que queremos! ¡Estamos aquí para eso! —dijo Pompeyo hijo—. Y ya he pensado la manera. Tenemos África, y el apoyo del reino númida de Juba. Esa es una base sólida para volver a empezar: Actio Varo es un comandante sólido y de confianza, y podemos contar con él y con sus tropas. Mi padre nos asegurará el control de Egipto y desde Asia hasta Siria... E Italia... ¡Italia es de quien se la coja!

—¡También la península Ibérica es de quien se la coja! —intervino Afranio—. César me ha derrotado, es verdad, pero no tiene el control capilar del territorio como en las Galias, y los celtíberos pueden ser fácilmente sublevados. He estado durante años en Hispania y tengo contactos muy estrechos con sus jefes. Además, Quinto Casio Longino, a quien César ha puesto a la cabeza de la *Ulterior*, no tiene la suficiente estatura militar para gobernar esa difícil provincia. En mi opinión, la recuperaremos fácilmente. César no puede estar en todas partes.

—¡Excelente! —comentó Pompeyo hijo—. África no nos basta. Para hacer más precario el poder de César, debemos amenazarlo también desde el oeste, no solo desde el sur y eventualmente desde el este. ¡Las provincias españolas serán mi primer objetivo! En el peor de los casos, seré un nuevo Sertorio y resistiré al tirano. ¡Una vez que hayamos encontrado a mi padre, me autorizará, desde luego, a llevar mi flota a las costas ibéricas!

Ordenó a uno de los esclavos presentes que trajera comida y bebida.

Catón asintió.

—¿Por qué no? Pero ahora pensemos en reunirnos con Pompeyo Magno. Debemos suponer que tratará de llegar a África o Egipto. Yo propongo que, de inmediato, pongamos rumbo a África, con la esperanza de que pronto nos lleguen noticias sobre sus movimientos. Alcanzaremos a Actio Varo y haremos el cálculo de las fuerzas que tenemos a nuestra disposición. Y además, aprovecharemos para poner freno a las intemperancias del rey Juba, un tema que hasta ahora Varo no ha sabido manejar. Después de todo esto, y en función también de las eventuales disposiciones que nos dará Pompeyo, decidiremos qué hacer respecto a las provincias hispánicas.

Pompeyo hijo estaba a punto de decir algo, pero Metelo Escipión se lo impidió:

—Pero, de momento, César tiene la posibilidad de ganarse el apoyo de los aliados asiáticos y de asumir el control de las provincias más orientales. Sería también oportuno que destacásemos una parte de nuestra flota en el Ponto para empujar al hijo de Mitrídates Eupator, Farnaces, a levantarse contra él...

—Es verdad —asintió Catón—. Incluso si se las arregla para escapar de la captura, Pompeyo no estará en condiciones de reanudar los vínculos que lo ligan con los soberanos orientales, muchos de los cuales se apresurarán a hacer acto de sumisión al vencedor. Que vaya Cayo Casio Longino con una escuadra de al menos treinta naves y una considerable cantidad de dinero que entregar al rey para asegurarnos su apoyo.

El joven Pompeyo hizo una mueca de desprecio. Casio acababa de fracasar en su intento de bloquear los suministros de trigo de Sicilia hacia Roma, al sufrir una derrota en manos de Sulpicio Rufo en Vibo, donde solo se había salvado abandonando su nave almiranta un momento antes de que fuera capturada. Para él, que se consideraba el mejor comandante de flotas del mundo romano, Casio era un incapaz y un cobarde: nunca lo había ocultado.

Quinto sonrió, imaginando lo que pasaba por la cabeza de su amigo. Para Cneo Pompeyo, por otra parte, la mayoría de los almirantes pompeyanos no estaba a la altura. La tenía tomada con Cayo Octavio, también él derrotado poco antes frente a las costas ilíricas por el cesariano Vatinio: una derrota que para los pompeyanos había supuesto la pérdida de cualquier vestigio de esperanza de controlar el Ilírico. Y había escupido veneno también hacia Bíbulo, que no había sabido impedir el paso de las tropas cesarianas en Epiro.

Quinto exhibió una sonrisa cuando vio quién estaba entre los esclavos que habían subido a cubierta con la comida. La reconoció de inmediato: llevaba una bandeja repleta de higos, que agarraba con la única mano de la que disponía mientras la sostenía con el muñón. Llevaba dos túnicas, la superior hasta las pantorrillas, de un blanco inmaculado, y parecía arreglada también en el tocado: su pelo estaba recogido en la nuca a la manera etrusca.

La perfección de los rasgos de su rostro era la de siempre..., si no fuera por un ojo morado.

Pompeyo no era tierno con sus amantes, eso lo sabía Quinto, y por esta razón había temido por Veleda cuando se la había llevado su amigo. No es que él la hubiera tratado mucho mejor, era consciente de ello: pero eran otros tiempos, tiempos en los cuales no sabía controlar lo que sentía por ella. Si tuviera otra oportunidad, podría demostrarle que había cambiado, que sabía acompañar su amor con el respeto...

—Entonces queda decidido —dijo Catón, sentándose después de haber cogido algunas nueces de la bandeja que le ofrecía un esclavo. Todos los demás se habían recostado en los triclinios. Pero Catón, tras conocer la derrota de Farsala, había decidido por su cuenta llevar luto, y entre los signos de su estado se había obligado a comer siempre sentado.

—Pongamos de inmediato rumbo a África con las tres cuartas partes de la flota, bordeando Grecia para recoger a más supervivientes de la batalla —continuó Catón—. La cita es en Cirene, pero, entre tanto, navegaremos divididos en pequeñas escuadras para aumentar nuestras esperanzas de obtener noticias. En África, salvo otras disposiciones de Pompeyo, nos dividiremos. Metelo Escipión irá de inmediato a ver a Juba y hará valer su autoridad con el rey: el apoyo de ese desagradable personaje es esencial y, por tanto, las desavenencias con Varo han de ser resueltas pronto. Yo me estableceré en

Utica y reclutaré nuevas tropas. Para Cneo Pompeyo hijo, África será solo una escala: en cuanto tengamos noticias de su padre, partirá hacia España con Labieno y Afranio, que conocen bien esas provincias. Determinaremos el alcance de las fuerzas que llevarán consigo cuando hayamos verificado qué pueden poner a nuestra disposición Varo y Juba.

Quinto Labieno se estremeció. Así que él iría con Pompeyo hijo. Catón, sin saberlo, le daba la posibilidad de permanecer junto a Veleda. Procuró atraer la atención de la muchacha. Ella lo notó. Le pareció ver un destello de emoción en su expresión. Quizá incluso un esbozo de sonrisa. Luego pasó de largo, para servir a los senadores.

Se sintió lleno de entusiasmo. A pesar de la derrota de Farsala, para él las cosas no iban tan mal. No podía acercarse a Veleda sin poner en riesgo su amistad con el almirante, ya no podía tenerla entre sus brazos ni disponer de ella a su antojo como en el pasado. Pero tendrían ocasión de cruzar sus miradas, quizá incluso de hablarle. De momento, era más de cuanto había esperado.

De momento.

Y, luego, con Pompeyo Magno fuera de combate o por lo menos desacreditado, Tito Labieno, estaba seguro, asumiría progresivamente el mando de las operaciones y conduciría a la coalición a la victoria contra el tirano. César había vencido en una batalla, pero la guerra estaba muy lejos de haber concluido. Al menos, mientras Labieno estuviera vivo. Solo él podía garantizar a los anticesarianos la experiencia y el valor necesarios para contrarrestar la enorme fortuna de César.

Él era siempre el héroe con el que la democracia podía contar.

Una vez más, se sintió orgulloso de ser su hijo.

Nota del autor

Es difícil encontrar, en la historia romana, un período más abundantemente documentado que el cruce del Rubicón por parte de César y de la posterior lucha contra Pompeyo. Todos los historiadores romanos se han visto obligados a dedicar su atención a esos convulsos y confusos acontecimientos, desde las numerosas páginas que encontramos en las obras de Apiano, Dion Casio, Plutarco y Lucano, a las pocas que hay en los compendios de Orosio, Livio, Veleyo Patérculo y Floro, por citar algunos. Para no hablar, naturalmente, de los tres libros de *La guerra civil*, del mismo César, y de la gran mole de cartas del epistolario ciceroniano que tratan de ello.

¿Acaso se les puede culpar? Aún hoy, ese conflicto que, de hecho, sancionó el nacimiento de la monocracia en Roma evoca profundas sugestiones tanto en los apasionados como en los profanos, y el cruce del Rubicón puede considerarse con todo derecho como uno de los episodios sobresalientes y decisivos de la historia de la humanidad, o por lo menos de la sociedad occidental. Fue el momento en que César, como escribe Livio, «dio el asalto al mundo», y además con una sola legión. En apariencia, el gesto de un loco. En realidad, un riesgo calculado que le valió mil veces lo que estaba en juego, haciéndolo pasar a la historia como el más grande de todos.

Lo que deseaba, en resumen.

Y los antiguos, venga a escribir. Les fascinaba, entre otras cosas, el enfrentamiento entre aquellos a los que consideraban los dos más grandes generales que Roma hubiera jamás producido. Dos caudillos antes amigos, que por su ambición llevaron a Roma a la ruina: «En aquel momento —escribe Dion Casio, a propósito de Farsala—, ellos disolvían, laceraban y rompían por el anhelo de poder todos los vínculos que la naturaleza y la sangre habían entrelazado en torno a ellos. Y por su causa también Roma era obligada a combatir por sí misma y contra sí misma, de modo que se podía considerar derrotada también en caso de victoria».

Cerca de medio milenio después de la batalla, el pío Orosio expresaba más o menos la misma idea: «Espectáculo lamentable este de las fuerzas romanas hechas converger en la llanura de Farsala, alineadas para aniquilarse mutuamente, al choque de las cuales, si hubieran luchado unidas, no habría aguantado ningún pueblo y ningún rey».

Pero no crea el lector que toda esta rica cosecha de fuentes facilita el trabajo del historiador, y aún menos del novelista. En sus textos César es muy tendencioso, y sus silencios son más importantes que sus palabras. Su obra es una justificación continua de sus acciones, y necesita una constante verificación en otras fuentes. Verificación que no siempre se encuentra y, si se encuentra, no siempre es objetiva. Gran parte de los escritos de Cicerón, por ejemplo, reflejan el estado de ánimo del gran orador en su momento y, sobre todo, tienden a justificar su, a menudo, equívoca conducta. Y otros historiadores un poco más tardíos se basan también en obras perdidas, como la de Asinio Polión, que era íntimo amigo de César. Reconstruir, ilustrar y esclarecer el crescendo de incomprensiones, el enredo de rencores y ambiciones personales, de oportunismo político y de idealismo, las hipocresías y los impulsos sinceros que hicieron inevitable el choque frontal, es una empresa prohibitiva para cualquiera, tanto para el novelista como para el historiador.

Para un novelista, además, la abundancia de fuentes, a veces contradictorias entre sí, impone muchas ataduras. La fantasía —que debe estar siempre presente en una obra de narrativa— se mueve en los angostos corredores trazados por las continuas estacas de las noticias que debe necesariamente tener en cuenta. Y aquí las noticias son muchas, muchísimas. Si se introducen personajes inventados, como en el caso de Veleda y Ortwin, es preciso que se atengan a los acontecimientos. Lo mismo vale para Quinto Labieno, que existió realmente, pero de cuyas andanzas, durante este período, poco o nada se sabe.

Todos los demás, los personajes que de verdad han existido, tienen un papel que no puede ser pasado por alto. En una novela, la excesiva presencia de personajes genera confusión en el lector, incluso si se trata de actores secundarios o comparsas. Pero en la guerra civil entre César y Pompeyo una infinidad de personajes pudieron disfrutar de su momento de gloria, y olvidarlos significaría no hacer justicia a los hechos y, por tanto, fracasar en la reconstrucción histórica. En lo que a mí respecta, cada episodio citado ha ocurrido de verdad, aunque no necesariamente del modo en que lo he descrito. Y a menudo, también las frases que pronuncian los personajes están tomadas de las fuentes.

Qué fin tuvo Pompeyo en Egipto es algo sabido. Y es también conocido que César debió combatir dos años más antes de imponer su liderazgo en todo el mundo romano. Se trata de un bienio algo menos documentado que el anterior, pero del cual el mismo César se preocupó de transmitir su versión a través de los escritos de sus partidarios. Y será precisamente este bienio el tema del tercer volumen de la trilogía: un período en el cual la guerra civil asume contornos más dramáticos y sanguinarios y en el que, según las fuentes, Tito Labieno asciende al papel de adversario más acérrimo de César, hasta el ajuste de cuentas en Munda.

Esto, al menos, según una lectura lineal de los datos históricos que tenemos a nuestra disposición. Pero, ya se sabe, la historia se reescribe a menudo. Y los novelistas se permiten hacerlo con mayor frecuencia que los políticos. Acaso, tal vez, con mayor conocimiento de causa...

Un último punto merece una reflexión. Los lectores más perspicaces se habrán preguntado cómo lo hacían los legionarios, en las batallas de las guerras civiles, para distinguir a sus camaradas de sus enemigos. Pues bien, la verdad es que no lo sabemos. Sin duda, deberían tener algún signo de reconocimiento, y sobre este tema se han lanzado un gran número de hipótesis. Algunos sostienen que llevaban yelmos diferentes —los de César de tipo galo, los otros de tipo oriental—, pero esta división me parece demasiado esquemática. Para otros, lo que difería era el color de los *focales*, los pañuelos que los legionarios llevaban alrededor del cuello para evitar el roce de la coraza. Pero en la refriega no sería fácil distinguirlos y, además, es probable que se ensuciaran de inmediato.

La hipótesis más probable está ligada a los escudos.

Probablemente cada unidad tenía un símbolo propio pintado en la cara externa. Pero tampoco esto parece suficiente, porque tenemos constancia de que muchas legiones pasaron de uno a otro bando de los contendientes en el curso de la guerra. Por consiguiente, es lícito suponer que los comandantes hacían añadir su propia marca en los escudos de sus hombres. No por casualidad, cuando los legionarios establecidos en España, hacia el final de la guerra civil, se rebelan contra los lugartenientes de César, distinguen sus escudos con el signo de Pompeyo.

No sabemos en qué consistían estas marcas. Una de las hipótesis tiene que ver con la monetización. Algunas monedas acuñadas por César, por ejemplo, representan la buena estrella bajo la que había nacido el dictador, o bien una estrella de cinco puntas u ocho puntas. Obviamente, en cuanto a la mención de los rebeldes españoles, podría haberse tratado de una solución ligada a ese acontecimiento específico: como hemos dicho algunas líneas antes, hay muy pocas cosas seguras en la historia. Y es precisamente por esto por lo que, pese a lo que sostienen algunos, escribir novelas históricas no es ningún pecado.

Dramatis personae

Acilio Canino: político y militar romano, descendiente de la gens Acilia, fue legado de Julio César durante la guerra civil (48 a. C.).

Actio Peligno: comandante romano que luchó en el bando de Julio César durante la guerra civil.

Actio Varo: noble romano que, durante la guerra civil, se decantó por el bando de Pompeyo.

Afranio: general romano nombrado cónsul de la Hispania Citerior por Pompeyo, a quien apoyó durante la guerra civil.

Antíoco de Comagene: rey de la zona este de la actual Turquía entre el 70 a. C. y el 38 a. C.

Ariobarzanes III: rey de Capadocia entre los años 51 a. C. y 42 a. C. Apoyó a Pompeyo en la guerra civil.

Ariovisto: líder de los suevos y otros pueblos germánicos aliados, considerado por el Senado romano como un rey, se enfrentó a Julio César en una batalla de las Galias.

Asinio Polión: cónsul, militar, poeta y estadista romano que cultivó diferentes géneros de la literatura.

Aulo Gabinio: militar y político romano. Fue cónsul de la República de Roma, y posteriormente gobernador de Siria.

Aulo Ircio: informador y colaborador que gozaba de la

confianza del César. Era un hombre de letras, más que militar.

Catón, Marco Porcio Catón: político romano conocido también como Catón el Joven para distinguirlo de su bisabuelo, Catón el Viejo. Tenía diferencias políticas y personales con Julio César.

Cayo Antonio: militar y político, hermano de Marco Antonio y Lucio Antonio. Fue lugarteniente de Julio César y procónsul de Iliria.

Cayo Coponio: político y militar de la Antigua Roma. Fue pretor en el 49 a. C. y apoyó Pompeyo en la guerra civil, aunque fue posteriormente indultado.

Cayo Crastino: centurión de la X legión de Julio César.

Cayo Escribonio Curión: orador y político romano. Fue amigo de Pompeyo, Julio César, Marco Antonio y Cicerón. Hijo del también cónsul Cayo Escribonio Curión, oponente de Julio César.

Cayo Fabio: militar romano que sirvió como legado de Julio César en la guerra de las Galias y la guerra civil.

Cayo Julio César: dictador de la República romana. Fue un político y militar romano del siglo I a. C. miembro de los patricios Julios Césares que alcanzó las más altas magistraturas del Estado romano y dominó la política de la República tras vencer en la guerra civil.

Cayo Marcelo: político y militar romano, perteneciente a los optimates, el bando conservador del Senado romano.

Cayo Titurio: militar romano que sirvió como legado de Julio César.

Cneo Pompeyo Magno: político y general romano. Se casó con Julia, hija de Julio César, y tras la muerte de esta, con Cornelia, hija de Escipión. Luchó contra César por el liderazgo del Estado romano en la guerra civil.

Décimo Bruto: político y militar romano, además de primo lejano de Julio César, a quien ayudó a asesinar.

Décimo Lelio Balbo: senador y político romano durante el siglo I a. C.

Deiotario de la Galacia: considerado uno de los reyes célticos más aptos, fue el tetrarca de los tilistobogios en Galacia occidental, Asia Menor, además del rey de Galacia en Anatolia.

Dolabela: cónsul romano. Fue partidario de César en la guerra civil, y declarado enemigo público por el Senado.

Domicio Calvino: senador, general y cónsul romano, leal partidario de Julio César y de Octavio Augusto.

Farnaces: rey del Bósforo Cimerio, hijo de Mitrídates VI. Traicionó a Roma, con la que se había aliado previamente, y fue vencido por César.

Fufio Caleno: político y cónsul en la etapa final de la República romana.

Furio Camilo: militar y político romano de ascendencia patricia, que vivió durante la segunda mitad de la República temprana romana. Fue elegido dictador hasta en cinco ocasiones y honrado a su muerte como Segundo Fundador de Roma.

Hortensio Hortalo: fue un político y cónsul romano, además de un gran orador y abogado.

Léntulo Espínter: apodado así por su parecido con un popular actor de ese nombre, fue un político romano del siglo I a. C. Provenía de una antigua familia patricia romana de lagens Cornelia.

Lucio Cornelio Léntulo Crus: apodado también Cruscelo, era hermano de Publio Cornelio Léntulo Espínter. Fue nombrado pretor en 58 a. C. y cónsul en el año 49 a. C. y era miembro del partido anticesariano optimates.

Lucio Domicio Enobarbo: miembro destacado del Senado romano que ocupó el consulado en el año 54 a. C.

Lucio Escribonio Libón: político romano, suegro de Sexto Pompeyo y cuñado de Octavio Augusto. Fue cónsul de la República romana junto con Marco Antonio en 34 a. C.

Lucio Metelo: tribuno de la plebe, un cargo escogido por la ciudadanía para representar a los plebeyos.

Marco Antonio: militar y político romano conocido también como Marco Antonio el Triunviro. Fue un importante colaborador de Julio César durante la guerra de las Galias y la segunda guerra civil.

Marco Calpurnio Bíbulo: político y militar romano que se opuso a Julio César, con quien había compartido consulado. Más tarde fue procónsul en Siria y partidario de Pompeyo.

Marco Junio Bruto: político y escritor romano que luchó por los ideales de la República frente al excesivo poder acumulado por Julio César. Participó en el asesinato del dictador.

Marco Terencio Varrón: polígrafo, militar, caballero y funcionario romano. Fue lugarteniente de Pompeyo, pero obtuvo el perdón de César cuando este tomó el mando.

Marco Tulio Cicerón: orador, político y filósofo latino. Pertenecía a una familia plebeya; se trasladó a Roma, donde inició su carrera de abogado. Es recordado como uno de los mejores oradores de esa época.

Mitríades Eupator: también conocido como Mitrídates

el Grande, fue rey del Ponto hasta su muerte, en Asia Menor. Fue uno de los enemigos más importantes de Roma, y fue derrotado por Pompeyo.

Ortwin: fiel guardaespaldas de Julio César.

Otacilio Craso: comandante del ejército pompeyano.

Petreio, Marco Petreio: político y militar romano, era administrador de España junto a Lucio Afranio cuando estalló la guerra civil romana. Como Afranio, Petreio apoyó a Pompeyo durante la guerra.

Publio Servilio: político y cónsul de la época final de la República romana. Obtuvo el consulado en 48 a. C. junto a Cayo Julio César. Fue gran amigo de Julio César.

Quintilio Varo: general romano, legado proconsular en Asia en el 16 a. C., así como cónsul y procónsul en África. Fue nombrado legado en Germania en el 6 d. C., donde acabó ganándose la hostilidad del pueblo debido a su celo fiscal.

Quinto Casio Longino: jurisconsulto romano que fue nombrado cónsul y gobernador de Siria. Debe su fama a su gran experiencia en derecho, de la escuela sabiniana, en la que fue tercer jefe.

Quinto Cecilio Metelo Escipión: político y militar romano del siglo I a. C. Perteneciente por nacimiento a los patricios Cornelios Escipiones, fue adoptado por un miembro de los Cecilios Metelos, una de las más importantes familias plebeyas.

Quinto Labieno: comandante romano, hijo del célebre militar pompeyano Tito Labieno.

Quinto Lucrecio: político y militar en el Imperio romano durante el siglo I a. C.

Quirino: antiguo dios del Estado romano. En su origen fue un dios de la guerra sabino.

Servilia Cepión: amante de Julio César y hermana por parte de madre de Catón el Joven.

Sexto Peduceo: militar romano, amigo cercano de Atticus y de Cicerón. Durante la guerra civil, César lo nombró gobernador de Cerdeña, y posteriormente fue propretor en España.

Sila, Lucio Cornelio Sila Félix: uno de los más notables políticos y militares romanos. Líderes posteriores como Julio César seguirían su precedente para alcanzar el poder político a través de la fuerza.

Tarcondario Castor: señor de Glacia que facilitó un cuerpo de trescientos caballeros al ejército de Pompeyo para luchar contra Julio César.

Tito Labieno: miembro más importante de una familia romana y lugarteniente de Julio César durante la guerra de las Galias. Es el único general del ejército mencionado por César en los relatos sobre su primera campaña.

Tito Sextio: legado de la XIII legión de Julio César que combatió en la guerra civil romana.

Tuticano Galo: tribuno laticlavio asignado por Julio César, subjefe de la legión e hijo de un importante senador.

Veleda: *völva*, o profetisa sagrada, del pueblo germánico de los brúcteros (tribu germánica del noroeste de la actual Alemania).

Vercingétorix: hijo del líder galo Celtilo, de la tribu de los arvernos.

Vibulio Rufo: prefecto del ejército de Pompeyo.

Glosario

Beneficiarius: asistente.

Bucinatores: trompetistas.

Capsarius: médico, normalmente encargado de los vendajes.

Chara: raíz comestible, por lo común mezclada con leche para combatir el hambre.

Cingulum: cinturón utilizado por los soldados del ejército romano para ceñir su túnica y colgar sus armas de filo.

Citarista: aquel que toca la cítara, instrumento de cuerda pulsada.

Contubernium: unidad de ocho legionarios (nombre de un grupo de unos ocho soldados, del latín «compartir la tienda»).

Cornicines: aquel que toca el cuerno.

Cursus honorum: carrera política o escalafón de responsabilidades públicas en la Antigua Roma.

Damnatio memoriae: locución latina, «condena de memoria». Castigo para los traidores que consistía en eliminar todo lo que tuviera relación con el condenado una vez muerto, para así borrarlo de la historia.

Domus: casa, eran las viviendas de las familias de un cierto nivel económico.

Evocatus: veterano.
Fascia pectoralis: vendaje que usaban las mujeres para sostener el pecho. Precursor del sujetador.
Flamen dialis: el sacerdote de Júpiter, uno de los tres flamines mayores, que correspondía a un cargo religioso de importante estatus en la Antigua Roma.
Focale: un tipo de bufanda utilizada por el ejército romano para la protección del cuello.
Fucus: el extracto de alga.
Gladio: espada romana.
Groma: instrumento topográfico romano. Consistía en cuatro plomadas colgadas de cuatro brazos en ángulos rectos.
Honesta misio: licenciamiento. Baja honorable del servicio militar en el Imperio romano.
Hortator: persona encargada de tocar el tambor para marcar el ritmo de remo de las galeras romanas.
Insula (pl. ***insulae***): eran bloques de viviendas —normalmente en régimen de alquiler— de varios pisos en la Antigua Roma.
Imperator: en su origen, era un epíteto que las tropas concedían a los generales victoriosos, pero se convirtió en un título habitual del *princeps*, de donde procede el término «emperador».
Locus consularis: sitio de honor de un simposio, donde se sienta el invitado principal.
Ludi gladiatori: juegos públicos para el entretenimiento romano donde combatían diferentes gladiadores.
Magister ballistarum: comandante de los artilleros, encargado de dirigir las ballestas.
Magister equitum: jefe o mariscal de caballería, nombrado por un dictador.
Miles: soldado.

Milites: indicaba al soldado del cuerpo de infantería auxiliar del ejército romano.
Nomenclator: esclavo que anunciaba la llegada de los asistentes en una reunión de gala.
Optio/optiones: lugarteniente del centurión. Suboficial del ejército romano, rango inmediatamente inferior al de centurión.
Ostiarius: portero.
Paenula: capa o manto de lana con capucha que usaban los romanos durante los viajes y cuando llovía.
Palla: prenda tradicional de la Antigua Roma que llevaban las mujeres. Se trataba de un manto o chal que se colocaba sobre prendas exteriores, como las estolas, y se recogía con fíbulas o alfileres, normalmente sobre el hombro izquierdo.
Paludamentum: una capa usada por los comandantes militares y, menos habitualmente, por sus tropas. El *paludamentum* era en general de color escarlata. Tenía forma rectangular y se sujetaba al hombro por medio de un broche metálico.
Parvula: escudo circular que usaban los iberos.
Pilum (pl. ***pila***): el arma básica del soldado legionario romano. Era del tipo de una lanza o una jabalina y medía alrededor de dos metros. Había dos clases de *pilum*, el pesado y el ligero.
Plúteos: pequeño resguardo móvil, dotado de tres ruedas.
Pomerium: frontera sagrada de la ciudad de Roma.
Praefectus urbi: magistratura regular romana que tenía autoridad tanto militar como civil.
Praetorium: despacho y alojamiento del comandante.
Primípilo: el centurión de la primera centuria de la primera cohorte de una legión romana.

Pugio: puñal usado por los soldados de las legiones de la República romana desde alrededor del año 100 a. C. hasta el 100 d. C.

Sanctius aerarium: reserva secreta del Estado que solo se usaba en casos extraordinarios, que provenía del impuesto de manumisiones.

Socius (pl. ***socii***): compañero, aliado.

Stibium: estibina usada en la Antigua Roma y en Egipto para maquillar los ojos de las mujeres.

Tabernae: taberna romana.

Tablinium: sala generalmente situada al fondo del *atrium* y opuesta al vestíbulo de la entrada, entre las *alae*; abierta a la parte trasera del peristilo, mediante una gran ventana o con una antesala, celosía o cortina.

Tonstrina (pl. ***tonstrinae***): tienda de los barberos.

Triclinium: estancia destinada a servir de comedor formal en un edificio romano o grecorromano.

Tubicen (pl. ***tubicines***): trompetista, especialmente en el ejército, pero también en sacrificios o funerales.

Unguentarius: antigua calle de la ciudad de Roma.

Ulterior: lejano.

Vestes cenatoriae: túnicas sencillas de seda comúnmente usadas por mujeres que los hombres se ponían para estar más cómodos.

Vexillarius: una clase de *signifer*, suboficial de infantería del ejército romano encargado de llevar el *signum* o enseña.

Vicus Altae Semitae: antigua calle de la ciudad de Roma.

Vicus Tuscus: antigua calle de la ciudad de Roma.

Vineae: casamatas móviles.